U0109833

出走的夏娃

一位大陸學人的臺灣文學觀

兩度來臺客座的大陸教授
以**兼容**氣度　**整體**視野
近距離發現臺灣文學的**顛覆之美**

曹惠民——著

認識大陸作家系列

自序：燈火闌珊處　相看兩不厭

閱讀臺灣文學的經歷，可以追溯到三十年前——1979 年，那時我剛到上海讀研究生，專業是現代文學，方向是做「五四」文學。當年在北京的《當代》和上海的《收穫》上發表的《永遠的尹雪豔》（白先勇）、《譚教授的一天》（李黎），是大陸最先刊載的境外作品、也便是最早進入我閱讀視野的臺灣文學作品。儘管這兩位作家其時都身在美國，可不知為什麼，那時大家都是把他們看作臺灣作家、臺灣小說的——那時還沒有「海外華文文學」這一說。（也或許，和得知白先勇乃民國時期國民黨高級將領白崇禧之子、「譚教授」的原型據稱就是「五四」元老、時任台大教授的臺靜農這些「背景」有關吧）。

初讀之下，不禁暗自驚訝：海峽的那一邊，原來竟也有如此高水準的作品！不由便慢慢地把臺灣及香港的作家作品納入了自己的專業閱讀範圍之內，倒並不是隨便看看消遣的。那時候，我們這些「二進宮」的老學生，有個習慣——從餐廳裏買了飯菜拿回宿舍吃，於是，吃飯時、睡覺前，就是互相之間交流的黃金時段，主要話題呢，不外乎各人當天看的專業著作或雜誌上近期刊登的新作品，常常為一些新作品爭得面紅耳赤，有時忘乎所以、欲罷不能，還真是有點「廢寢忘食」的味道。畢業後到蘇州教書，先還是弄弄老本行，開的課也就是低年級的《中國現代文學史》、《中國現代文學作品選》，再加上一門高年級的選修課《五四文學流派》，對臺灣香港文學的閱讀習慣雖還是持續著，卻並沒有動念把它引進自己的研究和教學範疇。

1986年的某天晚上，有幾個同學到舍下來玩，海闊天空的閒聊中，她們異口同聲地向我推薦起了三毛，說：「老師，您看過三毛嗎？沒有書的話，我們那裏就有啊，什麼時候借給您看。」她們告知了同學們當下閱讀的熱點，還說不少女生甚至都成了「金（庸）迷」，說來說去，最終的目的就是希望我能開設有關的選修課。

現在回想起來，1988年我終於下決心在蘇州大學開講《台港文學研究》，把學術視野拓至「境外」，就主觀方面而言，是緣於導師、同窗、學生的三重情：許傑師是「五四」元老，60年前就在吉隆坡主編華文報紙的文學副刊，我師從他讀研時，常聽他講起當年在南洋的往事；北京師範大學的同窗、僑生涂乃賢15年前已經變身為香港作家「陶然」，那兩年重又恢復聯絡，不斷寄來作品；當下，喜愛三毛、金庸、瓊瑤的中文系學生熱切的建議和厚望。就客觀而言，則是當時中國現代文學研究格局調整的整體環境使然，我在拙著《他者的聲音》一書的序中有過說明，此處不贅。

古人云：「學然後知不足，教然後知困。」如此地既讀又教，研究遂漸顯必要。很自然地，一篇篇有關臺灣、香港乃至海外華文文學的論文寫了出來，專書也出版了幾種。

收入本書的論文，是我二十多年來研究、教學臺灣文學的部分成果。量既不多，亦似不成體系，今不揣譾陋，以為芹獻。身處江南，研究臺灣（及香港）之學，並無地緣之利，若要寫史，在我，似無可行性：私心以為，倘若不能親自把第一手的原始史料遍讀一過，爬梳剔抉一番，豈可輕言寫史？——文學史書寫之類的「宏大敘事」是我不敢問津的。故所作以研讀作家文本、觀察文學現象為主，兼及對研究方法的思考。倘若有所感有所得，便寫點東西，長短不論，務必要有心得（或新得），否則不寫也罷。為學謹以「四不一沒有」自勵：

不譁眾取寵，不人云亦云，不信口開河，不故步自封；沒有感悟、心得絕不動筆。幾十年來大陸的風風雨雨曾經親歷，「文革」中的閉門讀禁書，仍自歷歷在目，在南北兩所最好的師範大學曾親聞謦咳的師長（如北京師大的穆木天、李長之、陸宗達、啟功、俞敏等，華東師大的許傑、施蟄存、徐中玉、王元化、錢谷融等）幾乎都曾遭遇過不公平批判和非人磨難的經歷，給我的問學之路、治學之思刻下了濃重的印記：任何時候都要有自己的堅守，趨時附勢不為，批判文章不寫，敬畏學術，把文學的還給文學，與其被意識形態所左右，莫如為情造文。

從私人的角度說起來，臺灣本與我的家族和個人素無因緣，在那裏，可謂既無親眷，亦無朋友。但自從閱讀了臺灣文學作品（後又延伸閱讀了不少兩岸有關臺灣的各類出版物——特別是歷史書和旅遊書）以後，竟從心底裏對臺灣這個地方平生出一份親近感來，讓我自己也不禁暗自稱奇。後來因緣際會，還真結識了不少臺灣朋友——多是學界中人，彼此相處甚洽；又四到臺灣，兩度客座，全臺北西南東中幾乎「走透透」，更令我越加喜歡這方山水這裏人。如此讀、行、觀、思，相激相蕩，互動共生，我和臺灣之間的情分，就用得著幾句古人的詩了：「我看青山多嫵媚，料青山、見我應如是。」（辛棄疾）「相看兩不厭，只有敬亭山。」（李白）對我而言，臺灣就是我的「青山」、「敬亭山」。

回想這二十多年，在我的閱讀經驗和情感經驗中，臺灣文學、以及由此而來的「臺灣」的種種，真可算是我無日無時不在心中追尋的一份「愛」。如今，重看這些年寫下的這些關於臺灣的文字，油然想起的，居然又是辛棄疾的那幾句絕妙好詞：「眾裏尋她千百度，驀然回首，那人卻在，燈火闌珊處。」

但願我這些觀察和思考，能讓賞光閱讀拙著的臺灣朋友知悉，有一個大陸學人，是這樣觀察臺灣的文學、思考臺灣的種種的，雖說卑之無甚高論，但皆出諸真情。倘能如此，則於願足矣。

曹惠民

農曆庚寅年4月16日於姑蘇

目 次

輯三　格局方法論

附錄

輯一

現象流派論

顛覆之美
——1980 年代以來臺灣文學之走向

很多論者都認為，近半個多世紀以來的臺灣文學，大體上可以分為這樣幾個階段：（1）1950 年代：「反共文學」為主導，（2）1960 年代：現代主義文學成為主流，（3）1970 年代：鄉土文學為主軸。這三個「10 年」，文學發展的大趨勢，似乎比較清晰，大體上十來年有一變，能比較清晰地看到此階段與前後時段的區別；（4）但到了 1980 年代，特別是取消黨禁報禁、開放赴大陸探親、臺灣社會「民主化」程度大幅度提高以後，文學的即時狀態與發展趨勢，已不再如此前三個十年那樣，更迭有序，主流鮮明，似乎進入了一個相對無序而又多元發展的時期，也很難找到一種主導性的、或堪稱主流的文學思潮。這種情況在 1990 年代更形突出，似乎文學的發展脫出了原先的軌道。

現在要問的是：80 年代以來，臺灣文學的發展是否無脈絡可尋？是否真的雜亂無序，而無法為其定位？80 年代以來的文學與 50～70 年代的文學之間究竟是什麼關係？近 25 年來的臺灣文學可以以怎樣的面貌進入文學史？

80 年代以來，臺灣文學的地理版圖上，確實出現了一些文學新地景，頗多新人耳目之處。這些文學新地景（比如：原住民文學、自然寫作、政治小說〈含牢獄小說、選舉小說、「二二八」小說之屬〉、同志文學、酷兒寫作、旅行文學、飲食文學等）究竟是怎樣萌生發展的？它們是否已形成了文學創作的新文體或次文類？它們和前此的鄉土文學、「反共」文學、現代派文學、環保文學、遊記小品……是什麼關係？

臺灣文學新地景延展了臺灣文學發展的脈絡，應是無可置疑的一種基本體認；同時，它們又更鮮明地呈現出對臺灣文學此前發展脈絡的顛覆與寫作路向的別擇，也是不爭的事實。

顛覆，成為 80 年代以來臺灣文學發展的主要走向。原住民文學、自然寫作、女性主義文學、同志文學、酷兒寫作、政治文學、旅行文學、飲食文學、後現代文學、網路文學……一一形成了對鄉土文學、報導文學、女性文學、情愛文學、遊記小品、現代主義文學、流行文學……等的強烈顛覆，表現出強勁的驅動力，為臺灣文學的發展提供了頗多新異的次文類，呈現了 20 多年來臺灣文學的新的生態結構。

本文選擇原住民文學、自然寫作與同志文學－酷兒寫作為考察場域，略論其發展及如何呈顛覆之能事，並初探未來之文學史當怎樣書寫，以為芹獻。

一、原住民文學

長期致力於原住民文化振興與推展的孫大川博士在為他主編的《臺灣原住民族漢語文學選集》所寫的《臺灣原住民文學創世紀》一文中說了這樣一番話：「1970 年代中期引爆的鄉土文學論戰，固然高舉本土的旗幟，但他們所謂的本土仍然是漢民族本位的本土：敘述的場景，從蘭陽平原到嘉南平原，從漁港、茶山到田埂；依舊是平原、稻作民族的思維邏輯。相較於夏曼・藍波安的海、田雅各的山、瓦歷斯・諾幹的島嶼，以及原住民文學中隨處流露的神話和宇宙想像；漢人的本土是現實的、政治的，缺乏『怒而飛，其翼若垂天之雲』(《莊子・逍遙遊》）的高拔之勢。當然也無法真正理解、欣賞整個南島民族遼闊的海洋心靈。」[1]

這段話被特別醒目地印刷在選集各冊的封底上。孫大川的這段話，一方面把原住民文學與鄉土文學聯繫起來，另一方面，又嚴為區隔（漢族）鄉土文學與原住民文學，認為前者是平原、稻作民族的思維邏輯，後者是海洋、漁獵民族的思維邏輯。換言之，原住民文學不屬於（不是）鄉土文學。

筆者以為，此話頗有可議之處。所謂鄉土文學，自然是以鄉土為背景的文學，但這鄉土，恐並非僅指鄉村、土地（平原），也應該包含山林、海洋、島嶼等，都是廣義的鄉土，是一個人的生身之地、血親之地的母土。除了平埔族（如凱達格蘭、葛瑪蘭、西拉雅等生活在西部平原地帶，19 世紀末已完全漢化）以外，臺灣原住民主要生活散居於山地、海洋及海中的島嶼（如蘭嶼），他們祖居於此，產生與發展了自己民族的歷史、文化、語言、信仰、習俗等；形成了有別於漢族（及平埔族）的種種外在與內在的族群質素，這是無庸置疑的。如果以一種開闊、開放的觀念來詮釋「鄉土文學」這中外文學史上重大的文學現象，那麼，臺灣原住民文學就是原住民的鄉土文學，就應當把臺灣原住民文學認作是鄉土文學的組成部分。鄉土文學以鄉土（特別是故鄉）為背景，寫鄉人鄉語，敘鄉景鄉事，原住民文學（寫原人原語，敘原景原事）與一般認為的（漢族）鄉土文學並無二致。當然，臺灣原住民文學確實又有不同於漢族作家寫作的鄉土文學的內涵和風格。除了自然背景的不同（漢族作家也有以山、海為背景的作品，如粟耘

---

1 孫大川《臺灣原住民文學創世紀》，孫氏主編《臺灣原住民族漢語文學選集》封底，臺北，INK 印刻出版有限公司，2003 年 3 月。

的山林散文、黃春明以宜蘭蘇澳海港為背景的小說等），最重要的區別在於，臺灣自日據以來到70年代「鄉土文學」大論戰前後的鄉土文學，始終與政治、國家（國族）議題有太多、太深的聯繫，處理的是社會性強、意識形態也比較明顯的主題，從賴和、吳濁流……到陳映真、宋澤萊……莫不如此。而原住民文學則集中關注民族文化的基本面。雖在初起階段，發出過相當激昂、高亢的政治抗爭之聲，但其基本關注還處於民族歷史與文化的層面。70年代開始的臺灣原住民運動，直接催生了80年代中期原住民文學的發生，田雅各的《最後的獵人》、莫那能的《美麗的稻穗》、夏曼・藍波安的《冷海情深》、《八代灣的神話》、《黑色的翅膀》、《海浪的記憶》、孫大川的《久久酒一次》、利格拉樂・阿𡠄《誰來穿我織的美麗衣裳》、瓦歷斯・諾幹《想念族人》、《伊能再踏查》等作品的出版，孫大川發起、主編的《山海文化》雙月刊（1993.11）的創刊、原住民文學獎的籌辦、《臺灣原住民漢語文學選集》（共七冊，孫大川主編）等作品接踵的問世，在在都說明，原住民文學歷經二十年的建設，已成了臺灣（鄉土）文學寫作中分外獨特並具有豐富文化內涵的一種文學現象。它對於「傳統」鄉土文學（以漢民族為主、以平地鄉村為主）也可以說是構成了一種顛覆，事實上，這正豐富了臺灣鄉土（本土）文學的色調。顛覆也是一種充實。

但時至今日，原住民文學研究仍然十分滯後，其在重要文學場合的屢屢缺席，在在證明著學者的失察與無力。令人震撼的是，外國學者已經遠遠地走在了華人學者的前面，這是令人羞慚的事，豈能不急起直追？俄羅斯科學院通訊院士、世界文學研究所首席研究員李福清早在1992年即應臺灣清華大學之邀，專門研究臺灣原住民文學，後來還在英國牛津大學開了一門課——「臺灣原住民民間文學研究」，並推出了一系列研究成果（如《神話與鬼話》，北京，社科文獻出版社）。

不管是從原住民文學與民間文學的關係，還是從它與鄉土文學、寫實文學的關係來看，出自「邊緣」的原住民文學的「原」汁「原」味，正在改變並豐富著既往臺灣文學史的色調與滋味。有眼光的文學史家應該給予臺灣原住民文學以適宜的地位，「漢原溶融」的書寫策略應是可行的願景。

二、自然寫作

目前在臺灣寫作界出版界頗為風行、在讀書界也頗受歡迎與關注的「自然寫作」，最早源自於 80 年代初以韓韓、馬以工的《我們只有一個地球》為代表的環保文學思潮。但它與一般的環保文學不同的是，在環保文學中，社會人的身影以介入者的身份一直佔有重要乃至主要的位置；而在自然寫作中，社會人退居於隱蔽的觀察者的位置，處理的基本上是自然界（包括山川、河流、地表、動植物……）的各種存在，較少或基本摒棄了環保文學「社會批判」的性格，轉而形成了對「環保文學」這一報導文學次文類的顛覆。自然寫作又比較側重從正面展示自然萬物原本的美好、可愛，而不象環保文學多是揭示其負面的社會影響（河流、海洋污染、空氣污染、噪音、動物的濫捕、水土流失與植被的破壞等負面現象在報導文學中大量呈現）。自然寫作更多關注人與自然的關係，追求與彰顯二者和諧相處、協調發展的正面圖景，重返「天人合一」（而不是「人定勝天」）的傳統自然倫理，墾拓了自然寫作在文學創作中的新地景。

從劉克襄的「鳥文學」（《隨鳥走天涯》、《漂鳥的故鄉》等）到吳明益為蝴蝶建構自身譜系的《迷蝶志》、《蝶道》，從徐仁修的自然觀察記錄（《思源埡口歲時記》、《獼猴與我》……）到王家祥的荒野保護系列（《文明荒野》、《四季的聲音》等），都可以看到自然寫作已呈現出的斑斕多彩的風貌。作為一種圖文並茂的嶄新文本，自然寫作的文本基本上由三個部分構成：正文，圖照，圖說。文（正文、圖說）與圖（插圖或照片）相得益彰、互為補充，不啻是另類的視覺饗宴。圖照往往拍攝（繪製）精美可鑒，幾達專業水準，給讀者一種「悅讀」的快感，也就令人油然而生對自然萬物的關愛、呵護之情，遠比一味呈現負面的醜鄙畫面效果好許多，潛移默化、以美動人，自然寫作的熱賣、風行，也就不足為奇了。

南方朔曾把「自然寫作」定位為「在文學、生活隨筆、遊記、科學、人生感思之間飄蕩，散發著獨特的人文和自然氣息，並將這兩者加以連綴」的文類。[2]而簡義明則認為「以作者的人文體驗書寫關於自然的行為，都可以稱為『自然寫作』」。[3]兩位論者都特別強調了自然寫作的作者在書寫「自然」的同時，必須具有的人文素養與人文體驗。這就表明，在他們看來，所謂的「自然寫作」儘管不以「人」為文本書寫的中心，但有關自然的方方面面、色色種種的書寫，必都浸透著作者發自內裏的人文情懷、人文氣息。從自然寫作的那些優秀文本來看，也正是如此。

在自然寫作中涉及的環境倫理、自然倫理、土地倫理、土地美學、生態殖民問題的展開，將對自然寫作及其研究帶來觸動和互動，在這些方面，都還存在著闊大的探討空間。前些年，在臺灣一些大學裏出現了一些以自然寫作為研究課題的碩博士論文（作者許尤美、簡義明、吳明益等），顯示了自然寫作的研究正走向學院的門牆。在這種情景

---

2 南方朔語，轉引自吳明益《以書寫解放自然》第 7 頁，臺北，大安出版社，2004 年。

3 簡義明《臺灣「自然寫作」研究——以 1981-1997 為範圍》第 8 頁，政治大學中文所碩士論文，1998 年 6 月。

下，自然寫作進入臺灣文學史已是時機的問題了。如果說自然寫作已然造成對報導文學的顛覆，那麼，應該說，歷史的進程已呈現了這顛覆之美。只有釐清自然寫作之緣起，弄清它與報導文學，甚至鄉土文學、遊記、生物觀察報告等之間的互滲、遷衍、流變的關係，自然寫作的文學史書寫才具備學理的依據，並自能凸顯其在此一文脈中的價值、地位與影響。

三、同志文學

同志文學是這一時期臺灣文學諸種新現象中，最具顛覆性格、亦最引人矚目的文學現象。從 70 年代隱現初潮到 90 年代蔚成風潮，這一文學寫作方式呈現了逐漸明晰的美學追求，亦呈現了正負兩面的現時效應與文學史影響。

臺灣同志書寫的濫觴，應追溯到六十年代。始作俑者是白先勇、林懷民。《寂寞的十七歲》、《月夢》、《青春》、《滿天裏亮晶晶的星星》、《孤戀花》一起構成白先勇前期創作中似成系列的「同志書寫」的成果。林懷民的中篇小說《安德列•紀德的冬天》、白先勇的長篇小說《孽子》則以較大的規模展開了男同志的故事。

「同志書寫」在 60 年代臺灣的出現，既與文學界現代主義思潮的盛行休戚相關，也與社會發展中的女性主義思潮漸次流播，桴鼓相應。對於人類自身奧秘的不斷追尋和追問，人本主義理念的不斷衝擊，都構成了臺灣同志書寫不可或缺的氣候與土壤。而它在此一時期表現出的屈身求存姿態，也正是社會發展階段性的必然派生。

到了 70 年代以後，現代、後現代、女性主義的思潮進一步強勁地刺激著社會的轉型，「同志書寫」亦隨之進入常態的而非另類的生存狀態。李昂、朱天心、馬森、席德進、顧肇森等以各種姿態捲入同志書寫的寫作潮流，擴張了同志書寫的視閾。隨著民主政治的展開與女權思潮的浸漫，同志書寫一步步走出往日的陰影與悲情，表現出欲與異性戀主流平分「春」色的挑戰姿態，尤其是 80 年代解嚴以後，涉足同性戀題材寫作的作家人數激增（有人統計，不下 50 個[4]），文學影響漸廣。到了 90 年代，更儼然形成一股情慾書寫的風潮，對臺灣文學的生態佈局造成了強勁沖激，尤其是對以異性戀為基本建構的情愛文學，構成正面挑戰。楊麗玲、藍玉湖、許佑生、林裕翼、陳雪等紛紛「出櫃」。凌煙的《失聲畫眉》、朱天文的《荒人手記》、邱妙津的《鱷魚手記》、蘇偉貞的《沉默之島》等接踵獲得各種臺灣文學大獎（或推薦獎，有的獎獎金高達百萬新臺幣），更為「同志書寫」的風潮推波助瀾，「同志書寫」的變異在 90 年代表現為「酷兒寫作」的異軍突起，「只為了宣稱建構陽性的女同性戀身份，也異於大多數在態度上還是認為女同性戀（慾望、身體、個體）都是負面的文本」[5]，「酷兒」那既非男同、亦非女同的怪異性別身分與更為異類的變種情慾，對男／男，女／女、無分男女，有「志」一「同」的同志書寫構成的巨大衝撞，穿透人類隱秘感官世界的地層，使人們不得不隨之調整認知它的角度與方式。「趨同型」與「逆反型」的異質同構被代之以難以釐清的纏繞與交匯，呈現出具有鮮明後現代性的拼貼特徵。性別的無法確認、穿梭流動，徹底顛覆了男女二分（即便在同性戀中，也和異性戀一樣的有男女兩性的基本認知）的話語基礎，形成了對文本詮釋的最嚴重挑戰。

---

4 劉亮雅《邊緣發聲——解嚴以來的臺灣同志小說》，氏著《情色世紀末》第 83 頁，臺北，九歌出版社有限公司，2001 年 9 月。

5 洪凌《蕾絲與鞭子的交歡——從當代臺灣小說注釋女同性戀的欲望流動》，見林水福、林燿德主編《當代臺灣情色文學論——蕾絲與鞭子的交歡》第 101 頁，臺北，時報文化出版有限公司，1997 年 3 月。

《感官世界》（紀大偉）、《異端吸血鬼列傳》（洪淩）、《惡女書》（陳雪）以激進的性相想像和感官描述，或者女同與男人之間的女／男／女（並非雙性戀）關係，空前大膽地呈現了「酷兒」們對性別身分認同的解構與顛覆。主人公的性別身分具有曖昧性，從而構成作者與主人公之間既非一致亦非相反的、更形複雜的關係。

此外，「吸血鬼」形象的凸顯，非人異類的殘酷性愛、玩虐與扮虐、異性戀情慾的畸零化身以及吸血鬼、生化人，科幻、夢幻世界的大幅度變異，都使這類書寫突破了前此「同志書寫」的舊範，不僅瓦解了主流異性戀話語與暗流同性戀密語二元對立的既有格局，也在同性戀的密語世界裏發起了對男同／女同之自身建構的傾覆，其前衛性與試驗性尤為強勁。

而西方「酷兒理論」的登陸與島內實際操作的回應（如洪淩、紀大偉等的「島嶼邊緣」專輯），以「同志書寫」中異軍突起的炫人態勢指向島內文學媒體與讀眾視野，令人瞠目結舌。臺灣「同志書寫」於焉登頂。

一些同志書寫的文本與作者之間所存在的對應關係凸顯了作品的某種自傳性，從白先勇、林懷民、席德進、蔣勳、邱妙津、許佑生、吳繼文等作者的某些作品，可以清楚地看到這一點。這些作品在「紀實」與「虛構」、摹寫與想像之間存有的內在同一性（有些作者本人甚至也並不刻意回避談論這一點），顯示了「同志書寫」文類的身份書寫特徵。但正如米蘭・昆德拉所說，小說人物「不是對一個活人的仿真，他是一個想像出來的人，是一個實驗性的自我」。[6]這類作品還常常採用「手記」體，如《鱷魚手記》（邱妙津）、《荒人手記》（朱天文）、《一位同性戀者的秘密手記》（舞鶴）、《人性手記》（白中黑）等，往往在

6　米蘭・昆德拉《小說的藝術》第27頁，香港，牛津大學出版社，1993年。

作者與主人公之間建構一種似虛似實、非虛非實的連結，手記體、第一人稱，敘事人＝作者？敘事人≠作者？可以有多種不同解讀，正是在這種撲朔迷離的書寫策略的運用中，作者的身份焦慮或身份認證與藝術的張力得以充分展現，讀者的想像空間也隨之闊大、更富彈性，也賦予作品更豐贍的內涵。

一些獨特的的自然空間，如「公園」(《孽子》)、「校園」(《鱷魚手記》、《童女之舞》、《春風蝴蝶之事》)、「梨園」(《霸王別姬》、《失聲畫眉》)在「同志書寫」中有其值得深入解讀的意涵。三園（公園、校園、梨園）之外，軍營、監獄、公共浴室、戲院、醫院等空間，也是同性戀情演出的舞臺。空間在「同志書寫」中扮演了怎樣的角色，它與人物之間形成了怎樣的互動，都頗堪玩味。

一些令人目眩的意象，如鱷魚、鳳凰、蜥蜴（董啟章《安卓珍尼》)、蝴蝶（朱天心《春風蝴蝶之事》、商晚筠《蝴蝶結》、陳雪《蝴蝶的記號》)、畫眉、貓、龍、爬蟲、兔子（《孽子》)、鴨子、吸血鬼等，在「同志書寫」中的出現，也都各有同中之異、異中之同的意趣。參透這些同性戀意象之謎，也就能從另一個側面接近作者性別想像的內蘊，同志書寫中種種意象的登場，給文本的展開平添了廣大的想像空間，成為作者表現隱秘情感意念的上佳手段，豐富了同性戀次文化的內涵，也為小說實驗提供了鮮活穎異的經驗。

臺灣同志書寫的不同性別想像與呈現方式，祛魅與複魅的繁複表演，其豐富、其怪異、其另類、其前衛、其酷炫，在在都令人眼花瞭亂，頗有目不暇接之感。

從「孽子」時代的自憐自戀，到「酷兒」時代的自傲自炫，臺灣同志書寫從陰影中走向陽光下，男聲（男同－孽子)、女聲（女同－拉子)、混聲（酷兒）三重合奏，眾聲喧嘩，算是修成「正果」了。

臺灣「同志書寫」是近幾十年來臺灣文學發展中一個不可忽視的現象，也是臺灣文學史寫作中不容回避的話題。

但是「同志書寫」要能不斷成就「經典」、繼續前行，那麼，冷靜清醒的省思（而不是一味地自炫），當是必經之途。告別悲情、掙脫陰影、走出密櫃見天日，不應成為同志與同志書寫的終極標的。倘若有朝一日，「同志書寫」不必像異性戀書寫那樣、同志作家不必像女作家那樣特別地刻意地標明，「同志」的「特殊」性別身分得以淡化、甚至消解，而凸顯其作為「人」（無分常態、異態，亦無分男／女、T／婆）的最基本身分，所藉以展開的性別思考能以深度對抗熱度（流行之熱度）高度（情感發洩之高度），拒絕把「同志書寫」、「酷兒寫作」誤導為流行、時尚，總之，從「污名」（他人強加之名）到「吾名」（吾人自命之名）再到「無名」（毋需特指之名），由燦爛之極終歸於平淡，那也許是「同志書寫」真正成熟的時候。

同志文學——酷兒寫作因其強烈的顛覆性早已成為臺灣文壇及社會眾所矚目的存在，儘管在如何認識、如何定位的問題上，也還有不同的看法，但其社會影響的巨大，已是不爭的事實。問題是在於如何對它作出合理的、科學的解釋，而並不存在文學史書寫中回避的可能。同志文學——酷兒寫作中所呈現的性別論述、酷兒理論等話題，雖可借用前此的女性主義理論資源，但確實也存在著開拓思維空間的必要，以啟動文學史如何書寫同志文學——酷兒寫作的新思考。

總之，創作上的顛覆為理論的構建開闢了道路。80年代以來這些文學新地景的出現，已經到了加以學理的總結之時。我們期待著一部兼容並包、斑斕多彩的臺灣文學史的出現。

出走的夏娃

——試論臺灣女性寫作敘述主體的建立

臺灣女作家人數之多，可以百計。活躍於近 20 年臺灣文壇的女作家，大都是戰後至 60 年代出生的；一些 70 年代出生的晚生代也已在 90 年代文壇崛起。1995 年出版的《中華民國作家・作品目錄新編》一書收錄臺灣作家共 1353 人，其中女作家 475 人，占總數的 35%；475 位女作家中，60 年代出生者占同年齡段作家總數的 54%（入書的 81 人中有 44 人，超過了半數）；比 40 年代、50 年代出生者所占比例（36%、37%），竟增加了十七、八個百分點。女作家的活躍，真是享盡了文壇風華，令人矚目，不容你不正視。

但是並非凡女作家的創作，都能被納入本文所指稱的「女性寫作」範疇。這裏所謂的「女性寫作」，是指女性作家以獨特的觀察視點和切入點，包含女性獨特的生命體驗、性別體驗、情感體驗，表現出鮮明的女性意識、自我意識和現代意識的寫作實踐與創作文本。

就臺灣而言，直到五六十年代，臺灣女作家創作的主流，還是以林海音、琦君、張秀亞等為代表，並未真正步出閨閣，頗多閨秀氣或閨怨氣，尚不脫「閨秀文學」的窠臼。從林海音的《城南舊事》、《金鯉魚的百襉裙》、琦君的《髻》這類堪稱五六十年代的文學名著中，可分明見出傳統規範的重壓，女作家們尚未擺脫男性話語及思維方式對其寫作的拘囿，缺乏鮮亮奪目的女性色澤。此後崛起的聶華苓、於梨華、陳若曦等人，誠然比林海音們受到更多西方文化、價值觀念的薰陶，在寫作方向、意識觀念上有了某種程度的調整，或為「無根的一代」造形，或為漂泊的遊子尋夢，或為不同生存空間中的女性記錄其求索的足跡，但女性意識仍然被社會意識所遮蔽，也還沒有開闢出女性寫作的新境，至於瓊瑤一路的言情故事，其女性形象的傳統意味，恐更為彰顯。

臺灣「女性寫作」路向的真正確立，是在 80 年代以後。一批批女作家從前行代的寫作模式中蟬蛻而出，以比母、姐輩別致得多的女性寫作姿態，顯示出創格、穎異與令人目眩的亮麗色澤。這種衍變倒並不首先表現為題材領域的大幅度轉向，七八十年代出現的袁瓊瓊（1950－）、廖輝英（1948－）、蕭颯（1953－）等一批戰後出生的作家，置身在傳統與現代的夾縫之中，依舊站在家庭裏，以「視窗的女人」觀察「窗外」的世界，卻已從女性的「鐵屋」中探出頭來，嘗試著發出了獨特的女性的聲音，其突出表現是女性意識的覺醒與對男權社會秩序的疏離、對峙，並著意開拓女性寫作「自己的天空」。

袁瓊瓊的小說《自己的天空》（1980）是對當時臺灣女性奮鬥、求存現實處境的一種書寫，也是文學對於臺灣社會轉型的必然回應，暗合了無數已為人婦的女子的心聲。當良三像「甩張舊報紙樣的甩掉」靜敏的時候，靜敏卻以毅然地提出離婚，來回答良三分居的要求，第一次由女人（而不是男人）作出了關係男女雙方命運的決定；同樣地，後來成功周旋於生意場上的靜敏，在結識了已有家室的貿易公司經理屈少節時，這回還是女人作出的決定：她「決定自己要他」。當再次見到良三時，她忽然怪異地感覺到有兩個自己：「現在的自己」和「過去的自己」，「現在的自己」已確然「是個自主、有把握的女人」，才真正是「自己的自己」，過去的自己只是「他人（丈夫）的自己」。她正是在與「過去的自己」相比較時，才凸顯其新的姿態的。她發現了「自己」，也發現了「女人」。現代女性自我意識、性別意識的自覺，於焉清晰浮現。這篇小說成了開拓臺灣女性寫作新空間的標誌性作品。

與靜敏差不多同時走到讀者面前的，還有阿惠（廖輝英《油麻菜籽》）、丁素素（廖輝英《盲點》）、林欣華（朱秀娟《女強人》）、黎欣欣（廖輝英《紅塵劫》）等新女性，她們構成了臺灣文學史上一代新女性形象的群體。

廖輝英的《油麻菜籽》（1983）關心的是都市女性的生存境遇，為猶在茫然摸索中的現代女性，提供一面自省的鏡子。走出閨閣、出入公眾之間的現代女性，面臨著比她們的前輩多得多的困惑與迷惘、誘惑與陷阱，也有更多精神上的無奈與痛苦。廖輝英的作品善於在男女兩性的種種關係中，鋪陳女性命運之路，相當成功地寫出「現代男女必須飽受傳統例行與現代專有的雙重磨難之煎熬，無疑苦過從前那些世代的男男女女」的境況，廖輝英也因而被稱為「最善掌握現代男女兩造情境」的作家。在《油麻菜籽》中，廖輝英清醒地看到了身負傳統價值觀念十字架的現代女性的兩難選擇與尷尬情境。作品設計了「黑貓仔」（母親）與阿惠（女兒）兩代女性面對宿命的不同表現。「黑貓仔」以「女人的命就是油麻菜籽」的信條消極地生活，新一代的阿惠卻不甘命運的安排，走上了完全不同的人生道路。

袁瓊瓊、朱秀娟（1936－）、廖輝英自有她們的貢獻，但一些評論者對林欣華、丁素素等一類「女強人」形象在事業上的成功，一味肯定，加之作者本人在商業上的成功（如朱秀娟擔任過董事長，廖輝英當過經理），似乎女性在商界的成功便等於女性的成功，這恐怕是一個誤區。成功女性的職業色彩得以加強，固然是生存於其間的現代工商社會所使然，但並不能以此為準繩來形塑現代新女性的形象，更重要的是女性自身價值在心靈精神層面上的真正自立、自強。

如果說以《自己的天空》、《油麻菜籽》、《女強人》等為代表的作品已開始了向傳統女性文學的衝擊，推出了一批愛情上遭遇挫折、事業上卻獲得成功的「新女性」(或「女強人」),開拓出了女性寫作的「自己的天空」;那麼,以《殺夫》為代表的另一批作品,則將八九十年代的臺灣女性寫作帶入了一個全新的境地。

所謂「新」,主要是指作者們打破了女性寫作歷來對「性」的有意的規避或無意的漠視,力圖把筆觸深探進女性自身的心理世界、精神世界乃至潛意識世界,深探進異性之間的各種心態、感覺、慾望,實證歷來被男性話語所遮蔽的女性的自我存在,肯定女性生存狀態中諸種既在形式,深具女性寫作本體的豐富內涵,從而導引了女性寫作未來發展的路向。這方面的代表是施家姐妹——李昂(1952－)、施叔青(1945－)。

施家姐妹都在 17 歲的同齡年代即分別以《壁虎》(施叔青)、《花季》(李昂)而引起矚目。此後,施叔青的《倒放的天梯》、《常滿姨的一日》、《愫細怨》直至《香港三部曲》,李昂的《愛情試驗》、《暮春》、《殺夫》直至《暗夜》、《迷園》、《北港香爐人人插》等作,都相對淡化了女性的社會角色的敘寫,以濃重的筆墨凸顯女主人公自身的性別角色,從不同側面和層面上營造女性話語構架,而各有斬獲。從文學史的角度來看,則是有別於歷來占主流的男性話語系統,呈示了此前女作家文本中所沒有的寫作狀態,實乃一種完全意義上的女性書寫。《花季》從女性成長的角度,寫花季少女性意識的萌動和意欲,心理探析曲盡隱秘幽微之至,與《壁虎》的詭異,殊途同歸。《常滿姨的一日》寫一個中年女子的性饑渴,《愫細怨》對愫細性意識的追索摹寫,筆致深細,其探測之深邃、筆觸之坦然,都令人訝異。

更為震撼性的演出是《殺夫》。《殺夫》(1983)是李昂的驚世駭俗之作。在臺灣女性寫作史上,它挾帶著詭異之美形成對性禁忌的挑戰與突破，無疑具有界碑的意義。《殺夫》的中心情節，是林市不堪丈夫陳江水的虐待而被迫「殺夫」。小說所本雖然出自現實生活中的真實事件，而從小說文本考察，作者的構思有幾處卻別具深意：1.小說篇首在虛構的文本之前，摘錄了兩段報紙「新聞」，新聞本以真實為其生命，但其所述，例皆虛假、荒誕、無稽之語，全無新聞應有的品質（在藝術表現上，則頗有後設意味）。2.新聞援引之法院處決殺夫犯人林市的判詞，尤為荒謬絕倫。以上兩點對貌似公正、真理的新聞媒體與法律，作了尖銳諷刺。3.造成林市悲劇結局的重要原因之一，是阿罔官等同為女子的一班「看客」、閒人。阿罔官的設置與魯迅《祝福》中祥林嫂遇到的柳媽有異曲同工之妙，表達了作家對「無主名的殺人團」（魯迅語）的憤懣、韃伐，顯示了對女性命運的深層審視與省思。從本質上來說，林市對陳江水肉體的肢解滅除，深拙出其間性／暴力／死亡的意涵，不啻宣告了野蠻男權的終結，將男性霸權推入了萬劫不復的時光深淵之中，亦即意味著受夠宰製、壓抑的女性從男性霸權王國出走的實現。這固然是對男性行為和思想霸權的顛覆，也是對男性話語霸權、敘事霸權的消解，而女性敘述主體的話語規則也就自《殺夫》中得以矗立。作品並沒有構設男權勢力下婦女自立的因應之道——也許男女關係本來就沒有特定答案。在李昂看來，女性的自覺對婦女是否邁向解放之道，有必然的關聯，只有當婦女能提出質疑，不再斷然地相信女人的命運完全被生理的、心理的、經濟的情況所決定，婦女才算是走出了第一步。「質疑」本身就意味著自覺意識的蘇醒。

在長篇小說《迷園》（1991）整體象徵的構思中，灌注著李昂對臺灣歷史、文化的省思，這種省思建基於對新一代女性朱影紅的形塑中。作者以文化古鎮鹿港出生的天賦優勢，濃墨重彩地鋪陳了殘存在歷史遺痕中的臺灣本土文化的魅力。朱影紅作為一個女性的身份認同，正與作者試圖借小說追尋其文化認同與國族認同的動機相契合。這種富有創意的構想，在其姐後出的煌煌大作《香港三部曲》中得到了更為淋漓盡致、也更為圓熟的演繹。

《香港三部曲》(1993－1998)借一個從東莞鄉間被騙入香港青樓的農家少女黃得雲的遭遇，追索百年香港的歷史滄桑和文化內涵。在施氏姐妹筆下，臺灣也好，香港也好，其一度被殖民，正與作為妓女的女性被佔有，具有相同的後殖民敘述的價值指向。嘗有論者以為，在女人與城市之間，有一種天然的盟約關係。李昂、施叔青這種把女人與特定的空間（朱影紅－菡園－臺灣，黃得雲－雲園－香港）迭合併置的藝術構思，迥異於袁瓊瓊、廖輝英、朱秀娟等人的思路，表現出對歷史與社會中「女性」作為存在物的更新認知，並體現為一種新的定位，亦彰顯出另類的陽剛之氣。這就給新生代的女性寫作，打開了一條面向歷史的深邃通道，具有主題範式和敘述模式的重大美學價值。

然而，如果把李昂、施叔青等人的女性書寫，視為 80 年代以來臺灣女性寫作的主流，則難免有以偏概全之虞。就連一向被認為是臺灣女性主義批評代表的何春蕤也表示：「我們所抗爭的對象，並不只是男人，而是一個事實上貧瘠且壓抑的文化結構」。《殺夫》式的性反抗與性報復，絕不是女作家們唯一的或者最終的選擇。

自 80 年代中期《騙局》出，「情色小說」大行其道。言「情色」，而非「色情」，自有其逆反、顛覆、重構的正面意涵在。進入 90 年代，情色、同志、女性與性別議題，儼然成為此一時期臺灣文學創作、特別是女性寫作的重頭好戲。蘇偉貞（1954－）、朱天文（1956－）、朱天心（1958－）、平路（1953－）等與更年青的黃子音（1961－）、朱少麟（1966－）、成英姝（1968－）、邱妙津（1969－1995）、陳雪（1970

－）、洪凌（1971－）等相聚合，終止了女前輩們纏綿悱惻的古典書寫，而更凸顯其都市背景和女性自我意識、乃至世紀末情調，形成臺灣女性寫作在世紀末的最為詭奇的出演。

蘇偉貞和朱氏姐妹在80年代初，就為文壇矚目。前期的作品如《陪他一段》、《世間女子》（蘇偉貞）、《小畢的故事》、《最想念的季節》（朱天文），《昨日當我年輕時》、《台大學生關琳的日記》（朱天心）等，差不多還沒有構成一個新的階梯，足以證明她們意欲創新的成功。這時期的作品雖然也有世間女子的愛恨嗔癡，卻已涉筆瘋癲、出走、夢遊、失蹤、死亡……很有幾份森森鬼氣，她們以幽怪、酷寂、獰厲取代溫馨、清朗、純情，寫出她們勘探到的世間情愛三味。指證這一點，其實正揭示了蘇偉貞、朱天文這類作家（包括前述的李昂、施叔青）寫作姿態之前衛，王德威對此曾有精彩的分析。

朱氏姐妹（天文、天心）與施氏姐妹（施叔青、李昂）都是近20年女性寫作場域中的佼佼者。也許是由於出身、背景的不同，年齡的差異，朱氏姐妹的寫作路向的變化幅度更大，也呈現出了更新世代的價值與審美取向。而就她們自己的寫作發展來說，與施氏姐妹也頗為不同、初出道時的朱氏姐妹，曾經有過一段「方舟」上的「三三」時期，還看不出她們從純情小說中跳脫而出的可能。也不過就十來年的時間，朱天文這個在「悲情城市」的「戀戀風塵」中積累了豐富女性體驗的「世間女子」，卻以《炎夏之都》、《世紀末的華麗》、《肉身菩薩》、《荒人手記》等一連串的作品，令人刮目相看。

置身於即將逝去的世紀末，此時的朱天文在紛紛亂象中深味了萬丈紅塵的複雜滋味，那些光怪陸離的末世景象，那些令人眼花繚亂的頹廢沉淪、狎情孽愛，在在都逼使作家不能不遠離當年的清朗之境，在華麗的世紀末寫盡世紀末的「華麗」——在這裏，「華麗」其實是應該讀作「蒼涼」的。《世紀末的華麗》（1994）在女模特米亞身上，演繹了世紀末臺北大都會的慾海浮世繪。而其妹朱天心的《威尼斯之死》、《古都》（1997），苦心經營其「老靈魂」形象，透露了她無可排譴的悲劇情懷。與此相類，朱少麟的《傷心咖啡店之歌》（1996）中的馬蒂，以一杯咖啡的代價，經歷了人生中最混亂豐富的旅程，她看到的是那些在孤獨中掙扎著找尋生命意義的流浪者。「傷心咖啡店正是這群青年男女的現代大觀園，似乎是臺北污穢的紅塵中的一方淨土」。

90 年代臺灣女性情慾寫作的一大熱點，也是最能顯示其女性話語特徵的，是女性作家們對於女同性戀、雌雄同體的認同，肯定超性別傾向與自戀情結。「萊斯嬪」的倩影幽靈頻頻出現在 90 年代臺灣女性作家的筆下，並不是匪夷所思的神話。這當然有其特定的時代原因、社會原因、心理原因等等，此處姑且不論，我想強調的是：這種邊緣寫作的路向與書寫策略，在女性寫作史上所具有的革命性意義，是不容低估的。正如楊照所說：「世紀末的今天，我們赫然見到前方浮現出一塊新的荒原，等待開墾——女人與女人的情慾探索、男人與男人的意亂情迷。」

1994 年，朱天文的《荒人手記》獲第一屆《中國時報》百萬小說大獎，蘇偉貞的《沉默之島》同時獲推薦獎。女性「情慾書寫」之名由是成立，不脛而走。《荒人手記》、《鱷魚手記》（邱妙津）都寫女性特異的性遭遇、性體驗，寫臺北都會世紀末症候群的一端，但向度有所不同。「荒人」者，指的是那些公然挑戰道德規範，實證另一種性愛方式（女同性戀）的現實存在卻又失敗於自我內心的荒原的畸人、棄兒。「在自戀兼自嘲的敘述演出中，朱天文摩挲文字與慾望間的生克關係」，寫女同性戀者內心世界的掙扎與追求，顯示出其內在的悲涼。

《沉默之島》的構思則極具原創性。蘇偉貞在這裏精心設計了同名為晨勉的兩個角色（說是同一個角色的兩面，似更為確切），兩個晨勉的思與行並置發展（而一個在臺灣，一個在海外）；與此同時，又相應地配置了兩組具有對應性的人物：兩個晨安都在美國留學，但一為臺灣晨勉之弟，一為海外晨勉之妹：晨勉的兩個男友——臺灣晨勉的男友是旅美華人（名為祖），海外晨勉的男友是法國人（名為丹尼）。小說交叉錯綜地展開了兩個晨勉相對應而又不同的性愛歷程，一者反叛傳統規範，一者謹守傳統之邊限，看似迥然異態，卻都沉溺於性的熱狂之中，無一例外——或許這正是作者故意之為。而小說中晨勉不止一次地企望：「如果我雌雄同體就好了」，作品中的兩個晨安，就正是一為男性（弟），一為女性（妹），卻又是一個晨安（擁有共同的名字）。蘇偉貞刻意墾拓的這個「島嶼」（女性的象徵），是以「沉默」（緘默、自閉、自我完成、不藉外求）的姿態出現的，質言之，即是能夠自我完成的雌雄雙性同體的理想之念，做個「也是亞當，也是夏娃」的「新人」。

不難看到，從李昂、施叔青等人在異性兩造情景下，對女性隱秘性心理的袒露、女性性反抗的表現，到蘇偉貞、朱天文等人對同性（女性或男性）之間異於「常態」（異性戀）心理的新探究，臺灣女性寫作的中心詞已在一定程度上由「男／女」易為「女／女（男／男）」，令人不能不驚歎，衍變竟是如此之大，如此神速！新的書寫姿態其驚世駭俗的程度，儼然已超越了反抗男性霸權的層面，而進到了無視男性存在、消解男性話語的嶄新場域。這幾乎改寫了前此女性書寫的所有因襲之規，它所造成的震撼之大，足以使《殺夫》式的話語反抗也顯得相形見絀、黯然無光。

《荒人手記》（朱天文）、《沉默之島》（蘇偉貞）、《鱷魚手記》、《蒙馬特遺書》（邱妙津）、《惡女書》、《色情天使》（陳雪）、《春風蝴蝶之事》（朱天文）、《愛染》（楊麗玲，1963－）等作，都致力於多角度地對此作深度書寫，不僅表現了女性作者在挑戰社會既成道德規範時的勇氣，也披露了她們在這種畸異題材上所傾注的開發自我的人文精神和對社會弱勢族群的現實關懷。年輕的陳雪以「酷兒」、「惡女」自命，更是出奇大膽地徹底顛覆了所有的法律、規範、道德、戒條、習慣、禁區……肆無忌憚地袒呈女體（包括性器）、寫真作愛，以此訴諸讀者最原始的感官，一派百無禁忌的架勢，絲毫沒有任何的自慚或畏崽。從陳雪這一型的「世紀末酷兒」的寫作中，被人慾橫流、頹廢厭世、及時行樂的世紀末亂象所神魂顛倒的世紀末人群，看到了一幕幕最真實的現世相，也感受到了「一種深具反抗威權的邊緣力量」。

黃子音曾被論者與張曼娟（1962－）、吳淡如（1964－）一起歸為「都市羅曼史」的作者，其實，黃和張、吳有相當大的不同。黃子音的作品呈現出濃重的工商社會的背景，她縱身其中，盡情發掘、展露都市男女情的商業化氣息，以探測人性的底蘊與變異，筆墨大膽恣肆，袒陳「邪」、「惡」，不避「情色」，遠離道德，不再矜持，以至於同為新生代的林燿德，對她的觀感也顯得頗為複雜而矛盾：「想必她不是處女，但比處女更純潔。」她的《桃花遊戲》、《愛情罐頭》、《夜祭》等作，雖筆致極為直露出軌，但放縱的兩性關係並沒有成為一種低俗的色情展覽，原因就在於黃子音有更深的寄意，又能揭示出現代都市男女在兩性關係眼花繚亂的處理上所透露的深層心理動因，從而顯出了她的清醒省思。

大膽、出軌的情慾寫作，其實亦並非「新人類」、「晚生代」的專利。1992年，臺北的不少書店裏出現了一本名為《愛情私語》的小說，作者李元貞（1946－）已是不再年輕的過來人。不甘寂寞的她，下筆竟也極為放肆，不知節制，可謂異數，不能不令人歎為觀止。《愛情私語》在一個留學生的故事框架裏，鋪展出風光綺旎的女性私密空間，細緻地描繪女體的結構或者作愛技巧、性愛感受。李元貞坦承，寫作此書是緣於「女性性滿足常見於淫婦身上」、「良家婦女排斥性」，故有此作，《愛情私語》也便有了「良家婦女的黃色小說」的別稱，而王瑞香為《愛情私語》作的序，就題為《把性光明正大地還給女人》。也許這真是李元貞借女主人公何未名（未明）所要闡發的題旨？是為了爭取女性對自己身體的控制權與發言權？還是「要性高潮，不要性騷擾」口號的坐實？而有的學者經過認真的分析認為，李元貞的性愛話語「不僅未能威脅父權制度，甚至反諷地成為父權的喉舌」，誠為切中要害之論。李元貞後來還有《婚姻私語》（1994）勉為續作，但已無甚反響了。看來，貌似相同的性話語，其實仍有不同的內涵、不同的價值，需作仔細的辨析，不可一概而論。

20 年來，臺灣的女性寫作以一種急劇多變的態勢，令人目眩的聲色光彩，經磨歷劫，終成葳蕤茂盛之氣象，極大地豐富、更新了這一時期臺灣文學的內質，也為讀者展示了闊大的想像與言說的空間。在小說、詩歌、散文、文學批評諸領域都有上佳表現。本文所論僅限於小說文本一端。大體而言，幾個梯次的女性創作呈現出了三種主要指向：80 年代初，袁瓊瓊、廖輝英、朱秀娟等人從五六十年代女性文學的閨閣中奔突而出，力證女性作為獨立的社會人的身份認知，凸現出新女性明確的人生追求；至李昂出，則顯示了男女兩造情境中的性別角色的定位，呈現出反抗男性霸權的銳利鋒芒，而蘇偉貞、朱氏姐妹、陳雪等人的「情慾寫作」、「酷兒寫作」，則分陳女性心理剖解和欲情的展露……如此這般，劃出了 20 年來臺灣女性寫作從轉型到顛覆到消解的演進路徑。當然，三種指向不能截然分割，互相包容的情形所在多有；彼此間也並非後者取前者而代之的層遞式關係，時有部分承接乃至迭合的狀態出現，整體上則呈現出女性話語主體的多元敘述姿態，其繁盛之貌、其創新之功，在本世紀中國文學史上也是罕見其匹的。

從另一個側面來考察，女性作家筆下的女性形象，則不再由閨秀文學中自怨自憐的怨婦或循規蹈矩的淑女佔據主要地位，一群在現代社會中與男人一樣成就事業、自立自強的「女強人」，浮出歷史地表。幾番風雨、幾度春秋，人們又得識一群在內外交織的情感之網中掙扎求存的「魔女」、「逆女」乃至以自戀為尚的「惡女」，其衍變之快，也實在驚人。與此相應，80 年代後期到 90 年代，性別論述與軀體寫作成為女性作家的流行，作家們從致力於發出女性自己的聲音（「女聲」）到關注女性自己的身體（「女身」），從沉緬於男／女之間的雪月風花到醉心於女／女（男／男）之間的卿卿我我，更是一大異變；20 年前轉型期的社會語型亦為世紀末的個人語型所置換，女性寫作從社會的公共空間經由男女異性的兩造空間突進至女性獨自擁有的私秘空間，一步步地逼近女性自我，走進女性自身。

是「色情文學」？「情色文學」？還是「器官文學」？成耶？敗耶？是幸，是不幸？當下也真是一言難盡。

當「失樂園」的神話終結，從伊甸園出走的夏娃，是否會在大臺北的萬丈紅塵中淪為新世紀的蕩婦淫娃？也頗難斷言。一切尚須時日。

但是無論是與前行代的女作家（林海音、琦君、聶華苓、於梨華、瓊瑤等）相比，或是與大陸、香港的女作家（張潔、王安憶、殘雪、陳染、林白、衛慧：西西、亦舒、鍾曉陽、梁鳳儀、李碧華、黃碧雲等）相比，還是與同時代的臺灣男作家（黃凡、張大春、林燿德、陳裕盛、曾陽晴、紀大偉等）相比，臺灣女性寫作的幾位作者無疑都極富自己獨特且卓特的藝術面貌與個性，是難以被時間之流所淹沒的。也許，她們的寫作還不脫「文字表演」的痕跡？也許她們自己也需要更多的自審與自省？女性自戀、自大的迷思是否也應當警惕？不管 20 年來臺灣女性寫作曾經有過、現在也許還有多少的不足與瑕疵，「演出者」們對文學與自己的真誠是毋須置疑的。作為一種獨具魅力的精神存在，她的豐厚的女性文化內涵和詭魅的審美風情，以其巨大的藝術張力，已經成為 20 世紀中華文學流程中值得觀賞的一片風景。

在新世紀歷史的進路上，我們殷切期待著一路同行的臺灣女作家更出色的表現。

臺灣「同志書寫」的性別想像

近四分之一個世紀以來的臺灣文學，一改前此「十年一波」的既有運動軌跡，進入多元並存發展的時期，其基本走向，是對既往寫作模式的顛覆。原住民文學、後現代文學、女性主義文學、同志文學－酷兒寫作乃至自然寫作、旅行文學、飲食文學……都從或一方面構成了對鄉土文學、現代主義文學、女性文學、情愛文學、報導文學、遊記小品等的強烈顛覆。

顛覆，是近 25 年來臺灣文學發展的驅動之源。

同志文學則是這一時期臺灣文學諸種新現象中，最具顛覆性格、亦最引人矚目的文學現象。從 70 年代隱現初潮到 90 年代蔚成風潮，這一文學寫作方式呈現了逐漸明晰的美學追求，亦呈現了正負兩面的現時效應與文學史影響，需深入探究的空間甚大。

本論文所採用的「同志書寫」這一語詞，並非僅指「同性戀文學」，也涵蓋「酷兒」寫作這種與同性戀文學無法割斷血脈因緣的文學現象。質言之，凡人群中有別於傳統倫理規範之異性戀（主流的）、發生在人與人之間的種種戀情慾望（非主流的、邊緣的）之書寫〔如：男／男，女／女，男／男（？），女／女（？），男（？）／男（？），女（？）／女（？），男／男（？）／女，女／女（？）／男……等多種變貌〕，均在此一語詞所表述的概念範疇之中；此外，「同志書寫」的另一種解讀法，也還可以有兩個側面：即（1）關於「同志」的書寫，（2）身為「同志」的書寫。

一、孽子－拉子－酷兒三重奏

臺灣同志書寫的濫觴，應追溯到1960年代。始作俑者是白先勇、林懷民。短篇小說《寂寞的十七歲》（1961）與在此前後所寫的《月夢》、《青春》、《滿天裏亮晶晶的星星》、《孤戀花》一起構成白先勇前期創作中似成系列的「同志書寫」的成果。值得注意的是，白先勇在此類寫作實踐中兩面開弓（筆涉男同、女同兩型），清晰地表明了白先勇對同性戀議題的全面關懷，有學者乃稱白先勇「是華文文學裏的第一個同志「作家」。

林懷民的中篇小說《安德列・紀德的冬天》（1968）則以較大的規模展開一個大學生與一個舞蹈家之間的男同戀情。大約十年之後，又有了更大規模的同志書寫，這就是白先勇的長篇小說《孽子》。

在這些作品中，同性戀情一直處於社會「有色眼鏡」的審視之下，自然顯得「另類」，常常只能以隱蔽的形態存在。即使在當事人心中，也難脫強大的精神壓力與自責感，作者的書寫，不免流動於哀怨與祈求之間。這成為了初時臺灣同志書寫的一種基本存在形態。「孽子」形象的命名足以佐證此一階段同志書寫者們的委屈求存、祈求接納的卑躬心態。

「同志書寫」在60年代臺灣的出現，既與社會發展中的女性主義思潮漸次流播休戚相關，也與文學界現代主義思潮的盛行，桴鼓相應。對於人類自身奧秘的不斷追尋和追問，人本主義理念的不斷衝擊，都構成了臺灣同志書寫不可或缺的氣候與土壤。而它在此一時期表現出的屈身求存姿態，也正是社會發展階段性的必然派生。

70年代以後，現代、後現代、女性主義的思潮進一步強勁地刺激著社會的轉型，「同志書寫」亦隨之進入常態的而非另類的生存狀態。李昂、朱天心、馬森、席德進、顧肇森等以各種姿態捲入同志書寫的寫作潮流，擴張了同志書寫的視閾。隨著民主政治的展開與女權思潮的浸漫，同志書寫一步步走出往日的陰影與悲情，表現出欲與異性戀主流平分「春」色的挑戰姿態，尤其是 80 年代解嚴以後，涉足同性戀題材寫作的作家人數激增（有人統計，不下 50 個），影響漸廣。到了 90 年代，更儼然形成一股情慾書寫的風潮，對臺灣文學的生態佈局造成了強勁衝擊，對以異性戀為基本建構的情愛文學，構成正面挑戰。楊麗玲、藍玉湖、許佑生、林裕翼、陳雪等紛紛「出櫃」。凌煙的《失聲畫眉》、朱天文的《荒人手記》、邱妙津的《鱷魚手記》、蘇偉貞的《沉默之島》等接踵獲得各種臺灣文學大獎（或推薦獎，有的獎金高達百萬新臺幣），更為「同志書寫」的風潮推波助瀾，而西方「酷兒理論」的登陸與島內實際操作的回應（如洪凌、紀大偉等的「島嶼邊緣」專輯），以「同志書寫」中異軍突起的炫人態勢指向島內文學媒體與讀眾視野，令人瞠目結舌。臺灣「同志書寫」於焉登頂。

從「孽子」時代的自憐自戀，到「酷兒」時代的自傲自炫，臺灣同志書寫從陰影中走向陽光下，男聲（男同－孽子）、女聲（女同－拉子）、混聲（酷兒）三重合奏，眾聲喧嘩，算是修成「正果」了。

臺灣「同志書寫」是近幾十年來臺灣文學發展中一個不可忽視的現象，也是臺灣文學史寫作中不容回避的話題。本文擬就以上梳理的基礎，對臺灣「同志書寫」的內在特性與價值定位等側面，試作論說，以就教於方家。

二、臺灣「同志書寫」的性別想像

性別，是「同志書寫」話題的核心語詞。若從作者性別身分與作品內涵的關係上來觀察，40 多年間臺灣「同志書寫」緊緊扣住「性別」議題，大體上形成了三種不同的想像與書寫方式：

（一）作者之性別與作品主人公性別一致（趨同型）

從早期的白先勇、林懷民到後來的藍玉湖、曹麗娟、邱妙津再到晚近的李昂、舞鶴，他們的這一類作品，表現了明晰的自我體認和鑒照觀察的共同性。男作家寫男同性戀，女作家寫女同性戀，似是「同志書寫」起步以來的正宗家法。《寂寞的十七歲》、《孽子》（白先勇）、《安德列・紀德的冬天》、《蟬》（林懷民）應是作者累積自身之內心生活與性別感受，在骨鯁在喉、不吐不快的自我需求作用下，大膽挑起了不足為外人道、甚至是為外人不齒的情感生活、情慾世界的隱秘一角。《童女之舞》（曹麗娟）、《鱷魚手記》（邱妙津）寫校園裏的姐妹情誼、T／婆關係，以另類姿態展示我身為女性而不知我心為何物的焦慮、迷茫，但又不失清晰的省思，為女性的自我體認顯現了另一種敘述的可能。晚近的《鬼兒與阿妖》（舞鶴）、《花間迷情》（李昂）、《遣悲懷》（駱以軍），舞鶴、駱以軍與李昂各自對男女兩性的同性戀情感指向，作了認真的反思。在風潮過後，冷卻內熱的焦灼與躁動，實為清理某種性別迷思的理智之舉，應能啟示已綿延達 40 年之久的「同志書寫」的走向。

（二）作者之性別與作品主人公性別相反（逆反型）

這一型的作品文本，具有代表性和詮釋空間的，有朱天文的《荒人手記》、《肉身菩薩》，李昂的《禁色的愛》、馬森的《夜遊》、朱天心的《時移事往》等。由於作者與作品主人公的性別身份全然相反，女作家寫男同性戀故事、男作家寫女同性戀故事，自然拉開了作者與故事中人的距離，以致不免藉助於豐富大膽的性別想像，跨越性別的溝壑，方能一覽「同志」天地的山河，以生花之筆鋪衍「同志書寫」的另類篇章。

以《荒人手記》為例。小說的主人公「我」，是個年已四十的男同性戀者，透過「我」的敘述，「臺北都會區的新人類、新種族、新部落也一一現形」，因此施淑認為「根據小說敘述者男同性戀的身份認同」，這部小說「可以視為到目前為止仍被排擠在文化邊緣的、畸零的女性官能、女性知覺的經典作品。[1]」以敘述者男同性戀的身份認同，卻達到了「女性官能」、「女性知覺」的經典寫作高度，這當中自然表現了女作者高明的演繹技巧與想像能力。女作者藉由這部男同性戀小說所成功營構的精神上的拜占庭與色情烏托邦，毫無疑義地成就了「同志書寫」的一種重要範型，其原創意義不可低估，在對比了《世紀末的華麗》與《荒人手記》以後，李葵雲認為後者顯示了朱天文「『無中生有』的功力愈加精湛」[2]，或如東年所說的「具有百分之百的原創性」[3]。而楊照認為《荒人手記》最成功的地方在於：「營造了一個比較可信的氛圍，讓讀者接受那樣一個似男似女、非男非女的情感是真實存在的，更是內涵豐富值得深究的，而不至於認定那就只是女性作者要仿真男性聲音卻失敗了的範例。[4]」楊照所論肯定了《荒人手記》的成功，但若將「仿真」易為「想像」，應更符合作者的創作實際。

---

[1] 施淑語，「第一屆時報文學百萬小說獎」決審會議實錄，有關《荒人手記》的部份，見朱天文《荒人手記》第222頁，臺北，時報文化出版公司，1994年11月。

[2] 李葵雲《無中生有・亂中有序》，許建昆等主編《寫作教室》第350頁，臺北，麥田出版有限公司，2004年3月。

[3] 同注釋一。

[4] 楊照《何惡之有？——序陳雪小說集〈惡女書〉》，陳雪《惡女書》第12頁，臺北，平安文化有限公司，1995年3月。

（三）主人公的性別身分具有曖昧性，從而構成作者與主人公之間既非一致亦非相反的、更形複雜的關係（拼貼型）

「同志書寫」的變異在 90 年代表現為「酷兒寫作」的異軍突起，「只為了宣稱建構陽性的女同性戀身份，也異於大多數在態度上還是認為女同性戀（慾望身體、個體）都是負面的文本」[5]，「酷兒」那既非男同、亦非女同的怪異性別身分與更為異類的變種情慾，對男／男，女／女、無分男女，有「志」一「同」的同志書寫構成的巨大衝撞，穿透人類隱秘感官世界的地層，使人們不得不隨之調整認知它的角度與方式。「趨同型」與「逆反型」的異質同構被代之以難以釐清的纏繞與交匯，呈現出具有鮮明後現代性的拼貼特徵。性別的無法確認、穿梭流動，徹底顛覆了男女二分（即便在同性戀中，也和異性戀一樣的有男女兩性的基本認知）的話語基礎。

《感官世界》（紀大偉）、《異端吸血鬼列傳》（洪淩）、《惡女書》（陳雪）以激進的性相想像和感官描述，或者女同與男人之間的女／男／女（並非雙性戀）關係，空前大膽地呈現了「酷兒」們對性別身分認同的解構與顛覆。此外，「吸血鬼」形象的凸顯，非人異類的殘酷性愛、玩虐與扮虐、異性戀情慾的畸零化身以及吸血鬼、生化人、科幻、夢幻世界的大幅度變異，都使這類書寫突破了此前「同志書寫」的舊範，不僅瓦解了主流異性戀話語與暗流同性戀密語二元對立的既有格局，也在同性戀的密語世界裏發起了對男同／女同之自身建構的傾覆，其前衛性與試驗性尤為強勁。

---

[5] 洪淩《蕾絲與鞭子的交歡——從當代臺灣小說注釋女同性戀的欲望流動》，見林水福、林燿德主編《當代情色文學論——蕾絲與鞭子的交歡》第 101 頁，臺北，時報文化出版有限公司，1997 年 3 月。

臺灣同志書寫的不同性別想像與呈現方式，祛魅與複魅的繁複表演，其豐富、其怪異、其另類、其酷炫，在在令人眼花瞭亂。閱讀的另類體驗亦於焉產生。然從細讀的徑路走進這些作品，其中又有頗可關注之處。

三、「同志書寫」性別想像的若干元素

（一）自傳性

從白先勇、林懷民、席德進、蔣勳、邱妙津、許佑生、吳繼文等作者的作品出發，比照作者的自身經歷，可以看到，在作者與文本之間所存在的對應關係，油然而生的對作品的某種「自傳性」產生的好奇，成為一種切入作品的合理管道。米蘭・昆德拉認為小說人物「不是對一個活人的仿真，他是一個想像出來的人，是一個實驗性的自我」[6]。不必諱言，這些作品在「紀實」與「虛構」、摹寫與想像之間存有的內在同一性，顯示了「同志書寫」文類的身份書寫特徵。

這類作品還常常採用「手記」體，如《鱷魚手記》（邱妙津，1994）、《荒人手記》（朱天文，1994）、《一位同性戀者的秘密手記》（舞鶴，1997）、《人性手記》（白中黑，1997）等，往往在作者與主人公之間建構一種似虛似實、非虛非實的連結，手記體，第一人稱，敘事人＝作者？敘事人≠作者？可以有多種不同解讀，正是在這種撲朔迷離的書寫策略的運用中，作者的身份焦慮或身份認證與藝術的張力得以充分展現，讀者的想像空間也隨之廓大。

6　米蘭・昆德拉《小說的藝術》第 27 頁，香港，牛津大學出版社，1993 年。

（二）同志話語

同志書寫的表述以有異於主流文本的邊緣性同志話語作為呈現形態。正因為有別於父權、男權異性戀主流話語，同志話語自有它穎異荒誕的面相。無論是以敘事人還是以作品中人（包括T／婆、陰陽人、變性人、酷兒……）的口吻出之，由於它被某些難以啟齒明言的意識、情感、心態所遮蔽，同志話語自有相當繁複、混雜、矛盾之處（有時也有傾瀉似的直白），給人很大的回味空間。陳雪在《尋找天使迷失的翅膀》中借草草之口自承：「企圖透過寫作來挖掘潛藏的自我。[7]」而杜修蘭在《迷宮的出口》中，則表明自己的《逆女》「是為藉其被價值權力核心壓抑的背景來凸顯主角矛盾衝突的多面性格。[8]」

對於性別傾向的自覺，不同的敘述人也許有不同的表述：

「我於是自己斷定除了遺傳基因和神經性生物因素外，我是同性戀，一定和老媽與雜貨店絕對脫離不了關係。」[9]

「面對阿貓熾熱的情愛和模糊的性別，我簡直束手無措，我甚至無法處理自己對她萌生的熱情和性欲，只覺得好羞恥……」[10]

而以T身份現身的邱妙津就徑直以「男性」自居：「我不認為我對女人的性欲與結合和『男人』在渴望『女人』時有太大的差別。」[11]在邱妙津寫來，就毫無陳雪筆下「我」的「束手無策」。

對於同性之間的愛欲、做愛的直接描述，作家們也有不同的樣態：

---

[7] 陳雪《尋找天使遺失的翅膀》，《惡女書》第25頁－26頁，臺北，平安文化有限公司，1995年9月。

[8] 杜修蘭《逆女》第7頁，臺北，皇冠文化出版有限公司，1996年1月。

[9] 杜修蘭《逆女》第17頁，臺北，皇冠文化出版有限公司，1996年1月。

[10] 陳雪《貓死了以後》，《惡女書》第239頁，臺北，平安文化有限公司，1995年9月。

[11] 邱妙津《鱷魚手記》第129頁，臺北，時報文化出版公司，1994年5月。

夢中，我們在空中漂浮，周圍被一層像冰塊般的透明物包裹著，四處遊移，我們身上著了火，就著熊熊烈火盡情翻滾，恣意做愛。[12]

世界崩塌在時間之外，時間粉碎在這屋宇。我們相愛。（是的，我們相愛，以只有我們能解讀的方式相愛。）[13]

如果把時針倒撥20年，看看白先勇筆下的同性戀者的「一顆顆寂寞得發瘋發狂的心」[14]，根本無法像當下如此恣肆的「同志」那樣盡情享受他們之間的情慾。

幾十年間，臺灣「同志書寫」從充斥著罪惡感的自責自鄙，到坦然地自得自炫，其間的滄海桑田之變，足以令人觸目而心驚！

（三）空間與意象

「同志書寫」中的自然空間，與同性戀族群的存在方式，有其必然的內在關聯。臺北「新公園」，作為同志書寫最早的經典作品《孽子》裏所描寫的那群「青春鳥」們的棲息之地，已有著公認的象徵性。在大都市心臟地區的這塊城市「綠肺」，與傳統倫理規範另眼而觀的「同志」之間存有的相生相依的關係，究竟是意味著社會的「病灶」，抑或是規範變更、倫理革命的源頭？也許是一個見仁見智的問題，但這種「空間」在文學寫作因素中的醒目存在本身，對於晚近30年臺灣都市文學的存在，究竟是福音，還是悲情？這種「空間」意象的深度詮釋，也許能給「同志書寫」的進一步定位提供有力的推助。「校園」〔見於《鱷魚手記》（邱妙津）、《童女之舞》（曹麗娟）、《春風蝴蝶之事》（朱

---

[12] 陳雪《尋找天使遺失的翅膀》，《惡女書》第45頁，臺北，平安文化有限公司，1995年9月。

[13] 陳雪《夜的迷宮》，《惡女書》第176－177頁，臺北，平安文化有限公司，1995年9月。

[14] 白先勇《孽子》第20頁，廣州，花城出版社，2000年4月。

天心）等〕也是一種空間，發生在校園（尤其是女校）中的同性戀情，又給這種人類感情的「特殊」存在方式，設置了一個深具文化意味與青春氣息的背景，與「新公園」作為都市背景下的社會公共空間的差異性，是明顯的。「梨園」〔取其寬泛義，見於《失聲畫眉》（淩煙）、《霸王別姬》（李碧華）〕以其更帶傳統文化意味的身份進入「同志書寫」，則又有其溝通傳統與現代、後現代文化的獨特作用。三園（公園、校園、梨園）之外，軍營、監獄、公共浴室、戲院、醫院等空間，也是同性戀情演出的舞臺。

已有學者注意到了「同志書寫」經典文本中出現的一些令人目眩的意象（如鱷魚、鳳凰、吸血鬼等）[15]。此外，像蝴蝶、蜥蜴、兔子、畫眉、貓、龍、爬蟲、鴨子等，也都各有同中之異、異中之同的意趣。參透這些同性戀意象之謎，也就能從另一個側面接近作者性別想像的內蘊。

以「鱷魚」意象為例。

「鱷魚」意象一經邱妙津捕捉，進入同志書寫的文本，即幾乎成為女同性戀的代號，實可表明邱妙津性別想像的高妙。「鱷魚」與「同志」的連結也許源自鱷魚具備的雌雄同體這一特性。這種爬行類動物的兇殘與醜陋，也與同性戀族群被主流社會視為洪水猛獸的「妖魔化」形象相近。但邱妙津的選擇透露出她對同性戀者在人群中雖屬少數然自有其內在的孤傲高貴的肯定。而《鱷魚手記》在文本構思上的獨異處理，敘述人拉子的手記與鱷魚的手記交錯穿插，渾同一體，又隱隱透現了邱妙津以鱷魚自況的（女）夫子之道，與前述的「自傳」性的

---

[15] 參見陳思和《臺灣文學創作中的幾個同性戀意象》，香港《香港文學》月刊 2001 年 4 月號。

結合，幾乎達到天衣無縫的地步。意象與人物之間一而二、二而一的分合連體之魅力，卓然耀眼。

同志書寫中種種動物類意象的登場，為文本的展開平添了廣大的想像空間，成為作者表現隱秘情感意念的上佳手段。「同志書寫」中關於意象的選擇與呈現，豐富了同性戀次文化的內涵，也為小說實驗提供了鮮活穎異的經驗。

四、「同志書寫」進路的一點想像

「同志書寫」已層層累積了 30 多年的歷史，其間在 90 年代中後期成為引領時代風騷的文學風潮，出現了數量可觀的作者與作品，展現了「同志書寫」的多種可能與不同風格，對開拓性別寫作的進路，啟迪多多。

《孽子》、《鱷魚手記》高出於數量甚夥的其他同類作品而分別成為男同、女同書寫的典範之作，在於此二作是書寫者（白先勇、邱妙津）真正用「心」寫就的作品，在那裏有他／她全部的生命寄託、情感寄託，是另一種帶著鐐銬的生命之舞蹈與歌吟[16]。其他某些作品雖不能說書寫者全然持旁觀者的立場或表演者的意識，但總或多或少有些投入不深，有些則放縱地揮霍某些動詞、名詞（如王德威所言：「這些日子看到動詞如插舔揉咬啃塞，名詞如毛唇莖乳舌肛，頻頻來襲，不由人不打從心裏發毛」[17]），如此等等，是否就是「同志書寫」的「必要之惡」？

---

[16] 邱妙津、席德進、藍玉湖、李岳華等已歿。

[17] 王德威《說來那話兒也長——鳥瞰當代情色小說》，《如何現代・怎樣文學》第 251 頁，臺北，麥田出版有限公司，1998 年 10 月。

進入新世紀的數年間，同志書寫卻已不復世紀末時分的萬千風情，似有下行消歇之勢，是疲態？還是休整？一時也難作判斷。伊甸不再，夏娃變身。當年從伊甸園出走的亞當、夏娃們，以及「又是亞當又是夏娃」的「夏當」、「亞娃」們，如今正踟躕在大臺北的十字街頭。同志書寫的寫手及他們筆下的鱷魚、鳳凰們，將游向何處？飛向哪裡？是否會找到他／她們的歸宿？恐怕誰也不敢強做解人吧？

但是「同志書寫」要能繼續前行、成就「經典」，那麼，冷靜清醒的省思（而不是一味地自炫），當是必經之途。告別悲情、掙脫陰影、走出密櫃見天日，不應成為同志與同志書寫的終極標的。倘若有朝一日，「同志書寫」不必像異性戀書寫那樣、同志作家不必那樣刻意地標明，「同志」的「特殊」性別身分得以淡化、甚至消解，而凸顯其作為「人」（無分常態、異態，亦無分男／女、T／婆）的最基本身分，其性別思考能以深度對抗熱度（流行之熱度），拒絕把「同志書寫」、「酷兒寫作」誤導為流行、時尚，總之，從「污名」（他人強加之名）到「吾名」（吾人自命之名）再到「無名」（毋需特指之名），由燦爛之極終歸於平淡，那也許是「同志書寫」真正成熟的時候。

臺灣自然寫作的流脈

作為一種寫作現象，在臺灣，自然寫作是在 1980 年代初由環保文學引發的。

臺灣社會在六、七十年代的經濟起飛，既促成社會生活在各方面的變化，也隨之伴生了不少問題，形成了一些負面效應。環境的污染是其中引人矚目的一個方面。面對這樣的情景，有識之士作了多方面的努力，環保文學的興起就是文學界人士作出的適時回應，自然生態保育運動也隨之興起，其間，鄉土文學的大論爭與報導文學亦與之相激相蕩。

1981 年，《聯合報・副刊》推出「我們只有一個地球」的專欄，約請女作家韓韓、馬以工主筆，1983 年結集出版了《我們只有一個地球》一書，引發熱烈的社會反響，此書的問世，被認為是臺灣「環保文學」的濫觴。接踵出現的還有心岱的《大地反撲》（1983）、韓韓《在我們的土地上》（1985）、楊憲宏的《走過傷心地》（1986）、《受傷的土地》（1987）等。這類作品一般都具有鮮明的社會關懷與強烈的批判意識，多從負面展現環境污染的惡果，而陳冠學的《田園之秋》（1983）、粟耘的《空山雲影》（1984）則較多地包含著對自然生態環境的描摹、記述的成分。

這些作品中關涉自然的書寫部分日後滋生發皇，開啟了自然寫作的新路向。在這同一的方向下，作者們各擅勝場，如「賴春標的搶救森林，洪素麗的自然散文，陳列寫玉山，陳煌的人鳥之間，徐仁修的探險志，凌佛寫植物，民間學者洪田浚寫柴山，」[1]據不完全統計，其

---

[1] 王家祥《我所知道的「自然寫作」和臺灣土地》，臺灣《自立晚報》，1992 年 8 月 28－30 日。

時至今，至少約有四十來位作家致力於自然生態寫作，遂呈現出多姿多彩的繁富面貌。本文擇其富代表性的作者略加評點，以窺臺灣自然寫作之概貌。

率先以自然寫作者面目出現的是本為詩人的劉克襄（1957－），劉克襄早年以詩歌創作見知於文壇，著有《河下游》（1978）等，其詩作並無多少自然寫作的成份。差不多與韓韓、馬以工、心岱等同時，自1980年起，劉克襄在當時社會思潮的影響下，創作的關注開始轉向。那一年，他在澎湖，被大自然中各種各樣的鳥類所吸引，沉潛於對它們的觀察與記錄，陸續寫作了一批以「鳥」為書寫中心的作品。後結集為《旅次札記》（1982），之後又有《漂鳥的故鄉》（1984）、《旅鳥的驛站－淡水河下游四季水鳥觀察》（1984）、《隨鳥走天涯》（1985）、《消失的亞熱帶》（1986）、《荒野之心》（1986）等，在走訪和觀察中，記錄下它們的生存狀態。劉克襄作品被稱為「鳥文學」，劉本人也就被戲稱為「鳥作家」了。記錄，作為一種姿態，構成了劉克襄初期自然寫作方式的選擇。值得注意的是，到《荒野之心》的書寫時，他又適當擴張了他的觀察視野，但都以「不在場」的姿態出之，且基本上屬於文獻的譯述與改寫。

1988年開始，劉的自然書寫似乎又有新的進路，有了《探險家在臺灣》（1988）、《臺灣鳥類研究開拓史1840－1912》（1989）、《橫越福爾摩沙》（1989）、《後山探險——十九世紀外國人在臺灣東海岸的旅行》（1992）等作品。一方面他的關注在「鳥」之外已廣延至整個台島，另一方面，在自然書寫中，日益顯示出作者的人文情懷與歷史意識，彰顯了提升自然書寫人文品格的努力。劉克襄這一階段的寫作對於從整體上明確臺灣自然書寫的追求具有拓荒開路的價值。

吳明益曾把劉自然寫作的特質概括為「糅合歷史、自然科學的文學性表述」[2]，可謂中的之論。自然寫作如果津津樂道於對某種觀察對象的自然科學知識的灌輸，無疑將影響其「文學性」，其作為自然生態文學的身份可能會受到質疑，「科普小品」與自然文學的區隔也正在這裏。

像劉克襄這樣關注鳥類的作家，臺灣也並非個別。象沈振中就以書寫老鷹出名，沈的作品有《老鷹的故事》（1993）、《鷹兒要回家》（1998）等，此外，林文宏有《臺灣鳥類發現史》（1997），周大慶有《藍色的精靈：黑枕藍鶲的生活史》（1997），陳煌有《飛鴿的早晨》（1983）、《人鳥之間》（1997），馮菊枝有《賞鳥去！春天》（1996）等作品，構成了臺灣「鳥文學」喧鬧而有趣的新空間。

徐仁修（1946－）早年畢業於屏東農專，相當的農業知識與訓練成為他日後寫作的堅實基礎。70 年代他有過一段海外探險的經歷，後曾有「探險系列」(《月落蠻荒》、《季風穿林》、《罌粟邊城》、《英雄埋名》、《赤道無風》、《山河好大》等，1977 年起)）問世。80 年代以來，一直關注臺灣本土，致力於觀察臺灣，有《家在九穹林》（1980）、《不要跟我說再見，臺灣》（1987）、《自然生態散記——太魯閣國家公園四時觀察記》（1993）、《猿吼季風林》（1990）、《思源埡口歲時記》（1996）、《獼猴與我》（1997）、《自然四記》（1998）、《仲夏夜探秘》（1998）、《守護家園——臺灣自然行腳三十年》（1999）等。在自然寫作中強化視覺藝術（主要是攝影）的元素，以形成強烈的審美刺激，是徐仁修書寫自然的特異之處。他的作品常常附有大量的（幾乎每頁都有）頗具專

2　吳明益《以書寫解放自然——臺灣現代自然書寫的探索 1980－2002》，臺北，大安出版社，2004。

業水準的照片，他也曾自詡為「一位自然攝影作家」。在徐仁修那裏，文學的語言與鏡頭的語言交融，靜態與流動結合，在臺灣同道中，徐可謂獨標一格，豐富了自然寫作的文本構成與書寫形態，為自然寫作走出了新的路徑。雖然，自梭羅以來，關於自然書寫的文本，也不是沒有用插圖照片的先例（梭羅的《湖濱散記》就用了 67 幅黑白攝影，也有的搭配上工筆手繪的插圖）。但像徐仁修這樣，一本書動輒就有上百幅照片，拍攝對象又涉及動物（多種）、植物（多樣）、地貌（山、河、林、地……）、天象等很多方面，在臺灣卻是無人能與其頡頏。那些頗具專業攝影水準的照片，十分成功地展示了自然萬物之美，盡態極妍之餘，也自然地建樹了徐仁修作品唯美的品格，不免招來一些「社會批判太弱」之類的批評。其實，這正彰顯了自然寫作與批判性強而直接的「報導文學」的區隔，也是自然寫作得以成為一種獨立的文類的條件之一。徐仁修自然書寫的文本一般都由三部分構成，一是正文，二是圖照，三是圖說。三者互涉互證，構成了這類圖文並茂文本的鮮明特色，堪稱自然書寫中一種成熟的可為書寫模式的樣態。

當然，徐仁修書寫的價值與意義還並不僅限於此。在徐的圖文雙管齊下的文本中，還可以看到很多他從大自然的天啟中獨得的體認，比如他對「荒地」、「枯木」的看法，認為「人造林不如原始林」、「人定勝天——但不可以違反生態法則」、「只有物種的個體之間才有相互競爭，而不同物種之間其實是互助互利的」[3]……這些充滿哲思的睿智的見解，所在多見，無疑能啟人深思，也顯示了徐仁修所表露的人文情懷。

---

[3] 見徐仁修《猿吼季風林》（臺北，遠流出版社，1999 新版）、《自然四記》（臺北，遠流出版社，1998）等作。

經常被稱為臺灣「海洋文學」代表人物的廖鴻基（1957－），確實是一個以海洋為其寫作生命的作家。在寫完《環保花蓮》（1995）以後，廖鴻基就推出了一系列以「海」為主角的作品：《討海人》（1996）、《鯨生鯨世》（1997）、《漂流監獄》（1998）、《來自深海》（1999）（以上被稱為廖的《海洋四部曲》）及《海洋遊俠》（2001）等。除了以「海」為家園的原住民以外，漢族作家身處海上而來寫海者，唯廖一人而已。

廖鴻基不是一個海洋的旁觀者，而是海洋生活的參與者、踐行者，甚至就是一個「討海人」。35 歲那年，廖鴻基揮別都市生活，開始以海為家的生涯，並逐漸養成了自己對海洋、對海洋中的主要生物－魚類特別是被視為海洋資源指標的鯨魚的濃烈感情。以「鯨生鯨世」為自己的「今生今世」，鯨成為他生命中的另一個「自我」。《鯨生鯨世》是一個異數，它與正典的以「人」為寫作中心的文學作品殊異之處，是在於以「鯨」取代了「人」在文學中的地位。這種人的退位與人類、動物置換的最終結果是引導一向以「萬物的靈長」自命的人類重新思考，思考人類以外的生物在人類生命中的無從替代的地位。也正是這種取向，確立了臺灣自然寫作的價值。

臺灣四面環海，但「海洋文學」長久以來並不發達。海洋本也是「鄉土」的一部分，但在以往「鄉土文學」的概念中，海洋似乎是缺席的。而就文體來說，以敘述為主的小說、散文中海洋主題作品更顯弱勢（尤其是相對於詩歌而言是如此，海洋詩的寫作，有覃子豪、瘂弦、汪啟疆被認為是三大家）。相對來說，不是主要依靠想像、更需實際體驗的海洋題材的敘事性作品，就作者寥寥了。廖鴻基作品的出現在海洋文學與自然寫作的結合部，開出了穎異的花，可以與原住民出身的夏曼・藍波安（著有《八代灣的神話》、《冷海情深》等）相媲美。

大學時就讀於森林系的王家祥（1966－），其最初對大自然的關注是林中之「鳥」，而採用的書寫方式是「詩」，從這兩層看起來，起點上的王家祥有與劉克襄相近之處。但他很快地就把自己的方向延展至土地以及土地上所有的一切，而他對於「荒野」的關注，更使他在「荒野」上展示了獨特的有關「文明」的思考。「文明荒野」遂成為王家祥自然寫作的標識性概念。

在王家祥看來，其實並不存在真正的「荒野」。所以稱其為「荒野」，乃是因為人類為功利的目的所遮蔽並沒有認識到荒野在大自然的生態系列中具有無可估量的重要性。在《文明荒野》（1988）、《自然的禱告者》（1992）、《山與海》（1996）、《四季的聲音》（1997）、《魔神仔》（2002）等作品中，王家祥儼然一個大自然的「禱告者」，大自然就是他的宗教。面對大自然，他有一種幾乎與生俱來的敬畏感、敬重感。他把自己這樣的自然觀察者稱之為大自然這門宗教的「修行者」。[4]專業的訓練與宗教的情懷，使王家祥在臺灣自然寫作者中顯得卓而不群。以至於劉克襄曾這樣評論：「王家祥的出現代表以專業知識結合文學，實地在野外觀察記錄的時代隱然成為一種不可阻擋的新趨勢。」[5]吳明益則認為王與沈振中、吳永華等不同，「王家祥的作品更偏向哲思性，且也著意經營文本的結構與修辭，是從文學與倫理出發的自然書寫，而不是從自然科學出發的自然書寫。」[6]

「荒野」是王家祥土地倫理觀中最核心最關鍵的概念，人與荒野的和諧共存是王家祥的理想，也是王家祥一直以來宣揚的環境倫理觀

---

4 劉克襄《雲雀的鳴啼——小記王家祥兼談「自然寫作」二三事》，見王家祥《自然禱告者》，台中，晨星出版社，1992。

5 吳明益《以書寫解放自然——臺灣現代自然書寫的探索 1980－2002》，臺北，大安出版社，2004。

6 劉克襄《自然旅情》，台中，晨星出版社，1992。

的集中體現，建立都市人與荒野的互動模式，「在荒野中尋求生命與想像以及心靈明淨」[7]，「荒野是原料，人類用它來努力造這名叫文化的人造物」。[8]不過，當他把「荒野」的形態擴展到「源自人類內心深處原始的感覺，或者渴望原始的慾望」時，就未免有玄虛得難以把握之嫌。他還認為「荒野」並不一定存在於人跡罕至的山林野地，在城市裏同樣可以找到（比如「公寓後院被遺忘的小水溝」），從而將「覺證」的場域擴大到「都市荒野」，甚至付諸實踐，建立位於城市邊緣的「柴山自然公園」。標舉「環境教育」、「自然保育」、「自然文化的涵養」、「柴山主義」之際，王家祥的苦心自不待言。

「尊重和瞭解便是我們所生存的環境要求的權利，其實這也是從人的角度出發的思索方式，只不過把人類的地位由主宰及破壞的角色企圖轉變為『謙遜的生活者』。人與荒野，人與山林，人與溪河，人與自己所構築的社會，不是對立的，而是兄弟姐妹般的關係。」[9]在自然面前，王家祥更樂意做個虔誠的修行者和謙遜的生活者。

以女作者的身份承繼韓韓、馬以工的環保文學而又有新的面向的，洪素麗、凌拂、陳月霞是為翹楚。洪素麗（1947－）雖然是台大中文系畢業，但曾選修過海洋生物課程，後赴美學畫，因此，她的作品中有大量她自作的版畫、水彩畫、油畫、素描的穿插（這與一些兼擅攝影者如徐仁修等同中有異）。主要作品有《守望的魚》（1986）、《海岸線》（1988）、《海・風》（1989）、《綠色本命山》（1992）、《尋找一隻鳥的名字》（1994）、《臺灣百合》（1998）等。

7　王家祥《文明荒野》，台中，晨星出版社，1990。
8　王家祥《文明荒野》，台中，晨星出版社，1990。
9　李奥帕德《沙郡年記》，臺北，天下文化，1998。

洪素麗把自己的有關自然生態的寫作稱為「自然主義文學」，認為自然主義文學的作品需要「堅實的求知精神，謙虛的仁人愛物的胸懷，並且對人類未來生存懷抱獻身的心」，總之，應是入世且淑世的文學。又由於長年僑居美國，她的寫作觀照所及，就不限於臺灣，從而在臺灣自然寫作的潮流中凸顯了她的國際視野，也就是說，她常常更多地不是從一個局部的區域（臺灣），而是從更廣大的地域（地球村）的大視野來對待自然，表現出「地球村公民」的意識。另一方面，這一獨特的自我定位，又能讓兼具國際視野的洪素麗能以自己的雙視、多視之眼，重新發現「福爾摩沙」永恆的「源頭之美」，這種距離產生的美感，是她的獨得之見、獨得之感，所以她在談到《臺灣百合》這本書時說：「我仍想近距離與遠距離地描繪它，……這本書是以虔誠喜悅的心，記述我描繪原鄉的過程。」[10]常常象候鳥一樣往返於臺灣和北美之間的洪素麗，對海邊的鳥類情有獨鍾。她又自稱「大地永遠的行旅者，遠方永遠的愁鄉人，」[11]這種情愫和她筆下的海龜、鯨、鮭魚、鰻和候鳥，正形成一種對應的關係，於是自然書寫便成為她「原鄉情懷」的一種隱喻了。

被認為是繼洪素麗之後「最出色的女性自然書寫者」[12]的凌拂（1952－），也是中文系（輔仁大學）出身，職業是國小教師，她的寫作自童書開始，並很早就指向環境生態的保育與教育，與其身份不無關係。《食野之苹——臺灣野菜圖譜》（1995）、《與荒野相遇》（1999）是凌拂的代表作。她以文字經營自然的靈感，並且總是沾帶著中國古

---

10 王家祥《自然禱告者》，台中，晨星出版社，1992。

11 洪素麗《旅愁大地》序，臺北聯經出版社，1989。

12 吳明益《以書寫解放自然——臺灣現代自然書寫的探索 1980－2002》，臺北，大安出版社，2004。

典詩（比如《詩經》）的雅致之美，從而使凌拂比其他的自然寫作者顯示出了更高的文字水準。

陳月霞也被認為是臺灣女性生態主義文學的重要寫手。她的作品與徐仁修有一個很大的近似之處，即是影像元素的加入。所不同的是，陳月霞似乎以攝影為主而以文字為輔；在自然觀察中則更注重於本土植物生態細部的捕捉與展示，從而形成了她強烈的個人風格。《大地有情》是這方面的代表作。而另一部作品《童話植物》則鎖定孩童為書寫對象，又加入以符合「春、夏、秋、冬」四季更替的編排方式，在輕鬆與趣致中達到「自然教育」的目的，比那些較為知性地偏重於自然知識傳播的自然書寫文本，更使人感到親切和感性。

洪素麗以生態知識見長，凌拂帶給自然寫作更多的文學品位，陳月霞以微觀攝影取勝，她們共同營構了臺灣女性自然寫作的絢爛天地。

除上述作者以外，臺灣自然寫作作者還有陳玉峰、楊南郡、陳煌、陳列、陳冠學、粟耘、孟東籬、吳明益、吳永華、區紀復、陳世一、杜虹、徐如林、曾貴海等人。

值得一提的是，臺灣的一些自然寫作者，不僅是「坐而言」者，還是「起而行」者。所謂行，也不只是出行置身現場觀察，更是把自己寫作中追尋的理念身體力行之。他們親身投入或宣導相關的實際活動或運動：徐仁修發起「荒野保護協會」，廖鴻基在花蓮成立「黑潮海洋環境保護協會」，王家祥組織「柴山自然公園促進會」，還曾擔任「高雄市綠色協會」理事長，就是遠在異國的洪素麗也常常參與當地「奧杜邦協會」的有關活動……自然保護、保育，在他們而言，已深植於其血肉和靈魂之中，成為了自己的存在方式，他們早已出離了作家的身份。

臺灣自然寫作的成果，從環保文學發萌，包括鳥類生態觀察紀錄、高山野澤、植物群落觀察紀錄、隱逸文學、自然生態寫作、自然生態教育寫作、自然攝影繪畫藝術創作，乃至於自然生態詩與小說等，形態繁多，可以說還是一種至今仍在發展中的、至今仍未定型的次文類。這一類的出版物（包括翻譯的西方有關著作）在近二十年中已成為臺灣圖書市場的熱門讀物，讀者甚眾，幾乎遍及社會各階層。這一方面固然拜社會各界日益增強的生態、保育意識所賜，另一方面也正顯示了在高度工業化的當下，民眾對人與自然關係的新觀念。

與此相應，有關的學術研究也頗有生氣地展開了，從「自然寫作」、「自然書寫」、「自然生態文學」等概念（命名）的探究，到自然寫作文本的解讀，自然寫作者個案的研究，乃至臺灣自然寫作的史前發展與晚近的興盛，西方社會哲學思潮對臺灣自然寫作的影響……議題廣泛，饒富探討價值。90 年代末期，臺灣中山大學、淡江大學、花蓮師院、東海大學還相繼召開過有關的學術研討會，報刊發表的有關論文也頗可觀，重要者如：王家祥《我所知道的自然寫作與臺灣土地》（《中外文學》第 276 期，1995 年 5 月）、劉克襄《臺灣的自然寫作初論》（《聯合報》1996 年 1 月 4－5 日）、陳映真《臺灣文學中的環境意識》（《聯合報》1996 年 1 月 6－9 日）、余光中《他的惡夢是千山鳥飛絕——陳煌的生態散文》（見陳煌《人鳥之間》臺北光復書局，1989）、陳健一《發現一個新的文學傳統——自然寫作》（《參與者》179 期，1994）、李瑞騰《逐漸建立一個自然寫作的傳統——李瑞騰專訪劉克襄》（《文訊》13 期，1996 年 12 月）、馮慧瑛《自然與女性的辯證——生態女性主義與臺灣文學攝影》（《中外文學》28 期 5 卷，1990 年 10 月、楊照的《看花看鳥、看山看樹之外——「自然寫作」在臺灣》（見《痞子島嶼荒謬記事》，臺北前衛出版社，1995 年 4 月）、楊照記錄《眾溪是海洋的手指——現代臺灣山水文學座談》（《中國時報》，1992 年 11 月 6 日）、彭瑞金《自然寫作與自然主義》（《文學評論百問》，聯合文學出版社，1988 年）等，都各有自己的見地。尤其值得關注的是，1998 年以後，陸續出現了幾篇以有關論題為對象的碩、博士論文：簡義明的《臺灣自然寫作研究——以 1981－1997 為範圍》（政治大學中文研究所碩士論文，張雙英教授指導，1998）、許尤美的《臺灣當代自然寫作研究》（中央大學中文研究所碩士論文，李瑞騰教授指導，1999）、李炫蒼的《現當代臺灣自然寫作研究》（臺灣師範大學中文研究所碩士論文，呂興昌教授指導，1999）、徐宗潔的《臺灣鯨豚寫作研究》（臺灣師範大學中文研究所碩士論文，許俊雅教授指導，2000）和吳明益的《以書寫解放自然——臺灣現代自然書寫的探索 1980－2002》（中央大學中文研究所博士學位論文，顏昆陽教授指導，2002）。此外還有森林研究所學生陳郁卉所寫的《論森林意象之呈現——以特定選擇小說為文本》（臺灣大學碩士論文，陳昭明教授指導，2001）等。

其中，簡義明的論文率先提出了「自然寫作」的兩大類型（觀察記錄類型，自然誌類型）的劃分，對釐清「自然寫作」的文類屬性有相當的價值。簡文還從西方生態學思潮和臺灣文學史的發展脈絡來觀察「自然寫作」興起的原因，對「自然寫作」作為一個「文化運動」的可能性進行了探討。

截至目前為止，在臺灣自然寫作的研究成果中，以吳明益的博士論文規模最大（50 多萬字）、體系較為完備、考察較為周全，並具有深度思考的品位。吳明益論文的創新之處在於，他不僅追溯了臺灣現代自然書寫的「前史」和 1980 年代以來 20 多年的演化歷程，還從環境倫理觀、土地美學等角度切入論題，提升了論述的品質，挖掘了自然書寫的深度意涵。在宏觀、深度、理性考察的基礎上，他還分章節逐一論述了劉克襄、徐仁修、洪素麗、陳煌、陳玉峰、王家祥、廖鴻基、凌拂八位作者的自然書寫文本，探討了他們異於他人的書寫特質，顯示了論者對臺灣自然書寫的精到體認。之所以能達到如此高度，可能與他同時也是一位「寫有所成」的自然書寫者有關。吳明益在攻讀研究所期間，就寫作出版了兩本自然寫作的作品：一是《迷蝶志》（臺北，麥田出版社，2000），一是《蝶道》（二魚文化，2003），後者更是他獨騎單車（登山自行車「麥哲倫」）作環島遊、造訪臺灣的深河遠山觀察和思考後的結晶。此外，他還主編有《臺灣自然寫作選》，由此不難見出他對自然書寫的實踐與熟稔。臺灣自然寫作的先行者劉克襄高度讚賞吳的系列「蝴蝶散文」的成績與發現，說從自然寫作在臺灣的發展來看，「我又發現了另一個新品種，一個在這塊土地上經過許久才可能蘊育的種類。」[13]陳芳明在為《蝶道》作推薦序時，則肯定：「自然寫作的發展，到達吳明益這個世代時，已經脫離了純科學性的報導文學。」[14]從馬以工、韓韓到吳明益，臺灣自然寫作走過了一條快速、多向發展的道路。

自然寫作是一個有著廣闊發展前景的文類。臺灣自然寫作的歷史發展與眾多作者的多向度的嘗試，為日後華文自然寫作的進一步繁榮提供了足資借鑒的經驗。

---

[13] 劉克襄《臺灣特有種：「一個自然寫作的新面相」》，載吳明益《迷蝶志》，麥田出版社，2002。

[14] 陳芳明《光之舞踴——吳明益自然寫作中的視覺與聽覺》，載吳明益《蝶道》，臺北，二魚文化，2003

參考文獻

1. 吳明益《以書寫解放自然——臺灣現代自然書寫的探索 1980－2002》，臺北，大安出版社，2004。
2. 簡義明《臺灣「自然寫作」研究——以 1981－1997 為範圍》，臺灣，政治大學中文研究所碩士論文，1998。
3. 東海大學中文系編《臺灣自然生態文學論文集》，臺北，文津出版社，2002。
4. 《海洋與文藝國際會議論文集》，高雄，中山大學中山人文學報叢書（3），1999。
5. （美）李奧帕德《沙郡年記》（吳美真譯，王瑞香審訂），臺北，天下文化出版股份有限公司，1998。
6. （美）黛安‧艾克曼《稀世之珍——消失中的動物與自然》（唐嘉慧譯），臺北，大樹文化「自然文學系列」，1998。

記憶在山海間還原

——臺灣原住民文學的身份書寫與文化內涵

臺灣原住民，是指最早就居住在臺灣島上的居民族群，它的人口數量雖然只占臺灣總人口（2284 萬）的近 2%（41 萬左右），但卻是一個充滿著活力、彰顯著鮮明族群色彩的部分。在考察臺灣文學的時候，如果疏忽了不可或缺的原住民的文學存在，那麼，這種考察所顯示的盲點，就是毋庸置疑的。

根據人類學家和民族學家的研究，臺灣原住民早在石器時代就在島嶼的中、東、南部活動。從血緣、人種、語言、文化、宗教、習俗等方面觀察，所謂的原住民[1]實分十族——即泰雅族、賽夏族、布農族、鄒族[2]、邵族[3]、魯凱族、排灣族、卑南族、阿美族、達悟族[4]。其中的前七族生活居住在海拔 1000 米——3000 米以上的高山地區（故有「高山族」之稱），餘者並非居於「高山」：阿美族多生活於東部海岸山脈兩側花東峽谷，卑南族居住於台東平原，達悟族則居住於臺灣本島東南方的離島——蘭嶼上。

---

1 臺灣原住民，即大陸語彙中之「高山族」，據人類學家、民族學家的研究，「高山族」其實並非一個統一的民族而實有十族之分。現在臺灣社會、官方、民間、書籍、報刊皆以「原住民」稱之。

2 鄒族，原稱「曹族」。

3 2002 年，臺灣有關部門認定，在原有的九族之外，還有「邵族」應另稱，而成原住民十族，邵族是原住民中人口最少的一族，只有不到 300 人（據呂慧珍《書寫部落的記憶》第 29 頁）。

4 達悟族，原稱雅美族，後據他們的自稱「達悟」以稱之，「達悟」在其族語中的意思就是「人」。

在歷史上，原住民曾被稱為「蠻」、「夷」、「番」、「東番」、「生番」、「土著」等，日據時期，被稱為「高砂族」，而到了國民黨執政時期又被稱為「山地同胞」、「山胞」，原住民一直對這些稱謂並不認同，有些在他們看來，實是蔑稱、誣稱，族群被「污名化」了。因此，原住民對自己民族名稱的「還原」，便成為他們身份自我認證的最原初的要求。正如排灣族詩人莫那能在《恢復我們的姓名》一詩中所申訴的：「如果有一天／我們要停止在自己的土地上流浪／請先恢復我們的姓名與尊嚴。」

布農族作家田雅各有一篇《尋找名字》的小說，情節就直接以主人公「名字」的歷經變化來濃縮原住民「尋找名字」的歷程：「我」的祖父「拓拔斯」在日本殖民臺灣時期，布農人被改稱為「高砂族人」，他被分配的日本姓名叫「田中武男」，到了中華民國時期，又成了山地同胞，他也改了中國名字，拓拔斯由「田中武男」變成「田文統」。在前往陽明山中山樓參加「原住民正名運動」時，卻受到「國大代表」的欺騙，大家只好在「互稱臺灣原住民」以後，離開那裏再回部落……這篇小說可以說是 80 年代末期原住民正名運動的文學記錄。原住民從爭取自己命名的權利到要求恢復土地所有權再到族群文化（文學）的生存權，就這樣開始了悲壯的行旅。

原住民在長期的帶有濃厚原始色彩的族群生活中，形成了自己獨特的文化歷史、文學傳統。這種文學傳統與漢民族文學傳統的最大不同之一，是自始就從來也沒有見諸於文字、書面的記載，而是依靠口耳代代相傳的方式。在這種方式的傳承與傳播中，口頭表達（包括講述、歌唱、祭祀時的吟誦……）成為幾乎是唯一的存在方式。這是一種「口傳文學」，原住民文學的源頭，起自於先輩的唇舌之間，而非筆墨之間。因此，若要真正追溯原住民文學的源頭，找到它最正宗的存在形態，就必須高度重視並肯定原住民口傳文學的文學性和文獻性。夏曼・蘭波安甚至認為：「原住民文學不僅是文學，也是人類學，也是社會學」[5]，代表了原住民作家的普遍認知。不能因原住民無文字，甚至沒有「文學」的概念，即簡單地斷定，原住民無民間文學、原住民無歷史[6]。

在臺灣原住民十族的「口傳文學」中，神話、傳說、故事、謠諺、祭辭、歌唱（布農族的「八部和音歌唱」——「巴西布亞」《祈禱小米豐收》優美動聽、蜚聲國際）是最為重要的文化資源。其內容豐富多彩，並不亞於東西方很多民族的史前傳統。它多以戲劇性的手法出之，並配以「口傳」者的身體動作、面部表情，在特定的自然環境和氛圍（常常是在戶外，或多是以集體參與的方式）中「演出」，故極富感染力、衝擊力，在原住民的日常生活中有著神聖、重要的地位。夏曼・蘭波安認為，這種「口傳文學」，「沒有支配者與被支配者之間的對立，只是表現了對大自然的崇拜與畏懼，從這樣的口傳文學，可以看到未受漢化或皇民化的原住民文學的本來面貌」[7]。

就內容來講，關於部落族群起源，始祖創生、火與食物的起源、自然景象、自然災變（洪水、山崩、地震、乃至日、月、天的災變）、地理環境、出生與死亡以及占卜、祭祀（如豐年祭、矮人祭……等）幾乎無所不包，此外關於部落的遷徙、部落與周邊族群的交往、出草

---

5 引自呂慧珍《書寫部落的記憶》，第 7 頁，臺北，駱駝出版社，2003 年 9 月。

6 俄羅斯科學院院士李福清教授談到親身經歷時，就述及臺灣有教授（一屬清華大學，一屬臺灣大學，均為歷史系教授）或對我要出版臺灣原住民民間文學論集困惑不已，原住民無文字，哪來的「民間文學」，或批評說「原住民無文字，即無歷史」，李福清都以其專業修養，作了釐清。參見李福清《神話與鬼話》，第 3 頁，社會科學文獻出版社，2001 年 12 月版。

7 夏曼・藍波安《傾聽心聲》（下），《文學臺灣》第 5 期，第 76-77 頁。

征獵、戰事紛爭、習俗禁忌、奇人異事、情愛人倫、動物傳說、人與動物關係……不一而足，這些神話、傳說、故事往往有很強的情節性，生動有趣，對於族群共同心理的建構有著至關重大的作用。神話就是原住民的歷史。在人與自然、人與人、人與物、人與神、神與自然、神與神、神與物的錯綜複雜的關係中，初民的思想、心理、感情、智慧、才華……得以具象化的演繹與表現，在本質上具備了文學的質素與功用，因此，它所承載的多方面功能是認知、瞭解原住民歷史文化的幾近唯一的通道，因而引起了關注原住民的中外學者的濃厚興趣。浦忠成、浦忠勇是原住民中於此卓然有成的學者。浦忠成的《臺灣鄒族的風土神話》、《臺灣原住民的口傳文學》、浦忠勇的《臺灣鄒族傳統歌謠》都是原住民口傳文學研究「篳路藍褸、以啟山林」之作。

俄羅斯學者李福清（B.Riftin）早在 1990 年代前期就來到臺灣，專心於原住民神話的學術研究，並在清華大學、靜宜大學開設了有關中國民間文學、臺灣原住民文學的課程，主持了臺灣原住民民間文學的研究專案，並出版了有關專著（如《神話與鬼話——臺灣原住民神話故事比較研究》，北京，社會科學文獻出版社，2001.12）。李福清依靠大量紮實的原住民民間文學、口傳文學的田野調查和採集之作，並親自用中文寫出了這些著作（不請人翻譯），務使原住民文學的研究，得到「原汁原味」的呈現。

李福清通過深入認真的研究，特別強調，從世界範圍上來考察，臺灣原住民的神話、傳說，顯得尤為原始，具有很高的歷史價值和學術研究價值。

當然，原住民文學從「口傳」到筆述，經歷了漫長的積累與摸索，現在一般認為，具有明確的原住民族群意識和自覺意識的原住民文學創作大體上始自 1980 年代前期。[8]

1970 年代在臺灣社會上出現的原住民人權保護活動，波及面甚廣，並最先及於文學領域。原住民不再是社會運動的「符號」或沒有真實生命的象徵，「文學是原住民新文化論述所採取的第一種形式」[9]，之所以如此，也與原住民已經出現了一群接受了師範、醫藥等現代教育與專業訓練的人才有關。從那時至今的二十多年中，陸續出現的詩人、作家、散文家、學者有排灣族的莫那能（曾舜旺）[10]、利格拉樂・阿𡠄（高振惠）[11]、啟明・拉瓦（趙啟明）、亞榮隆・撒可努（戴志強）、伐古楚（戴國勇）、依苞・答德拉凡（涂玉鳳）、高進發（漢名），布農族的拓拔斯・塔瑪匹瑪（田雅各）[12]、霍斯陸曼・伐伐（王新民）、達西烏拉彎・畢馬（田哲益），達悟族的夏曼・藍波安（施努來）[13]、夏

---

[8] 此前並非沒有原住民的文學創作，但是是極個別的零星表現，如 1960 年代，排灣族的陳英雄（職業是員警），就以原住民的生活題材用漢語寫過小說，1971 年還出版了小說集《域外夢痕》。至於再往前追溯，日據時期也有部分原住民人士的寫作，但其所寫作並非基於原住民的立場，甚至是為統治者張目的歌功頌德之作。當時的原住民作品與近二十年標為「原住民文學」的作品有相當大的區別。（浦忠成語，見黃鈴華主編《二十世紀臺灣原住民文學》第 12 頁，臺灣原住民文教基金，1999 年 12 月版。）

[9] 廖咸浩《『漢』夜未可懼，何不持炬遊？原住民的新文化論述》，何寄澎主編《文化・認同・社會變遷——戰後 50 年臺灣文學國際學術研討會論文集》，「行政院文建會」出版，1999。

[10] 著有《美麗的稻穗》（詩集，1989）。

[11] 著有《紅嘴巴的 VuVu》（散文集 1994）、《誰來穿我織的美麗衣裳》（散文集 1996）。

[12] 著有《最後的獵人》（短篇小說集，1987）、《情人與妓女》、（短篇小說集，1992）、《蘭嶼行醫記》（散文集 1998）。

[13] 著有《八代灣的神話》（族群神話，1992）、《冷海情深》（散文短篇小說合集，1997）、《黑色的翅膀》（長篇小說，1999）、（海浪的記憶）（散文集，2002）。

本・奇伯愛雅（周宗經），鄒族的巴蘇亞・博伊哲努（浦忠成）、依優樹・博伊哲努（浦忠勇）、白茲・牟固那那（劉武香梅），卑南族的孫大川（漢名）、曾建次（漢名）、巴代（林二郎），泰雅族的瓦利斯・諾幹（吳俊傑）[14]、娃利斯・羅幹（王捷茹）[15]、遊霸士・撓給赫（田敏忠）[16]、裏慕伊・阿紀（曾修媚）[17]、馬紹・阿紀（曾一佳）、沙力浪（趙聰義）、魯凱族的奧威尼・卡露斯（邱金士）[18]，阿美族的李來旺（漢名）、Lefok（黃貴潮）、Lekal（林俊明）、林建昌，賽夏族的伊替・達歐索（根阿盛）等，不下四十人。

因為原住民只有語言本無文字，故而這些在 90 年代以後出現的原住民寫作，準確地說起來，應稱為「臺灣原住民漢語寫作」，雖然有的作家在構思時，是用本族語言構思（如布農族的拓拔斯），甚至還有少數作家採用了族語與漢語「雙語」對照的呈現形式，如泰雅族的娃利斯・羅幹就出版過泰雅／漢語對照的《泰雅腳蹤》（1991），伊斯瑪哈丹蔔衰也出版過布農／漢語對照的詩集《山棕月影》（2002），但在學術界和文學界，以孫大川為代表的寫作者還是認為，主張用羅馬字拼音的族語寫作，其實並不有助於本土性、族群性的張揚，實際上只能造成自閉，阻礙作品的流通，傳播、閱讀，並非明智的上策。「借用」漢語寫作，應該是一種具有正面效應的寫作策略，並無族群性消泯的

---

14 著有《永遠的部落》（散文、雜文集，1990），《番刀出鞘》（論述，1992）、《荒野的呼喚》（散文、雜文集，1992，署名瓦歷斯・尤幹）、《泰雅孩子臺灣心》（1993）、《想念族人》（1994）、《戴墨鏡的飛鼠》（1997）、《番人之眼》（散文集，1999）、《伊能再踏查》（詩集，1999）。

15 著有《泰雅腳蹤》（族群報導，1991）。

16 著有《天狗部落之歌》（短篇小說集，1995）、《赤裸山脈》（短篇小說集，1999）。

17 著有《山野笛聲》（散文，短篇小說集，2001）、《泰雅的故事》（2003）、《高砂王國》（2003）。

18 著有《雲豹的傳人》（部落報導，1999）、《野百合之歌》（長篇小說，2001）。

問題，作品的族群特色，主要是靠其內容所浸透的民族心理與生活風情彰顯的。裏慕伊・阿紀的《山野笛聲》陳述了在山林生活的族人的很多日常生活場景，都滲透著部落族人對祖輩遺留下的文化傳統的孺慕與驕傲。《八個男人陪我睡》一文以輕鬆而不失趣致的筆調寫老外婆回憶族人從前的故事，少女成人紋面之後，經家長允許，可以和「理固伊」（男子）同床共枕……這種淳樸優美的民間習俗，透視的不僅是悠遠傳統的道德內涵，更是人性美的展現。

山林與海洋是原住民的棲息之地、生活環境，也是他們構成異於他者（異民族）的族群符瑪，更是原住民靈魂安放的原鄉。原住民是山海的子民，山海情結自然就成為原住民文學書寫中最特殊的要素。

山海之所以成為原住民的心靈之神，不僅在於它提供了原住民維持日常生活和族群繁衍的基本生活環境與生活資料，更在於在山海之間，存有原住民來自祖靈的天啟、成為靈魂精神的寄寓之所。因此它絕不僅僅具有自然地理學的空間意義，也同時具有族群心靈空間的意義。在原住民文學中，所有的神話、傳說、故事，都離不開對於山海的描述，這種描述充滿著敬畏和謙卑，以至於使人覺得山、海本身其實就是神，對於山海的崇拜，就是對神的崇拜，對於祖靈的虔敬。原住民文學儼然已形成了一種獨特的山海美學、山林神學，主宰著原住民作家的寫作取向，賦予了它靈動的風格與深邃而神秘的底蘊。山海是原住民作家們取用不竭的靈思厚感的源頭活水。

在這方面，最突出的個例，是布農族的拓拔斯・塔瑪匹瑪和達悟族的夏曼・蘭波安。

拓拔斯・塔瑪匹瑪的《最後的獵人》，有對於布農人與山野森林血緣關係的生動描寫，其中穿插著部落歷史的綿長記憶，布農人山林狩獵的各種禁忌。比雅日深知：「動物會因森林的洗劫而滅跡，從此獵人也將在部落裏消失。」族人、部落、森林的密切關係由此可以想見。

《拓拔斯・塔瑪匹瑪》中的獵人烏瑪斯對於林務局動輒給原住民扣上「偷盜」、「犯法」的罪名，十分不滿，而對自己的森林頗為自信，「我雖沒摸過書，喜歡親近自然，相信我擁有森林的知識，超過他們所知道的森林。他們應該停止砍伐，如果森林沒被破壞，我想不會年年有洪水發生。」被視為「野蠻人」的他們關於自然生態的這種見解，儼然有先覺之明，很值得自認為「文明人」者深思反省。

《最後的獵人》裏那個因為妻子帕蘇拉嘔氣而出走到山林中的獵人比雅日，甚至希望女人也能象山林才好：「如果女人象森林多好，幽靜而壯麗，從森林內、從森林外、尤其從高處俯瞰森林的美麗是綠色和諧的組合，像牧師講道詞中伊甸園的世界。」比雅日在森林中放歌、遐想、傾吐乃至咒罵，並以此得到感情的發洩與慰藉。「森林是最後能使他得到安慰的地方。」「他們曉得森林裏的生命占了大地生命的大半，其中大部分與獵人息息相關。」山林庇護他們、理解他們，布農人也敬畏山林、珍愛山林、守護山林，領受它的無言之教、無言之美。

夏曼・藍波安在大都市臺北生活 16 年，以後又重新回歸藍嶼紅頭部落，並且選擇了回到達悟族人傳統的生活方式（伐木、造拼木舟、划船、潛水、射魚、以捕魚為生），看起來似乎是一個極端的例子，卻讓人分明看到了海洋之於他的重要。他自稱是「海裏面的作家」、「海底獨夫」，而不是通常意義上的「海洋作家」。《冷海情深》盡情渲染了海洋的非凡魅力：

> 「駭浪宣洩的泡沫不斷地淹沒我，如沙粒般的白點，千億粒的白點，模糊了視線，潛入水中企圖弄清視線……海是有生命的、

有感情的、溫柔的最佳情侶，海中形形色色的奇景，唯有愛她的人才能享受她赤裸的豔麗與性感。」

「沙灘是我們的床，海浪宣洩的潮聲是我們的安眠曲，天空的星星是祖先的靈魂，月亮是祖先的朋友。」

「海是一首唱不完的詩歌，一波波的浪濤是不斷編織悲劇的兇手，但亦為養育我們的慈父。我們愛她，但不瞭解她。」

「除了自然光外……陽光射穿海面形成千條萬絲的亮麗景觀，在一片起伏的堡礁裏潛梭著無數的豔麗的熱帶魚，忽現忽沒，甚至有些小魚如眼睛大小般地在密集的珊瑚樹叢向上跳躍，如此彙集成一個生機盈滿之奇景……」

「達悟男人的生命史，其實是海鋪陳的。」在夏曼・藍波安的筆下，海洋不是一個僅供作家描寫的客體對象，一個沒有生命和靈性的處所，而是有生命的精靈，也是以海洋為生存依靠的心靈的寄託。因此，夏曼・藍波安的海洋寫作與一般的自然寫作其實並不一樣。在尋回與族人融洽相處之道、為族人爭取自己應有的權利的過程中，他日益認識到努力投入達悟族的「飛魚文化」、敬畏海的神靈，才能被海洋接納、被族人認同，踏上了祖輩的航道。他是一個海洋的書寫者，更是一個海洋的朝聖者。海洋就是他的「麥加」。

原住民作家心目中和筆下的山林、海洋，作為地理空間的描寫，固然能凸顯其地域風情和本土色彩，但作家滲透於其中的心理和精神，卻有力地突破了地理空間的囿限，產生了更深層次的意涵與象徵性。可以說，「山」與「海」在他們的作品中，已經絕非與主體生命無關的背景，而是具有族群身份認同的意義。從這一個角度說起來，原住民文學的身份書寫，是建構於其山海情結、山海美學、山海神學的基點上的。卑南族學者孫大川的一番話表達了他們由「山海」走向世界的決心：建構「一個以『山海』為背景的文學傳統，以主體的身份，訴說自己族群的經驗……從『山』上的石板屋，『海』裏的獨木舟，走向全世界。」[19]

至於作為山海、「部落」對立面的都市，以及都市與部落的空間轉換，則是原住民作品常見的情節元素。很多原住民青年因迫於生計，離開山林，來到都市（往往是臺北），演出了一幕幕悲喜劇。在作家們的筆下，都市是和部落、山林、海洋不一樣的地方，是罪惡的淵藪，是原住民的傷心之地。部落與都市的對抗、原住民後人在二者之間的艱難選擇及選擇後的艱辛、迷惘，幾乎是一個跳脫不出的怪圈。瓦利斯・羅幹的《城市獵人》中寫到的在城市中互相火拼的泰雅青年，就是在都市叢林中迷失的「都市獵人」。這表現了原住民作家意識中抗拒「都市文明」的價值觀，似乎與「鄉下人」沈從文當年對都市罪惡的揭示、抨擊如出一轍。在都市與山海的對峙的夾縫中，原住民的身份正在若隱若現間得到確證。

原住民的族群身份認同，是在與「他民族」、「外來民族」、「外來人」、「漢人」的辨異中得到確定的。原住民曾被社會所歧視，被認為是「野蠻人」，而其源部分來自於某些「漢人」（應當說並非所有）。原漢的對立矛盾、衝突、惡性的互動，成為原住民身份追尋途中的夢魘，引起他們的反彈是必然的。夏曼・藍波安曾自稱，他要在原住民青少年中延續「在他們心中加速退化的族群意識……在唯漢獨尊、一言堂

[19] 《山海文化雙月刊》創刊號序，1993 年。

的教育體制下輸送一股有魚腥味的原料」。[20]原漢關係成為原住民作品的基本題材之一。

「漢人」常常是作為負面形象出現在原住民的作品裏的（原住民稱漢人是 pairang——閩南話「壞人」的諧音）。《最後的獵人》裏那個林務局的員警堪稱典型，不但辱罵他是「殘忍成性的山地人」、「番仔」，「沒收」了比雅日的獵物，剝奪其狩獵的權利，還極其霸道地要比雅日「改個名，重新做人吧，不要再叫獵人」。在原住民看來，漢人是「外來人」（稱之為「了了」），他們不僅掠奪了族人的土地、森林，而且亂砍亂伐。原住民如有伐木自用，卻被指認為「偷盜」。他們把一些名貴的林木砍下運走，只為的是他們的經濟利益，還放火燒林，然後自作聰明地再種新樹。他們不知保育山林，卻指手劃腳，對族人橫加指責，蔑視部落、褻瀆山林之神，傷害了原住民的感情……《馬難明白了》裏的布農族孩子，在學校受到漢族同學的恥笑，最後釀成了鬥毆，馬難丟掉了祖父送給他的山豬牙。漢原之間的對立甚至延伸至下一代。《救世主來了》寫藍嶼島上的達悟人，與來自臺北的「了了」（外來人）之間也有著緊張的關係。漢原之間的對立、衝突，是原住民身份書寫中不可回避的心結。

當然，也有若干的作品顯出某種亮色。在夏曼・藍波安的長篇小說《黑色的翅膀》中，作者借四個國小六年級原住民學生對於「皮膚白白」的、臺灣來的「師母」的偷窺和性想像，營造了跨越族群鴻溝的感情溝通的溫馨圖像。有的孩子甚至以將來找一個像師母一樣「白白皮膚」的臺灣女子為理想。作者在這裏是否暗示：也許只有到了下一代，原漢族群之間才可能平等地交好？

---

[20] 夏曼・藍波安《冷海情深》，第 118 頁，臺北：聯合文學出版社，1997 年。

原漢之間良性互動最佳的個例是田雅各的《撒利頓的女兒》。漢人罔市的女兒瑪麗亞是十八年前被布農人都爾布斯領養的，如今家境好轉的罔市，想領回女兒，而來到了她和布農養父母居住的「撒利頓」村（漢名為豐丘村），都爾布斯善解人意、性情豁達，答允罔市的要求，可是已經習慣了布農人生活的瑪麗亞卻不肯再跟生父回家，並和布農情人躲了起來。罔市也不強求，還承諾在她結婚時將送兩件厚禮（一棟房子、一輛汽車）作為補償。小說對漢原兩方面都頗多贊辭：罔市富裕後不忘女兒，但又不強制女兒接受其安排，還送厚禮以謝養育了女兒的布農人。都爾布斯在外族人困窘之際伸出援手，並不求回報，且通情達理地願意配合罔市的安排，在在顯示了無私的愛心與寬廣的胸懷。漢原兩族兩家因女兒而產生的聯結，也因女兒長成，進到了更融洽的良性互動的境地。或許，這也是深埋在原住民作家心底的共同的願景？

孫大川在比較漢族鄉土文學與原住民文學的不同時說：「他們所謂的本土仍然是漢族本位的本土；敘述的場景，從蘭陽平原到嘉南平原，從漁港、茶山到田埂；依舊是平原、稻作民族的思維邏輯。相較於夏曼・藍波安的海、田雅各的山、瓦歷斯・諾幹的島嶼，以及原住民文學中隨處流露的神話和宇宙想像；漢人的本土是現實的、政治的，缺乏『怒而飛，其翼若垂天之雲』（《莊子・逍遙遊》）的超拔氣勢，當然無法真正理解、欣賞整個南島民族遼闊的海洋心靈。」[21]其實，原住民文學也就是原住民的鄉土文學。如果用更包容的觀點來理解「鄉土文學」，原漢之間在書寫鄉土上更多地是質的相通，而並不必然是對立而不能交融的。

---

21 孫大川《臺灣原住民文學創世紀》，《臺灣原住民族漢語文學選集》，臺北：INK印刻出版有限公司，2003年4月版。

原住民長期以來被邊緣化的處境與強勢族群的中心地位，形成歷史的辯證。原漢的對立、互動、融合對原住民身份定位的潛在影響，是巨大的。要逐漸消彌「中心」與「邊緣」之間的鴻溝、隔閡、敵視，需要重認「邊緣」的重要性。從原運的社會抗爭到原住民文學的文化尋根，在在重顯「邊緣」的意義和價值。在一個以多元性為標榜的社會中，尤其必須以更多的社會資源和更大的心力，給原住民文學以更大的存在與發展空間，改變漢原傾斜的歷史慣性。「漢原融溶」的前景就一定會為原住民文學增添新質，使它釋放出更璀燦的光亮。

原住民文學的研究已經起步。更深入的研究，當待田野調查與文本闡釋的自覺結合，有待於原住民學者與非原（包括兩岸漢族及外國）學者共同的參與，以獲得由互動互補而生的更好效果。漢族作家吳錦發 20 多年前編輯「臺灣山地小說選」《悲情的山林》、「臺灣山地散文選」《願嫁山地郎》，最早表達了對原住民文學的關注，一些漢族作家（如鍾理和、李喬、鍾肇政、楊牧、吳錦發、王幼華、胡台麗、王家祥、古蒙仁、林燿德、舞鶴等）創作原住民題材的作品，一些外國（如俄、日）學者對原住民口傳文學與漢語寫作的調查、研究，從不同的側面切入「原住民文學」這塊神奇而豐饒的「野地」，多有創獲發現，提升了原住民文學的能見度與閱讀面。原住民文學（口傳文學與漢語寫作）的不俗魅力正逐漸地被族群內外的人們所認識。

不過，由於原住民本無文字，「借用」漢語進行的寫作多少也使作品的「原汁原味」打了折扣，但這也是無奈的事：如果把族語用羅馬拼音來寫作，顯然更會影響作品的傳播和閱讀。而閱讀者與研究者不諳族語（事實上原住民各族的語言也很複雜，有的一族也並非一語）[22]，也給他們的研究帶來很多障礙，影響了研究的深度與廣度。此外，一些非原住民的讀者、學者也還程度不同地存在著「好奇」、「獵奇」的心態和表層、平面的觀察，也需加以調整。總之，要避免孫大川所謂的「博物館化」、「泛政治化」及「浪漫化」這三個陷阱。[23]倘若原、漢、外三者結合構建以原住民意識為主體的、彰顯臺灣原住民獨特審美品格的「民族學詩學」，進行系統的、更富學理性的探討，「原住民一方面探索自己的文化源頭，一方面質疑外來文明，可以豐富本島的文化內涵，形成多元的對話空間」[24]，原住民文學一定會有更壯美的明天。

---

[22] 據調查，目前臺灣原住民所使用的族語方言約有33種，活的也有12-14種。見吳家君《臺灣原住民文學研究》第40頁，中山大學中文系碩士論文，1997年6月。

[23] 見孫大川《久久酒一次》，第118-121頁。

[24] 彭小妍：《族群書寫與民族／國家：論原住民文學》，《歷史很多漏洞——從張我軍到李昂》，臺北，中研院文哲所籌備處，1990年。

參考文獻

1. 孫大川主編《臺灣原住民族漢語文學選集》（1-7 卷），臺北，INK 印刻出版有限公司，2003 年 4 月。
2. 陳義芝主編《臺灣現代小說史綜論》，臺灣聯經出版事業公司，1998 年 12 月。
3. 何寄澎主編《文化、認同、社會變遷——戰後五十年臺灣文學國際學術研討會論文集》，「行政院文建會」出版，2000 年 6 月。
4. 李福清著《神話與鬼話——臺灣原住民神話故事比較研究》（增訂本），北京，社會科學文獻出版社，2001 年 12 月。
5. 黃英哲編，涂翠花譯《臺灣文學研究在日本》，臺北，前衛出版社，1994 年 12 月。
6. 彭小妍《歷史很多漏洞——從張我軍到李昂》，臺北，中研院中國文哲研究所籌備處發行，2002 年 10 月修訂版。
7. 洪銘水《臺灣文學散論》，臺北，文津出版社，1999 年 12 月。
8. 《文學與社會學術研討會——2004 年青年文學會議論文集》，台南，臺灣文學館出版，2004 年 12 月。
9. 吳家君《臺灣原住民文學研究》，臺灣中山大學中所系碩士論文，1997 年 6 月。
10. 呂慧珍《書寫部落記憶——90 年代臺灣原住民小說研究》，臺北，駱駝出版社，2003 年 9 月。
11. 董恕明《邊緣主體的建構——臺灣當代原住民文學研究》，臺灣東海大學博士論文，2003 年 1 月。
12. 朱雙一《近二十年臺灣文學流脈——「戰後新世代」文學論》，廈門大學出版社，1999 年 8 月。
13. 王德威、黃錦樹編《原鄉人：族群的故事》，臺北，麥田出版，2004 年 11 月。

14. 莊永明總策劃、詹素娟、浦忠成等文《臺灣原住民》，臺北，遠流出版事業股份有限公司，2001 年 7 月版。
15. 聯合報副刊編《臺灣新文學發展重大事件論文集》，台南，臺灣文學館發行出版，2004 年。
16. 林文寶、張堂錡、陳信元等著《臺灣文學》，臺北，萬卷樓圖書有限公司，2001 年 8 月。

在顛覆中歸返

——我觀旅臺馬華作家群

作為一種世界性的文學創作現象，移民文學以其豐富的文化內涵而顯示出巨大的闡釋空間。近些年諾貝爾文學獎得主如勒・克萊齊奧、奈波爾、帕慕克、庫切、高行健等都帶有跨文化、跨地域、跨語種的複雜背景，更使國際學界將目光聚焦到這一以「離散」為身份特徵的文學現象上來。

華人移民文學毫無疑問是世界移民文學中一個非常獨特的組成部分。而以目前學者觸及到的情形來看，華人移民文學且更其豐繁。就地域而言，華人移民文學傳播之所幾與華人移民所到之處同廣，遍佈於全球各大洲；所持語種，除母語（漢語）外，還兼採英語、法語、日語、馬來語等東西方多個語種。在東西方各個國度寫作的華人（華裔）作家在不同的年代或隱或顯地形成了各異其趣的群體。

旅台馬來西亞華人（華裔）作家群是近年來相當活躍、引起了廣泛關注的一個移民文學群體。從 20 世紀 60 年代來台留學的王潤華、陳鵬翔、淡瑩、溫瑞安、方娥真，中經潘雨桐、商晚筠、李永平、張貴興再到 80 年代末至 90 年代來台留學後居留臺灣的陳大為、鍾怡雯、林幸謙（後旅港）、張錦忠、辛金順、胡金倫、陳強華諸人，留台旅台的馬來西亞華人（華裔）作家代不乏人。在他們心目中，臺灣是一個既可「心近」又可「身入」的中華文化的存承孳生之地，於是人們便看到了這前赴後繼、絡繹於途的景觀。不少人在臺灣學有所成、樂業安居，相當程度上融入了臺灣文壇、臺灣社會乃至中華文化之中。

如果說，旅居北美的所謂「新移民作家」已引起了國內學界熱心的關注，風頭正健，那麼，花開臺灣的別一種移民文學——旅台馬華作家群的創作，卻在大陸迄未受到足夠的重視與研究，實在是一個令人遺憾的偏頗的事實。

本文擬從旅台馬華作家與大陸旅美「新移民」作家的比較考察中，認識旅台馬華作家的身份書寫與美學特徵的學術價值及其在華文文學史上的存在意義。

說旅台馬華作家與旅美「新移民作家」不同，首先是在各自遷徙、離散的取向上截然有異。

所謂「新移民作家」，一般是指 1980 年代前後從大陸移民北美的作家。在中國大陸，1970 年代末開始，在 80 到 90 年代形成一股出國留學、經商、求職、移民的熱潮。高喊著「到美國去！到美國去！」的這一群，以出離的姿態，大多是基於對西方社會的不無盲目的崇拜與追慕，在他們的心中都有一個「美國夢」甚至是「淘金夢」，也有的是出於對國內現狀的不滿，特別是剛剛過去的「文革」給他們中的一些人帶來過心靈和精神的創痛，他們希求在異國的生存能夠療治身心的傷痛以求內心的平衡。《北京人在紐約》（曹桂林）、《曼哈頓的中國女人》（周勵）是這一類文本的代表之作。應當說，這一階段「新移民」作家那種疏離傳統文化、出離當下現實的取向是相當清晰的。他們是從中國「出離」的一群。旅台馬華作家[1]似乎與此種選擇逆向而行。

旅台馬華作家從南洋的熱帶雨林來到中國東南隅的臺灣離島，就他們的感受來說，是親炙了中華文化的血脈。臺灣保有完好的物質與非物

[1] 與他們取向相同的（從居住國來到中國）的外籍華文作家，還可舉出新加坡的蓉子、韓國的許世旭等。蓉子 2000 年後定居上海，有不少的「中國在地書寫」作品；1960 到 1970 年代許世旭留學臺灣，他的作品多有中國傳統文化、「五四」新文學乃至同時代臺灣文人作家的內容，也是一種「中國（臺灣）在地書寫」。

質的中華傳統文化，這讓他們油然而生近鄉情親之感。在馬來西亞多元種族、多元文化的歷史語境中出生成長的這群人，之所以作出如此選擇，並非是出於對身生之地居住國的厭憎、批評或抨擊，而是源於對身之所屬的華族、華人的文化認同、文化歸屬感，甚至有一種「要把三代的書都讀回來」（黃錦樹語）的心志。此是「返祖」亦是「尋根」。應當說，這與旅美「新移民」作家在對待民族傳統和文化歸屬上是相當不同的態度。

正因為如此，旅台馬華作家在他們的創作中，常常在回首充溢著鬼魅之氣的故園時，還不可克制地流露出溫馨深濃的情思。在《吉陵春秋》、《雨雪霏霏——婆羅洲童年記事》（李永平）、《群象》、《我思念的長眠中的南國公主》（張貴興）、《落雨的小鎮》、《烏暗暝》、《土與火》（黃錦樹）、《河宴》（鐘怡雯）等作品中，作者們不約而同地書寫了在那個已經遙遠的國度裏依然親近的記憶。有的作品甚至直接切入先人的生存境遇，以此求索華人在南洋的遭遇命運。黃錦樹的《死在南方》、《零餘者的背影》、《沉淪・補遺》諸篇，從「五四」文學的先驅之一、40年代流亡於南洋的郁達夫當年的「失蹤」之謎，汲取創作靈感，文筆虛實交錯疑幻疑真，不啻為新文學傳統在南洋失落與湮滅的一種隱喻。筆者曾在《傳說・實證與想像》一文中說過：「《死在南方》借這些所謂的『殘稿』，以後設敘事的方式想像了郁達夫失蹤後的故事」，「小說不能作為解說郁氏失蹤之謎的歷史或學術的文本，但未嘗不可以作為省思郁氏這段經歷的有意味的文字材料」，「是一個華裔作家以郁氏在南洋的遭遇為寫作資源所作的一次盡情揮灑。這是其文學價值。」[2] 黃萬華認為「郁達夫的南洋蹤跡不斷伸向種族邊界之外，並預設了無限的能指，於是郁達夫『死在南方』的命運成為馬華文學始源處的巨

---

[2] 曹惠民《傳說・實證與想像——郁達夫「失蹤」之謎的辯證》，見氏著《他者的聲音》，南京，江蘇人民出版社，2005年8月版，第237、238頁。

大象徵性空間」[3]而黃錦樹自己則說，他的「郁達夫書寫」，是在呈現「無限延伸的非存在的存有」，[4]表達了他對在南洋失落的中國新文學傳統的執著追索。

始源想像與歷史記憶、生存寫實一起，構成了族群屬性的重塑，為旅台馬華作家在兩難處境之中獲得其在中國文化圈中達致轉身的餘裕，並進而成就了其自我追尋的歷程。

由南洋北返的旅台馬華作家們，在臺灣回溯中華文化的南洋餘韻，這種寫作指向正彰顯了在他們身上隱然呈現的另一條臍帶，儘管他們中的有些人也曾決絕地喊出「斷奶」的口號。但那由五千年文明滋養生成的從先祖到自身的生生不息的生命延續，卻不是兩句口號就能去除消解的，只不過凸顯了他們內心的深刻焦慮。

身份的迷惘與焦慮，對於同為移民的旅台馬華作家和旅美新移民作家來說，都是難以規避而不得不承受的命運的賜予。置身於中華文化佔據主導地位的空間，因漂移、離散所生成的源自強烈生命體驗的焦慮，與對於文化母體的孺慕追懷，割不斷理還亂地纏夾一處。這是旅台馬華作家的文化境遇。他們並非被那個雨林之國的多元文化所驅離，而是自身主動的「放逐」，這種自我「放逐」並非漫無指歸地隨遇而安，其實是由相當明確的文化取向和文化歸屬所制約的。因此，在臺灣——他們心中的中華文化承載地——的在地書寫，卻更多地回到出生地－馬來半島：從島到島，下筆不乏溫馨、眷戀的格調。那燠熱的木板房，多雨的森林，迷宮似的膠園，引人

---

3 黃錦樹《論郁達夫的流亡與失蹤》，見氏著《死在南方》，濟南，山東文藝出版社，2007 年 1 月版，第 376 頁。

4 黃錦樹《跋・死在南方》，見氏著《死在南方》，濟南，山東文藝出版社，2007 年 1 月版，第 375 頁。

入勝的「酬神戲」，外婆汗濕的面龐，孩提時代玩伴的身影……都在書寫中使他們得以「重返」故園——那個雖不是「原鄉」，卻是深烙在自己生命軌跡中的種種圖景。如影隨行，漂然往返，與當下的生存同在。

令人憂心的是，先輩的文化傳統正在經年累月的時間之流汰洗下，一點一點地變淡、變遠、變得不可望不可及，「三代成峇」（意指被馬來文化同化的華族男子）的憂懼越來越潛進他們的內心，揮之不去。「我」是誰？「我」是「中國人」？「我」是「華人」？「我」是「臺灣人」？「我」是「馬來人」？都是，又都不是，或都不全是。這是他們的宿命，因為「馬華」，他們這些以華文寫作的人在馬來西亞這個以馬來文為國語、回教為國教的國度，在馬國，是少數文學（少數族裔文學）；因為「旅台」（留台），他們這些國籍為馬來西亞（或雖入籍但出生地為馬來西亞）的華人，在臺灣，也仍然是少數族裔文學。更不必說，臺灣在某些論者那裏也還是中華文化的「邊緣」、「邊陲」，那他們就更是「邊緣」的「邊緣」了。他們分明就是雙重的邊緣人。

要從哪裡才能得到證明（自證或他證）？似乎唯有回溯本源的追尋，才能依稀彷彿有點眉目。黃錦樹寫作的「舊家系列」、「星馬政治狂想系列」、「馬華文學史系列」，歸結起來，無一不是這種努力的表現。在談到他在臺灣的寫作時，黃錦樹不無慶幸地說：「我們這些馬來西亞籍或馬來西亞出生的寫作者，處境更為微妙。不管入不入籍，文學的屬性仍不免於外籍（因為差異太鮮明太大了）。但有時也多虧了臺北的國際性與寬容（人情，及商品社會的寬容）。在臺北能找到容身之地則意味著相對地跨越了身後的馬來西亞地域，雖然，或許不免接近於寄生（迄今為止還沒有強大到共生的地步），但至少能在大馬種族政治之外找到一小塊自己的園地，不受干擾地愛種什麼就種什麼，只要不是大麻鴉片」[5]雖「都是以大馬為背景」，「以我所體會的大馬華人的處境為敘事核心」，卻總能「跨越身後的馬來西亞地域」，這正是黃錦樹的中國（臺灣）在地書寫的創發之處。其他的旅台馬華作家的「南方書寫」當也可作如是觀。

而在旅美新移民那裏，他們卻似乎從來就沒有過成為在地主流人群的恐懼，恰恰相反，進入當地社會主流圈是他們嚮往的目標，即使做個「假洋鬼子」也未嘗不可以接受。劉荒田在他的「假洋鬼子」系列作品裏對此有相當透闢的解析。

雖然同樣有焦慮，但其內質並不一樣。旅美「新移民」作家更多的是在歸趨西方主流社會的過程中，因為價值觀念、膚色人種、語言與人際交往種種方面遭遇的挫折、歧視、壓制，被排拒、被孤立，有志難伸，有願難成，更多的是自我價值不能實現、身份認同遭遇陷阱的現實焦慮。

旅台馬華作家則是由多元種族、多元文化的馬來社會來到中華文化占主導地位的臺灣社會。在前者，他們親眼目睹了華人（華裔）無法掌握話語權、華人文化被擠壓的尷尬處境。在後者，他們認同中華文化的承載之地，他們自己仍被視為是外來的闖入者，從南洋北來的「他者」，仍然是處在尷尬的境遇中。但他們並不介意自身的現實處境（畢竟不是在異質文化的包圍之中），而是憂心中華文化的現實命運（包括在南洋、在馬來西亞的命運）。因此，他們的身份焦慮其實是一種文化焦慮。

---

5 黃萬華《黃錦樹的小說敘事：青春原欲，文化招魂，政治狂想》，見黃錦樹《死在南方》，濟南，山東文藝出版社，2007 年 1 月版，第 5 頁。

李永平坦承，「寫《海東青》是在找中國」，「找中國人的根」[6]《海東青》這部「鯤京」漫遊錄，實際上是作者「文化中國」的烏托邦想像。正如朱立立所言：「然而回歸並不因此消除身份焦慮，個體身份焦慮與所在地域的身份焦慮，錯綜複雜交織成為個體無法承擔的歷史重荷。」[7]她把作品中海東大學的教授靳五的當下境遇描述為「放逐與回歸共在的精神狀態」是準確的論定，而王德威從黃錦樹的〈魚骸〉裏讀出的是「銘刻龜甲／書寫小說的努力」。而其內裏的意念也由此露出端倪：龜者，歸也。[8]更是鞭辟入裏之見。

在離散中焦慮、在焦慮中顛覆、在顛覆中追尋，而這種追尋又分明是一種歸返。旅台馬華作家使人們看到一種有別於在美、歐、澳、日的「新移民」、「新華僑」、「新華人」的華文書寫中未曾有過的文化立場與審美指歸。以馬來西亞華人後裔的身份，北上臺灣留學、定居、寫作、從教、研究，乃至參與介入臺灣文學的當下運作（包括參賽、獲獎幾十餘次），在在都讓人產生一種儼然臺灣作家一部分的「誤認」。儘管對他們的定位至今尚未有共識，有人主張改稱為「馬來西亞華人文學」（黃錦樹）、也有人更別出心裁地新創命名——「華馬文學」（張錦忠）、「新興華文文學」（張錦忠），但不管怎樣，它的存在，都是不容漠視的一種現象。一直關注東南亞華文文學的臺灣青年學者楊宗翰直言：「我認為馬華旅台文學本來就是臺灣文學史的一部分，並不因作者的身份是否入籍而異。我們應該注意檢查的是他們作品的品質，而

---

[6] 「李永平：我得把自己五花大綁後才來寫政治」，邱妙津記錄，臺灣《新新聞》，1992年4月12－18日，第66頁。

[7] 朱立立：《身份認同與華文文學研究》，上海，三聯書店，2008年3月版，第40頁。

[8] 王德威《壞孩子黃錦樹》，見陳大為、鍾怡雯、胡金倫主編《赤道回聲－馬華文學讀本II》，臺北，萬卷樓圖書股份有限公司，2004年1月版，第523－524頁。

非計較『他們』認同哪裡——但緣於後者所產生的創作既是愛恨交加，有時矛盾糾葛，恰是旅台文學精彩之處。」[9]聽一聽這番話，也許是有益的。

---

[9] 楊宗翰：《馬華文學與臺灣文學史——旅台詩人為例子》，臺灣，《中外文學》第29卷第4期，2000年9月，第99頁。

華文鄉土文學的真價

無論在大陸，還是臺灣，鄉土文學都是其發展流程中重要的主脈之一，成為現代中華文學景觀中最富有民族特色和中國氣派的部分。

兩岸的鄉土文學幾乎同時起步，但經歷了不同的發展軌跡，猶如植根於同一片華夏沃土而綻開的兩叢鮮花。

「五四」文學初創期，鄉土小說就是當時引人注目的重要文學現象。魯迅，這位「新文學之父」，也是鄉土文學最早的墾拓者。在《故鄉》、《祝福》、《孔乙己》及《阿Q正傳》，乃至後來寫的《朝花夕拾》中，他描寫了浙東乃至舊中國鄉鎮像泥土一樣平凡、像大地一樣沉厚而愚昧的國民，托出了老中國兒女的靈魂。他筆下的「未莊」、「魯鎮」，幾乎就是當時中國的縮影和象徵。受到魯迅影響的一批青年作家，如許欽文、王魯彥、許傑、臺靜農、王任叔、賽先艾等在二十年代中期以他們各具風神的鄉上小說，形成了一個小小的熱潮。三十年代魯迅在為《中國新文學大系》小說二集寫序，談到許欽文、蹇先艾、斐文中的作品時，指出「隱現著鄉愁」是這類作品的特色。同時也指出，這類作品的作者寫作時卻已並不在故鄉（「已被故鄉所放逐」，「凡在北京用筆寫出他的胸臆」），而寓居於都市（北京、上海等）。這樣的界定就使它區別於一般的農村鄉土題材作品。而周作人提倡「鄉土藝術」，鼓動作家去當「地之子」還要更早，《地方與文藝》認為「土氣息，泥滋味」不僅對鄉土藝術，即使對一切藝術都很重要，十分強調「風土的影響」和「那從土裏滋長出來的個性」。[1]

---

[1] 周作人《地方與文藝》，1923年3月22日作，《談龍集》。

與魯迅一派較多暴露農村中的愚昧、落後、陳規陋習（械鬥、冥婚、沖喜、水葬、沉潭、典妻、叔接嫂、大妻小夫……），探究國民劣根性不同，廢名、黎錦明、沈從文等人在二、三十年代又開闢了「田園牧歌」式的鄉土文學一脈。他們更為喜愛鄉村樸質淳厚的老翁老嫗少男少女，寫他們身上閃耀的人性之美，寫鄉野間和諧寧靜的人際關係，寫自然美景美物。周作人的《烏篷船》、《故鄉的野菜》、葉聖陶的《藕與蓴菜》就格調上而言，亦近於此類。其中，以沈從文構築的世外桃源式的「湘西世界」最富藝術魅力。同一作者的《湘行散記》也堪稱鄉土文學的翹楚之作。

二、三十年代鄉土文學作家中，以浙江人和湖南人為多（此外還可提到的有彭家煌、羅黑芷、潘訓、羅凱嵐等人，他們把南方的山水河海帶入了文學作品之中，也把各地的民情風俗、地方特色活畫在他們筆下，新文學因此而更富內涵、更多色彩。

北方的作家對故鄉同樣情有獨鍾，從早期的王統照、斐文中、徐玉諾到稍晚出現的李廣田、蘆焚、趙樹理、孫犁乃至於西南腹地的艾蕪、沙汀、周文，東北平原的蕭紅、蕭軍、駱賓基……他們的《山雨》、《地之子》、《果園城記》、《里門拾記》、《在山峽中》、《呼蘭河傳》、《鴜鷺湖的憂鬱》、《小二黑結婚》、《荷花淀》等作品，又拓寬了前輩作家的視域，把廣袤無垠的北方大地展現出來，北中國更富傳統韻味、或更為封閉的地域特色，北方人民的粗獷、強韌和堅毅，也正和把他們推進文苑的時代風雲相應合，背景更闊大，色調更濃烈，展拓了鄉土文學版圖上另一片天地，在四十年代達到了新的高度。

如果說早期的鄉土文學相當著意於對封建宗法制鄉村的揭示剖析，較多作者的主觀色彩，幾乎令人看得見作品背後熱切陳詞的作者；那麼，歷經了連年戰亂變得粗糲的人心，在三四十年代更多冷靜的沉思，也不再滿足於各地特殊風俗的津津樂道。他們的目光穿過山水林野，指向人物、山水、風習所依憑的傳統文化，為他們的書寫帶來了較為鮮明的文化表現、文化反思的意味。燕趙、齊魯、秦晉文化與吳越、瀟湘文化在對比並存中益顯其各具的神韻魅力。被稱為「京派」作家的一群，於此成就最為可觀，他們作品的共同主人公就是「鄉村中國」。

四十年代鄉土文學的另一大突破，是文學語言的民族化和通俗化。其傑出代表趙樹理，以其特有的民間文化的豐厚積澱，吸取了為民眾喜聞樂見的表達形式，注入了新時代新人物的鮮活血液，顯示了鄉土文學作品語言上的造詣。趙樹理的新經驗在五十年代「山藥蛋派」和梁斌、柳青等人的創作裏得以承續，後者更把新時代的清新氣息發揮到極致。劉紹棠的京東運河系列（以《蒲柳人家》為代表）直追孫犁的荷花淀系列，為鄉土文學重續了抒情傳統。

八十年代鄉土文學呈現空前的繁盛之勢，東西南北中，處處開花。高曉聲的陳家村、林斤瀾的矮凳橋、賈平凹的雞窩窪、李杭育的葛川江、古華的芙蓉鎮，汪曾祺的里下河，還有張瑋的「古船」、李銳的「厚土」……以斑駁陸離的地域文化為根基，思考更深，風格與流派意識更強（所謂「湘軍」、「魯軍、「晉軍」、「陝軍」之說不絕於耳）。長、短、中篇三箭齊發，數量空前的鄉土文學作品負載著深沉悠遠的文化尋根意識，為多元化的文學新格局提供了多元化的鄉土文學範本，達到了時代的新高度。

臺灣與大陸隔海相望，卻又長期被外族侵佔，繼而又長久地與大陸分隔，植根於台島的鄉土文學，也就另有自身的發展軌跡和某種不同風貌，並且包涵著特殊的內涵。

臺灣鄉土文學是現代臺灣文學最早的源頭。早在現代臺灣文學萌生的同時，出於「臺灣文學之父」賴和（又有「臺灣的魯迅」之稱）

手筆的、富有臺灣本土風情的《無題》(散文)、《鬥鬧熱》、《一桿「秤仔」》、《善訟人的故事》(小說)、《農民謠》(詩歌)等就為臺灣鄉土文學奠下了最初的基石。張我軍、謝春木、楊雲萍等第一代作家也有作品,一起留下了當時臺灣社會現實的剪影。二十年代,臺灣處於日本殖民統治之下,臺灣新文學也剛剛起步,鄉土文學的創作數量既少,較有可讀性者也如鳳毛麟角。但是這些作品都表現了反對殖民統治、反對帝國主義、反對封建主義的進步傾向,作品中充溢著深厚的沉著的民族感情和對臺灣這片土地的摯愛。

三、四十年代,楊逵、吳濁流、呂赫若、洪炎秋、葉榮鐘、張良典和「鹽分地帶」作家是鄉土文學發展進程中的重要力量。日本殖民統治者一度強行要求用日語寫作,推行「皇民化運動」,企圖撲滅臺灣鄉土文學的火種,但作家們進行了各種抗爭,有的雖也用日語寫作,其思想傾向卻仍堅持反日愛國的立場。被譽為「壓不扁的玫瑰花」的鬥士楊逵是其中最傑出的代表。他的《送報夫》、《模範村》、《鵝媽媽出嫁》、《首陽園雜記》,揭露日本統治者的殘暴、貪婪,歌頌反壓迫、求解放的民族鬥士,描寫臺灣鄉村平民的生活,是臺灣文學中高揚民族氣節的珍貴篇章。吳濁流的《先生媽》,特別是長篇小說《亞細亞的孤兒》都是此時鄉土文學的重要收穫。《亞細亞的孤兒》寫胡太明追尋民族解放出路,歷經曲折,終於投身於抗日洪流,旨在解剖知識份子的心路歷程,也為了喚醒民眾拋棄「孤兒意識」,認同祖國,以求得真正的自救之路。小說背景宏大,地方色彩鮮明,是臺灣文學史上具有劃時代意義的作品。吳濁流也成了連接日據時期和光復以後鄉土文學的中介。

從臺灣光復到國民黨政府遷台後的五十年代,臺灣鄉土文學創作有了新的發展。五十年代,以臺灣本土為表達中心的鄉土文學與以大陸故鄉為述懷內容的懷鄉文學互為呼應，實際上成為對五十年代初國民黨當局在文藝界推行「戰鬥文藝」、「反共文藝」的抗爭的一部分。在那股反歷史、反人民的逆流面前，堅持了現實主義的進步寫作傾向，為五十年代的臺灣文學留下了具有一定歷史意義的一批作品，同時，也給鄉土文學在六十——七十年代的大發展、大繁榮奠定了堅實的基礎。

五十年代臺灣鄉土文學的價值取向與國民黨當局的「過客」心態形成強烈反差。楊逵、吳濁流、鍾理和等臺灣省籍的作家把自己對原鄉故土臺灣的摯愛傾注於筆端。他們緬懷先民篳路藍縷、以啟山林的開創偉業，禮贊臺地人民的勤勞、純樸、英武、進取，謳歌寶島臺灣秀麗的山水林野、平凡的一草一木，也在他們的小說、散文中留下了他們這一代人為撫平殖民統治的創傷、建設新臺灣而默默奮鬥的足跡。

五十年代的鄉土文學創作既承續了前代作家強烈的鄉土意識和民族精神，又開闢了更廣闊的表現空間。寶島臺灣美麗的自然景觀開始在作品中有了具象的描繪，像鍾理和《做田》中所描繪的臺灣鄉野的風光，猶如一幅水墨畫，為臺灣鄉土文學增添了美的軸卷。他的《笠山農場》、《原鄉人》更是不可多得的鄉土文學佳作。一些由大陸來台的作家，也開始在自己的大陸故鄉之外，發現了自己當前踏足的這塊土地。楊御龍的《我在大陳》、徐鍾珮的《我在臺北》、尹雪曼的《小城風味》、鳳兮的《大溪湖上》、邵潤的《鄉戀》等作品，或描寫臺灣各地的鄉情民俗，或表達自己對寶島的深情厚意，素樸真誠，字裏行間散發著淳厚的泥土氣息和濃郁的地域風味。

這一時期的鄉土文學創作開始確立自身的審美對象與審美規範，比較注意在描寫中融匯主體對客體的審美感受，記敘寫實與抒情述志相結合，形成了相對穩定的創作模式。雖然在創作數量上還不夠豐饒，但路向無疑是正確的。在文類的選擇上，記敘的、寫人的、述懷的、記遊的，小說、隨筆、詩歌、札記、雜感……都有，而具有美文意味的記事抒情文則有了較快的發展。臺灣鄉土文學的漸趨成熟已經由此開始。

60－70年代，民眾（特別是大陸來台人士）的普遍心態開始正視現實，重新認識賴以立足的臺灣島這塊土地；另一方面，都市化社會形態的確立、工商經濟的發展又帶來鄉村傳統的失落、自然生態環境的污染等社會問題，所有這些必然使民眾的本上意識增加了新的內涵。

發生在這一時期文壇上的「鄉土文學」論爭，對本時期文學思潮與創作的走向也產生了直接的影響。對自五十年代中期興起在台島的現代主義文學思潮的反省也激起了有力的反彈，強烈地刺激了鄉土文學的創作及發展。陳映真、黃春明、鍾肇政、鄭清文、王禎和、李喬、楊青矗等一大批小說家，張騰蛟、許達然、吳晟、蕭蕭等散文家和詩人的創作把鄉土文學推進到一個新階段。都市工商經濟的發展對傳統農村的瓦解，國際資本大量流入臺灣的現實，使都市生活的描寫也帶上了「本土」與外商資本矛盾的投影。所謂的「鄉土文學」也不再局限於農村人事的敘寫，是這一時期「鄉土文學」在內涵上的一種變化。陳映真的《夜行貨車》、《華盛頓大樓》、王禎和的《小林來臺北》、《玫瑰玫瑰我愛你》、黃春明的《我愛瑪莉》等都屬此類。《臺灣人三部曲》、《寒夜三部曲》、《金水嬸》也各有新的探索。

即使是對農村歷史鄉野風光農民現狀的描寫，也有了觀照視角的遷移與價值標準的更新。自然環境的污染，人和自然關係的新調整，也帶來與原先較為單純的鄉情鄉戀不同的感情取向，懷念的、牧歌式的基調變為眷戀、慨歎、憂戚、懷舊……紛呈雜糅的複合組曲。在作者們的筆下，阿里山的日出、日月潭的晚霞，中部山區的美景、故里鄉親的日出而作日落而息的尋常生活，乃至媽祖廟、蕃薯地、榕樹、木瓜、店仔頭、小菜園－……那曾經熟悉的一切，開始變得似乎有點陌生了。都市化工業文明的陰影正一步步逼向鄉村。

這一時期數量眾多的鄉土文學作品，具有幾個比較突出、鮮明的特徵：

1. 「鄉土文學」理論的宣導、鼓吹與鄉土文學創作實踐互為呼應、相激相成，使整個鄉土文學聲勢大振，成為文壇主潮之一，為臺灣文學的本土化、民族化作出了有益貢獻。
2. 大多數鄉土文學對行將成為歷史的臺灣「最後的鄉村」表現了極大關注和深切的感情。作家面臨歷史巨變產生的內心矛盾在作品中有著真實反映。
3. 寫法上力圖多樣化。各種主題取向、風格特色、藝術個性的鄉土文學爭勝鬥豔。在寫實為主的同時，充分展現抒情、狀物的功能，為日後鄉土文學的多元發展開闢了道路。

1980 年代的臺灣文學一變以往情形，形成無主流的多元發展格局，各種新的探索層出不窮。鄉土文學在歷經幾十年的坎坷曲折後也進入了平穩發展的階段，在內容和形式諸方面都有了新的開拓。文學藝術方面的不同觀念、不同追求、不同表達方式、不同風格流派，共存共榮。鄉土與童年、鄉土與時代、鄉土與家國、鄉村與都市、昔日鄉村與今日鄉村，各種交互纏結的情感，以現實主義與現代主義交相融匯的各種手法，得到了多側面的展示。鄉土文學長久以來是在現實主義的軌道上運行的，到了 80 年代，現代主義因素的滲入，為鄉土文學的變異，注入了活力，使之煥發出勃勃生機，這是這一時期鄉土文學創作上最大的、也是最為深刻的進展、衍變。至於知性與感性並重、過去與現在交融、個人與群體的連結、鄉村與都市的互為參照比較，當是 80 年代鄉土文學常見的內在構架。

這一時期值得注意的鄉土文學的新拓展，一是對臺灣本土生態環境的關懷。作家的筆墨由對舊日田園美景的謳歌轉而為對今日慘遭污染的自然（山川、森林、海洋、水和空氣、土地等）的哀悼，呼籲社會各界提高對生態環境應有的保存與保護意識，這當然帶有鮮明的時代特點，又具有相當濃重的歷史感懷，亦不無宗教性的虔誠。蕭蕭、劉克襄、陳煌、林雙不等的作品，都對此有所表現、涉足。二是對山林、海洋這些過去人們較少關注的大自然的孺慕。粟耘、孟東籬、陳列、吳敏顯等人的作品，以隱逸的風度、避世的姿態觀照山水林泉，超然物外，別具新姿，給人嶄新的審美感受，是傳統文學中歸隱主題的變奏。劉克襄的「鳥文學」，從另一角度切入大自然，由對動物世界的關愛推及對人類世界的終極關懷，讀來也頗有情趣，頗受啟迪。

80 年代鄉土文學創作中的一支生力軍是戰後新生代。他們的經歷與觀念，使他們具備了對臺灣城鄉變遷作出深刻反省的條件，具備了對臺灣鄉土文學進行革新的可能，成為鄉土文學創新的推動力。這時期出現的一些鄉土文學為主的選本（如阿盛編《歲月鄉情》、曉風編《大地之歌》、林清玄編《含笑看我》及郭楓編《臺灣藝術散文選》），也為「臺灣文學」——「寫臺灣人、敘臺灣事、描臺灣景、狀臺灣物」的真正本土性的鄉土創作在歷史總結的基礎上找到自己的位置作出了努力。

80 年代後期，由於兩岸關係的鬆動，民眾意識中，到大陸去尋根認祖蔚為時尚，這也極有力地促進了鄉土文學的進一步多樣、豐富與成熟。文化鄉愁的因素潛隱地影響了鄉土文學的變貌，提升了它的品位。本土意識及民族情感乃至於對中華文化傳統的廣泛認同，無疑又將臺灣 80 年代鄉土文學擢拔到時代的新高度。

海峽兩岸同是中華民族的家園，生活在這塊土地上的都是炎黃子孫、媽祖後裔。在兩岸民眾、作家心中，故土情結、家園情結、中華情結作為永恆的力量，從來沒有失去過它的光澤，鄉土文學的血脈也便綿綿不絕。愛故鄉與愛民族、愛國家交融一體，正是中華文化神奇凝聚力的最動人表現。當然，在大陸，因幅員遼闊，「鄉土文學」歷來被定位於故鄉、鄉村的描寫。臺灣隨著經濟的發展日益成為「都市島」，後來的「鄉土文學」就涵蓋了都市的空間，更具「本土」的涵義。有異於大陸以「鄉土」之「鄉」與「城」相對，它是以「鄉土」之「土」與「洋」相對，因而臺灣「鄉土文學」的反外國殖民統治、反外資侵害本土的特色就分外突出。「原鄉」意識、「孤兒」意識相交織，使臺灣鄉土文學呈現一種沉鬱、悲涼的色調，這也有別於大陸「鄉土文學」更重反封建、更多表現文明與愚昧的衝突。無論是 20 到 40 年代，還是 80 年代，大陸的「鄉土文學」還表現出各種地域文化的濡染，帶有區域性的特徵，並不表現為歷時態的題材的變化與主題的轉移。而臺灣本就是一個島嶼，「南北」之別根本不能與大陸的南北東西之別相提並論，因而也不著意去刻劃不同地區的各別特徵，而是隨著臺灣社會、歷史的變化、推移，「鄉土文學」顯示了一定的階段性。日據時期、50 年代、70 年代、80 年代都有不同的主題、題材與風格的表現，但紮根臺灣心繫華夏則是不變的、堅執的。這種對中華文化之根的理性認知與真摯情感將海峽兩岸的人民聯結在一起。曾經殊途異軌的兩道文學支流也終究會匯合成一道洪流，因為：「藍墨水的上游是汨羅江」。

現代派詩歌：從此岸到彼岸

在本世紀中國文學發展過程中，最努力掙脫傳統文學規範、大量接受國外文學思潮衝擊、影響因而其自身變化最多最快的，要數詩歌。現代主義文學思潮對於中國新詩的影響貫穿幾十年，波及海峽兩岸。

「五四」以來中國新詩誕生不久，它那種自由放達、目無詩規、詩味寡淡的傾向，就受到新月諸子和李金髮等人的左右夾擊。新月詩人徐志摩、聞一多主要是從格律上企圖改變白話新詩界的「無治狀態」，主張要建立白話詩的新格律。而以李金髮為代表的象徵派詩人，則不滿於白話詩的太過透明、晶瑩、平鋪直敘而缺少回味，致力於「純粹的表現」，企圖從意象的聯結，完成詩的使命。

與新月派從古典傳統中接受啟示不同，象徵派純然效法於西方現代派的理論，從而成為新文學發展過程中最早出現的徹裏徹外的「現代派」。李金髮、王獨清、馮乃超、穆木天、蓬子、胡也頻等人的詩論詩作，面目新異，姿態卓特，也確實給新詩展現出某種發展的可能，但是最終未成氣候。原因有多種，沒有擺正「現代」與「傳統」的關係是其中很重要的一項。正像花草的移植一樣，適宜的土壤、水分、空氣、陽光對於它的能否存活，至關重要。二十年代新詩剛剛起步不久，其生命機制還難以承受如此巨大的變異。象徵詩人們對於悠久的中國古典詩歌傳統的認知也遠遠不是在詩行間嵌幾個「兮」、「之」就可大功告成的。

有著比李金髮深得許多的傳統文化修養的戴望舒是個成功者。他一手從西方現代派的苑圃裏摘花，一手從中國古典詩學的林子裏摘果，裝點起他的詩國，寫出了很多詩意幽深而文詞妙曼的詩篇。以他為首，卞之琳、孫大雨、梁宗岱、馮至、金克木、徐遲、何其芳、侯汝華、陳江帆、路易士等人以《現代》（施蟄存等編）、《水星》（卞之琳等編）、《新詩》（戴、卞等編）為陣地，形成了一股現代詩風。他們的詩重視運用象徵、暗示手法，借用鮮明的意象來抒寫複雜的內心活動，在深受西方象徵派影響的同時，繼承了中國古典詩歌中晚唐溫、李一派的詩風而加以調揉創新。就現代新詩的發展來看，則是對以李金髮為代表的象徵派，以徐志摩為代表的新月派進行了適當的揚棄而後出現的。

戴望舒比李金髮、徐志摩的寫詩生涯都要長，他又勇於突破自己。在《災難的歲月》（1948）這第三部詩集中，可以清楚地看到詩人比其第一、二部詩集《我的記憶》、《望舒草》更為面向苦難的中國現實，詩風大變、藝術上更臻成熟。現代主義與現實主義水乳交融地渾然一體，為中國新詩找到了一條康莊大道。

這種將現代主義和現實主義融合的新寫法，可能是 40 年代在國統區出現的九位青年詩人的先驅。在《中國新詩》、《詩創造》上集結的辛笛、穆旦、陳敬容、杜運燮、杭約赫、鄭敏、唐祈、唐湜、袁可嘉，以「新現代派」的姿態，更為接近當時世界的現代主義文學潮流（從波特萊爾、魏爾倫、馬拉美……轉向艾略特、奧登、里爾克……），也更深地介入新舊大決戰的特殊時代，既忠於藝術又忠於現實，是戴望舒成熟期詩風的延伸。

1949 年以後，西方國家對華的敵視態度也殃及文藝，現代主義被認為是西方腐朽文化的一部分而遭到抵制。這種情況在 70 年代末、80 年代初才得以改變。但現代主義文學（包括現代派詩歌）也因此而沉寂了近三十年，形成了現代主義文藝思潮在中國大陸的長期空白。

新詩又一次走在時代的前列。以舒婷、顧城、北島、江河、楊煉、梁小斌、王小妮等人為代表的「新詩潮」（或稱「朦朧詩」）群體。以「新時期文學」的先鋒姿態，宣告了一個文學新時代的開始。比起李金髮、戴望舒、卞之琳或穆旦這些現代詩的前輩來說，80 年代新詩人的詩其實並不那麼晦澀難懂。同時代人的共同經驗、相似感受幫助他們贏得了比前輩們更多的讀者。「現代詩」從來沒有像現在這樣廣泛、深入地喚起廣大人群的共鳴感應，他們與「歸來派」的中老年詩人一起寫下了一個民族對一個惡夢般年代的複雜感受與深邃沉思。繼他們而起並聲稱要超越甚至取代他們的「新生代」詩人在 80 年代中期以後嶄露鋒芒。「新生代」以更前衛的作風把詩歌的現代派寫作推向更為撲朔迷離的境地，他們的成敗得失還有待時間的驗證。

臺灣詩界的現代派寫作雖說有 30 年代「風車詩社」少數詩人的涉足，但僅是曇花一現。真正形成了一股潮流是在 40 年代。從時間上看，正巧是大陸詩壇從 20 年代到 40 年代「象徵派——現代派——新現代派」的一脈相銜。事實上，最早在臺灣舉起「現代詩」大旗的旗手紀弦，正是當年以戴望舒為盟主的「現代派」詩陣的末將。二者之間的直接血緣關係殊為明顯。

從 1953 年開始的大約十多年時間裏，臺灣詩壇出現了「現代詩社」「藍星詩社」和「創世紀詩社」三駕馬車並馳的格局，對於 70 年代以後現代派詩在臺灣的變異也繼續發揮著影響。

最早集合的「現代詩社」（1953）提出「六大信條」，力圖創新、強調知性和提倡純詩，尤以「新詩乃橫的移植，而非縱的繼承」最為大膽，也最受人詬病。不過「六大信條」並非在寫詩實踐中為所有成員認同，倒是「新詩現代化」的口號為臺灣詩壇衝破「戰鬥詩歌」的狂轟濫炸而昭示了一線生路。「現代詩社」同人最眾時達到一百多人，其聲勢自然要遠甚於二、三十年代那些孤獨寂寞的先行者。

繼之而起的「藍星詩社」（1954）的發起人中，覃子豪、鍾鼎文也是中國新詩歷程中的過來人。他們針對紀弦的「六大信條」，而標舉「六大原則」，核心是反對「橫的移植」、「主知」等主張。詩風傾向於抒情。有人認為，他們「攝取了『現代』派較溫和的一面，合併大陸當時較抒情的『新月派』的風格，宣導了與『現代派』不同的詩型。[1]這種詩型、詩風、或詩的「秩序」，以穩健、平和而略帶古典風範為共同的特徵，形成「星空無限藍」的景象。

「創世紀詩社」（1954）的出現稍晚於「現代詩社」和「藍星詩社」，但它活動的時間卻一直延續到八、九十年代。陸續加入「創世紀」的詩人幾乎囊括了詩壇上的各路群英，其影響似乎比「現代」和「藍星」更大。洛夫、瘂弦、張默、葉維廉、楊牧、管管、戴天、辛鬱、商禽、碧果、藞藞、方旗、渡也、蘇紹連、簡政珍等是骨幹分子。「創世紀」因為活動時間幾達四十年，其對於現代新詩的追求也幾有變化。初期他們提倡「新民族詩型」，主張「形象第一，意境至上」，把「中國風、東方味」作為這種新詩型的要素，但成效不顯。繼則又以突兀的姿態，轉而強調「超現實性」和「反理性」，並嘗試以直覺與暗示為前提的語言技巧的新試驗，表現出較「現代」和「藍星」更純粹的「現代派」面目和「西化」色彩，負面的影響相當大。到了80年代，當「現代」和「藍星」都已談出詩壇，不同詩社又經過了多次激烈的爭論，正、反兩面的追索引發的反思、回顧，使「創世紀」在自我調適中又提出了「現代化的中國詩」的新概念。這是「以現代為貌，以中國為神的

[1] 笠詩社《中國現代詩的歷史和詩人們》，見《現代詩導讀・理論史料篇》。

詩」，要表現「大中華文化心理結構下的民族性，和以人道主義為依歸的世界性。」[2]就理論上的闡述而言，「創世紀」同人們終於接近了當初自己標舉的「新民族詩型」的核心與真諦。他們稱之為「大中國詩觀」。

1980 年代臺灣社會的多元化趨向也派生出文壇、詩壇的多元化景觀。曾經在某一時代主宰文壇詩壇的「主導」與「主流」話語已不復存在。多元化的理念主張實驗共同營構了新的氣象。一批被稱為「新世代」「新人類」的年輕詩人超越了前輩對於「橫的移植」，與「縱的繼承」的思維定式與爭議纏結。或主張「橫的融合」，或實驗「後現代」的創作方式，大多既「心懷故土」，又「胸懷中國」且「放眼世界」。這些年輕詩人在《陽光小集》《四度空間》等集合，引人矚目的代表有林燿德、簡政珍、鴻鴻、杜十三等，他們的努力還有待觀察。

海峽兩岸現代主義詩潮的潮起潮落，既有其內在的文學、詩學規律的制約，又與社會的經濟文化型態及人群的心理精神狀態密不可分。象徵詩派的出現，是白話自由詩大流行的必然反動，而臺灣 50 年代三大詩社的幾乎同時出擊，則是對當時國民黨當局力倡「戰鬥文藝」、「戰鬥詩歌」的反動，都有其不得不然的內在動因，而共同的追求則是詩必須是詩的最高原則。不守詩規的「詩」不是詩，充當政治傳聲筒的「詩」也不是詩。在對於非詩傾向的反撥中，現代主義往往是詩人們面臨諸多選擇時的第一選擇，70－80 年代大陸「朦朧詩」人用以對抗「文革」文風詩風的也是現代主義，可算又一個例證。正因

---

[2] 洛夫《建設大中國詩觀的沉思》，《創世紀》雜誌第 73、74 期合刊，1988 年 8 月出版。

為如此，現代主義詩潮一般總是出現在社會大變動或文學大調整之際，而且往往是最敏感地作出詩的反應，走在小說、戲劇和散文之前，從而又帶動起整個文學界面貌的改變。與象徵派、現代派偕行的創造社某些小說和「新感覺」派小說，隨「三大詩社」之起而出現的《現代文學》同仁的現代派小說，在「朦朧詩」的崛起之後，大陸文壇在小說、戲劇和文藝批評方面從西方現代派的借鑒、引進，都表明了「詩界革命」的「連鎖反應」的威力。

「現代」與「傳統」、「中國」與「外國」、「橫的移植」與「縱的繼承」，一直是困擾著詩人（其實也困擾著整個中國文學界）的難題。還沒有哪個人能繞過它，但幾乎也還沒有哪個人能圓滿地融合二者之長，找到最佳的平衡支點，在理論和實踐的結合上成為兩個時代的典範。相對而言，戴望舒、穆旦、余光中、鄭愁予等提供了較為成功地融合「現代」與「傳統」二者之長的一些佳作。借鑒西方現代派必須建立在繼承傳統的堅實基礎上，才可能獲得取捨的眼光，也才可能真正做到為「我」所用。

詩人對自己詩歌的民族傳統了然於胸，他就可能敏銳地把握住中外詩歌內在肌理上的契合點，捕捉住二者神韻交匯的因緣，創作出既富傳統韻味又具現代精神的好作品。任何時候，只講「橫的移植」，只講「西化」（甚至是「全盤西化」），都不可能在中國這塊土壤上得到順利成長、開繁花、結碩果。傳統的力量雖然看不見，但異常強大，企圖拋開傳統，就如拔著自己的頭髮要離開地球一樣荒謬、愚蠢。詩人的傳統文學修養越厚，他對於外來文化認知、消化、創造性地運用借鑒的能力、水準就越高，他融合中西、調揉「傳統」與「現代」的努力就越可能得到成功。「創世紀」詩人經歷的曲折、李金髮的探索、余光中、洛夫某些詩的反響爭論和所謂「浪子回頭」，都提醒後人不可輕言「西化」，更不能輕視、鄙視自己的傳統。只有做一個合格的傳統的繼承人，他才有可能去做好借鑒西方、融匯現代的事情。

回顧兩岸現代派詩歌在不同時代和空間中的遭遇、命運，還會發現，像「創世紀」詩社這樣前後貫穿三四十年，歷經幾代詩人，反復尋覓「現代詩」繆斯的芳蹤，在詩史上確實罕見。20 年代的象徵派甚至尚未布成陣，就成了歷史的遺跡；40 年代「新現代派」也如匆匆過客，沒能產生多大的影響；80 年代「朦朧詩人」們引起的爭論也沒有提升到歷史的高度、對前人有新的超越，幾乎還停留在幾十年前曾經討論過的問題上。新詩發展過程中，現代派詩潮時漲時落、漲少落多、沉寂之時更久，斷斷續續、連不成線，也就談不上經一個回合上一個臺階。倒是「創世紀」詩社持續幾十年不懈求索，經歷曲折反復，「正——反——合」之後，以「現代化的中國詩」一說，顯示了艱難求索的所得，包含著豐富的啟迪。「五四」時期和 80 年代在大陸文壇曾兩次大規模地介紹形形色色西方現代派的藝術，在數年間把西方幾十年上百年演過的「劇碼」一一排演過，都是以不了了之，應當成為一種教訓。

臺灣現代派詩歌的創作從 50 年代開始到 80－90 年代，一直沒有間斷過。既有打著「現代詩」同一旗號的不同詩社的論爭，也有一個詩社歷經幾十年的反復追尋。在「傳統」、「現代」、「鄉土」的幾度空間中尋找現代詩的確切定位，有不少各具精彩的見解，也有紛紜繁複的實驗（包括晚近的都市詩、圖像詩、音象詩、電腦詩、多媒體詩、科幻詩、後設詩、拼貼詩、視覺詩、廣告詩……）。系統深入地研究與比較，將對兩岸新詩的互動、對「現代化的中國詩」的最終成形，具有切實的意義。

藍星・余光中與新月

藍星詩社在1950年代的臺灣詩壇上，是與現代詩社、創世紀詩社鼎足而立的現代主義三大詩社之一。

1954年3月，藍星詩社由覃子豪、鍾鼎文、余光中、夏菁、鄧禹平五人發起，成立於臺北。先後加入藍星或在藍星系列刊物上寫詩，被歸入藍星之群的，還有周夢蝶、羅門、蓉子、楊牧、向明、張健、吳望堯、黃用、夐虹、方莘、楚戈、季紅、辛鬱、阮囊、曠中玉、王憲陽等。儘管從1954年到1964年的十多年時間裏，藍星同仁分別主編過《藍星詩刊》、《藍星詩選》、《藍星（宜蘭版）》、《藍星詩頁》、《藍星季刊》等，還出版過《藍星詩叢》、《藍星叢書》50多種，聲勢似乎很大，群星燦燦，藍得令人目眩，但它其實是個相當鬆散、頗具沙龍精神的詩歌族群。雖然打出一系列標牌為「藍星」的產品，卻從未高張一面共同的詩歌旗號。

相同的主張雖然沒有，共同的「詩敵」倒是很明確的，那就是在五十年代的臺灣詩壇上最早提倡現代主義詩風的「現代詩社」首領紀弦。對此，余光中在事後並不諱言：「我們的結合是針對紀弦的一個『反動』，紀弦要移植西洋的現代詩到中國的土壤上來，我們非常反對，我們雖不以直承中國的傳統為己任，可是也不願貿然作所謂『橫的移植』。紀弦要打倒抒情，而以主知為創作的原則，我們的作風則傾向於抒情。」[1]看來，反主知，重抒情，反對「橫的移植」，直承中國傳統，是可以看作「藍星」同人比較一致的傾向的。

1　余光中《第十七個誕辰》，臺灣《現代文學》第46期。

如果說「現代詩社」是與「現代詩派」認同，那麼「藍星詩社」就相當接近於「新月詩派」。

「藍星」詩社的主要詩人如覃子豪、鍾鼎文、余光中等人的文學背景和詩論詩作，都隱現著「藍星」與「新月」的某種精神聯繫。

覃子豪、鍾鼎文早在三十年代就躋身於新詩壇。二人和「現代詩社」的紀弦（當年曾以路易士的筆名列名於「現代派」詩人之群）被尊稱為臺灣詩壇的「三老」。正是他們，接續了二三十年代「新月派」、「現代派」與五十年代臺灣現代主義詩歌運動之間的血脈聯繫。

覃子豪，1912 年生於四川廣漢，1932 年考入北京中法大學預科。曾與同學賈芝、朱顏等人組織詩社，耽讀「新月」派和「現代」派的詩，據朱顏回憶，「宿舍書桌上擺著的不是《志摩的詩》，便是《望舒草》。」[2]後來到日本留學期間，還與雷石榆、王亞平等一起參加過進步新詩運動。早期的詩作學步徐志摩和戴望舒，有《生命的琴弦》中的三十來首詩（後被收入《覃子豪全集》中）。三四十年代在大陸出版過《自由的旗》、《永安劫後》二部詩集，詩風有所變化，是詩人投身抗日運動所歷所感的記錄。五十年代有詩集《海洋詩抄》、《向日葵》出版。六十年代出版最後一部詩集《畫廊》。1963 年去世後，由友人集資出版了《覃子豪全集》三卷。《海洋詩抄》、《向日葵》中的詩作，大多是自由體詩，以象徵寫法切人現實，青春和理想的追懷、追求，故鄉、故人的憶念緬懷以及海上生活的感念，是主要的內容。《畫廊》則明顯地轉向內心世界和人生真義的探尋，象徵的傾向、知性的呈現壓倒了感情的抒寫，是覃子豪作為一個現代派詩人的標誌性作品。

---

[2] 見劉登翰、朱雙一《隔海的繆斯》第 127 頁，百花洲出版社 1996 年 12 月版。

鍾鼎文，1914 年生於安徽，三十年代就讀於中國公學時，以番草為筆名，在施蟄存、戴望舒編輯的《現代》上開始寫詩。四十年代出版了一本《三年》，到臺灣後在五六十年代出版了《行吟者》、《山河詩抄》、《白色的花束》、《雨季》等詩集。長期的軍旅和新聞生涯在他的詩中留下了深刻的印痕。他的詩偏於豪放一路，《仰泳者》、《夜泊正陽關》，或意境闊大，或格調蒼勁，都表現出作者一種別致的詩風，但現代主義色彩相當淺淡。

在「藍星」詩社同人中成就最高、創作也最為豐碩的當推余光中。余光中，1928 年生於南京，祖籍福建。四十年代先後就讀於金陵大學和廈門大學外文系。那時候，他雖然「鄙薄新詩」，卻也讀過「新月派」詩人及馮至、卞之琳等少數新詩人的詩。1952 年臺灣大學外文系畢業後出版的處女詩集《舟子的悲歌》和《藍色的羽毛》、《天國的夜市》二集，收入的是五十年代的作品。這些早期詩作的一個明顯特點，是承續了「新月」的流風遺韻。或如余光中自己所說，他的詩國苦旅是「從新月出發」的。[3]

余光中初期的不少詩歌，相當刻意於音樂美的追求，甚至在格律的整飭、詩行的勻稱和詩形的整齊上也作了認真的經營。《舟子的悲歌》、《祈禱》、《新月和孤星》等詩篇，堪為適例。《祈禱》每節兩行，首四節均以「請在我發上（「手上」、「眼上」、「胸上」）留下一吻」起句，在複沓的詩行中，流淌著繾綣的情思。《新月和孤星》所具的建築之美，也令讀者一目了然：

像一隻寂寞的鷗鳥，
追著海上的帆船，

3　余光中《天國的夜市．後記》，臺北三民書局 1969 年 5 月版。

像一隻金色的蜜蜂
戀著清香的花瓣；
也沒有親近的擁吻，
只有深深的感受；
也沒有海誓和山盟，
只有默默的廝守，
直守到暗夜的盡頭，
望瘦了容光如許；
才黯然地一同殉情，
溺在黎明的光裏。

這樣的詩，看起來像煞「新月」派中人所作。寫於 1955 年的《飲一八四二年葡萄酒》是余光中前期作品中有代表性的詩篇。作者曾和夏菁在一個晚春之夜，造訪時在臺灣碩果僅存的「新月派」文人梁實秋，得主人以珍藏之葡萄酒召飲，有感而作。這首詩在飛越時空的想像中，揮灑情思，「白朗寧和伊莉莎白還不曾私奔過海峽，但馬佐卡島上已棲息喬治桑和蕭邦；雪萊初躺在濟慈的墓旁」，充溢著浪漫的詩情，句式的整齊和韻律的營構，使此詩頗有音樂之美。

1950 年代後期，余光中的詩風開始趨向「現代」。1958 年和 1964 年．他兩度赴美，身受西風的吹拂，在《鐘乳石》、《萬聖節》等詩集中，留下了他「浪子」般的深深淺淺的腳印。詩人當《新大陸之晨》，立於《西螺大橋》，向著《芝加哥》，吹起了《招魂的短笛》。他告訴讀者的是在《我的年輪》裏，充滿了《真空的感覺》，意象奇譎，比擬詭異，句式跳躍，呈現出抽象的趨勢。在這裏既聚集著他早年攻讀外文系時所吮吸的法國象徵派的液汁，也有從新月派、現代派前輩詩作裏間接承受的影響，還有剛剛翻譯《梵谷傳》、美國狄瑾蓀的詩所接納的薰染。不過他終究沒有走上現代派的不歸路。他的不徹底、不決絕的現代主義嘗試，敵不過根深蒂固的《中國結》的牽引。一旦涉足現代主義的川流，反倒啟動了他回歸故園的遊子之心。余光中對於傳統和現代有了更清醒的認識：「西化不是我們的最終目的，我們的最終目的是中國化的現代詩。這種詩是中國的，但不是古董，我們志在役古，不在復古；同時它是現代的，但不應該是洋貨，我們志在現代化，不在西化。」[4]

這個自稱是「國際雞尾酒會」裏一塊「拒絕融化的冰」，在為時不長的漂游之後，回流進了華夏土地的黃河和長江。六十年代初圍繞著余作長詩《天狼星》的爭論甫告結束，詩人就明確宣示了與惡性西化的決裂。《蓮的聯想》和《五陵少年》兩部詩集被評論界稱為余光中「新古典主義」時期的結晶。這是一些可以稱得上「中國的現代詩」的新詩型。代表著他詩歌藝術成熟的《白玉苦瓜》，「鍾整個大陸的愛在一隻苦瓜」，凸顯了他深摯動人的中國情意結，意象和情致的融合也達到了相當完美的程度。此後的《與永恆拔河》、《隔水觀音》、《紫荊賦》幾部詩集裏，詠史懷古，如《漂給屈原》、《戲李白》、《將進酒》，以至再晚一點的《秦俑》，在傳統的題材裏融進現代的意念情致，也別開生面，在詩意地處理「傳統」與「現代」二者關係上，頗見創意。至於像《鄉愁》、《鄉愁四韻》、《民歌》、《當我死時》，尤傳之廣遠，它們或以款款情深、或以格律整飭見稱，在詩藝上達到了很高的境界。

---

[4] 余光中《古董店與委託行之間》，《余光中散文選集（第一輯）》，第 300 頁，長春，時代文藝出版社，1997 年 8 月版。

余光中戲稱自己是「藝術的多妻主義者」，在他數十年的詩界跋涉長途上，也曾經有過多位藝術的「旅伴」，但始終與他相隨相親的，還是大地母土——中國的文化藝術精神。終其大半生的追求，余光中在本質上仍是一個抒情詩人，只不過有時是穿上了新古典派的外衣，有時是打著現代派的牌子，有時則帶點浪漫派的聲調罷了。

「主情」還是「主知」，是從異域作「橫的移植」，還是在母土培育華木，「藍星」詩社同人的取向明確地有別於「現代詩社」對「知性」和「純詩」的鼓吹，而認定：「最理想的詩，是知性和抒情性的混和產物」，「理性和知性可以提高詩質……但這表現非借抒情來烘托不可。」[5] 余光中等「藍星」詩人的抒情傾向，追尋起歷史淵源來，「新月」正處於首當其衝的位置。「新月」派詩人當年是不滿於一些浪漫派的新詩人在詩裏直抒胸臆，或傾瀉式地流露自己的感情而顯出的某種濫情與誇張，改以節制地、甚至相當客觀地採用另一種抒情方式把新詩納入健康、規範的河床，從而提升抒情的層次與質級。在這方面，余光中、覃子豪、周夢蝶等藍星詩人也是堪稱「新月」傳人的。

借助於理性與知性得以提升的抒情，蘊含深厚，不張揚但耐回味。以「愛國詩人」著稱的聞一多身處大洋彼岸寫下不少深沉濃冽的思鄉念國的動人詩篇，也都是從對中華幾千年豐厚文化積存的涵詠中由衷生發出來的；在余光中寫於美國的一些詩中，也能強烈地承受到如讀《憶菊》、《太陽吟》一樣的詩情的感染。《當我死時》、《鄉愁四韻》、《白玉苦瓜》等詩寫出詩人面對同胞分隔的無情現實，隔海苦吟「有家歸不得」的文化鄉愁，絕非膚淺的無病呻吟或故作誇飾的矯情表現，以真情和表達的圓熟贏得了同有「中國結」的炎黃子孫的共鳴。即使是

5 覃子豪《新詩向何處去？》《藍星詩選・獅子星座號》，1957 年。

同樣抒寫鄉情，余光中筆下江南的「蓮」、「荷」、「柳」，也如同聞一多譽之為「四千年華胄的名花」菊花一樣，在選擇意象以抒發故園之思上，自有異曲同工之美。還有一些詩直接從古人、古事或中國神話中選材，也同樣滲透了民族自豪感，接續了古今相通的詩情，在聞一多的《李白之死》和余光中的《戲李白》、《漂給屈原》裏，可以看到異代不同時的詩人共同的詩情的淵源。這是時間的長河不能阻斷，也是空間的海峽無法隔開的。

在中華文學的廣袤天幕上，一彎「新月」的清輝與一串「藍星」的光芒，前後輝映，因為它們擁有同一個太陽一中華文化熱力之源。雖然時過境遷，月已落，星已散，但是，不同時空中兩群追尋詩美真諦的詩人們，在心靈深處的詩緣情緣，則與大地共在、與日月同輝，並將自身也化為一種傳統，啟示後來者的前行路，這便是它們歷劫不磨的文化價值與審美價值。

通俗小說生態的比較考察

小說在中國，本無嚴格的「俗」、「雅」之分，或者簡直可以說，小說本就姓「俗」。從魏晉志怪到唐宋話本這些庶可稱為中國「前小說」的產生及文本來觀察，它生來就與都市勾欄、市井細民有緣。其表現內容和形式不脫「怪」、「奇」、「俗」、「眾」。從正宗的眼光看起來，它有悖於溫柔敦厚的「詩教」，更欠缺「載道」的功能。因此，終以「小道」、「小技」而為文人士大夫所不齒。即使今天被稱為中國古代最偉大小說的《紅樓夢》，當年也擠不進正統文學的譜系，甚至頗有「誨淫」之嫌。至於《水滸傳》、《西遊記》、《儒林外史》、《金瓶梅》都可作如是觀。

到了二十世紀，情形有了變化。從上世紀末葉開始，西方小說觀念傳入中國，以林譯小說為代表的大量西方小說的湧入，梁啟超、夏曾佑等一些有識之士對小說地位、功能的鼓吹、提倡，直至「文學革命」興起，胡適介紹西方短篇小說的理論，魯迅為中國小說修史……小說儼然被置於文學「中心」的地位。小說的大繁盛，是二十世紀中國文學的突出現象，這在中國文學史上沒有先例，堪稱盛況空前。

幾乎就在小說取得文學「正宗」地位的同時，它也正向兩個不同的方向分流而出。一類小說仍繼承前此中國白話小說的傳統，以都市俗眾的欣賞口味為旨歸，講求趣味，起休閒消遣的作用，此類被稱為「通俗文學」；一類小說則較多接受西方小說影響，又承擔起改良社會、改造國民性的崇高使命，講求思想、起濟世醒民的作用，此類被歸於「嚴肅文學」（純文學）。二者價值取向和審美趣味的差異，相當明顯。

近現代通俗小說數量頗巨，作家陣營也頗可觀。不少作家作品還值得作系統深入的研究，它們所提供的經驗教訓有必要好好總結。通俗文學與嚴肅文學錯綜複雜的幹係，更是頗堪回味反思。

約略言之，二十世紀通俗小說在中國的創作和傳播，有過三次大的浪潮：第一次是二、三十年代在大陸的濫觴、崛起，第二次是五、六十年代在臺灣、香港的重新復蘇，第三次則是八十年代在兩岸三地的同時輝煌。第一、二次都出現了一批有影響的作家、作品，是謂「創作」之高潮，第三次則並未見新的大家名家的產生，基本上仍是一、二次創作高潮時出現的名家名品的重印、再讀，是謂「傳播」之熱潮。

清末民初開始出現、以後被稱為「鴛鴦蝴蝶派」(或「禮拜六派」)的通俗小說，是近現代通俗小說的源頭。它是在當時特定的社會背景下，迎合小市民讀者的精神需求產生的。文學革命興起後，它馬上受到新文學陣營的嚴厲排擊，並被冠以多種惡名，但並未從根本上阻遏其作品的大量生產和在讀者中的廣泛傳播。到三十年代，就湧現了像還珠樓主（李壽民）、宮白羽、鄭證因、王度廬、朱貞木（「北派五大家」)、向愷然、趙煥亭(「南向北趙」) 和徐枕亞、張恨水、劉雲若(「南張北劉」)這些或擅於武俠、或精於言情的小說大家名家。創造了武俠、言情、公案、社會、宮闈、偵探、黑幕、歷史演義、滑稽等多種通俗小說類型，《廣陵潮》、《玉梨魂》、《蜀山劍俠傳》、《啼笑因緣》、《秋海棠》、《紅杏出牆記》等小說佳作。還辦了《禮拜六》、《紅玫瑰》、《紫羅蘭》、《小說叢報》等上百種有一定影響的期刊，在小說讀者的心目中，隱然佔有「半壁江山」(儘管在新文學作家的筆下被打入另冊)。它的「銷聲匿跡」是在四十年代末、五十年代初新中國成立前後、新的文學秩序初建之際。

以後便是長達三十多年的空白。通俗小說在中國大陸不僅停止了「生產」，也停止了「流通」，真正實現了當年新文學陣營力圖把它們驅逐出文壇的夙願。「嚴肅文學」一統天下的局面形成。直到「文革」驟起，連嚴肅文學也不能自保，全面傾覆（除魯迅外），文學已無「生態」可言。

四、五十年代之交地緣政治的分隔，卻給了通俗小說意外的生存空間。五十年代以後，它雖然在大陸絕跡，而在臺灣、香港地區存活了下來，且迸發了新的生機。

在香港，從五十年代中期以來，先是有梁羽生、金庸「新派武俠小說」的登場，繼而有依達、亦舒、岑凱倫的言情小說，衛斯理的科幻小說，董千里、南宮博等的歷史小說……形成了堪與幾十年前大陸的情況相比的通俗小說狂潮。在臺灣地區，民國舊派武俠小說雖也兩度遭禁，但不久，由於時過境遷，形勢生變，加之渡海而來的香港新派武俠小說潮的鼓蕩，古龍、臥龍生、司馬翎、諸葛青雲（號稱新派武俠「四名家」）等人的武俠小說，便「橫空出世」。據估計，當時臺灣作武俠小說者約有三百之數。瓊瑤承五十年代金杏枝、禹其民等人的餘緒，以「新鴛鴦蝴蝶派」的姿態寫的言情小說也大行其道，風靡台島。此外絡繹出現的高陽的歷史小說，黃海、張系國的科幻小說，乃至於七十年代三毛的大眾散文、席慕蓉的大眾詩，也對讀者市場形成一波接一波的衝擊……通俗文學之盛，大有「流行天下」之氣概。

這第二次創作高潮的出現，是在中國特殊的地區，依藉當地讀者市場多元並存的機遇，得以存在並由此而進一步獲致發展的。從某種角度來說，與前一次浪潮相比，它對中國文學形成了一種更有效力的衝擊。嚴肅文壇已不能一廂情願地拒絕與它頭頂同一片天空，即便是文化層次較高的讀者也不能抗拒它的魔力。通俗小說正以從未有過的面貌和品位向現代文苑挺進。相對於大陸此一時期的空白沉寂而言，台港地區通俗文學的繁盛無疑對當時的文學生態形成了一種有益的補充。

第三次浪潮，出現在八十年代。與第一、二次最大的不同是，通俗文學在不同地域遭逢了不同的歷史待遇以後，在兩岸三地遍地開花，形成了彼此呼應、同步共榮的熱潮。但「主調」則是「懷舊」——以翻印舊作為主。

臺灣文壇在經歷了七十年代波及甚廣的「鄉土文學」論爭之後，在八十年代更趨多元。雖有寫武俠小說的溫瑞安稍具氣象，通俗文壇並無新的名家成批出現。香港也是如此。只是到八十年代後期，算是有梁鳳儀的「財經小說」帶來了一點新鮮感，其他文類也乏善可陳。

就此岸而言，這當然是受惠於新時期以來「改革開放」的機緣，不啻是反撥了幾十年來對通俗文學趕盡殺絕的過火處理。禁令一開，民國以來的「舊派小說」大量重印，特別是台港地區五十年代以後，依次流行過的梁羽生、金庸以及古龍、瓊瑤、三毛等人的作品首度登陸，以席捲之勢，幾乎是在數月之間就佔據了無數讀者的幾案，甚且爭說傳閱，形成一波又一波的「熱點」，與彼岸形成隔海呼應之勢。還有一個頗有意味的現像是少數「純文學」作家如馮驥才、賈平凹、王朔、蘇童等開始嘗試走雅俗並舉的創作之路。學院派學者開始了對通俗文學的認真閱讀和研究。這都是以前所未曾出現過的情形，這表明這一次通俗文學在大陸的復蘇，具有更其不可回避的、咄咄逼人的挑戰意味。對純文學創作界如此，對理論界和學術界也是如此。

縱觀幾十年來，通俗小說在兩岸三地由濫觴到發展，由消聲匿跡到「捲土重來」，由被打入另冊到登堂入室，其間的沉浮興衰，實頗堪尋味。

大陸、臺灣、香港三地在不同時期出現的通俗小說，種類繁多，歷史遭遇也有所差異。但有一個根本的共同之處：它是中華民族文化心理積澱的一種獨特表徵，其中負載著為三地中國人共同享有的歷史遺產，流淌著相同的民族文化的血脈。它承受過坎坷和誤解，也贏得過喜愛和癡迷。不管時代風雲如何變幻，它已確然成為二十世紀華人精神生活中無法抹去的一道印痕。歷時性的考察已經為人們提供了這樣的共識。

從共時性的角度來看，三地通俗文學的生存與發展也劃出了自己的軌跡，甚至也顯示了某種同質異相。發軔於本世紀初葉的現代通俗小說，與稍晚出現的「新文學」，都是中國社會發展和文學發展的必然結果——無論是就它們問世的時間、還是問世時的面貌而言都是這樣。

通俗文學又是隨著都市文明、工業文明的腳步走進市民和現代人的精神生活的，它幾乎就是為都市人既緊張又有閒的生活而生產的。它總是適時地調整自己以應讀者大眾的多方之需，這就使得它比嚴肅文學更多翻新的花樣。香港都市化的程度高於臺灣、更甚於大陸，故香港通俗文學的發達也冠於兩岸三地之首。近二十年來，以香港的「流行文學」為例，按李焯雄的劃分，大致就有下列九個類別：一、言情；二、科幻；三、武俠；四、財經；五、靈異；六、不文（主要為性笑話雜文或小說）；七、小人物自述；八、校園幽默；九、歷史各類。流行文學也都有其重點的代表性的作者，如言情之亦舒、嚴沁、岑凱倫、李碧華、林燕妮、西茜凰，科幻之衛斯理（即倪匡）、黃易、張君默，武俠之金庸、梁羽生、溫瑞安，財經之梁鳳儀，靈異之張宇、余過、馬雲，不文之黃霑、蔡瀾、李默，小人物自述之阿寬，校園幽默之畢華流，歷史之南宮博、董千里、高旅、唐人等等。他們的創作活動為香港獨特的文學景觀注入了活力，增添了色彩，是香港文學「港派」、「港味」最突出的表現之一。

台港科幻小說的繁榮，則是大陸尚未出現的奇觀。比起大陸來，台港科幻小說更極一時之盛，這一方面是台港已然進入工業社會的現實使然，另一方面也是前瞻思維在文學創作上的表露。大陸雖也有一些名為科幻小說的作品，但就本質而言，似乎還沾滯於「科學小說」或「科普小說」的框範。「科」的意識濃，「幻」的色彩淡，缺乏飛揚靈動之氣，寫得正經有餘，有意無意地注重知識性的灌輸，而無心於營造其趣味性，這就難以引人入勝。台港地區的科幻小說不僅數量眾多（如香港明窗出版社的「衛斯理科幻小說系列」已出 65 種），而且出現了成績傑出的作者，如香港的倪匡、臺灣的黃凡、張系國等。對「科幻小說」的定位（包括與嚴肅文學的關係），黃凡、林燿德等人也作了悉心的探討。大力開發「科幻小說」，固然顯示了現代科技成就在大眾文學中的深刻投影，不但啟動了新一代公民的未來意識，也在事實上實踐了通俗文學的「非通俗化」（或曰「嚴肅化」）。科幻小說的作者比一般武俠、言情小說的作者更多表現對現實生活和未來世界、重大問題的思考，以反映人性的現實遭遇和未來命運為基本主題，該是相當嚴肅的了。這也從一個側面證明了「通俗文學」與「嚴肅文學」並非必然對立或涇渭分明的，在二者之間可以找到互滲互補的管道。隨著兩岸三地科學昌明時代的進一步確立，科幻小說有可能成為通俗文學中的一支主力軍，造就現代中華文學的新景觀。

通俗小說長久地對讀者葆有吸引力，還由於寫作者不斷突破原有模式，不斷翻新花樣，包括借鑒西方現代派文學的技法，增強了趣味性和可讀性，為通俗文學創作提供了新經驗。以寫作歷史演義的高陽為例，正像張大春所論：「他不只以全知觀點的敘述者，隨時插敘各種典故的細節，也盡可能讓他小說裏的人物分擔作者那龐大的累積典故的工程，這是高陽作品對現代小說的一個重要貢獻。」而金庸在談到他的小說不像舊派小說那樣「種類分隔比較明顯」，武俠小說而有較多愛情因素時說，一方面是因為近代社會不那麼單純化了，同時也承認：「我們所謂新派武俠小說對於愛情比較重視，這個一方面也受西洋小說的影響。」至於在具體技巧的運用上，像梁羽生的小說就吸取了現代心理學的知識，借用了現代派小說中意識流手法、時空交錯手法來深入剖析人物的內心世界和精神心理、性格。這就突破了舊派武俠小說專重情節的傳奇而忽略人物心理、性格刻劃的老套，開闢了新生面。同時也就把武俠小說逐漸提升到人情表現與人性探索的較高層次，並由此而蘊含了較多的文化內涵，從某一方面顯出了與嚴肅文學趨同的走向。海外新派武俠小說的始作俑者羅孚就曾這樣解釋所謂「新派」之「新」:「新派，新在用新文藝的手法塑造人物，刻劃心理，描繪環境，渲染氣氛……而不僅僅依靠情節的陳述。」從這個角度看起來，崛起於後的台港通俗小說比濫觴於前的大陸民國時期的通俗小說要更為接近西方小說，更為現代，「雅」、「俗」界限正日漸模糊。它之受到當代讀者的青睞，正是由於它符合生活在中外交流空前頻繁的社會中的當代中國人的觀念和欣賞趣味。在通俗小說的歷史演變中，不難看到，在國際性文化背景之下，當代讀者精神生活日趨精緻化、多元化的要求所產生的巨大推助力。

台港地區流行小說的傳播、消費方式也新招迭出。專門（或主要）出版流行的大眾文學的出版機構（出版社、文化有限公司、書店……），據葉洪生《當代臺灣武俠小說的成人童話世界——透視四十年來臺灣武俠創作的發展與流變》所列，60年代大量出版武俠小說的臺灣出版商就有：真善美、春秋、大美、海光、四維、明祥、清華等多家。除此之外，「暢銷書排行榜」、「四大」、「十大」名單之類，又形成了一種強勢的、主動的炒作程式和推銷策略。或著重「包裝」幾個所謂「大家」、「名家」來造成「名人效應」，凝聚起「名人情意結」（直到九十年代臺灣的出版商還精心推出席絹、于晴、林曉筠等所謂「言情小說」的「四小名旦」），有力地左右著文化消費市場的價值取向，影響著讀者大眾的選擇。這固然凸現了工商社會「文學商品化」的色彩，但也確實成功地實現了主事者「造勢」的目標。在流行作品發行量連創新高的凱旋聲裏，迫使嚴肅文學調整或改變自己的形象和存在方式。咄咄逼人的傳輸方式，使「雅」、「俗」雙方從一個側面對建立新的文化生態平衡作出各自的回答。

嚴肅文學的大眾化（通俗化），通俗文學的高雅化（精品化），二者正互為影響。調整自我又兼容「對手」，從而消解雅俗對峙、抗衡的矛盾，致力於建立雅俗互滲、雅俗並存、雅俗共賞的新局面，應當是適應時代、順應大眾、也符合文藝自身發展規律的正確選擇——其實也是唯一的選擇。

流行文學、大眾文學與其他大眾傳播媒體（如電視劇、電影、廣播劇、舞臺劇等）的共生關係，更有效地擴大了前者的聲勢、影響，它的觸角伸到了社會的各種層面、各個角落，幾乎是無遠弗屆。瓊瑤小說幾乎都被拍成了電影、電視劇，有所謂「瓊瑤戲」、「瓊瑤電影」之稱。她自己甚至還辦起了電影公司，專拍自己的小說改編的電影，還推出了一批因主演她的電影而走紅的影星。這種現象又反過來促銷了以文字為媒體的小說，幾管齊下，造成了家喻戶曉、婦孺皆知的良性效應。金庸等人的武俠小說、倪匡等人的科幻小說被改編、上演的也很多。面對此情此景，陽春白雪的「純文學」作家固然只能望「俗」興歎，曾為之前驅的四十年代以前的通俗小說家也會自愧弗如：那時候，他們主要是依託於同屬於文字媒體手段的「刊物」來造成影響的。但後來居上，六十年代以後，通俗小說已經捨棄單一的、平面的傳播方式，進入全方位的、多媒體的立體行銷網路之中。

當代大眾的文化消費心理，正左右著社會的文化消費趨勢，邊緣文化正向中原文化挑戰，並施加越來越有力的反影響，已經是不容懷疑的現實。對於這種現象，美籍華人學者李歐梵認為：「如果從時間轉向空間來看，毋庸否認，近年來地理上的中心地帶已經受到邊緣的挑戰，從臺灣到香港到華南沿海地區，經濟上的活力已經帶動文化上的新形式，而邊緣文化（香港反而成了它的中心），也經由大眾媒介在逐漸影響中原。而這一種新興起的文化所指涉的已不全是精英文化，而更是一種雅俗混雜的產品，所以，如果在這個世紀末用華麗一辭，所指的也是這一個華麗的浮面，而在這個浮面之下，難免有一種時不我與的焦慮。」這是頗有見地的看法，值得玩味深思。

輯二

作家作品論

蕭條異代不同時
——《亞細亞的孤兒》與《倪煥之》對讀

葉聖陶的《倪煥之》1928年間在《教育雜誌》連載，第二年9月開明書店出版單行本，之後多次再版。1941至1942年間，吳濁流在南京工作，任《大陸新報》記者等職務。受過新式教育，又是記者這樣的身份，吳濁流對新文學應該不會一無所知，很有可能讀過面世十餘年的《倪煥之》。也可能與兩位作家本身人生經歷的相似有關[1]，吳濁流回臺灣後第二年（1943年）開始創作的《亞細亞的孤兒》，與《倪煥之》有很多相似之處。倪煥之和胡太明兩位主角的人生經歷非常相像，兩部小說也都表現了大時代中小知識份子彷徨的心態。但兩部小說的時代背景並不相同，導致相似的兩個人物演繹出兩種不同的內涵傾向。他們相似的人生經歷表現出不同的意義，相似的彷徨心情也是兩種本質不同的精神傷痛。

《倪煥之》和《亞細亞的孤兒》都是圍繞著一個中心人物展開故事，處於核心地位的倪煥之與胡太明，他們的人生經歷亦有很多相同之處。首先，兩個人都受過新式教育，有教育工作的經歷。倪煥之和胡太明都先接受私塾教育，後轉入新式學校，中學畢業後開始工作。從第一份工作起，倪煥之終生都奉獻在教育行業，即使在上海參加革

[1] 葉聖陶除了文學成就斐然，還是著名的教育家和編輯家。他1912年中學畢業後開始在多所學校從事教師工作，1923年進入商務印書館開始從事編輯出版工作，並主編雜誌。吳濁流畢業後同樣一直在教育界工作二十年，後來因郡視學淩辱台籍教員，抗議無效，憤而辭職。辭職後吳濁流赴南京工作，任記者等職務。一年後返回臺灣亦先後任多份報紙記者職務。縱觀兩人的人生經歷，有三處重合點：文學，教育，編輯／記者。倪煥之、胡太明兩個人物形象的人生經歷又與作者有重疊，帶有某些自傳色彩，這可能是兩本小說相似的原因。

命活動時期亦未脫離教育。胡太明中學畢業後即在小學校工作，後在大陸期間也是從事教師的工作，雖然因為各種原因也嘗試過其他行業的工作，教育仍然在胡太明的人生歷程中佔有很重要的地位。在感情方面，兩人都是自由戀愛結婚，但婚後夫婦之間分歧甚大，生活不睦。倪煥之在蔣冰如學校任職時結識主張女子自立的金佩璋，兩個人情投意合，最重要的是金佩璋也熱愛教育，夫唱婦隨。但金佩璋懷孕生子後沉湎於家庭瑣事，不再關心學校事務，令倪煥之大感失望。胡太明的感情經歷比倪煥之略微複雜，剛工作時戀慕日籍女教師內藤久子，因為民族歧視的原因告白被拒。後在南京結識美麗的新式女子淑春，兩人濃情蜜意，談婚論嫁。但淑春婚後並不願意料理家務，主張女子出外工作，流連於麻將、舞廳。太明與這樣的生活格格不入，兩人感情轉淡。在經歷過人生的諸多變故後，倪煥之病死上海，胡太明發瘋。

兩部小說都著意突出中心人物倪煥之與胡太明，不然也不會以主人公的名字命名[2]。但故事結構和主要人物人生經歷的相似還只是表面的相似，除此之外，兩部作品都借兩個人物形象，真切表現了大時代中小知識份子的生命體驗和心路歷程，尤其是彷徨迷茫的精神傷痛。

茅盾之所以稱讚《倪煥之》做的是「『扛鼎』似的工作」，是因為這部作品寫出了「『五四』以後的青年心靈的振幅」，「表現了實生活中

---

2 《亞細亞的孤兒》原名《胡志明》。小說以日文創作，1946 年分五冊出版時以《胡志明》為書名。後因為與越南領袖胡志明同名而將主人公的名字改為胡太明。1956 年日本一二三書局出版時改書名為《亞細亞的孤兒》，再版時以《扭曲的島》為書名。1956 年楊召憩譯為中文，書名《孤帆》。1962 年傅恩榮譯本書名《亞細亞的孤兒》。書名幾經變動，以「亞細亞的孤兒」為最後「定本」。其實，不管是「島」，「孤帆」，或者「孤兒」，都是以不同的辭彙表達「孤」的意識。書名由主人公的名字最後改為《亞細亞的孤兒》，當有點題的意思在內。

的青年的彷徨的心情。」[3]。十九世紀末到二十世紀初的中國風起雲湧，正是知識份子大展宏圖的時期。倪煥之在五四思潮的洗禮下覺醒，自始至終都堅持革命的理想，意欲推翻舊的壞的體制。但他對革命形勢沒有清醒的認識，對如何革命也沒有成熟的認知。「他對於一切的改革似乎都有把握，都以為非常簡單，直捷」，當現實和理想脫節，倪煥之承受不住挫折的力量，輕易陷入「無端的哀愁」。對一個革命青年來說，最理想的人生志向是投身政界或軍界，被迫進入沉悶且風氣甚壞的教育界工作，倪煥之非常頹唐。在被一位同事感動後，倪煥之由猶豫轉為振奮，開始積極於教育改革。蔣冰如任校長的學校是倪煥之實現夢想的樂土，他奉行愛的教育，實施新式教學方法，意欲培養出更優秀的兒童。在這個小鎮上，倪煥之還認識了同樣熱愛教育的金佩璋，互相支持進行新式教育試驗。但是，倪煥之和蔣冰如的教學改革並沒有得到其他老師以及鎮民的理解和支持，甚至還被地霸蔣士彪借機偽造地契訛詐錢財。面對外部壓力，倪煥之和蔣冰如除卻口頭上的憤慨，都拿不出強有力的解決方案。除此之外，倪煥之發現在新式教育方法下培養出來的學生，似乎並沒有比以前的學生優秀。而且金佩璋自懷孕後，就不再關心教育，成為與普通女子一樣的舊式家庭婦女，理想家庭生活也破滅了。原本認為「一切的希望在教育」的倪煥之，在教育革新成效不彰的情況下，轉而投入實際的政治運動中。剛到上海的時候，正逢革命形勢高漲，倪煥之一掃頹喪，激情滿懷。然而革命浪潮很快遭到鎮壓，陷入低潮。這時的倪煥之再次掉入迷惘、悲憤之中，日日借酒消愁，直至染病身亡。

---

[3] 茅盾：《讀〈倪煥之〉》，《茅盾論現代作家作品》，北京：北京大學出版社，1980年版，第153頁。

倪煥之蒙知識之幸而覺醒，又在他自身軟弱與複雜現實的夾擊下遭受彷徨、悲傷之苦。倪煥之的悲劇具有典型的意義，人非聖賢，小知識份子在大時代中載浮載沉，難免找不到正確的航向。「彷徨的心情」是身處時代動盪中的眾多知識青年的真實寫照，同樣也是胡太明的精神標記。

胡太明出生於鄉間望族，長大後在爺爺的安排下進私塾學習四書五經，私塾關閉後便由胡老人自己教授。但是，胡太明又對「新式」的教育和生活方式感到豔羨。他不敢向爺爺抗議，夾在兩種對立思想中，感到十分孤獨。「童年決定著即將到來的遠景中的姿態與角色」[4]，胡太明多半生都處在此種彷徨中，把握不住自己的人生。倪煥之在新式學校中接下革命的火種，胡太明進入國民學校後卻幾乎完全被皇民化。畢業後任職學校教員，已完全接受皇民化教育的胡太明，對學校裏日籍台籍教師之間的不平等待遇、臺灣兒童受的不平等教育都視作理所當然，反而認為臺灣教員的反抗是品德不好，但日本教員對臺灣兒童的暴行使胡太明日漸迷茫。與內藤久子戀愛的失敗，更給了胡太明沉重一擊。「我跟你……是不同的」這句話不僅毀滅了胡太明的愛情，也將他視為合理的皇民化思想擊開了裂縫。但此後胡太明依然彷徨不前，他奉行「明哲保身」的中庸處世原則，不願意像藍、詹等人參與到政治鬥爭中，想要在鬥爭之外尋找個人的出路。留學日本期間胡太明專心做學問，學業有成後回到臺灣，依然找不到工作，受盡嘲諷，心情苦悶。處於失業痛苦中的胡太明偶遇舊同僚，進入黃的農場工作。農場工作期間的胡太明是愉快的，但

---

4 楊深：《薩特傳》，北京：中國廣播電視出版社，2002 年 2 月版，第 196 頁。

是在日本製糖會社的壓榨下，農場破產。再度失業的胡太明接連碰到祖父過世、與哥哥分家等紛擾，母親又被強制實行種蔗政策的會社毆打，胡太明毫無辦法，陷入更深的苦悶中。之後胡太明接受曾的推薦而到大陸就職，但他仍拒絕參與社會活動，把自己關在學校的象牙塔之中。這時抗日思潮高漲，無辜的胡太明只因為臺灣人的身份，就被當作間諜抓了起來。在學生的幫助下逃回臺灣，卻再次被懷疑為間諜。

胡太明多半生都在扮演時代洪流中「一葉無意識的扁舟」。雖然性格平和，不喜爭鬥，胡太明在愛情、婚姻、工作等等方面都不甚如意。在臺灣時，太明在殖民者的不公正體制中不斷妥協退讓，只求個人的出路而不得；在大陸時，躲入象牙塔中教書育人，卻無端被懷疑為間諜。而對於是否要奮起反抗的問題，胡太明一直徘徊不定，精神上不斷陷入苦悶之中。

彷徨的苦悶，是倪煥之和胡太明共同的精神標記。究其原因，一方面是他們本身性格的問題，另一方面則是時代深刻影響個人命運。不管是積極入世，還是超然世外，都免不了被打上時代印記。倪煥之和胡太明兩個人的性格及人生設定與時代趨向並不合拍，個人的努力終成虛妄。同是在大時代中沉浮的小知識份子，人生經歷也極為相像，但倪煥之和胡太明畢竟是生活在不同時代背景中的人物，面對的困難並不完全相同。

《倪煥之》從科舉廢止前幾年寫到大革命失敗，主要是辛亥革命到大革命失敗的十幾年。在這段時間中，民族矛盾並未消失，但並不是中國大陸最主要的矛盾，當時的主要矛盾是階級矛盾。《亞細亞的孤兒》從二十世紀初寫至太平洋戰爭。胡太明出生時，臺灣已經淪為日本的殖民地，在他的一生中，各種矛盾相互糾葛，最根本的還是民族矛盾。《倪煥之》是「大革命」背景，凸顯反封建主題；《亞細亞的孤兒》是殖民語境，凸顯的是反殖民主題。

倪煥之和胡太明都讀過私塾，一個是父親為了讓兒子飛黃騰達而讀至科舉廢止，一個是科舉已廢止仍被爺爺送進私塾學漢文。私塾經驗並沒有對倪煥之的人生產生明顯的影響，在《亞細亞的孤兒》中則意義不同。小說開頭即是爺爺帶著九歲的太明到雲梯書院求學，明確表示要讓太明學習漢文。那時科舉早已廢止，進私塾學四書五經早已不能飛黃騰達，彭秀才這樣一個喜歡蘭花和菊花的塾師，便有了別樣的意義，「胡太明的老師是絕對派，以傳播漢學為思想的反抗。」[5]二十世紀初的時候，日本殖民者雖然還未明文禁絕漢文，但已經開始逐步鉗制臺灣人的精神和思想，試圖抹煞臺灣人的民族意識。在私塾紛紛關閉的情況下，胡老人堅持送胡太明進雲梯書院學習漢文，是要他承續中國傳統文化和民族意識。

同樣的，倪煥之和胡太明接受的新式教育性質也大不一樣，雖然表面上都是寬敞的教室和操場、新鮮的知識等等。倪煥之進入新式學堂後，不只找到了一種新鮮又適意的生活，還看了很多秘密的書報，「種族的仇恨，平等的思想，早就燃燒著這個青年的心」。胡太明進入新式學校後，在發現一片新天地的喜悅中，這個「新時代的文化人」幾乎完全被皇民化。日本在殖民地臺灣關閉私塾開辦新式學校，是舉著文明的外衣實行同化臺灣人的教育，從新式學校出來的太明就是一例，他既是一個「現代」青年，也是一個「皇民」青年。日本在臺灣進行殖民統治的同時，不可避免地把先進的科學技術和自由、平等、民主

---

5 吳濁流：《亞細亞的孤兒・本篇概略》，北京：人民文學出版社，1986 年版，第 233 頁。

等現代思想觀念引進臺灣，一定程度上促進了臺灣社會從傳統向現代的轉型。但是，這些「現代化」的目的不是為臺灣民眾謀福利，而是配合殖民掠奪、最大化殖民利益的手段。而且日本「『壟斷』了臺灣知識份子的『現代化』視野，使他們在無法比較的情形下，不知不覺地就把日本當成是最現代化的國家，從而把『現代化』與『日本化』相混而論。」[6]

年少的胡太明不可能一開始就看透殖民化與現代化的共謀關係，所以他將日本人在臺灣施行的殖民統治視為理所當然。與倪煥之一樣，胡太明也是「愛的教育」的實踐者，他不願參與到日台老師的矛盾中，用盡心力輔導臺灣學生升學，結果「成功」了。這個「成功」很具有反諷的意味，不是胡太明，而是李訓導等人看透了這種努力的悲哀之處：「在本省籍學生的中學入學人數限制未取消以前，無論如何爭取，也是徒勞無功的。譬如甲校的錄取額增加一名，乙校勢必減少一名，結果整個局面還是沒有改變，這就是所謂的蝸牛角上之爭。」臺灣兒童被限制了與日本兒童接受同樣教育的機會，並非智力問題，是民族歧視。其他台籍教師不認同胡太明的熱心教育，其中也有一些不負責任的因素，但更多的是以這種方式來消極抵抗日本殖民統治。胡太明本身的經歷就是升學成功兒童未來人生的範本，學成後的發展仍然處處要受到殖民者的限制，沒有施展才能的空間。

胡太明與內藤久子戀愛的失敗，也是因為民族歧視的原因。內藤久子與胡太明同時到任，在胡心中，內藤久子是「一位白璧無瑕的理

---

6 呂正惠：《皇民化與現代化的糾葛——王昶雄〈奔流〉的另一種讀法》，《殖民地的傷痕——臺灣文學問題》，臺北：人間出版社，2002 年版，第 36 頁。

想女性」，雖然見過她自私、無知的醜態，反而使他的戀慕日漸增長。內藤久子只是一個普通的日本少女，胡太明如此美化內藤久子，卻非常厭惡向他表示好感的台籍女教師瑞娥，恐怕也有把日本人和臺灣人分等級的皇民思想在內。等到胡太明被內藤久子以「我跟你……是不同的」為理由拒絕，在現實面前認清殖民者的統治策略後，終覺出瑞娥這個臺灣女子的可愛。這是眾多殖民地青年必然要經歷的過程，要看透殖民者的險惡用心需要更多的人生歷練。

《倪煥之》最初的定位是「教育小說」，葉聖陶幾乎動用了他所有教育界的經驗，集中探討了現代教育的諸多問題。小說暴露了當時教育界內部的很多問題，比如有些校長利用教育斂財，比如很多老師奉行體罰教育，還有老師對教育改革的不理解等等。另一方面，作家把自己的教育思想也融在小說中，借助倪煥之的教育革新措施，思考能更好地培育兒童的教育思想和教育方式，比如說「愛的教育」。倪煥之與蔣冰如的教育革新，是一種教育現代化的嘗試。其成敗得失，除了與教育本身有關，還與外部大環境息息相關。革命的浪潮已經席捲了當時的中國，卻還局限在部分知識份子中，而且力量不夠堅定。和阿Q一樣，普通的民眾對革命仍然不甚瞭解，封建勢力的影響不容小覷，有時候以一種更為隱蔽的形式控制著局面。對於農場、戲劇這些新鮮的教育方式，把教育作為騰達手段的鎮民們，本能的持反對態度。倪煥之和蔣冰如顯然沒有力量說服他們，也沒有考慮到諸如農場這類教育方式是否適合農村的學生。這樣的環境氣氛，使蔣士鏢有隙可尋，利用一些無賴流氓鬧事，偽造地契阻撓農場建設，訛詐錢財。更可怕的是蔣士鏢輕易就把革命玩弄於股掌之中。即使「大革命」高潮時，他也能見風使舵，贏得兒子蔣華等一批青年革命者的信任，從革命對象變為革命的領導者，竊取革命果實。大革命失敗後，還是只有他屹立不倒。

沒有任何一種教育方式是完美的，除卻教育本身的複雜不談，倪煥之在教育界內部和外部遭遇到的困難，主要還是封建勢力，他身上背負著反封建的重任。胡太明面對的一直是殖民勢力，他一次又一次地想要退居到個人世界中明哲保身，卻一次又一次的失敗，恰恰證明了反抗之必須。

不同的時代背景，使極為相似的兩個人物，演繹出兩種不同的內涵傾向。同樣的，倪煥之和胡太明的彷徨心情，其本質也大為不同。倪煥之的彷徨，是理想主義者遭遇嚴峻現實的苦悶；胡太明的彷徨，其核心是「孤兒」意識，是對自己國族身份的迷茫。

薩義德提出知識份子作為代表性的人物，不能輕易被收編，必須勇敢的指正、對抗任何違背自由和正義等普遍價值的行為[7]。倪煥之經過新思潮的洗禮後，很堅決地選擇了革命一途。倪煥之擁有「對抗」的精神，在人生道路的選擇上並不彷徨，但他弱點也很明顯，他缺乏強大的意志力，「對抗」意志非常薄弱，不能支撐「對抗」的實踐。他是個理想主義者，他把革命想得過於簡單，後果就是在複雜嚴峻的現實中處處碰壁。就像他自己說的：「什麼都是一樣，在遠遠看著的時候，看見燦爛耀目的光彩，但一接近，光彩不知在什麼時候早就隱匿了。」而他又缺乏強大的意志力面對光彩消失後的狀況，從畢業後不能如願進入軍界或政界，到教育革新的失敗，再到家庭生活的失望，直至革命落入低潮，倪煥之必然從一個苦悶掉入

[7] 薩義德：《知識份子論》，北京：生活•讀書•新知三聯書店，2002年版。

另一個苦悶之中。從他臨死前的一段心理活動可以看到他陷入彷徨之必然：

三十五歲不到的年紀，一點兒事業沒成功，這就可以死麼？唉，死吧！死吧！脆弱的能力，浮動的感情，不中用，完全不中用！一個個希望抓到手裏，一個個失掉了，再活三十年，還不是那樣？同我一樣的人，當然也沒有一個中用！成功，是不配我們受領的獎品；將來自有與我們全然兩樣的人，讓他們去受領吧！

「脆弱的能力，浮動的感情」，是倪煥之及其同時代眾多小知識份子的真實寫照。但人非聖賢，在激蕩又複雜的大時代中，他們的心靈處於震盪之中，彷徨成為這代知識青年的精神標記。胡太明的彷徨有和倪煥之一樣的部分，透著個人在大時代中身不由己漂泊不定的無奈，但其最核心部分是倪煥之沒有的「孤兒」意識，是殖民地子民建構自己國族身份的艱難。

「身份絕不是『首要的』，而是關係的產物。不管是被巴赫金的對話體還是被德里達的『異延』啟動的，差異及對差異的協調變成了建構身份的關鍵」[8]。被殖民者建構自己的身份，必須面對的一個他者是殖民者。殖民者雖然想法設法同化被殖民者，但骨子裏歧視被殖民者，將被殖民當作下等的「他者」。被殖民者亦不會默然無語接受同化。這種情勢必然會衝擊那些被迫或自願接受同化教育的被殖民者的身份認同。或者更加否定自己的血統以迎合殖民者，或者陷入迷惘，或者打破迷思轉而認同自己民族。胡太明走的是最後一條路。起初他按照殖民者的要求塑造自己，但是殘酷的殖民統治很快就打碎了「日台平等」

8 （美）德里克：《跨國資本時代的後殖民批評》，北京：北京大學出版社，2004 年版，第 61 頁。

的假像。接下來就是向祖國的回歸，但這是一條艱難的道路。胡太明到日本留學時，朋友詹勸胡太明不要承認自己是臺灣人，要謊稱自己是日本人，因為在日本臺灣人被歧視。之後詹邀請胡太明參加一個抗日集會，面對自己人還是不能承認臺灣人身份，因為會被大家懷疑是間諜。太明深受傷害，更加退回到教育救國的天地中，不肯參加政治運動。太明到大陸工作時，抗日風潮愈演愈烈，雖然太明安安分分的教書工作，抓他的員警也相信他並不是間諜，只因為他的臺灣人身份便要鋃鐺入獄。「臺灣人為什麼會有這樣的遭遇呢？」並不是無家可歸，而是有家歸不得，走到哪裡都被歧視，即使想要為國家盡些力量，也不能得到信任。認同不是單方面的事情，胡太明深感自己是被拋棄的「孤兒」，找不到人生的出路。

胡太明重塑國族身份的工程變得異常艱難，他優柔寡斷的性格也是重要原因。「孤兒」心態，「個別的看，有委屈、悲憤和寂寞的情緒。但是，從中國整個近代反抗帝國主義的長期而痛苦的歷史來看，這種同胞之間的誤解、猜忌、不信甚至仇視，正是帝國主義加諸於被侵略、被征服民族的諸般毒害之一。」[9]胡太明很長一段時間沉浸於個人的得失之中，再加上他明哲保身的消極人生觀，「從屈辱的奴隸生涯中奮起反抗，從顛倒錯亂的生存狀態中重新指認自己的文化身份與重鑄自己的民族靈魂，在胡太明這樣的知識份子身上，其發生是非常遲鈍，其生成也是十分緩慢的。」[10]但胡太明並不是無心之人，現實的打擊促使他一步步成長起來。「無花果」和「臺灣連翹」是與「孤兒」相對的兩

---

9 陳映真《試評〈亞細亞的孤兒〉》，《亞細亞的孤兒》，北京：人民文學出版社，1986 年版，第 244 頁。

10 石一寧：《吳濁流：面對新語境》，北京：作家出版社，2006 年版，第 212 頁。

個意象，給予胡太明莫大的人生啟示。胡太明一直在中庸、消極的人生觀下備受煎熬，某日庭前遐想，突然發現無花果已經結了果實，由此引發無限感概：「他認為一切生物都有兩種生活方式：例如佛桑花雖然美麗，但花謝以後卻不結果；又如無花果雖無悅目的花朵，卻能在人們不知不覺間，悄悄地結起果實。」此一啟發在前，他又漫步踱到籬邊，「那兒的『臺灣連翹』修剪得非常整齊，初生的嫩葉築成一道青蔥的花牆，他向樹根邊看看，粗壯的樹枝正穿過籬笆的縫隙，舒暢地伸展在外面。……他觸景生情，不覺深為感動。」日本殖民者也是想將臺灣民眾修剪得非常整齊，不過「連草木也知道應該不違背自己的個性去求生存！」這些對彷徨中的太明，是一種意味深長的啟示：「是的，我應該堅強起來，像『臺灣連翹』一樣……」「無花果」與「臺灣連翹」代表了胡太明的自我定位，他一直朝著這個方向努力，戰場上血的洗禮，母親的含辱離世、弟弟志南的慘死，使得胡太明徹底醒悟，在胡家大廳牆壁上以詩明志：「漢魂終不滅，斷然捨此身」。

悵望千秋一灑淚，蕭條異代不同時。《倪煥之》和《亞細亞的孤兒》都是中國現代文學史上有分量的作品，它們各自寫出了中國大陸和臺灣不同歷史時期內具有普遍性的人生經歷和精神氣質，倪煥之和胡太明兩個人物形象都極具典型意義。倪煥之的彷徨，是五四後青年知識份子在時代轉變中共同的精神震盪；胡太明的「孤兒」意識，不僅存在於知識份子中，也為臺灣人所共有，是殖民地兒女在身份認同上的懸空狀態。在這個意義上，《亞細亞的孤兒》透過胡太明個人的心路歷程，呈現出整個臺灣人的心靈史。或許，這正是作家更改書名的原因。

（本文與司方維合作）

鍾理和原鄉書寫的悲情

作為一個嘔心瀝血「傳遞鄉土文學香火」的作家、「倒在血泊裏的筆耕者」，鍾理和（1915－1960，臺灣屏東人）生前寂寞，貧病交迫，作品大多未能正式出版。直到他逝世後十六年的 1976 年，才由張良澤編成《鍾理和全集》（共八卷），由臺灣遠景出版社出版，其中第 4 卷《做田》為短篇小說散文集。

鍾理和的祖父和父親都以農為業。鍾理和的作品寫出了農民的心聲，被譽為臺灣農民的代言人、戰後臺灣農民文學的巨孽。1931 年，鍾理和 16 歲，進入村塾讀古文，涉獵舊小說《楊文廣平蠻十八洞》及魯迅、巴金、茅盾、郁達夫等「五四」新文學作家的作品，寫出了處女作散文《雨夜花》（已佚）。

鍾理和的作品多以美濃閉塞的客家山村為背景。1933 年鍾理和隨父母由屏東遷居高雄旗山郡美濃鎮笠山，開拓山林，協助料理農場，此時與農場女工鍾台妹由相識而相愛。因遭客家封建宗姓習俗「同姓不婚」所不容，1938 年，隻身出走瀋陽，兩年後回美濃接鍾台妹到瀋陽完婚。此後，台妹在鍾理和的家庭生活中成了一根頂樑柱，甚至在五十年代鍾理和病魔纏身之際，也主要靠台妹一人種田、養豬、做工，撫養全家。這段生活經歷在鍾理和的小說、散文《笠山農場》、《貧賤夫妻》、《原鄉人》中都有描述並昇華為一種「原鄉意識」，乃至成為多少年來臺灣同胞尋根、歸根的愛國懷鄉思想的源頭之一。鍾理和不像楊逵那樣以強烈的民族反帝抗爭精神和浩然正氣見長，而更多地從側面反映殖民統治的黑暗，深入地揭示了臺灣農村破產的根本原因，同時更富反封建色彩。

《貧賤夫妻》寫「我」住院三年出院後，家中一切生計全要由平妹設法，「柴米油鹽醬醋茶，對於他人是一種享受，但對於我們，每一件就是一種負擔，常人不會明白一個窮人之家對這些事有著怎樣的想法……有許多在平常人看來極不相干的事，窮人便必須用全副精神去想，去對付。」為生活所迫，平妹終於也跟在那些「盜伐山林的人」後面，揹木頭去了。這是一條十分艱苦而又危險的路徑。有一次，平妹差點被林管機關的人捉去，總算僥倖，帶著一身的傷痕逃回了家，夫妻相聚，不禁泫然涕下。平妹不僅是一個賢妻良母，她對愛情的堅貞不屈固然令人感動。同時，她又是一個堅強的女性，在生活和命運的殘酷打擊面前，她從不低頭，始終與「我」相儒以沫，顯示了普通勞動女性堅韌剛毅、頑強不屈地在艱難困苦中苦鬥求存的精神力量。鍾理和筆下的平妹，其實也是臺灣廣大農村婦女的化身。

五、六十年代，鍾理和創作的散文有《野茫茫》、《登大武山記》（1958・7）、《豬的故事》（1958）、《挖石頭的老人》、《做田》、《草坡上》、《安灶》（1959・4）、《耳環》、《上墳》、《跫音》（1958・9）、《賞月》（1958・10）、《旱》（1960・4），《西北雨》（1960・7）等。

普通民眾在艱難困苦中頑強不屈的生存能力，相濡以沫的互助精神，以及他們身上尚存的封建傳統觀念的負累在鍾理和的作品中都有真切生動的描寫。

《雨》、《故鄉》對五十年代臺灣農村的貧窮、落後、愚昧、迷信的社會現狀作了真實描寫。

《旱》寫久旱不雨時，平妹的焦灼與迷信求雨的愚昧行為。旱情的描畫頗為生動。大紅的火球裏似乎懷有一個老頭兒的冥頑、固執和殘忍。

「它燒足火力烤著大地，把一切都烤得毛燥燥、稀鬆鬆，耀眼的陽焰在田野上搖曳著；農作物落不了土，落了土勉強生出來的也烤焦了，葉子都捲皺著，變成焦黃色，有氣無力的低著頭」。

作者以農民的哀樂為哀樂，雖然對他們迷信愚昧的行為，筆下不無非議，但那種感同身受的情懷卻是更為強烈清晰的。

《野茫茫》哀悼九歲夭折的次子立民，是一篇聲淚俱下的悼文，寫盡了父母與親子之間的深情，懺悔、追憶、傾訴相交織。只因同姓結婚，「在由最初的剎那起，便被詛咒著了。」「彷彿我們在道德上犯了多麼可怕的彌天大罪」，而發出了對蠻橫的封建習俗的聲淚俱下的錐心的悲訴，充溢著鮮明強烈的反封建意識。

《做田》以中央山脈為背景，呈示臺灣農人優美生動的耕作圖，是一首清新明麗的勞動的讚歌。清藍的天空、淺灰的雲朵、嫩綠的秧苗、紫色的嵐氣，如一幅大自然寫真的水彩畫。天、地、雲、山、草、木、萬物，都被賦予了生命，特別是讚美了勞動著的人民群眾，流露出作者真摯的感情。全文精煉簡短，用字、遣詞、造句清新動人，一切都生機勃勃。作品注意設色，讀來令人賞心悅目。

《我的書齋》則表達作者自甘淡泊、自得其樂的心境。「我的書桌是一塊長不及尺、寬約七寸的木板」，「我的書齋是我們的大天地」，「就是世上所有建築得最華美最富麗的書齋，都不會比它更好吧。」直抒胸臆，無偽無飾，這是作者的真情趣。而明窗淨几，雕金飾玉，案頭有一點古梅，壁間懸有名人的書畫，儘管在他人是求之不得的文人雅士的擺設，但比起「我」面前壯大的山河，深邃悠遠的藍天，阡陌橫斜的田野，就顯得那麼渺小、寒酸，俗不可耐。作者高潔的志趣，在字裏行間，逸出鮮明的對比中不無自豪自賞的心情：

「但我不愛你的華貴，而愛我的簡樸。」「它因為是在天底下，光線富足，因為在山腰，居高臨下，前邊的山川、田園、村莊的雲煙、竹樹、人物，盡收眼底，眺望絕佳。你的書齋把你局限在斗室中，使你和外界隔絕。而我的書齋既無屋頂，又無牆壁，它就在空曠偉大的天地中，與浩然之氣相往來，與自然成一整體。」

接著，作者又以生花妙筆大肆鋪陳「我的書齋」因大自然的恩寵所具的美不勝收之處：

「白雲正悠悠地在舒伸，在變幻。有時它們集團地向西北方靜靜地移動著，雲影在下邊的山頭和田野上馳走奔逐，一忽光，一忽暗，氣象萬千，變化無窮。」「田野像一片綠色的海洋，如果碰在農忙時期，則前面儘是繁忙地蠕動著的灰色點子。他們在翻掘著大地，給人類找尋生命的養料，那景象緊張，但是和平、勤奮、快樂。還有嫋嫋的炊煙；遠山如黛。

大自然給我裝璜了一幅偉大壯觀的圖畫，那是任何人造的書齋裏都不會有的，那是一首宇宙的詩！」

鍾理和雖然一貧如洗，窘困潦倒，但「貧賤不能移」；他的寬闊的胸懷，宏大的氣魄，高潔的情操以及與田野互通款曲、與農人哀樂同享的獨特的知識者情懷在本文中表達得淋漓盡致。

《賞月》寫一群十二、三歲的少年在中秋日的聚會，穿插著少年們關於月亮的故事的敘述。少年散去，我和妻借月色繼續白天的耕作：種蕃薯。對於月色的描摹清麗脫俗。「一輪明月冉冉上升，清輝四射，把山川田野鍍上銀白色。中秋年年有，難得今宵如此光明，如此浩清，如此晴朗。」寫「月兒更高，更清，更亮。它那閃動的、透明的、不可抗拒的銀光，像條蛇爬進人心中，在那裏喚醒一個漠然的感覺。那好像是種想做做什麼的慾望。也許便是這種不自覺的慾望鼓舞了古代的劍客中宵起舞，詩人們飲酒賦詩，狗兒無端仰天長嗥的吧。」尤其出色的是對夫妻倆在月下勞作那份感受的描繪，令人神往，令人贊佩：

> 「月光如雨下注，我們身下那翻鬆翻碎的土靜靜地在吸著光的雨點。我彷彿聽得見這土在飲雨點時發出的沙沙沙的聲響。……裏面的土還保持著太陽的溫馨，這感覺令人舒暢，我彷彿已觸到了大地的心。透過指尖的媒合，地溫和體溫得到交流和融會，而二顆心一大地和人的，『則合成一個節拍奏了下去。推動了我們的種的手和腳。那是輕鬆的、愉快的、醉人的，我們便這樣種下去。我們種完時月上升到中天，中央山脈披著一襲袈裟，靜靜，低低。」

天人合一，物我兩忘。意境之清幽，情思之高雅，使《賞月》堪稱臺灣散文中的上乘之作。

《草坡上》寫物喻人，寫景詠物。精心入微地寫失去母雞呵護的六隻小雞的變化和成長，實際上又寫了人對下一代的深情、愛護、期望，以情動人。「一回首，猛覺得我們那兩個孩子在不知不覺中又長大了許多」。始終把對小雞的描寫和對人的感情的描寫和諧地交融在一起。

《草坡上》這篇作品還表現出鍾理和出色的寫景狀物的才華。香蕉乾燥廠的門口，「一邊連著有小灌木和芋芋青草的小坡，開著紅黃白紫各色花朵的野草，一直滋生到灶門邊來。草木嬌小玲瓏，恰如小孩的眼睛清晰可愛。朝陽撒著粉黃色的光輝，把這些小草樹裝摸得新鮮妍麗。草葉上露珠閃爍。空氣中飄著清沁的草香。蝴蝶和白蛾在草叢間飛逐嬉戲，陽光停在昆蟲的小翅膀上微微顫動著，好似秋夜的小星點兒。」「天上的烏雲向四面擴張著，猛獸似的把薔薇色的雲朵一塊塊兒的吞噬掉。」生動的擬人、恰切的比喻以及各種色彩的調配，與作者深厚的感情相交匯，使畫面洋溢著生機和活力，顯示了非凡的筆力。

如果說賴和、楊逵的創作是臺灣「殖民地現象」的寫照，那麼，鍾理和的作品則是五十年代艱難掙紮的臺灣農村情狀的真實反映，這與當時已在臺灣文壇風行的現代主義風氣迥然有異。賴和在寫實中表現出強烈的抗爭精神，形式夾敘夾議，語言誇張嘲諷；楊逵在寫實中充滿理想的信念，善用象徵手法；鍾理和的社會寫實則不怨不怒，取材生活化，語言簡潔、生動，流露著堅韌剛毅的隱忍精神。故事平凡感人，感情自然醇厚，語言精煉樸素，剪裁大巧若拙，那種悲天憫人的情致耐人回味。

鍾理和是臺灣光復後的第一代鄉土文學作家，他的筆下接續了中國民族文化的血統。

戰後臺灣鄉土散文七家論

戰後臺灣鄉土文學在新的歷史背景中，展開了新的篇章，鄉土散文的創作更取得了前所未有的成就，下述七位作家是其中的佼佼者，他們中既有大陸遷台的，也有臺灣本土的，奏出了鄉野天籟的交響曲。

張騰蛟（1930－），山東高密人。1950 年到臺灣，1953 年開始發表新詩，曾加入「現代詩社」。1974 年以後，專事散文寫作。早期作品有詩集《海外詩抄》，小說散文合集《向陽門地》等。七八十年代以後出版散文集十多種，如《一串浪花》、《鄉景》、《我愛山林我愛原野》、《海的耳朵》、《鄉野小景》、《青青大地》、《綠野飛花》等，他曾多次獲文藝獎。

鄉景鄉物、鄉野鄉情，是張騰蛟散文創作最主要的內容。在七、八十年代，他無疑是一個相當活躍和多產的鄉土散文家，其代表作《鄉景》出版後，得到了普遍的好評。

張騰蛟青少年時代在大陸度過，對故鄉自然會有相當清晰的記憶，但他的鄉土散文卻並不把主要的筆力放在大陸故鄉那裏。他注視的是他生活於其中的臺灣現實環境。他筆下的鄉景鄉物並非一個特定地域（包括大陸故鄉）的景物，他也並不趨步他人去臨寫名山大川。鄉野就是普通的山野，河流就是無名的河流。他寫山、寫海、寫雲、寫樹、寫竹、寫草、寫松檜、寫茶園、寫山坡、寫岸堤……展開了幽美清麗的山林原野的景色，表現了「我愛山林我愛原野」的返樸歸真的感情。

《讀山》以深愛中帶點好奇的心情去寫山的蒼茫清幽、豪放深沉。山就像是一部「豐厚的卷冊」，就像一個「豐富的世界」，令人迷醉，惹人探究。那些磷峋峥嵘的巉岩，有它們的風貌，也有它們的歷史，承受了億萬萬年的風風雨雨，走出了洪荒。那些在山中凝聚起片片青翠的茂密的林木，則形成了豐厚卷冊中的「美麗的篇章」。還有那些嫩芽、那些根須、那些樹枝等等「細部」也都被收羅進作者精細觀察的目光。從觀察中引發思考、升騰起一種對山真誠崇仰的感懷。全篇文字隨著作者目光所及，思維所向，將山景山物的簡潔描寫與內心深處的所感所思融為一體，在景物描寫的同時，開啟知性思考的門窗。

《望雲》則顯示出作者豐富的想像力。伴隨著童少年時代的苦澀回憶，很有層次地展開對雲的複雜感情。有時候，「雲是藍天的大草原上放牧的羊群」，有時候「流淚涔涔」的雲好像被戰爭追趕著的流浪的少年，有時候，由雲的「行色匆匆」想起自己的命運。還有一次，躺在淡水河草叢裏望雲的「我」竟從一群被風追趕的雲那裏發現不少「熟悉的面孔」，那是「在華北、在華南、在印第安那的原野，在塞班島的上空」曾經看見過的，「似曾相識」，觸起滄桑之感，但張騰蛟寫來，如閑雲野鶴，筆致蘊藉，留給讀者回味的空間。

《草的風貌》更能見出作者那顆善於從習見的事物中發現美和詩意的敏感之心。自然界中最普通不過、最不起眼的「草」，寫來頗有動感。因為「草是一種『動』物」，到處都可以發現它們「跳跳蹦蹦的影子」，如此鮮活靈動，草被賦於了「人性」。而天真的孩子在青青草地上的嬉戲，自己與草地的或親切或疏隔的關係以及對於草的艱苦身世的瞭解，乃至對於一棵從磚塊下探出頭來的「細草」的動情的讚美，都寫出「草」與「人」之間的情感交流溝通。還有那些溪邊的竹子、山腰裏的茶園、裝飾著浪花的大海、流過村莊前的小河、巨岩上的孤松……都一一活在張騰蛟的散文裏。以勃勃生機和自己優美的存在，參與著自然與「人」的交流，令人鍾愛和留連。

張騰蛟還善於捕捉大自然中的各種聲響，寫得絲絲入扣，聲聲入耳。《聆聽一些聲音》從寧靜的世界裏抓住浮動著的一些聲音：掛在凝翠的山林裏的串串蟬聲，響在澗溪中的簇簇水聲，跳躍在泛花的海面上的堆堆潮聲，似乎奏響了自然界的交響樂。在大自然的礦場裏，作者的生花妙筆開採著聲音的寶藏，為擁有如此豐盈的「聲音的財富」而顧盼自豪。《雨聲淅瀝》、《啁啾鳥鳴》分別寫雨聲和鳥鳴，趣味盎然，尤見精采。這是作者「臨窗」系列散文中的兩篇。透過房間小小的視窗，聆聽雨聲的音韻，品嘗雨聲的滋味，在收看風景的同時，也收聽鳥鳴。居家獨處或遁跡山林，在單調中添加悅耳怡神的晰瀝雨聲、啁啾鳥鳴，生活的情趣油然而生。

張騰蛟寫自然之美，既有聲，也有色。他很注意自然景物色彩的描摩敷陳。《陽光與月色》、《漫漫白霧》、《釀綠的林野》、《月色》、《搶著綻放的花朵》等篇，寫陽光月光之色、綠野白霧之色、鮮花小草之色，繽紛亮麗，令人目不暇給，尤如欣賞一幅幅色彩斑斕的畫卷。《釀綠的林野》是「青之舞」系列散文中的一章，極寫春天的林野最突出的色彩：綠。觀察細微，設色濃冽，把大地上的「草草木木們」，忙著釀造青翠的過程寫得熱烈生動，有聲有色，靜中有動，渲染出青色的主旋律和主色調，給人很深的印象，令人聯想起許地山「五四」時期的散文名篇《春底林野》。《月色》運用多種藝術手法，將美麗得很難把捉的「月色」寫得具象可感。鄉間的月色更如「清新可口的液體」可以飽餐，也可以一勺一勺舀著喝，甚至還有一種「奇特的芬芳」，不但有形、有色，還有味。山中的月色更美，它的誘惑更大更強，「把整個山路潑得一片銀白」，當輝煌的月色給予潔白的積雪「漆染」的時候，又更神秘。結尾憶起童年擁有的「寶貴的月色」，但「那片月色太重太大，我無法馱負著它浪跡天涯」，蘊含著「舉頭望明月，低頭思故鄉」的深旨，有餘音繞樑之妙。

雖然以寫鄉野為主，張騰蛟畢竟生活在都市，故也時有都市風景的出現。《從臺北街頭走過》寫樓廈、人群、馬路、銀行、書店，落筆的角度不乏新意，終不及寫起衷心欣賞的鄉景來得鮮活、充滿生機。張騰蛟以寫鄉野的自然景物為主，極少寫人，但《田間志》、《那默默的一群》裏也依稀出現過農人的「姿勢」，流淌過農人的「汗滴」，面對過耕田人的脊背，但面目模糊，不免顯得筆下乏力。可見寫都市與寫人，皆非張騰蛟所長，他擅長的還是鄉野與鄉野之景的描摩。

生為北人（山東人），又兼有軍旅生涯的履歷，似乎文風該以豪放壯闊為基調。但統觀張騰蛟的鄉土散文，卻處處可見一顆溫婉的愛心加以細緻的觀察，優雅的文采，這位曾經深受現代派詩歌洗禮的散文家，終究不脫詩人本色。詩的營養滋潤了他的散文，使他的散文，每有所作，總時時流溢出一股自然深濃的詩情，這是張騰蛟散文的基本藝術特徵之一。

在《望雲》和《讀山》、《彳亍》、《遐思》諸篇之前冠以優美的詩行，詩文互見，相得益彰。「椰子樹下的寂寞太濃／檳榔樹梢上的思念太長／我原是出生在寒帶的動物／難耐這亞熱帶的氣溫。」（《彳亍》）點明了《彳亍》一文裏深藏的鄉愁鄉情。「長長的夜是塊大黑板／我在上面畫著圈圈／整個的黑板都畫滿了／而我那些圈圈呀！還沒有畫完」（《遐思》）充溢著流離失所的悵惘。而《讀山》一文前面，作者寫道：「群群的山巒如部部豐厚的卷冊／迤邐復迤邐，連綿復連綿，在時間的長流中／裸其奧義、隱其真髓，於大地之上／我，乃是一個饑餓了很久的，讀者。」要從迤邐連綿的山巒中，讀出這「豐厚的卷冊」裏的「奧義」和「真髓」，這「奧義」和「真髓」裏該有刻骨的鄉思？該有解不開的鄉愁？這詩句就正是散文家的心聲。

也許因為從現代詩派的營壘中來，張騰蛟十分注意散文語言的運用技巧。在《藝事小論》中，他認為：「散文的內容要想鮮活起來，充實起來，美起來，散文的本身就必須以寬廣的氣度大量容許新意象新句組以及新辭彙的進入」，散文的「感人力量不但是來自它的結構中，同時更可以來自它的辭彙中，來自它的句組中。」[1]一些脫胎於現代派詩歌或文言文的句式和詞的組合，大量的疊詞、對仗、排比的運用帶給張騰蛟的散文以新鮮的風貌，獨具表現力。「它們，照樣的開它們的花，照樣的抽它們的芽，照樣的青它們的，也照樣的綠它們的，」「這裏的山飼我以青翠，這裏的溪飼我以水聲，而這裏的人們呀！也飼我以濃濃的友情。」(《鹹獨行》)「小河流過莊前，便流出一些意義來，流出一些風景來」，「意義」和「風景」竟可以從河水中「流」出來，這當然不是一種寫實。「濃濃的青翠便以一種澆潑的姿勢綠了過來，一直綠向漫漫天涯……這種濃濃的青翠不但染綠了原野，也染綠了一些日子。」「青翠」有了「姿勢」，形容詞「綠」活用之後，平添一種動感，令人想見綠的推展具有何等的氣勢！而「日子」也會被「染綠」，更把綠的感覺強調到極致，造成了「滿地皆綠，原野皆綠，心頭皆綠，時時皆綠」的閱讀效果。《讀山》的開頭寫；「我是常常去讀山的，遠遠的讀其蒼茫，近近的讀其清幽；粗讀其豪放，細讀其深沉。／讀青，讀綠，讀和諧，讀靜謐。」句式於整齊中見參差，長長短短，錯落有致，頗具節奏感和音韻美。結尾寫：「我是一個讀山的人，但是我知道，有時候人家也會讀我的，當我就像是一個短短的句子般的投向山林時。」行文仍不脫喻「山」為「卷冊」的整體構思，由這整體構思出

[1] 《張騰蛟自選集・藝事小論》，台北，黎明文化事業股份有限公司，1978年6月版，第372頁，370頁。

發，獨出機杼地引出新喻，將「我」喻為「一個短短的句子」，新穎獨特。「讀山的人」也會被人讀，更透露出些許玄奧，令人回味不盡。

陳冠學（1934－），臺灣屏東人。臺灣師範大學國文系畢業後，曾任中學和專科學校教師，主持過三信出版社。早年從事翻譯和學術研究，有譯作《少年齊克果的斷想》、《人生論》（武者小路實篤）等四種，學術專著《象形文字》、《莊子宋人考》、《老台彎》、《台語之古老與古典》等七冊。創作以散文為主，成就也頗為可觀。但三十歲以前試寫的散文皆毀棄，八十年代初複筆。1981 年母親節在「民眾月報」發表《母親》一文後，陸續出版了散文集《田園之秋》、《父女對話》、《藍色的斷想》和小說集《第三者》等。陳冠學的散文作品曾入選臺灣多種散文選本。1994 年由活躍於臺灣文化界的三十七位「精英觀察者」票選產生的「臺灣新十大散文家」，陳冠學名列其中。

《田園之秋》是陳冠學的代表作。甫一刊出，即蜚聲文壇，確立了作者的文學史地位，曾獲 1983 年第六屆時報文學獎散文推薦獎和 1986 年吳三連文學獎。

《田園之秋》採用日記體式，記載了作者以「書生農夫」的獨特形象隱居鄉野、躬親農事的耕讀生活．分初秋篇、仲秋篇、晚秋篇，從九月初到十一月底，歷時三個月。

《田園之秋》巨細無遺地描寫記述了秋天田園的美麗自然景色和農家生活。它像一幅幅風景畫，為讀者展示了秋之田園從清晨到傍晚直至夜間景色、氣候的變化、萬物的生長。九月十日記述在霧中巡行的情況：「越向前走，霧越發的濃，剛走過，後面的路又給霧包了，真是前不見古人後不見來者，不識前路又斷了後路，只有周身五、六尺半徑的天地，覺得彷彿身上有什麼氣撐開了這小片的霧似的。」這種在霧中行走的感覺寫來真切準確，不是處身其中，不是留意觀察，是很難用這種平實的語言而又寫得如此逼真的。在霧中見到「白虹」的情景則更為有趣，甚至帶點神秘：「只在幾丈外，粗如牛身，可怕的白，還帶著黑影。小時候一見到這樣的白虹，立刻往家裏串，不敢出去，後來長大了，膽子也壯了，見了這樣的白虹，想著走近去看看，可是任是怎樣趕快了腳步，還是在前面幾丈遠處，保持著一定的距離。白虹的位置卻在西北方，正跟霧外的朝陽對直……」九月十九日寫森林：「密菁滅徑，深草蔽蹊，溪岸容足，則攀條附幹而行；逼仄難通，則涉水溯流而進。蜿蜒迴旋，五步殊境，十步異世，迷而不返，樂而忘歸」，造語簡潔，頗有意境，風景與心境融為一體。這正是陳冠學寫深摯的「山水之戀」慣用的筆墨。他總是把對外在景觀的描述與內心情感的抒寫結合在一起。雖著墨無多，然「登山則情滿於山，觀海則情溢於海。」他的居處旁有一座太母山，「看著太母兩千六百公尺的斷崖削壁，只有滿心的讚歎，真美！……幾處山褶，清晢的可看到幾乎是垂直的洞水，整條都是白的，與瀑布無異……」野生的花草，自種的果蔬，阡陌間草葉上的露珠，溫濕的溪流，乃至路上的碎石……陳冠學都能發見它們的美處和魅力。合起來，就構成了他筆下恬靜的然而又是動人的田園之美、山水之美、自然之美、四季之美。在臺灣散文家中，像陳冠學這樣專心致志地寫田園自然之美的散文高手，實不多見。

陳冠學衷心喜愛他的田園躬耕生活，鍾愛與他日夕共處的山水草木，花鳥蟲魚、家禽野畜，流露出他的片片愛意。田園生活使他自慰自足，擁有美麗富有的大自然，使他覺得「人間也只有像我這樣置身在這晶瑩的晨野裏的人，才配稱為詩人」，他稱他住在「仙境」、「天國」。「這深秋大晴日裏的顏色、聲音、氣味、氣溫調配得這樣好，我的內心，從視、聽、嗅、觸四覺匯得這樣愜意的感印」，故「仙就在這裏，我就是仙啊！」「田園的各種風貌，幾乎盡為我所好，我的所好實在多，因此我酷愛田園」。陳冠學尤其鍾愛的是「秋」，「我愛秋，不僅愛它成熟，愛它在炎夏之後帶來涼意，更愛它是候鳥的季節……那北來的鳴客，更是令人覺得此地才是它的故鄉似的，到處是蹤影，是歌聲，有「多彩的好影，豐美的好音」，「當秋一到，……花圃裏有著記不清的菊科的花開放，道路旁一樣有著它繁多的族類，在人腳邊靜靜展蕊」，「秋，是個豐盛的季節。」「秋」在陳冠學筆下，脫去了傳統文人加給它的悲鬱之氣，顯得生機勃勃，令人心悅神舒。

《田園之秋》裏還有不少對臺灣野生鳥類、野生植物、生態景觀的精密觀察和生動記錄，饒有趣味，使這本散文作品有一種近似於「博物志」的品格。它以很強的知識性和鮮明的地方色彩，引起讀者的興致。九月十日晨行，一路上，長滿了牛頓鬃草、二耳草、白茅、紫花藿香薊、金午時花……不少植物為一般讀者聞所未聞，見所未見，作者卻如數家珍，有如一個博物學家。九月十三日寫貓頭鷹的鳴聲：「它的鳴聲很特別，一聲，大概要停八秒至十三秒，然後再一聲，在寂靜的夜裏聽來很有詩意。」觀察精細到聽聲音竟以秒計算。十一月二日寫雲雀的叫聲，一會兒是「大地之歌，把大地的歌聲輻散上天庭」，一會兒又是「長天之曲，將上蒼的祝福搖落人間」，其間的細微差別，恐怕只有把心也交給自然、與雲雀聲息相通的「知音」才能捉摸得出。正因為有一顆愛心，陳冠學見到動物世界、植物世界的成員，「它們和人類同靈性，一樣是靈性的生物」，「物類與人類靈魂是同一的」。在執筆描寫它們的時候，陳冠學是把它們也當作「人」的，自然萬物被「人化」了，在他的感覺裏「這一切有著人格的真實」。

八十年代的臺灣農村，已受到生態環境的污染、破壞的嚴重威脅。以田園為精神歸宿、以自然萬物為友的陳冠學對此深懷憂慮，他寫過一篇三千字的短文《我們憂心如焚》，大聲疾呼社會各界重視這一問題，被認為「是一篇近來難得一見的有力控訴」。《田園今昔》將「令人懷念」的昔日田園與「令人擔心」的今日田園對比，驚呼「羲皇上人死了」，「到了那一天，人類自己將伊甸園毀了，那才是真的失掉了樂園」。他「到處看，到處嗅，到處聽，為失去的老田園，一直想嚎啕大哭」。在他的心目中，「昔日的田園是童年的寓境，而且對於現時的都市與田園，都已是十分的理想」，「田園給予農家的是最高品質的生活」。「田園宛如酒、宛如詩、宛如桃源世外。」田園是陳冠學的「理想國」。他寫作《田園之秋》，妙筆生花，無非是想要在他的心中筆下留住這個「理想國」，以抗衡作為另一種現實存在的萬丈紅塵。

陳冠學不是避世的，而是入世的。在面對田園、透過鄉野景物的描寫，充分展示臺灣這塊美麗土地所孕育的內藏之美的時候，在他的意識深處，實實在在地翻騰著變革現狀的強烈意願，只不過罩著一層似乎「保守」的懷舊念往的外衣。這種參與意識，在《田園之秋》的某些段落，也隱約可見。季節的變遷，使他幡然領悟，這如同人生「自幼而少，自少而壯，自壯而老」，不也正是這般地在不知不覺間變換著的嗎？「在自然裏，在田園裏，人和物畢竟是一氣共流轉，顯現著和諧的步調……這是種生命的感覺」。物我一體，天人合一，諧順之至，從中可以聽到生活在田園裏的陳冠學沉思默想的聲音。他的思考越過對景物、動物、植物和人物的描畫，提升到人生哲理的層次，使他的田園牧歌風格的散文，流溢著人間煙火氣。他的觀察是寫實的，他的思索也是現實的。

在自然景物描寫中自然地滲透進摯愛這片土地的熱情，無論是寫有生命的草、木、蟲、魚，還是寫無生命的風、雲、水、土，陳冠學筆鋒都常帶感情，讀之令人激動、令人神往。文字質樸凝煉，平實無華，但寫景狀物皆具感染力，傳情達意皆具浸透力。一種景（物）的描寫，就是一種感情的顯露，情見景（物）中，景（物）不離情。十一月十三日，寫菜蔬的香味，芫荽、蒜、薑都「以特殊的香味迷人」，「真正美好的事物，看著，聽著，聞著，要比實際的觸著，吃著更合宜。天地間的精華，原是待心靈的細緻感應來領略的」。這樣，一顆多感多情的心靈，能發現和寫出天空之下、大地之上，自然萬物之美，盡妍極態，琳琅滿目，使人如入寶山，也就不奇怪了。

許達然（1940 —），臺灣台南縣人，祖籍福建。許達然既是詩人，也是散文家。他是從散文起步走上文學創作道路的，初中三年級時以一篇關於貝多芬的散文獲台南《新新文藝》雜誌徵文一等獎。1961 年，當他還是東海大學歷史系的學生時，就出版了第一部作品《含淚的微笑》，書中收入許達然高中及大學時代的散文。次年大學畢業留校任歷史系助教。1964 年獲臺灣省第一屆青年文藝獎散文獎。1965 年出版其第二個散文集《遠方》，曾風靡一時。

《含淚的微笑》和《遠方》代表了許達然散文創作第一個階段的風貌。這時期的創作多是許達然在孤獨和迷惘中對內心世界的尋求，文筆優美。雖然生活在臺灣這塊土地上，卻時時感到與故土的疏離，未免遊離於堅實的大地。在《山霧》、《夏午・你的遐思》、《霧、夢與現實》中，許達然沉醉於「一種神秘而迷人的美」，讚歎「有什麼朦朧比霧更美？」自言如在神話的仙境裏漫遊，「有著太多的喜悅，也有著太多的感傷」。有時，還有「人生享一世，奄忽若飄塵」的浮世之慨，虛無憂鬱的遐思流蕩在字裏行間。那時候，他只擁有一個「全屬於自己的小世界」——一座「孤獨城」，靜靜地與靈魂對語，恣意地倘佯於幻想的園圃，恣意地在記憶的沙灘上巡邏未被時光的風沙湮沒的腳印，「傷心地哭泣，含淚的微笑伴隨著我」（《孤獨城》）。《自畫像》相當準確地勾勒了作者「寧愉快地貧困，也不痛苦地富裕」的精神面貌。《年青人的悲劇》感喟因愛而斲喪理智的悲劇，希望年青人不要濫用青春，不要成為環境炮火下的犧牲者。這些作品都寫得相當理性，近似於論說。《都市人》對都市里「文明的毀滅」深感痛心。認為都市人「關大自然於門外」，「都市的發展是對大自然的侵略」，都市人「看到的天總比鄉下人看到的狹小」，甚至說「在人間，最像地獄的，莫過於都市了」，表現對都市的否定意向和批判情緒。這一階段，許達然也寫過一些歌頌大自然的篇章，但多顯得蒼白、空洞、抽象。喜用古今「洋典故」，注釋更直用洋文，似乎流露出作者對西方文化的感情傾向。

1965 年，許達然遠赴美國留學，相繼攻讀碩士和博士學位，後定居於美國，執教於西北大學。在停筆散文創作十多年後，1977 年以《山河草》一文重返臺灣文壇，引起廣泛的迴響，次年獲得臺灣金筆獎。七、八十年代相繼出版的散文集有《土》、《吐》、《水邊》、《人行道》、《防風林》和詩集《違章建築》。從《土》到《防風林》的五個散文集，是許達然散文創作第二個階段的產品。比起前一個階段的散文來，這些散文從理想的詩的境界走向現實人生的清醒認識，顯示出明顯紮實的前進，呈現出新的面貌，是許達然全部散文作品中代表著他價值取向與藝術成就的部分。作者風格的轉變主要是受臺灣鄉土文學寫實主義的影響，也有自己的獨特追求創造。

這些散文的內容，大體上有以下幾方面：

第一，歌頌原鄉先民篳路藍縷，以啟山林，奮力墾拓，艱苦創業的偉績。

《普渡》緬懷先祖辟波斬浪駕舟渡海，在這個寶島披荊斬棘，墾拓荒野，赤腳創造田園，在「鄉愁如溪」中，團結協力，與海鬥，與山鬥，與地鬥，也與人鬥——從反對荷蘭人的殖民統治，到反抗滿清苛政，反抗日本霸佔，反抗總督獨裁，抗暴的壯志被後人承續，後人的血裡流著先人的「勤勞、鄉愁、憤怒、反抗與無辜」，簡直就是臺灣數百年歷史的縮寫。《戮》寫原住民與「文明人」的殺伐爭鬥，寫他們被「賤視如土」、「被戮如鹿」的悲慘命運，流動著作者深切的悲懷與情思。

第二，抒發自己對鄉土故人摯愛的情感，寄託海外遊子對養育自己的大地母親的思念。

與一般謳歌故鄉的作家不同，許達然的不少憶鄉戀土的散文，寫在他求學與謀生的異國他鄉。也許是距離增添了美感與憶思，雖然身處發達的西方現代社會，許達然卻和「反認他鄉是故鄉」的數典忘祖之輩不同。他的一腔深情、一如既往地獻給當年朝夕相伴、如今遠隔重洋的鄉土。「在我懷念的地圖上，臺灣占很大的位置，思索中我常聞到它醇厚的土味。」[2]《家在台南》以深情款款的文筆，記下重回故鄉台南時的感觸。雖然車窗外是一片黑暗的夜，雖然故鄉那古風的一切都依稀零落，「然而我把所記得的都帶回來了。」古路、古井、古廟、古堡，還有「像典故」一樣的小巷……重返母校東海大學，胸腔裏湧動的也還是對「母土」的感激與親情（《東海》）。《從花園到街路》憶述從在東海大學當學生時初識楊逵先生到二十年後由美返台時重提舊事，表達了對這位臺灣鄉土文學的奠基者的敬仰以及離開臺灣前夜「想著盼著再回臺灣久居」的心情。《順德伯的竹》寫的只是一個普通的鄉人。「他」自比為竹，他有竹的堅強，竹的簡樸和「昇華不起來的固執」。尤其使人欽佩的是，竹的「骨立清高」、「拓荒反抗的精神」。竹的這種風骨，也正是許達然參加過的詩社所取名的「笠」的本質。

---

[2] 許達然《防風林・序》。

最集中、最強烈地抒發了許達然的鄉土情懷的散文作品是《土》。他回憶起年少時隨父母揀柴挑野菜，擺地攤，用泥巴敷補牆壁，用土捏成筆桿，在久旱的泥土上奔跑企圖趕走餓……那時體會「土簡單難懂」。後來「土成了我的膚色」，甚至念歷史也立志「此生要吃土」，別離時，婉拒了二舅送的錢，「堅持他若要送點什麼，就給我一撮土」。「對於土，掉落臍帶的我們是斷不了奶的孩子」，終於明白是土，讓「都市長大的我嚮往鄉村」。「最後收容我們的其實還是土。」「故鄉有傳統，傳統有根。根，那死抓土的鬚，長在遊子的臉上」。「根」與「土」緊緊相連。人，都有「根」，也都離不開「土」，因此，「記憶裏有一條蜿蜒伸進草地的土路」。《土》把童年的回憶與成長的道路，將感性的描寫與理性的剖解揉合在一起，凸現自己的鄉情和「土」意，最後用詩一樣的語句作結：鄉土總是一堆古典的想念，一縷浪漫的感情，一串象徵的諾言，一股寫實的意志，活到我們倒下——那時我們就真的土了，和土一起呼吸，也許還變得很肥沃，培養些什麼。培養著，掙扎；成長著，奮鬥；很散文的，大地是不願高升不甘毀滅的鳳凰，因為土。鄉土之情，集古典、寫實、浪漫、象徵於一體，既普通又崇高，既簡單而又複雜，似乎虛玄卻又實在，獨具偉力。《土》是臺灣文學史上經典地詮釋了「鄉情」的一篇不可多得的上乘之作。《回家》則突出了中國人基於「根意識」的家園情結，鮮明地體現了中國獨特的人文傳統。作者透視海外遊子的故鄉情結，從他們故土難離的內心鬱積深層尋繹出文化認同和精神歸屬感。鄉思更擴展了民族與歷史意識。「慘的是歸不得」、「悲的是不得歸」、「妄的是得不歸」，只有隔洋望鄉而興歎。「在異邦，用筷子，怎樣夾都不如家鄉味；讀古文，怎樣臥都不像長城；捧唐詩，怎樣吟都不成黃河」。但「再不如，不像，不成也要精神上認同」。寫出遊子鄉思的執拗，展示了「文化鄉愁」的豐蘊內涵，無疑掘深了對「流亡是一種美學」的認識。

第三，表達對臺灣鄉土自然環境被污染的深重憂慮，這是許達然散文的深刻過人之處。

許達然並沒有一般地停留在對鄉土風物美麗大自然的描摩謳歌或者俗濫浮泛的鄉愁抒發上。他以一顆關愛之心痛苦地注視著這塊熟悉的土地為何日漸陌生，這塊曾令他魂牽夢縈的土地為何開始使人生厭。《溪》是對優美自然的悼亡曲。「小溪」的過去，一如「莊家小姑」般嬌媚純真，如今卻「被修理得遍體傷痕，虛弱改彈月琴，喘氣彈的不知是什麼音符，節拍總是慢板，調子已經陰沉，又酩酊搬來大亨，哼不成歌卻自以為大牌，大吃大喝大吐到伊的胸懷，大吹大便不通，大意服瀉劑，通通瀉到伊身體。」自然美在工業文明的褻瀆下蕩然無存。「美」的已不再美，「我們最愛的土地，污染到這款，感覺早已不美，思考後更醜，如果寫它的不美，只因覺得有悲壯歷史的臺灣還有美的可能——美並非外表好看，而是實質耐看。」正因為是經過「思考」，對鄉土臺灣的感情就不再單純如昔。許達然清醒的寫實精神使他勇敢地對這面目已非的「鄉土」投去深情，只不過它改變了向度，一種文化批判的意識浸潤在他的紙筆間。《那泓水》、《春去找樹仔》、《水邊》、《郊遊》由晶瑩清澈的小溪、膏腴的農田、蔥綠的樹木和悠揚的鳥鳴的喪失，力圖喚起人對大自然價值的自覺意識，以自然生態被破壞的惡果激起人的猛省和反思，認識自然對人的生存具有不可替代的、無法複製的重要性與必要性。

對現代社會弊端的揭示與對以往歲月的緬懷在許達然的散文中形成一種對比。土氣的「亭仔腳」使他流連忘返，是因為它充滿人情味，似乎成了昔日文化的象徵，包孕了讓人沉醉的文化情調。《番薯花》也流貫著同樣溫暖的情調，《想巷》從兒時的溫暖記憶出發，卻歸結於冷漠的現實存在，不禁使作者在重游之後百感交集。這些作品也同時傳達了作者在文化批判之上的文化嚮往心態。《失去的森林》、《搬一株榕樹》、《鴨》、《看雞》等篇以擬人化的手法描寫動植物在工業文明侵襲下的困境，透露出泛愛主義的人道思想。《獵》對土著民族受文明社會欺騙和迫害，發出公正的指責。《防風林》寫農民在工業污染的逼迫下，不得不和泥土悵悵訣別的哀傷。全篇以「防風林」的眼光觀察，以「防風林」的口吻出之，於客觀冷雋中隱藏著內熱。

第四，對都市文明的鞭撻批判，揭示其「文明得野蠻」的真相，體現出對社會和人類深刻的憂患意識。

在《歷史的諷刺》中，許達然以無奈中顯出冷峻的筆調寫道：「現代文明很進步，進步得很野蠻。」一語揭穿「文明」的「野蠻」本質。特別是對都市生活腐蝕人類良知與自然人性的罪惡，更是筆端噴火。《冬街》、《散步日記》、《探索》、《人行道》從都市的喧囂中觸摸人情的淡漠和人性的異化，向「殘障」的社會「表達他的憂心如焚的心境」。《瀑布與石頭》、《天真》、《清白》、《草》、《轉彎》則呼喚美好人性與高尚人格的重建。這一類作品與許達然寄託鄉土情思的作品，看似疏離，實際上卻構成了他「鄉土情結」的另一個重要側面：一方面謳歌鄉土故人的英偉崇高，一方面痛惜這種美好東西在都市的失落，互為映襯，相得益彰。

許達然的散文藝術獨標一格。他的很多作品意象繁密，含蘊深刻「土」、「路」、「竹」、「巷」、「家」、「遠方」、「樹」……不時在筆下出現，令人目不暇接，在各種不同的語言環境中傳達出不同的意蘊，豐富了散文的聯想空間。《順德伯的竹》以寫竹來寫人（順德伯及像順德伯一樣的農人），取材於鄉村常見的植物，又由「竹」延展到與竹有關的制作品，中心則是讚美「竹」所象徵的亮節高風，這樣在平凡中發現不平凡。許達然又是一位詩人，他把散文當作詩來寫，「以詩入文」[3]，避免了「太散」或「太文」這一散文寫作的通病，深刻的哲理性與濃鬱的抒情性達到了高度的統一。許達然相當注意散文語言的錘煉，內容是散文的，而語言是詩的。篇幅簡短，語言洗練而情思富饒，使他的散文有一種較為怪異奇奧的風格，饒有澀味，頗耐咀嚼回味，然而又絕無浮華靡豔傾向。從本質上看，仍是拙樸深厚，一如其人。許達然主張散文「本來就是不拘形式，『不擇手段』的，用方言與俗語，不是使散文再粗糙化，而是注入語言的新血液，增強表達的貼切與內容的落實。」[4]寫作「不能失去的是歷史悠久的語言」，[5]他把方言俗語，「歷史悠久」的文言語言及西方文學語言的長處熔為一體，靈活運用，以其獨特的語言結構，自成一格，別具面貌。他說：「即使寫西方，也不願用西方的語言，但寫臺灣時，用些臺灣話，希望方言的應用可豐富文學的表達」(《遠近集序》)，他尤其喜歡運用中國漢字文字學上的「六書」法則，把會意、形聲、假借、轉注等加以改造，新創許多同音異形、同字異義的雙關語及諧音、拈連、拆字、頂真等修辭手段，既濃縮了語言的形式，又增強其「彈性」，擴大了其意蘊。如「路」與「戮」，「土」與「吐」，「一」、「十」成「土」，「忙」是「喪失心」，「句多句多，夠了夠了」，「沉默」與「沉沒」「靜」與「境」、「鏡」，「連續鋸」(「連續劇」的諧音)……都使常見字、詞翻出新義，顯示了他精心營構散文語言的努力和駕馭功力。作為歷史學家的許達然，憑藉著他史學研究的專業訓練，在散文創作中還常常發揮他兼具中西學養的優勢，廣徵博引，為他的鄉土散文敷上了「學者散文」的色彩。《表達》

---

3 郭楓《人的文學與文學的人》，見《遠近集》。

4 許達然《感到，趕到，敢到》。

5 許達然《人行道・後記》。

引述了中外哲學家、文學家、畫家、書法家多人之例，講沉默與表達。《雨》、《閒》等文也動輒就徵引古人詩詞，滔滔不絕。《回家》在比較中西方鄉情的內涵時，從希臘史詩《奧德賽》、拜倫長詩、英德詩人到美國小說家海明威，從《詩經》的「行道遲遲，載渴載饑」到秦觀、馬致遠、劉辰翁、晏殊乃至近代臺灣詩人丘逢甲，如數家珍，娓娓道來，用一根鄉情的紅線串起古今中外的詩文典故。更可貴的是，許達然在處理鄉土和現實的題材時，顯示了與眾不同的史家風範，歷史的眼光與對現代社會的觀察思考相結合，賦予他的作品以深刻的歷史感。這種歷史感與現代感和作者風格的個性化的統一，構成了許達然散文「比鄉土作家還鄉土，比臺灣作家還臺灣」的卓然獨立的風采。他的不少代表作被選入臺灣出版的各種文學作品選集，並被翻譯成英、日、韓等文介紹到國外，產生了一定的影響。

吳晟（1944－），是八十年代帶給臺灣鄉土散文一種新風範的重要散文家。

六、七十年代，吳晟相繼以《飄搖裏》、《吾鄉印象》、《泥土》三部詩集確立了他的詩名。儘管在他之前，已有一批詩人以擁抱大地、關懷鄉土的詩作造成了鄉土詩歌的氣象，後來者的吳晟卻仍以他卓特的風格為臺灣鄉土詩提供了先行者未曾提供過的東西，以至於余光中這樣寫道：「等到像吳晟這樣的詩人出現，鄉土詩方有了真正的面貌。」[6] 對於吳晟的散文，也可以作如是觀。

1982 年 8 月，洪範書店出版了吳晟的第一部散文集《農婦》（收文四十一篇），1985 年 2 月，又出版了他的第二本散文集《店仔頭》（收文二十九篇）。這是兩部文字質樸平白而感情深摯濃烈的文集。與其他

---

[6] 余光中《從天真到自覺》。

一些作品不同的是，它沒有以大量的篇幅去描寫農村和鄉野的自然景色、田園風光，而選擇了一個獨特的角度，卻更深入地呈示了幾十年來臺灣農鄉的面貌，世代生息在這塊土地上的鄉親們的晴耕雨作和喜怒哀樂，不啻一幅臺灣鄉民生活的長卷。

佔據著長卷畫面中心的是一位過著平凡生活卻具不凡精神風貌的「農婦」——「我」的母親。吳晟曾說：寫作《農婦》「紀念性質重於文學意圖，主要用意是依據母親的生活經歷，描述臺灣農村婦女刻苦勤勞的本性」(《無悔・歧視》)。正是透過對自己母親這位普通「農婦」的刻寫，吳晟唱出了對臺灣廣大農村婦女的頌歌，唱出了對故鄉母親、大地母親的頌歌。

吳晟的父親早年因車禍去世，全家八口的重擔落在了母親身上。母親以她的勤勉的勞作、堅韌的意志、樂天知足的生活態度面對生活中的磨難。春天是郊遊、踏青、賞花的季節，在母親看來，卻是「認真種植的季節」(《種植的季節》)。從整地、播種、插秧到澆水、施肥、除草、滅蟲、鬆土……直到收割、售賣，一應農事，母親都親力親為，一年四季，沒有一刻鬆懈。除了做田，母親還要操持家務、種菜養豬，她沒有假日，沒有農閒（《農閒時期》。赤日炎炎，她沒有絲毫畏縮，照樣下田。為了農作物免遭損失，有時遇上西北雨，也不顧雷電交加，遍身淋濕，總要堅持把工作做到告一段落才回家（《珍惜》)。即使生了病，稍一恢復，就又忙這忙那，她說，這是習慣，閒不下來，「做田人哪有時間生病」、「哪裡還有資格生病」(《生病的時候》)。她只有一個念頭：「打拼」，靠著自己的打拼，償還債務，養育子女，支撐起這個家庭。她勤勞節儉、堅韌、善良，對子女的要求近乎嚴苛，特別是要子女熱愛勞動、熱愛土地，「多瞭解土地，懂得珍惜土地滋生的萬物和勞動的可貴」。正是在母親的影響下，「我」也帶著小小年紀的孩子一起采花生，「只是為了引領他們多親近泥土，多認識泥土，長大後，無論是否從事農耕，要記得流了汗，才能得到收穫。」(《採花生》)。

母親也有相當守舊的地方。她反對看電視、聽音樂、彈琴、體育活動，更反對「我」讀書、寫文章，有時甚至相當固執。在「她」和「我」(以及妻子、妹妹)之間實際上也就存在著不諧調、矛盾乃至衝突。兩代人在生活方式和觀念上的不同所造成的矛盾衝突，從一個方面折射了臺灣農村的歷史變貌。《農婦》、《店仔頭》裏的「母親」形象當然是寫實，但也不無象徵意蘊。「她」具象了吳晟從鄉村生活中強烈感受到的質樸不阿的吾鄉精神，真摯濃烈的鄉土愛，寄託了吳晟對大地母親、母親大地的崇仰情懷，形象鮮活地坦示了他作為大地之子的赤誠心曲。

在《農婦》、《店仔頭》中，吳晟還寫到了生活在他周遭的鄉親阿源伯、火生叔、阿儉嫂、茶山表兄、阿義表弟……寫他們生活的艱辛和種種美德，特別是他們的喜怒哀樂。種田的成本越來越高，農藥的普遍使用帶來的污染、糧價的下跌，雞禽果蔬賣不出好價錢，後生仔都嚮往城市生活，有的更鬥毆酗酒、不走正道，長輩為此憂心忡忡，「示範村」系列文章揭出漂亮名目後面的弊端醜行。由於吳晟長年累月生活在他們中間，和他們有著同樣的見聞遭遇，他的感受就格外真切。時常，他覺得手中的「筆桿比農具沉重得多」。作為鄉親們的代言人，他既有對自然生態的關切，更有著一份深沉的人文關懷。現代文明從物質和精神上對農村的雙重侵入，令吳晟陷入一種無可回避的反省，並由此滋生出鮮明的批判意識。

在和文事小別了數年之後，1992 年 10 月，開拓出版公司出版了吳晟的第三部散文集《無悔》(收入散文二十八篇)。《無悔》呈現出與《農婦》、《店仔頭》相當不同的切入視角。從鄉村的本土關懷擴展為全面的社會關懷，筆調也由對鄉民的讚揚和農村現實的憂慮，轉為急切的社會批判。

《無悔》裏仍然寫到一些吳晟曾經密切關注過的農村問題，但更多的則是八十年代中期以來晚近臺灣社會的「病症」。這是吳晟過去的筆墨沒有接觸過的。《禁忌》、《報馬》、《歧視》、《理性》等篇對專制體制在傳播、輿論、書刊、歌曲的查禁、控制種種醜態現象直言揭露，《落實》、《謊言》諸篇對教育現狀沉淪的陳述論說，《廣場》、《富裕》對「繁榮」美名下隱伏的危機提出責問，在在都表達了作者把握臺灣現實的脈動而油然生成的憂患意識。更難能可貴的是，吳晟沒有停留在對客觀現實的抨擊批判上止步不前。他將社會批判與自我反省的自審聯繫在一起，從友人的投身實際社會運動反觀自己的怯懦（《街頭》），從捲進爭獎的漩渦發現自己的投機心態（《獎賞》《轉變》）。《期待》更面對「期待」的妻子，懺悔曾經有過的一度消沉、頹傷……這樣，吳晟的社會批判與他的自我反省緊相結合，賦予他的批判更鋒銳的力量和更深刻的內涵，雙管齊下而有同樣的誠意。《無悔》特別突出之處正在於此。

吳晟的散文創作在藝術上具有比較鮮明的個性色彩，主要是：《農婦》、《店仔頭》（還包括《無悔》中的部分作品）用系列散文的形式集中刻劃了「農婦」這個「人」的形象及典型性格，開創了臺灣鄉土散文「寫人」（相對於「寫景」而言）的成功途徑。從某種角度講，散文的形式，寫鄉土之「景」易，寫鄉野之「人」難。《農婦》等系列散文多側面、立體地展開對「母親」的個性刻劃。一是透過大量農村日常生活的勞作、瑣事、家常，突現母親的品質美德。從她對農事、家事、村中事的態度和處理方式，一點一點地充實她的性格，顯得親切鮮活、豐厚飽滿，很有個性又非常真實。二是大量記述母親在處理各種事務時的語言，突現她的見解認識。話都樸實平常，但卻含意深長，每每近似格言警語。比如：「人有不必欣羨」、「毀樹容易種樹難」、「好看面無路用」、「不是自己好就好」……都是母親從自己的生活經歷中提升出的認知。確如《農婦》集開篇末段所說，雖然母親只不過認識幾個數目字，不懂什麼高深的大道理，沒有什麼非凡的學問，然而母親「就是一本厚厚的大書，寫滿讀不完的情思，寫滿解不盡的哲理」。「母親」的話語是她內心世界的表露，是她性格特徵的外現。三是從對比中襯托母親品質的崇高、秉性的堅毅勤勉。這主要是在與「我」的比較中進行的，有時則把母親放在其他鄉民群象的「背景」上描寫。

吳晟散文的本土傾向還表現在他大量採用鄉民的方言土語人文。他認為適當地運用閩南話，未見得一定粗俗，反有特殊的表現力。諸如「打拚」、「頭路」、「起狷」、「國仔」等等，都是閩南鄉村日常生活中的常用語，寫之入文，就把家鄉本土的本色原味帶進了高雅的文學作品，俗中現雅，別有情致，讀起來也另有一種說不出的親切溫情。吳晟在這方面的有意識的探索，對增強臺灣散文的本土化，無疑是有益的。

當然，吳晟散文最令人感懷的還在於他的《農婦》、《店仔頭》都貫穿著饒具深意的倫理思考，因而具有了深微的穿透力。人們從他筆下的農家生活、母子關係、鄰里瑣事中，感受到濃厚的草根氣息。質樸如大地，厚實如大地，鄉情民風的呈現，與之互為呼應，這也應當說是吳晟獨特的題材把握與理解造就的。吳晟的散文確可稱為臺灣本土典型的鄉土散文。

粟耘（1945－），原名粟照雄，臺北人，散文家兼畫家。著有散文集《空山雲影》（一、二輯）、《淨與塵》、《月之譜》、《默石與鮮花》、《我的歸去來》、《但破一山靜》、《鄉園與夢園》、《出山林記》、《木園隨筆》、

《一畦青菜地》、《絲路漫漫・漫漫思路》等。《空山雲影》(第一輯)曾獲最佳優良圖書金鼎獎等。

粟耘從七十年代起便離開都市，隱居山林，數度易地，少則一月，多則三年許，山居日子共有六年多。因這段生活經歷而創作的散文在臺灣文壇被稱為「山林散文」，作者亦有「臺灣梭羅，當代陶潛」之譽。

山林散文與一般的鄉土散文一樣，對安謐寧靜的田園山林生活滿懷喜愛之情，但又有某些不同。山林散文的作者更自覺不自覺地排拒市囂塵俗，具有比較共同的隱逸心態。不過，在都市與鄉野生活的對峙中，鄉土散文、山林散文作者的選擇是趨同的。在這方面，粟耘是臺灣同類散文家中最具代表性的作者。他的創作為臺灣鄉土散文擴展了疆域，增添了新的景觀，提供了現代隱逸文學的獨特存在形態，在臺灣散文創作中堪稱別辟蹊徑，獨標一格。

對寧靜的山林生活的嚮往、摯愛，是粟耘散文的基本感情指向。他曾這樣描寫其幾經選擇而找到的隱居地——「空山」、「寸園」:「前有小溪，修竹羅列，旁有柳樹，屋後山壁上的草坡有松樹，有桔樹，放眼青蔥碧綠，如在古畫之中，至為幽美。」一山一石，一草一木，一瓜一豆，一蟲一鳥，物物皆與他有情感的交流與感應。《鳥巢》敘述他觀察、收存幾個鳥巢的情況，流露出粟耘對自然生命的尊重、呵護以及親炙大自然所得到的心靈慰藉。《感恩》裏寫山居時不經意種下的四季豆，竟也收穫頗豐，於是，「每次摘四季豆，心中就充滿了感恩」，感謝這大自然的慷慨賜予。《小黃花》更在字裏行間滿蘊著對山野小花的拳拳愛心。這種平整無奇、如四處叢生的小草一樣常常令人視而不見的小花卻令作者佇足靜觀、慨然深思，看到它「也是一個無可比擬的優美莊嚴的世界。」而每當忙完山事，走回居處，遠望山齋吐出的一陣炊煙，總不禁心生感念。在粟耘筆下，那炊煙「疑白還青，嫋嫋如縷。無風時，它直上雲霄，有風時，則斜向一邊，或飄浮有序，或歪歪倒倒、零亂成結。不論如何，它終究是為山齋籠來一陣霧，為空山兜來一朵雲，為我心田，呵護著一陣溫馨。」(《我愛炊煙》) 這種對山間萬物無不關愛的情懷，正是一位心境寧靜、與自然心存默契的隱居者的真意。

隱居山林，本為求靜。厭倦了都市的喧囂，才別擇而居。但是，如今的山林也並不絕對地安寧。現代文明的觸角也伸到了山林，這就使隱居者不免產生一種矛盾的心情。《矛盾山居》坦誠地表露了居山林而仍不得清靜時的內心矛盾。山間運輸車的馬達聲令人煩厭，但一想到採摘與售賣桔子是山民求生的主要手段，另一種完全不同的意念卻又油然而生：讓「馬達聲儘量響吧！」這就達到了一種比較高的思想境界。與那種為求一己安寧而拒絕普通民眾塵世生活的「自私」心態不可同日而語。足見粟耘雖以隱居者的身份出現，但並未滑至一切以一己的安逸為準的泥潭。他的隱居其實並沒有與世隔絕；也不排斥與塵世生活、特別是普通民眾生活的認同。他說：「我們不是為棄絕文明而來的，相反的，我們是為增長生命而來的。」生命意識在粟耘的山林散文中有很突出的表現。他的很多散文如《歡採野花春瓶插》、《白蟻的禮贊》、《狗尾巴草》、《草葉為伴》、《屋角的仙人掌》等等，都衷心謳歌自然萬物，一切的小生命，一切有生機的動物、植物都得到了作者深微的關懷。

對萬物的關愛、悲憫和隨心適性的生活態度，使粟耘的散文充滿機趣、妙諦和生活的樂趣。這既是達觀的生活態度的自然派生物，也是由靜觀萬物而達致的審美境界。粟耘筆下的山林世界，生趣盎然，粟耘的描繪敘寫，也妙趣橫生。因此常有引人入勝、留連忘返的效果。《蛇思錄》寫山居生活中時時遇到的「長蟲」之災，本應令人心生恐懼，但在粟耘寫來，竟別有趣味：「山居蛇雖多，似乎也是一座歷煉道場，有時小室獨坐，蛇影蛇事，忽叩心懷，得失渾然，一點一滴記下，但祈可以磨礪成一方小小鏡臺，用自觀照。」他寫在山石上見到「舞著生之喜悅的交尾中的青蛇」，一瞥之下，而「驚、喜、憂、苦全聚」。寫防蛇之法，如何以「石灰示警」，如何懸掛雄黃，如何養鵝以鵝糞防蛇……都敵不過無處不在、而充滿生命力的蛇的活動。時露險象，又不時化險為夷，令人讀之興趣盎然。「大南蛇」的故事更是波瀾迭起。言及人與蛇的關係，則「既不是恐懼，也非嫌惡」，而是難以言表的感受，甚或「像緬懷友人一般，心中總浮著淡淡的親和。」作者在山居中曾遭「毒蛇之吻」，打過的毒蛇也不下數十，這樣的經歷並非常見。人蛇之間的奇特的感情關係，其新異和獨特，是讀別類散文所沒有的。

山居生活固有其趣，更多的卻是平常、清寂、幾乎無事的。粟耘卻能在這樣個靜寂的世界裏，寫出如許的動感與豐饒，源自一顆敏感細膩多思的心靈。

以這樣的心靈去面對山林世界，在人與自然的關係上，也就時時能見出蘊含哲理的思考。《塵埃譜》中寫路邊的竹林、竹筍長成「劍門」，便「讓我們真切的體嘗到穿過生趣之門的瞬間喜悅」，看到其中所蘊藏著的大自然的生機妙趣。《蛇思錄》最後在寫到山居時為避蛇害，釘以紗窗。這自然阻礙了蛇的行動，而對於人來說，本也無可厚非，但作者卻能跳脫而出，站在別一種立場上如此思考：「也許，歷過千萬年文明薰陶的我，於大自然中生長的天賦本質已褪化殆盡，山居固美，強蟄其間，對原來駐此的蛇族來說，未免太過霸道，似乎應該識得本分，還它們一個可以自由來去的太和世界。」

這種人向蛇讓路之見，初聞似乎有悖「人之常情」，細察其實亦合現世之理。其警策的力量不弱。再如從青蛙與蛇肉搏時發出的「古憂」、

「古憂」的叫聲，而不禁想到：「蛙、蛇、人。古往，如今、未來。只要有生命，便憂愁不絕，自古已然，永世無殊。」小生物拼死求生的呼號裏透出了亙古不變的自古已然的憂戚——生存之憂、生命之憂、生活之憂，富有相當深徹的哲理的啟迪。《一葉悠遊》因追索枯竹葉的飄落，惹起對眼前一切生命的尋思：「後來，我仍常常仰視天空，但不再尋找什麼了，因為，我知道天空中有許多生命來去，蟲子如是，竹葉如是，魚鳥如是，我亦如是。」與眾生萬物一樣，「我」也是世間的存在之一，是世間萬千的「生命」之一。由一己推及萬物，又由萬物返觀自我，「物」、「我」之間，浸浸然幾為一體了。

粟耘雖非佛門中人，但隱居生活與出家人的相通之處，使他的作品裏也隱約流露著幾許宗教的氣息。《空山因緣》中述及，他與妻遷居山林，隨身攜帶的就有一套佛學大辭典。佛家所宣揚的教義對他們追慕自然、超脫塵世的生活選擇無疑有直接的影響，而山居生活的種種應對處理也無不透露出作者相當深厚的宗教修養。凡事講緣，博愛萬物，淡泊名利，隨物悠遊，寵辱皆忘，心境澄明，甚至連所居之山亦名為「空山」……在在都儼然超塵脫俗之人，隨心適性地以最自然的方法生活，這樣的生活態度和人生觀念與作者所處的環境在本質上達到了高度的和諧和深刻的呼應。勞作之餘，「看看青山，看看白雲，氣隨山走，意與雲馳，呼吸自在其中，進而聽聽蟲鳴鳥語，或是發現苦瓜長大若干，絲瓜冒出幾棵，那種歡喜勁兒，不要說百慮皆消，連身心也拋諸九霄雲外。」（《無為之為》）粟耘散文正是透過這類平和沖淡的文字，給人一種發自心靈深處的感動，而行文的風格，也依稀可見佛學經典的潛隱影響。

無論是《默石與鮮花》，還是《空山雲影》，粟耘的散文大都寫得很簡短。一文配一畫，顯示了這位作家兼畫家的優勢，而這些插畫也是寥寥數筆，頗具禪味，文與畫相得益彰。在簡潔的篇制中，蘊含著雋永的意趣，其令人掩卷深思處不下一些長篇巨製。

遠避塵囂心自寧。隱居中的粟耘以一種澄明、清靜的慧心對大自然、對客觀外物的觀察更顯細緻入微，每每能在常人常見的小事上深挖出其所擁有的豐富的內涵，呈現出一種觀察細膩、描畫具體、開掘幽深、韻味雋永的風格特點。

粟耘的文字以洗練樸實見長，生動而不失幽默。其素淡自然、不事雕飾，正與他追慕的理想生活相契合。意境深遠閒淡，平實中時見機趣，顯示了作者達觀、踏實的人生態度和於平中見奇的文學功力。

粟耘的散文是臺灣文壇的一個異數。它不但承續了中國古代隱逸文學的香火，還在現代社會的大背景下延展了歸隱主題的變奏，畫出了現代文學中從許地山的《空山靈雨》到粟耘的《空山雲影》的流變線索，對後起的林清玄等人的散文也自有其投石問路的先行性。而就廣義的鄉土文學的發展來說，粟耘的山林散文已跳出鄉土散文原先專注於故鄉這一特定地域的描寫框架，而拓展到了人對「山林」、「海洋」這樣的泛鄉土情懷的演繹上來。在擴大了的時空中，賦予了當代鄉土散文更深廣、開闊的文化底蘊，無疑是對臺灣當代散文一個新的特殊的奉獻。

蕭蕭（1947－），原名蕭水順，臺灣彰化人。曾祖父為晚清秀才，父親務農。少時就讀於朝興國民小學和員林中學，熱愛文藝創作。1963年發表第一首詩作，走上文學創作道路。1965 年入輔仁大學中文系，1972 年在臺灣師範大學國文研究所畢業獲碩士學位。歷任中州工專、臺北一女中等校教師。1976 年出版第一本散文集《流水印象》，此後出版的散文集還有《美的激動》、《來時路》、《太陽神的女兒》、《稻香路》、《感性蕭蕭》、《與白雲同心》、《一行兩行情長》等多種。其中，《太陽神的女兒》獲 1985 年金鼎獎，《來時路》獲 1986 年中興文藝獎章散文獎。除散文創作外，蕭蕭在詩歌與評論寫作上也卓然有成，出有詩集《舉目》、《悲涼》、《毫末天地》和詩歌導讀作品，編選過多種詩歌選本，被認為是臺灣「詩國的播種者」之一。評論主要致力於詩評，有《鏡中鏡》、《燈下燈》、《現代詩入門》、《鐘外鐘》、《現代詩學》、《青少年詩話》等多種。曾獲臺灣第一屆青年文學獎、《創世紀》詩刊創刊 20 周年評論獎和臺灣青年寫作協會 30 周年優秀文學青年獎。蕭蕭是臺灣文壇上在散文、詩歌創作、詩歌評論幾方面有突出表現的作家。

作為一個散文家，蕭蕭前期的散文（如《流水印象》、《美的激動》）以浪漫的詩意抒情見長，充滿著幻想和無端愁緒，也有年青人的激情，行文未免雕琢，尚未確立其獨特的藝術個性，並未引起廣泛的關注。待到 1982 年 3 月，他的以農村事物為題材、以他的家鄉朝興村為觀照對象的「朝興村雜記系列」發表，即被譽為「真正的鄉音」受到好評。這顯示了蕭蕭散文創作取向的轉換，由感傷、淒美走向樸實的路線。

在「朝興村雜記系列」中，蕭蕭真實、深情地抒寫了生他養他的這個八卦山下的普通山村。這個小山村的一切，都溫馨地出現在他的記憶裏：一望無際的稻海，潺潺的流水，簷邊燕雀的嘻鬧聲，賣冰鈴聲，番薯籤飯與蘿蔔乾的辛酸，颱風大水洶湧而來的驚悸，以及王鹿仔、布袋戲、陀螺、尿桶、鐵環……還有滿布皺紋的厝邊阿伯及鄉親的樸直堅毅。「朝興村的風是那樣清爽，朝興村的土是那樣芬芳，朝興村的人是那樣親切，你因而知道泥土是最踏實的，農村是最值得信賴的。」（《朝興村》）蕭蕭對朝興村的深情描寫，固然是刻劃了他童年成長的軌跡，是他對故鄉獻上的赤子之心，不啻托出了他內心深處的「朝興村情意結」。同時，他更是要借自己的筆，「雕塑出四、五十年代臺灣農村社會的風貌」，這「很可能是臺灣自力耕農的最後一段記事」（蕭蕭《來時路》自序）。借著對朝興村的關注，擴大而象徵為對整個臺灣農村，對整個土地的關注。這就使蕭蕭的鄉土散文具有了一種巨視的眼光和歷史反省的內涵。

在蕭蕭這組總稱為「朝興村雜記系列」的鄉土散文中，蕭蕭抓住了一個「點」（朝興村）的方方面面，沿革變遷，作了多側面的歷時性的寫照，提供了一個頗具典型意味的臺灣農村的變遷史。從這個意義上說，「朝興村」已具有了一定的象徵性，成為「上一代的中國人每一個村落的代號」（張曉風：《有情人·序》）。故鄉幾十年的變遷，既有值得欣賞的一面，也有令人惋惜、讓人懷念的一面。這又成為八十年代的今日臺灣農村的寫照。蕭蕭的不少作品表達了他強烈的憂患意識。昔日美景不再，田野、河流、林木的廣被污染，「失落的鄉村挽也挽不回」，從而向「農的傳人」的年青一代提出了十分嚴峻的問題。在《哀自然》、《哀山林》、《哀溪流》、《哀田野》、《哀伯勞》、《哀鷺鷹》等系列作品中，蕭蕭以對大自然無限悲憫的情懷和關注環境保護的當代意識，怵目驚心地痛陳種種現實中正在不斷發生的敗像，慨歎當年「山如何青，花如何紅，好風如何帶點幽香」的景象已一去不返，大聲疾呼對自然山水的保護、憐惜，這實際上就把原先那份個人對故鄉的具體關愛提升為對人類最後的家園一大自然的終極關懷。《哀王維》等篇，這種終極關懷更增益了文化反省的色彩，具有震撼人心的警策力量。現代建築侵入山林，送走了山間「最後的柴扉」，大片的水泥、柏油、玻璃、牆面……擠走了綠色，「種房子的人」種下的豈止是房子？蕭蕭希望人們能夠想一想：「留給後代的究竟是什麼？」這樣一個嚴肅的並非聳人聽聞的問題。蕭蕭的散文超越了「為鄉土而鄉土」的層面，包涵了更豐富、更廣闊、更深遠的生活內容，既有「農夫的兒子」的摯誠，也有現代人的無奈，令人回味再三。

蕭蕭寫故鄉生活的散文，大多以一種童年的視點，用憶述的調子寫出。他大量地憶述、描繪普通的農家貧困日子裏，「農夫的兒子」的喜愁哀樂，饒有興味地回憶童年時代農家子弟的生活型貌，他們的苦難經歷與有限的歡樂。筆調溫馨親切，充滿現場感。寫農村日常生活的瑣屑，溫情而詼諧，拙意與詩意並存。作者在這樣的敘述中所表現出的平民意識與底層精神，那種淡淡憂愁中的深深眷戀，常常令人動情，達到了很高的境界，豐富了臺灣鄉土散文的表現畛域與視界。《番薯的孩子》由自己的孩子盼望賣薯人的出現回想自己童年時代的情景，以番薯為主食時既充滿鄉間野趣、生趣，又伴隨著幾分苦澀的矛盾心理，如今再見番薯既親切、又辛酸的複雜心情，抒寫自身經驗的再經驗，寫來文情並茂，富有層次感。《如果你不問起秋日的稻野》寫故鄉萬頃白色的蘆葦，猶如萬重鄉愁。於是，蘆葦的白，在蕭蕭的筆下，「成了一片鄉愁顏色，是秋天最令人悸動的那顆心，連發也為之白。」則見出鄉愁催白了少年頭的動人意象，堪稱獨特深致的個人體會。而由「白色的蘆葦」到「白色的鄉愁」再到李白鄉愁詩中「床前的白霜」，這種聯想又顯示了一種文人的心態與傳統文化對現代作家的薰染。

就蕭蕭這些以「朝興村雜記系列」為主的鄉土散文的整體性思考而言，蕭蕭的作品實際上涉及了人與土地、人與自然、人與人之間複雜微妙與發展變化的多重關係。透過對童年時代朝興村生活的憶述，蕭蕭探究著人性與生命兩大範疇的命題，超越了表層的描摹，而進入了相當的思想深層，具有自我反省與文化反省、歷史反省的鮮明指向，並導致對本土文化的重視與現實關懷的強調，對土地、對自然、對人的最終肯定。之所以能如此，一方面固然有它必然的時空背景，同時，另一方面，也離不開作者獨有的生命背景和準確的創作意圖：「我們離開泥土所學得的最主要知識，竟然是回到泥土上去！」因此，蕭蕭的

《朝興村雜記系列》散文被讚譽為經得起風吹雨打的好書,「結結實實的鄉土文學」(李瑞騰:《真正的鄉音》,臺灣時報 1982 年 3 月 6 日)。他的朝興村系列散文與吳晟的《農婦》、《店仔頭》,羊牧的《吾鄉素描》,李赫的《吾村某某事業進步史》等作品就都是採用比較有系統的系列式或專案式的態度來處理臺灣農村經驗的散文作品,並蔚成一時風氣,把鄉土散文創作推向了一個深入紮實的新境界。

在藝術上,蕭蕭的這些散文也具有鮮明突出的個性。首先,作為一個詩與散文雙棲的創作者,蕭蕭的詩人氣質也自然地滲入了他的散文之中。如霧一樣的鄉愁,對三十年「來時路」的執著深情,對土地、對自然、對「農夫爸爸」——父王,對朝興村,乃至對路過南臺灣而遭獵殺的每一隻紅嘴伯勞、鷲鷹,山間的每一棵樹木,水邊的每一棵蘆葦,田野裏的每一根稻穗和它散發出的每一縷稻香……經由蕭蕭那顆摯愛鄉土的心靈的陶洗,一一發出了魅人的光采。從鄉村的山川物色到民間年節的人文現象,都被賦予了詩意的處理,清純、美麗,帶著山野特有的風神與泥土的氣息呈現出它特有的畫意詩情。蕭蕭以詩人的眼光觀照與抒寫,給平凡樸質的農村生活以一種詩意的美的光輝。散文家的蕭蕭始終不脫詩人本色。

而就對農村生活的憶述而言,蕭蕭散文又時時借用小說的筆法。像《番薯的孩子》、《石頭公》、《井》等篇,都以較突出的敘事色彩,人物的言行作為,場景的具體生動,展現了一幅幅真切的畫面,而無論是普通的鄉村野老或眷念農家生活的作者本人,其思想、感情、心靈、性格,在這些描寫中都栩栩如生,給人留下了深刻的印象。

蕭蕭的散文具有濃厚的抒情氣息,筆鋒常帶感情而又不濫情。那幾篇以「哀」為題的作品,在感情的抒寫上,既真摯懇切,又不慍不火,可謂「哀而不怒」,收放自如。在溫潤儒雅的筆墨中透露著強勁的逼問，然而絕非劍拔弩張——儘管強烈的環保意識幾乎力透紙背，這正是「感性蕭蕭」在行文運筆上的獨到功夫。而流貫在這些散文中的「都市人」的敏感與鄉下人的樸實，又如水乳交融，每有感人之處。

阿盛（1950－），原名楊敏盛，臺灣台南縣新營人。高中二年級就開始發表作品，七十年代中期畢業於東吳大學中文系，任《中國時報》編輯。已出版的作品基本上多是散文集，有《唱起唐山謠》、《兩面鼓》、《行過急水溪》、《春秋麻黃》、《春風不識字》等十多種。九十年代出版長篇小說《秀才樓五更鼓》。

農村經驗是貫穿阿盛散文的基調。阿盛出身成長於鄉村，他的作品很自然地確立了鄉野在他生命中的主體地位。1978 年當《廁所的故事》和《同學們》分別在《聯合報副刊》和《中國時報》發表時，阿盛就受到文壇矚目，被視為「文學之星」。其後，《廁所的故事》更為多種選集垂青，成為阿盛最為膾炙人口的代表作。在短短二、三千字的篇幅中，阿盛以農村中常見的「廁所」為觀察視點，高度概括地透視了幾十年臺灣農村的歷史性變化。廁所的變化成了臺灣農村幾十年文明變化的縮影。作品題材獨特，筆觸諧趣，文理清晰，寄慨遙深。既蘊含著對純樸鄉間生活的溫情，於溫情中不無揶揄，又如實地寫出現代文明對農村落後習俗的衝擊改造，表現了清明的理性態度。《姑爺鄉裏記事》亦富有同樣深遠的歷史感。作者的故鄉新營在歷史上是國姓爺（鄭成功）的姑爺的屬地。作品先以一系列的「傳說」歷述其飽經滄桑的過去，重點則在對現今「姑爺鄉里」種種現實現象的記述、論評。咖啡廳、貼滿馬賽克的火車站牆壁和上帝廟、躲不過人為污染的急水溪，「看不到文化、嗅不到文化、聽不到文化、問不到文化的」文化中心，卡拉 OK、電子花車……一切都似乎「臺北化」了，不禁追問：「啊，新營，你在哪裡？儘管有時會因故鄉被「文明」侵蝕而恥為新營人，但終究「從未自稱是臺北人」。「我的衣胞埋在新營，對他人而言，這沒有意義，對我來說，那等於是埋根，縱使我伸延枝葉到臺北，心中的根可沒動移過。」正因為「根」在故土，阿盛凡寫及故鄉農村的筆墨，總是浸透著深沉的感懷。《火車與稻田》雖然寫兄弟們為了謀生，一個個離開父親的稻田，乘上火車走向都市，卻仍然會因稻田的最終被「水泥」吞沒而傷感、失落。《急水溪事件》則以俏皮的文筆、敏捷的文思，圍繞著鄉人各因利益關係，致使急水溪的治理幾經延宕，將農村諸色人等的性格描繪得維妙維肖，不禁令人莞爾，阿盛對故里鄉親的熟稔於此可見。

像吳晟一樣，阿盛對母親也常心存感激，他筆下的母愛，十分動人。《母親不說那個字》寫出許多人心中有而筆下無的感觸：最愛子女的母親卻從不言「愛」字，頂多只是說：「阿母當然很疼你們」，母親為養育子女付出的心血「長流如我鄉的急水溪。」《娘說的話》寫母親對自己生活飲食的無微不至的關懷，同時也規誡子女謙和努力忍讓。帶著「種田人的教養」，按著「母親的教導」，「我」在這都會裏行事做人，付出過不小的代價。在都市和鄉村不同價值標準的夾縫中，母親的話似乎不合時宜，其實卻是構成自己人格力量的根基。母親身上，凝聚著鄉村的純樸、渾厚、真摯。《唱起唐山謠》則把鄉土情和家國愛，融匯在一起。看雲門「薪傳」舞蹈，勾起千般記憶與感想，從唱過千千遍的唐山謠，回想祖先漢家郎渡海來台，身被瘴癘，披荊斬棘，胼手胝足。「開田過溪爬大山」，但「心中卻永遠沒有忘記家鄉」，仍然吃的是家鄉口味，講的是家鄉千年相傳的漁樵歷史，供奉的是家鄉的神明，對子孫述說的是家鄉的風土人情，甚至蓋廟，蓋的也是家鄉的形式……即使面對東洋番刀的橫砍豎劈，仍然執著地堅守著這一切。在聽著用古音吟唱張若虛的《春江花月夜》，薩都刺的《滿江紅》時，「刻骨銘心地為那種血濃於水的文化沿傳所感動，」更感動於舞者「請為我們的祖先鼓掌」這一句簡單的話。由此愈益增加「自立自強」、發揚祖先榮光的歷史責任感。

從鄉野走入都市的阿盛，秉承其一貫的寫實精神，同樣關注現代都市生活中的形形色色。他從一系列社會現象中發現問題，掘發其內在的本質。《綠袖紅塵》、《髮事春秋》、《兩面鼓先生傳》等文從不同角度觀照都市人的生態、心態，抓住人性做文章，構成散文家阿盛的另一側面。

與同時代的散文家比較起來，阿盛的題材呈現多面性，文體也很多樣，他給人最突出的印象是善寫「變」，寫「變」中的臺灣。在他的散文中，幾乎可以清楚地看到幾十年來臺灣社會、特別是臺灣農村的歷史性變遷和變異的軌跡，呈示出一片變中天地。伴隨著變化，作者一方面肯定了現代文明的進步，其對社會發展的積極的、正面的意義，表現出欣喜讚歎；另一方面又不無憂慮地寫出與文明相伴而來的不文明足跡，揭示其對社會、對人性的消極的、負面的影響，欣喜讚歎中也有無奈和悲歎。但是，貫穿在阿盛散文中的濃重的歷史感卻確實地賦予了鄉土散文更高的文化品位，則是肯定的。

在構思上，阿盛較多地著眼於生活中常見的事物，同時予以象徵性處理，使有限篇幅的散文包含更大的容量。他筆下的「廁所」、「火車」、「稻田」、「痲黃」……都具有各自特定的象徵意蘊。這既是阿盛對某一具體事物的獨特理解與把握，也是阿盛提供給讀者的一種暗示。比如「火車」與「稻田」作為一組相對的意象，「火車」象徵著現代工業文明，它是動的、前進的又是硬冷的，「稻田」象徵著傳統的稻耕農業文明，它是靜的、保守的又是溫馨柔美的。在「火車」與「稻田」之間，何取何捨？後輩與父輩之間暴露了價值觀的明顯分歧，歷史的必然與個人生活道路的選擇被推到一起，意味深長，但非玄虛抽象。阿盛散文中的這種象徵性意象增擴了作品的容量，且令人產生一種歷史的感悟，是他成功的藝術創意。

作為一個農民的後代，阿盛不僅從鄉野生活和自己的農村經驗中擷取寫作的材料，也很善於從民間生活與民間藝術中汲取藝術的滋養。他的不少作品長於敘述故里鄉村的舊事陳跡，帶有台閩一帶民間說書彈唱的藝術風味，加之巧妙地採用一些閩南方言中的俚俗土語，在質樸親見的鄉裏舊聞的敘說中透出一種蒼涼邈遠的歷史厚度。有時又在「修改」古人的名句佳言中，顯示出傳統文化對於他的薰陶。同時，阿盛還常借一些鄉野之間的小小動植物，透悟事理，由事件的描述、鄉情的關切而指向人生的哲理，這又使他的散文常常令人讀之掩卷沉思回味。

文思敏捷機智，文筆老辣俏皮，是阿盛散文的風格特性。他常常能在平中見奇，發人所未發，而又以似乎輕鬆俏皮的筆墨出之，內裏其實頗有苦澀味。語言生動、鮮活，聯想、運思巧妙富贍，用字經濟簡潔而不流於晦澀，筆觸幽默老辣而不傷於油滑，讀來往往令人莞爾，不覺沉悶枯窘。《兩面鼓先生小傳》白中夾文，嬉笑突梯，由胡適之的「差不多」，引出「差不多」的祖父「無所謂」，「差不多」的孩子「一窩蜂」、「兩面鼓」、「三腳貓」，乃至於「兩面鼓」的四個孩子：「尚有望」、「但問財」、「都是命」、「全看你」，在千二百字之內，娓娓道來，時有令人噴飯之諧趣，又不覺澀從中來，寫得酣暢淋漓，可為阿盛散文的代表作。

阿盛的散文兼顧鄉村與都市兩面，在為臺灣農村三十年的變遷與當代都市的形貌留影寫照、剖其流變上，足為一個時代的代言人。在臺灣鄉土散文發展的流程中，阿盛以獨特的觀照力度和鮮明的風格特徵邁上了新的臺階。

情愛・佛理・人性

——華嚴小說的一種觀察角度

閱讀華嚴，是一次邂逅，一次頗令人回味省思的邂逅。

從 1961 年到 2006 年，40 多年間，華嚴創作了 21 部作品（其中 19 部為長篇小說），可以稱得上是位多產作家了，她的堅韌不拔、矢志不移、不畏寂寞，使我敬佩；敬佩之餘，披閱她的十多部長篇小說，也讓我不由得深思一連串的問題：華嚴創作始終追求的是什麼？有沒有什麼是她小說中一以貫之的主脈？她的作品並不暢銷，但又頗得一些人（特別是大學生）的喜愛，主要原因在哪裡？華嚴的創作，她的經驗與教訓，給文學史提供了什麼啟示？怎樣評價華嚴長篇小說創作在文學史上的地位？

閱讀華嚴，腦際不時閃過一些文學先行者的身影：許地山、廬隱、冰心、張愛玲、鹿橋……也有與華嚴同時（1961 年）登上文壇的臺灣言情小說家瓊瑤……

初讀華嚴，最先想起的、自然而然想起的是她的幾位同鄉：許地山（出生於台南，後落籍於福建龍溪，可算是半個福建人吧）、廬隱（福建閩侯）、冰心（福建長樂），這幾位又都是「五四」時期最有影響的文學團體——文學研究會的成員。在華嚴和他們之間，似乎存在著某種文學血緣的連結。如果把華嚴放置於現代新文學發展的歷史進程中來看，那麼她的文學承傳其來有自，她的文學創新與貢獻，是清晰可見，勿庸置疑的。

綜觀華嚴的小說創作，可從情愛、佛理、人性三個方面來考察。

華嚴的初作，也是其成名作的《智慧的燈》，寫的是大學校園中青年男女的愛情故事：在 20 世紀 40 年代末的上海，聖約翰大學的校園裏，一位名叫淨華的女生與水越、張若白等男生之間的感情風雨。其後的《秋的變奏》寫某大學「渾如劇社」五大台柱（都是女生）之一的林雪意與沈浩、史成弘之間的感情糾葛及幾十年的恩怨情仇，都讓我聯想起廬隱以當年聞名於校園的「四君子」（以露莎為中心的幾個女生）的友情、戀愛、風流雲散為故事架構的中篇小說《海濱故人》。《智慧的燈》以華嚴的母校（上海聖約翰大學）為背景，淨華的第一人稱敘述展開（似乎可見華嚴的影子）；《海濱故人》以廬隱的母校（北京女高師）為背景，露莎的故事為主線，也頗多廬隱的自傳色彩。不過，《智慧的燈》最終以淨華與張若白的結縭為歸宿（儘管歷經水越之死的波折）；《海濱故人》則以四君子風流雲散為結尾，頗有不同。而前者以男女主人公「淨華」、「水越」（諧音謂「鏡花水月終成空」）有情人未成眷屬，營造了作品中「造化弄人」的悵惘；後者則以女友之間的風流雲散營造了同樣迷惘失落的氛圍，這又是二作情調相通之處。校園生活中的愛情與友誼，其珍貴與遺憾，是兩部作品（時間間隔約四十年）共同的主題。

如果說廬隱的作品著力肯定同（女）性之間的友誼而對愛情不免抱持懷疑態度的話，華嚴則是肯定真愛的存在，並孜孜不倦地求索著真愛的秘密。

《秋的變奏》的女學生群，當然不是當年廬隱筆下的校園中的「四君子」，而是「渾如劇社」的五台柱。五台柱之一的林雪意（大學時代名林紅雲）本與沈浩相愛並懷上了他的孩子，後因家庭變故且出國，而把孩子交給「五台柱」之一的許淡如撫養，到美後又迫於家庭壓力與史成弘結婚；許因感情問題自殺之前，又將男孩交其上司（實與其有染）雷震宇，後被雷佔有，名為雷予靖，予靖與唐羽思相愛，因雷震宇發現唐羽思竟是多年前「女友」許淡如的侄女而堅決反對，但最終是雪意找回了自己的兒子予靖，予靖作為戀人，也重回羽思的身邊。兩代人的恩怨情仇，其跌宕起伏自然要比《海濱故人》演繹出更多的故事。華嚴的精心構思也見出其功力。而對於林雪意、唐羽思、雷震宇等人物性格的刻畫也較為鮮明，雪意的執著，羽思的聰慧，震宇的狡詐，都給讀者以較深的印象。

不難看出，華嚴的作品很多都是取材於男女愛情婚戀乃至多角戀情，甚至不時涉及兩代，甚至三代人間的恩怨情仇，但大多規限在男女愛情的大框架之內，不像有些小說雖然也「言情」，也有「三角」、「四角」，還能從人事滄桑折射出時代的變遷，如瓊瑤的《幾度夕陽紅》，上、下代的情愛故事後面，分明可以看到從大陸（重慶沙坪壩）到臺灣（臺北），從 30 年代到 50 年代，在時代大潮的背景下，普通人物的恩恩愛愛、悲歡離合所浸滲的時代風雲、歷史煙雨。比較而言，華嚴的小說，時代的背景則顯得相當的淡薄，也就在一定程度上影響了作品的內涵。然而，她又自有她另外的追求，這種追求在一定程度上彌補了上述的不足。

這就是她尤其致力於情愛狀態下的男女主人公微妙細膩心理的深入刻畫，以此來寫出人物的心靈、性靈之美。言曦以為《智慧的燈》「其性靈揮灑之美，殆上與《傲慢與偏見》、《簡愛》相接」，而尤其欣賞小說「貫以心理的刻劃，而不見斧鑿之痕，敷以清逸犀利的對白，而不見矯揉之態」，「的確是在性靈的揮灑中產生的一顆明珠」[1]，此評

---

[1] 言曦：《序一》，見華嚴：《智慧的燈》，臺北：躍升文化事業有限公司，1992 年初版。

準確地抓住作者之所勝場，並非虛言。毛一波把《智慧的燈》與鹿橋的《未央歌》相提並論，甚至稱其「風流蘊藉，猶有過之」[2]。

華嚴出身於一個信奉佛教的家庭，幼承庭訓，接受過傳統文化（儒、釋、道）的深刻薰染。中華文化的精華在華嚴的心目中有著至高的地位，也深深地影響了她的為人處世與文學創作。

一方面，人們看到華嚴小說的題材大多圍繞著「愛情」編織她的動人故事；另一方面，在對愛情真諦的追尋中，華嚴又以自己的作品作出了她對「真愛為何」的解讀。深受佛理薰陶的華嚴在筆下男女人物的悲歡離合的故事中，力圖融進一個她認為適宜的元素，以表達她對「愛」的理解。這就使愛情題材與佛理的宣揚得到了某種程度的交合，雖不能說已達水乳交融、天衣無縫的境地，但其立意之鮮明，卻在在可感。這是她處理愛情題材與很多作家不同之處，如果要找出一個先行者，那麼，「五四」時期的許地山庶幾近之。

在《花落花開》、《和風》、《明月幾時圓》、《七色橋》、《燦星・燦星》、《燕雙飛》等小說中，華嚴展開了不同人物的情愛路途，但同時也為他們設置一個個醒目的路牌。用她自己的話說：「我的目的不在尋求動人的小說資料，只是願把這使我感觸極深的故事變為指路標」，或「是在多荊棘的地帶為後來的人們豎立起一個標幟」[3]。

「寬恕」、「因果」、「輪迴」、「隨緣」、「真主宰」、「色即是空，空即是色」……常見於華嚴人物的口中。愛是寬恕，愛情的途上，難免沒有雪雨風霜，難免不會有節外生枝，陰差陽錯。相愛的雙方，都是

---

[2] 毛一波：《〈智慧的燈〉讀後》，第 328 頁，見華嚴：《智慧的燈》，臺北：躍升文化事業有限公司，1992 年初版。

[3] 華嚴：《後記》，見華嚴：《智慧的燈》，第 325-327 頁，臺北：躍升文化事業有限公司，1992 年初版。

凡人，凡人就不免有錯有誤有失，有些則是外力所造成。誤會、怨恨、變心、移情乃至始亂終棄、背叛……很難說不會在不期然之間降臨在本來相愛的人身邊。真愛應當是付出而不是索取，真愛應當是寬恕而不是報復，真愛應當是忠貞信任而非猜忌怨恨。《明月幾時圓》中的萬朵紅（作家）與向宇歌（企業經理）本是人人稱羨的神仙眷侶，然而一次意外的車禍卻揭出了多年前向宇歌與她人「一夜之情」的舊事，攪動了平靜的家庭港灣。風乍起，吹皺一池春水。得知了這一切的萬朵紅，面臨著「愛與寬恕」（這也是她作為作家的成名作的書名）的嚴峻挑戰。朵紅接納了因生母（與向宇歌發生一夜之情的沈一珠）車禍去世而失怙的雨安，然而又無法真正接納雨安。在雨安主動求去之後，歷經心靈的搏鬥，終至重又接回雨安，彰顯了朵紅心中近乎宗教情感的寬恕精神。文中甚至借萬老太太之口說道：「人往往不知不覺地做錯了事，因一時之誤而且當事人也誠心的知道悔改，便是不容易的了。……你寫過一本小說叫《愛與寬恕》，你對寬恕兩個字如何下定義？你難道不瞭解所謂『律己嚴，待人寬』的道理？」萬母的這番話幾乎就是在為寬恕「下定義」了，作者宣揚「愛就是寬恕」、「男女之間的關係單靠戀情並不夠，必定還得有恩情才得以維繫」。妹妹朵麗歷經變故對婚姻真愛的重新看待、重新體認，其實也都是表現了作者宣揚的「愛是在學會寬恕」。《花落花開》中的史蘭祥在被丈夫遺棄之後，搬到了安祥大樓，精神的落寞，情感的無著，漸漸地了悟了人生的要義。姻緣聚散花開落，寬容克忍樂安祥，萬事順其自然便是。這種勸世之說未見得都能邀所有讀者的認同，但卻不能否認作者本意的真誠。

在《花落花開》、《明月幾時圓》這類作品中，主人公內心世界的中心是佛教的寬恕之道，即使別人（包括丈夫）有負於你，也應以寬恕待之。這種觀念的宣示，其實早在「五四」時期文研會作家許地山的作品中有過突出的表現。《綴網勞蛛》中的尚潔，《商人婦》中的惜官，都遭丈夫遺棄，甚而流落異邦，但在命運的撥弄面前，卻以寬容心、樂觀處世待人，抱著「臨來時是苦，回想時是樂」的信念，自慰亦以慰人，最終能感動丈夫迷途知返，知過自責。作者所持的化解人生苦難的「良方」就是從宗教中獲取精神的力量。時過五六十年，華嚴的小說與許地山小說在宗教情懷上的一脈相承，或許也是構成了文學史上人類精神苦難書寫的一種傳統。也許可以詬病華嚴對筆下人物的處理，有時不免主觀意識太強，或是人物不免成了作者觀念的傳聲筒，因而影響了對人物自身性格及其發展變異的描寫，但其複雜多面的影響，是不能簡單化地加以評論的。《和風》中的三個女性，一代表利害，一代表性欲，一代表倫理，最終經過一番衝突、糾纏，代表倫理的一方得到最後的勝利，作者不僅把它寫成愛情的勝利，更是道德乃至中國文化的勝利，男女之間的三種關係中，選擇了最能使人幸福的一種，而批判了另外兩種。在這些臧否鮮明的書寫中，作者所傳達、所要影響於讀者的理念，可謂開口見心，未免過直過露了。

華嚴不無自負地說過這樣一段話：「我寫的每一部小說，都猶如一盞『智慧的燈』，讓讀者有感情、有共鳴，以更智慧、更幽默的態度來走這一段本有萬般苦惱的人生路。」這固然可以解讀為一種自我期許，但也流露了作者在處理自我與讀者的關係上自覺不自覺地「居高臨下」的姿態，是否會產生「觀念先行」的弊病可以討論，但透過佛理的宣揚，而使作品有某種哲理的蘊藉，卻正是華嚴小說筆法的特徵所在，這也從一個側面說明，華嚴小說在宣揚佛理的同時，其實也是把它進行了哲理的處置的。

華嚴對自己的創作宗旨曾做過一番表述，她說：「我的每一本小說所寫的和所想表達的是人性、人心、人格和人道，最主要的還是在於人性。」[4]

文學是「人學」，「沒有人性，就沒有哲學；沒有人性，就沒有文學。」（羅素）表現人性，探索人性的奧秘，自是文學創作的題中應有之意。在選擇愛情題材的基礎上，華嚴自覺不自覺地加進了自己的一點意念，那是從她涵泳其中的佛理教義而來的，而居於中心位置的則是她對人性人心奧秘的探尋，對崇高人性、人道的追求與宣揚。她的處女作《智慧的燈》，就是「由於感悟人類與生俱來的七情六欲的羈絆，以及因愚昧和癡迷所招得的苦難與煎熬」[5]而動念寫作的。

《高秋》的主人公是兩位作家，一位是已成名的高秋，一位是初出道的摩訶。高秋讓摩訶為他寫傳，一方面固然是為了回顧已逝的一段生命，另一方面也希望別人對他有更全面的認知，而不要像膜拜太陽神一樣膜拜他（包括摩訶）。隨著對高秋接觸的深入，摩訶越來越認清了高秋不為人知的另一面，看到了他並非完人，他的人性的弱點展露無疑，七情六慾、喜怒哀樂、無端的恐懼症、奇怪的習慣、過度的潔癖……甚至有些簡直就是令人難以忍受的毛病。摩訶對高秋的接觸、觀察、體會、思考……一步步走向一個真實的人、主體的人。作品以高秋的自剖，摩訶的「解讀」以及許奇威（高秋養子）的旁觀，三管齊下，借「這一個」高秋展開探尋人類普遍的人性的書寫。在《燕雙飛》中，作者的構思頗顯得別闢蹊徑：以一對孿生姐妹（華開妍、

---

4 引自王大空《人性的湧現——讀〈燕雙飛〉後感》，見華嚴：《燕雙飛》，第 328 頁，臺北：躍升文化事業有限公司，1990 年 9 月版。

5 華嚴：《我寫〈智慧的燈〉》，《華嚴短文集》，第 325 頁，第 235 頁，臺北：躍升文化事業有限公司，1992 年初版。

華承妍）的不同性情，來彰顯人性的複雜多面。人性的閃光點與欠缺點，人性的強處與弱點，都借這一對同樣美麗善良的姐妹一一鋪展，起伏有致，周納詳略，特別是以作者駕輕就熟的「對話」刻畫性格，推進故事，揭示人性和生命的真諦。「燕雙飛」正是對人性正負面的絕妙象徵。

華嚴在四十年的長篇小說創作中，構思了很多各不相同的人物，為他們安排了繽紛異彩的人生故事，展現了他們美醜妍媸的不同人性，也給出了令人感歎唏嘘的迴異結局，但她始終把寫人放在第一位，把探尋人性置於核心，把宣揚美好的人性奉為宗旨，這就使她的作品顯示了相當的思想價值與哲學意蘊。儘管有時候她的題旨比較直露，有時候她的人物以至成為「觀念的傳聲筒」（恩格斯語），有時候不免使性格的塑造讓位於理念的傳達，但作者那種認為文學創作不應只是消遣，而要有所為的創作主張，不失為一種難能可貴的堅持。

論及華嚴作品對人性的表現，我們也不妨將她和張愛玲的作品略作比較。同樣是名門之後的女作家，張愛玲的故事不少也是涉及男女情事，但她下筆尖利，常常在人際關係的深刻剖析中，凸現人性中醜惡的一面，她的人物很少純粹正面的形象，或者是遭受扭曲，或者本就是不健全乃至乖舛暴戾的，似乎總有一種陰鷙之氣彌散在故事之中。華嚴也會寫到人性醜惡的一面，但她下筆寬容，不無慈悲心，也常常在作品中借人物的性格刻畫或命運遭際的不同，設置某些帶有亮色的情節構思，以彰顯她內心的一種信仰或追求。這種信仰或追求是發自衷心，並非虛言，這也是認真的讀者都能真切感受到的。比較而言，華嚴的人性解剖要比張愛玲多一些自己的信仰和予人希望的成分，或許這也和華嚴的家庭與自身的經歷有關，更和她對人生、對人性、對情愛的理解有關。

華嚴的小說或許並不流行，難得榮登「暢銷書」的排行榜，但其實作者大可不必在意「排行榜」這一多少帶有商業操作意味的結果。據一位土耳其留學生的問卷調查表明，就讀者喜愛與歡迎程度而言，在臺灣 30 多位小說家中，華嚴榮幸地名列前茅，未居人後[6]。這從一個側面肯定了華嚴創作的價值。從文學發展的歷史來看，從她與前行代作家內在文緣的聯繫來看，華嚴的小說創作（主要是長篇小說創作），作為一種有追求、有信仰、有價值、有特色的存在，應該是毋庸置疑的。

---

[6] 華嚴：《棄貓徙遷》，見華嚴：《智慧的燈》，臺北：躍升文化事業有限公司，1992 年初版。

客子光陰詩卷裏
——鄭愁予印象

八月，廬山。雲中賓館。

午餐的時候，同桌的一個朋友問：「哪位是鄭愁予？」我的視線在來往穿梭的人流中跳躍，終於捕捉到了那位身穿大花的絲質襯衣、臉色黝黑的詩人的身影：「喏，就是那位穿花襯衣的」其實，我並不認識鄭愁予，但是從大會代表的名單中，排除了幾位原先熟識的海外作家，報到時登記著「鄭文韜・耶魯大學」的這個海內外聞名的大詩人，該就是他吧？我的直覺沒有錯。

還是很早的時候，就曾經深深地被他的那個「美麗的錯誤」所迷惑。一提起他的名字，腦海裏就響起一陣嗒嗒的馬蹄聲，在青石板鋪成的江南小巷的深處由遠而近，又由近而遠……這幾乎成了我的一個夢魘。

世界似乎真是太小了。事先沒有料到有這次的結識，事先更沒有拜訪他的「預謀」。在這樣的場合，名人們的身邊時刻都圍著與他攀談、與他交流、向他請教、向他致意、與他互換名片的研究者、仰慕者、交際者和好事者。不善辭令如我，便樂於藏拙，樂得「獨善其身」。

事出偶然。回房間的路上，碰著兩位與鄭愁予有約的年青朋友，便拉著我「同去！同去！」敲開這座二層樓的別墅的房門，鄭愁予禮貌地把我們讓進了這個大約不到十五平方的房間裏，陳設很簡單。但是，事後才知道，這可是當年黃百韜將軍的別墅，我於是不禁想：出身於國民黨三軍軍官大學教育長之家的鄭愁予，是不是會有些文學之外的聯想呢？

戴著一副深色邊框眼鏡，穿著雖是大花圖案然色調暗淡的襯衣，黝黑的皮膚，頗為碩健的體形，他的面容是嚴肅的。只是從他正在整理攤了一床的名片這個細節上，我還是看到了詩人一顆細膩的心。

談到他的詩，他首先就談《流浪》，這是他的鍾愛。他說：從字面上看，「流浪」都是「水」字偏旁，流水翻著浪花，浪是行進的象徵，是一種動的符號，流浪是動物尋求生存的本能。

事實上，不是水在行進，而是時間在行進。詩人在浪跡異鄉的時候，便形成兩種情結，一種是探險的、尋幽訪勝的；另一種就是懷鄉的、含蓄的。鄭愁予的詩正因為兼具了登臨山水和文化鄉愁兩方面的內容，而兼有「山水詩人」與「浪子詩人」的雅號。對此，他似乎均未予認可。

他的音速是徐緩的，聲音很沉穩，娓娓而談如廬山山間的溪流：對民族傳統文化的承諾，對創作使命感的體認，對西方文學技巧的分析。縱橫古今，獨有會心。他認為氣質是詩人人文思維的重要部分，情操、道德感可以繼承，但他不喜歡多用別人用過的意象，想把現代詩所有的可能都寫出來，把中國語言所有的好處都發揮出來……於是溫庭筠的流連婉轉、辛棄疾的蒼涼悲慨，在鄭愁予詩中和諧地共存交融。當然，他身上還有下少矛盾的交叉，十五歲就發表詩作，大學讀的卻是法商學院，還是大學登山隊的隊員。北人的體貌內蘊的卻是南人的柔情，山的靜和海的動都為他所喜愛。

下午的會上他要發言，只用了兩三分鐘，他已換上潔白的襯衫，筆挺的西裝，配上一條鮮亮的紅領帶。這一年他正屆花甲。

張曉風散文的感受方式

儘管我們同意指陳這樣一個事實——以《地毯的那一端》而享譽文壇的張曉風，在《愁鄉石》和《黑紗》之後，已然從那個心靈的「小木屋」中走了出來：「步下紅毯之後」的她，掙脫了那份纏綿和華美，不再溫情款款地淺斟低唱，而撥動了一根浸透著苦澀的詩弦，彈奏起懷鄉戀土的斷腸曲。然而，曉風的那顆文心，依然故我，散文家的曉風與曉風的散文，一如昨日。在她不同時期的散文裏，仍然可以清晰地看到，她並沒有改變那種獨具魅力的感受生活的方式。曉風的筆流淌著一股前後相承的文脈。

這就形成了她自己的風格——一種相對穩定地流貫在作家歷時態的創作過程中的近乎玄妙的基本素質。

無論是《地毯的那一端》還是《母親的羽衣》，無論是《愁鄉石》還是《有些人》，抑或是《絲棉之為物》、《最後的戳記》……曉風凡有所作，都不乏崇高的立意和真摯的溫情。這種情意往往有一種撼人心魄的衝撞力，有一種感動得讓人歎息的藝術魅力，它那麼實在，那麼真切，又那麼溫馨，那麼綿長，只在於它不是借重那些「偉大」、那些「突出」，而是從一顆被海水磨圓的灰白色的石頭上，從一塊輕得如同沒有的絲棉裏，從一個小小的註冊章中……讓你感受到作者曾經從中感受到的那份情感。曉風總是這樣，絕不輕慢她自己的經歷中一些似乎平淡普通，也似乎缺乏「深意」、缺乏「故事」的凡人瑣事、片言隻語、什物小景，細細地咀嚼，用心地品味，娓娓動聽地訴說，本色地投入地發出自己心底的真實聲音。於是，奇跡在她筆下出現：那些小小的物事，一經她「魔杖」

的點化，便有了一份沉重、一份深邃、一份厚實。平凡的不再平凡，普通的不再普通，小的也不再小。它真、它善、它美。這就用得著一句諺語：

小的就是美的。

曉風是一個善於把捉生活中司空見慣的現象（或者是人，或者是事，或者是物）逼近其意蘊核心的能手。她從生活的細部切入感受生活，從人的一舉手一投足、人的片言隻語去觀察人，從一件小小的禮品或器物，從一個小小的誓約或允諾，從一句簡短的、平凡不過的話，甚至從一個似乎沒有什麼深意的眼神，體會出人性的溫馨，友情的真純和存在的價值。

《小小的燭光》寫一位給「我」留下難忘印象的美國教授桑先生。他的經歷談不上驚心動魄，曲折坎坷。他那麼普通，他幾乎是無聲無息地工作。而「我」正是從他的身影中看到人生旅途上一支「小小的燭光」：他就是一種風範，一種楷模。生活正是因為有桑先生這樣的人而變得美好，「我」也正是因為有桑先生這樣的老師而變得充實。那個臨考之前還在地上指指劃劃教我行列式的代數老師，那個寫不來「挖」字卻「挖掘出一個小女孩心中的寶貴的自信的」女老師，當然，還有那個在「地毯的那一端」等著「我」的「德」，都不是徒托空言或靠「關鍵」時刻的「傑出表現」「活」起來的。曉風只不過似乎隨意地鋪陳了「他」或「她」的一兩件小事（或一兩句話），便賦予了「他」（或「她」）生命、令你淡忘不得。《孤意與深情》是作者獻給俞大綱老師的追懷之作，俞老師嚴己寬人、獎掖後進、關愛他人、熱心執著的種種美德也是在平凡的瑣事中閃光的。

小中見「大」，小中見「真」，小中蘊「沉」，小中蘊「美」…曉風散文的魔力，就在於她從來也不捐棄生活中的「小」。恰恰相反，她抓緊了這些「小」，有滋有味、頭頭是道地品嚐生活的百般滋味。這或許就是她作文的秘訣，也未可知？

沒有一個人能拒絕生活中的「小」。散文家自然也不能，更不能。生活中的「小」，能夠展露一個人的內心與本質。

故國之思，在曉風筆下，可謂表達得淋漓盡致，嘔心瀝血。我相信，凡是讀過曉風的《愁鄉石》、《你還沒有愛過》、《好豔麗的一塊土》、《如果你跟蹤春天》等篇章的中國人，都會熱血中沸，心緒不寧。在這裏，沒有一點大而無當的呼號，沒有一點空泛乏味的說教，更沒有一點虛假的做作。北平的東來順、上海的小湯包、西安、南京的倦柳愁荷、老輩口中被神化了的譚廚、姑姑筵，還有江南——「春天的故鄉」，都幾乎是伴隨著作者帶血的哭泣走進文章中的。曉風回首故國之際，使她魂牽夢縈的，是「多荷的金陵」「多柳的長安」與「多煙的二十四橋」，是一瓶貴州茅台乃至一根蠶絲，一截當年難船上的小樹苗……那種徹骨的思念使她與故國的一事一物血肉交融。因為她是隔著「海」翹首北望，她就想在自己身份證的籍貫「江蘇」二字的旁邊，再加上一個「海」字，正因為「海」引起了她迢迢的思鄉情，以至於她看到海，就「總有一種癱瘓的感覺」，以至於海水的「藍」也讓她感到「藍得叫人崩潰」，以至於「想海水的所來的方向，想著上海某一個不知名的灘頭，我便有一種嚎哭的衝動」，以至於一個「普通」的名稱——「中國海」，也讓她感受到那樣強勁的美的衝擊：「世上再沒有另一個海有這樣美麗沉鬱的名字」，她說：「我只剩下一個愛情，愛我自己國家的名字，愛這個藍得近乎哀愁的中國海」……這樣的「懷鄉病者」的「心靈便脆薄得不堪一聲海濤」（《愁鄉石》）。她的文字賦有不可抗禦的動人的力量，也就是很自然的了。

曉風喜歡捕捉生活中的小事情、小人物、小對象，這不能僅僅看作是一種純技術性的題材選擇上的偏愛，更應該被認作她感受生活的獨特角度，進一步說，其實也是她把握情感律動的方式，正是那些舉止普通、出言平凡的人，正是那些不起眼的甚至是價值低廉的小東西，正是那些並無濃烈感情色彩，也不是誇張其辭的家常話……一下子撥動了她敏感而又愛好幻想的心弦。在生活的「散文」中凝結出詩意的感受，發現散淡的生活中饒富情趣與詩趣的人性親情的美，曉風涉筆很廣，散文、戲劇、小說、評論、雜文多有佳構，唯獨沒有出過詩集（幾乎很少寫過詩），但「詩」就在她的散文中，她的膾炙人口的散文就是別一種詩，她以詩人的氣質陶冶她的散文的情韻筆致。古人說「文飯詩酒」，曉風散文透出陣陣酒樣的醇濃，使人薰之欲醉。

《母親的羽衣》近似於一個美妙的童話故事，它以變動的敘述角度實際上寫了女性三代人的歷史命運與人生態度，意境獨具，格調淒婉。當年的少女都有一件屬於自己的「羽衣」，但她終究拋卻了「仙女」才有的羽衣，未曾羽化登仙，而對充任一個穿著人間粗布的「母親」這一角色甘之如飴。作品從「小女孩」與「我」兩個視角，先寫當年「小女孩」（「我」）對自己母親「羽衣」（也就是母親的「秘密」，如口琴上的名字，在箱底的湘繡被面……）的好奇。次寫今日我的「女兒」對「我」（當年的「小女孩」）的好奇和對「我」是不是仙女的執拗的追問，寫出生命的流逝對於人所具有的深沉內涵，寫出人對生命之謎的執著追求，同時寫出她的切實的人生態度，在兩個不無傷感的連綴的小故事裏，顯示了作者對人性底蘊的深刻的悟知，實是一篇含蘊雋永的佳作。

《我喜歡》的構思與寫法就大異其趣了。它不再是一種深度的展開，而是寬度的開拓，將作品直言的我種種的「喜歡」，組接起來，把讀者引到一個熱愛生命、活得饒有情趣的「我」的內心世界，喜歡看秋風中淒然地白著的蘆葦，喜歡夢裏有奇異的享受，喜歡看見短髮齊耳的中學生，喜歡看信，還喜歡把信件分放在許多小盒裏，喜歡在汪教授的客廳裏聽那「像江南一池微涼的春水」似的音樂，喜歡小學中年級時得到的那個獎品——一條舊了的小毛巾，還有花崗石、布娃娃，七歲時被老師逼著寫成的毛筆日記和二十歲生日時，同學們為「我」祝壽時插在蛋糕上的每支蠟燭，還喜歡看舊相簿、翻檢自己的舊作品，更喜歡來到黃昏時的小溪，四顧無人、伸足入水，喜歡聽雨，喜歡在雨天去叩濕濕的大門，突然去拜訪朋友……總之，「我喜歡別人不注意的東西」。如果不是用一顆博愛的心去關切萬物、關切他人、也關切自我，是不能夠在生活的散文中發現「詩」的，也是不能夠在平凡的人事上給我們深沉的感動的。她把她的心與「細細的潮音」、「小小的燭光」、平凡的普通人貼在一起，感同身受地細琢細磨，她的筆才有如此難解的魔力。

人對世間萬物與自我心靈的感受本來就是十分複雜（我們的身邊也不乏因為愚鈍麻木或文化修養關係而比他人較少地享有「感受」的人）而又極其微妙的，把捉住那些微妙、複雜的「感受」已屬不易，要讓它見諸文字，更談何輕巧！曉風散文以善於捕捉表達感受見長，也得力於她那支放縱自如、開合有致、似夢似詩、亦秀亦豪的健筆。

曉風雖為將門之後，卻久受古典文學（從屈原到文文山、從王維到李義山）的熏陶，自己又極愛古代詞曲，文筆有一種書卷氣，自不待言。可貴處在她能以文筆適應對象描寫與情感抒發的需要，她又有一種文字敏感，加之文思活潑，想像力不受拘牽，使她的文筆常能越出讀者的「期待視野」，令人得到一種出乎意外的驚奇，收到特殊的效果，精微地、稱職地表達了她心中萬般異於常人的感受。她為鄉思所苦，幻覺裏，她把「長椅坐成了小舟，我固執地相信，那古老的水聲仍在，我是泊船水湄的舟子」，飛絮成了「一棵棵柳樹的分號」，「春天有如旌旗鮮明的王師」、「地基掘在當年的稻香裏」、鳥在「丈量天空」、「有的負責丈量天的藍度，有的負責丈量天的透明度」，「有的負責用那雙翼丈量天的高度和深度」……靠著這些頗為奇特的聯想，她讓你跟著她感受，或者有時候，似乎不是「她」在感受，而是「他」或「它」在感受，曉風只是一個仲介。

於是，我不能不提一下曉風善於活用詞的手腕。她稱為國效命的人們，就是一首「詩」，接著她寫道：「他們愛過了，他們詩過了。」這一個「詩」字所蘊含的內容，它的非凡表達力，讀者自能體會。此外，澎湖島是把「自己亮在天海之間，如亮出一塊得意而漂亮的牌」；「只要有一點情意，我是可以把車聲寵成水聲，把公寓愛成山色的」；「柳吟出……飛絮」；「桃花把所有的山村水廓都攻陷了」；「松樹在雪中固執地綠著」；「車子切開風向前飛馳」；「野花在四季的海風裏不知美了幾千幾萬年了」……凡此種種，使我們幾乎辨不清哪是曉風的感受，哪是「柳」的感受、「島」的感受、「花」的感受，還是「車」的感受……也許這是一個不必求得明確回答的疑問吧！

明麗的詩心

——讀古月的「藝術家側寫」

這裏展示的是一組「誘惑者」的群塑。

這群塑像出自一位女詩人的手筆，她將他們之所以誘惑他人之處，娓娓道來，筆致感性淋漓，曲盡人性幽微。

這位女詩人，筆名古月，本名胡玉衡，湖南衡陽人氏，臺灣「創世紀」詩社成員。

這本題名為《誘惑者——當代藝術家側寫》的散文集，入列者有入得古月法眼的當代臺灣十八位畫家、六位作家和兩位已經作古的藝術家。

名為「側寫」，則是名符其實。古月並不全面地評論這些畫家文人的藝術成就或美學理念，也不面面俱到地鋪陳渲染各位的生平行狀，而是巧妙地抓住每位藝術家身上的「亮點」下筆，著墨無多，卻已形神俱足，氣貌畢肖，令人印象深刻。

她寫卜少夫（無名氏之胞兄）這位「傳奇」作家，說他「人老心不老」，說他是「性情中人」，說他是「溫柔的老朋友」，有這樣一段文字：

> 聊天時，他常有出其不意的習慣，就是很溫柔地揉捏著對方的手掌，反覆不停地揉捏，是不分男女老少的。那些細膩的動作，別說是異性，就是嫩一點的男生也會臉紅不已。久之，也就見怪不怪了，因為他這個動作沒有半點邪思褻念，就好像是外太空的第三類接觸一般，純是一種友誼感應的交流。

我佩服古月的體察入微，更佩服她能「秉筆直書」。在他人可能覺得不便披露或者遲疑不敢下筆處，她的用筆就顯出了過人與非常之力；也因此，你並不覺得這對被寫者有任何的唐突或不敬之處，實在是得其神髓的出彩之筆，卜少夫「性情中人」於焉突顯。——若以此文徵詢於當事人卜老，想也會獲致會心含笑的首肯吧！行文別處，徑稱卜氏「風流倜儻自不在楚留香之下」，誰又能曰不宜？如此文壇奇人，自然人人歡迎，個個願得而近之、近而親之，真個是「今天臺北不能沒有您」「卜少夫這個人」。

寫杜十三，「初次接觸，你會覺得他有些靦腆，然而一經交談，你會發覺他深沉似井的內在，常常波瀾著感性的漩渦。也許將他比作故鄉的濁水溪更恰當。」杜十三——濁水溪，多麼巧妙而精准的連結，無需辭費，杜十三的形象從字詞間盡出，躍躍然，栩栩然。

寫席德進，說「坐在他身邊，就像坐在一隻尾巴展開的孔雀邊」。生動也，鮮明也。那寂寞中的孤僻，那狂妄中的自矜，可算是說透了席德進。

古月自謙自己所寫乃「婦人之見，小處著眼」，其實正突顯了她異性眼光之獨到，於細微處具穿透性，卻也不乏大氣和犀利。她把黃志超的畫比作「一本鴛鴦蝴蝶派的言情小說」，她敘述蕭勤與玄小佛的戀愛故事，閒閒一筆才點出蕭的父親：蕭友梅，姑父：王世杰，遂讓人對蕭勤之為蕭勤得一領悟：端的是其來有自！

從古月的行文來看，她與這些藝朋詩友其實也並非頻密相見，然卻中的只需一語，入木至少二分。西哲有言，不是生活中缺少美，而是我們缺少發現美的眼睛。古月的難能，就在於她有一雙善於發現美的眼睛。

說是「從小處著眼」，但古月的目光其實始終專注在「人性、感性面的呈現」，這就使她的「側寫」並非浮光掠影的輕描淡寫，她的快人快語的風格能直指人的情性深處，掘發出那些絢美的詞藻、創作的理念後面的「內在的意義」，自然中肯與可讀。

楚戈「做事不周全，既不守時又糊裏糊塗的常常失約。他是那種讓人氣得半死仍原諒他（古月的「後記」中，在此語後又加上「愛他，容易激起某些異性母愛的覺醒而不設防」）的人。他的人就像詩一般，詩意的成分總是在迷濛的狀態出現。「迷濛的狀態就是他的生活狀態」。幾句話就寫出了「誘惑者」之所以能誘惑人的獨到的魅力。迷濛狀態的楚戈是能迷人的詩人，是有誘惑力的誘惑者—以至於「誘惑者」成了朋友口中楚戈的外號。

無論是朱德群楊識宏，還是許世旭常玉，是陳庭詩韓湘寧，還是劉國松李祖原，古月既能擷取此君平時生活中富有意味的某句話某件事或某個場景，加以貼切的解讀，又能要言不繁地給出一個判斷，三言兩語就勾畫出了人物的氣韻精神。識之准，是因知之深。

詩人畢竟是詩人，筆致流利處便滑出三兩句詩來，總能給這些人物「素描」找到最確切的注腳：

「將以他得得的馬蹄聲，繼續締造更美好的『錯誤』」。移用鄭愁予的詩句寫吳昊這匹「最後的響馬」，幾近量身定做，準確、熨帖。黃志超的畫，中心常為女性甚至頗多裸女，古月論畫中人與作畫人的寂寞感，引了兩句古詩「人人要結後生緣，儂只今生結目前」，便道盡此中的無奈與悲涼。程文宗畫了「一張椅子」，她由此感受著畫家「野渡無人舟自橫」的孤寂。寂寞是藝術家的通病，但徵狀不一。大畫家席德進也不例外。「藝術家是自然的情人／所以他是自然的奴隸／他是自然的主人。」引的是泰戈爾的詩句。「情人」、「奴隸」、「主人」，三位一體中何者更顯，或更隱，面目與風格也就不一樣。

畫中見詩，以詩釋畫，以詩解人，不難見出古月的獨到慧眼與明敏之心。

詩畫本就同源，古月的另一半是當代畫傑李錫奇，日夕與共，經年熏陶，這就難怪詩人談起畫、論起畫家來頭頭是道，樓臺近水月先得了。

她如此論蕭勤：

> 他對線條的應用，與其說是借書法的方式表現，毋寧說是讓它們自然依著他感情的波動而流露。對於禪畫家而言，空間或空白與實體或形體同樣實在。這也是一個令人訝異的現代繪畫觀點——空間或空白之處雖難以空無一物，但絕非空無所有，因為所有一切的生命，莫不皆從空處而來。

錦心繡口，含玉吐珠：畫面、線條、色塊、色點、留白、點苔、變形、抽象化乃至禪的境界……諸如此類，專業得很，端的是有模有樣，儼然行內人，於此，「奔忙於兩個家之間」，「攜手向恒愛的國度偕行」的李錫奇應是功不可沒。

古月又是個虔誠的基督徒。善良的眼看人，悲憫的心閱世，讓你時得頓悟之妙：

> 它不是你看到的形象，也不是你聽到的歌。
>
> 卻不如說是你以閉著的眼睛所見的形象，以關著的耳朵所聽到的歌。
>
> ——先知・美

> 你作工以使你與大地及大地的靈魂齊步向前。
>
> ——先知・工作篇

當打的仗我已打過了，當跑的路我已跑完了。

——聖保羅

面目黝黑的李祖原使她想起《舊約》書中所羅門的詠詩：「我雖然黑，可是我很俊美」。接著寫道：「其實他並不醜，卻也不是俊美，可是非常性格……從沒見過哪個男子能在卅八度的熱溫下，將一襲黑衫穿得那麼悠閒，顯得那麼清爽。」一個「非常性格」，一句「從沒看過」，從此讓我記住了多次想記住而不得的「黑馬王子」李祖原這個名字（此文刊出多年後橫空出世的臺北 101 大樓，就是出於李的設計。據說臺北引起轟動的樓廈大案，三分之二是李的手筆。）

寫侯德建，她想起了《聖經》記載的浪子回家的情景，席德進患癌開刀後，古月感歎「人生如小草，由生長到枯萎不過瞬息間」，不禁「又想及《聖經》上說：凡有血氣的，盡都如草。他的美榮都像草上的花。草必枯乾，花必凋謝」……

凡此種種，無論是對生命的體悟，是對朋友之義之誼的理解，還是對藝術作品內在意蘊的闡發，在在都見出她並非僅能記誦《聖經》的文句，而是因朋友之悲喜之傷痛之得失欺負之成功輝煌，油然印合了《聖經》中的箴言雋語，遂能信手拈來，自然化作為一己的話語，不僅托出她一顆純淨虔敬的心，也在精神心理層面上，使藝術家展示出誘惑者的更深蘊涵。

在古月的筆下，這些出類拔萃的藝術大師個個都不是普通平凡之輩，又個個都是既凡又俗的常人，他們是些諸多複雜側面、甚至有諸多互相矛盾的元素的多元合體，一樣有普通人的「食色性也」和喜怒哀樂。

古月孜孜於「把我自己的精神也表現在裏面」，又不憚於將精英意識調和民間立場，也因此，這些通常難獲理解、他命或自命不凡的、被看作「另類」的藝術家，得以褪下橫亙在人我之間的面具或面紗，走近普通大眾，走近藝術所賴以生存的你我立足的大地，從而贏得更多的知音解人，更多的讚賞掌聲，更多的不僅欽羨也是「同情的理解」的目光。

林清玄說得好：「古月在剎那間捕捉到那光華，正是使藝術心靈流傳的最好注腳。」她告訴我們何處有勝景，何處有高丘，何處有幽潭，何處有潛隱的溪流，何處有壯闊的潮汐，面對彼人彼景，不必煩言嘖嘖，也不必多費疑猜，面對這些獻身於藝術的心靈，善待他吧，人們！

擱筆之際，驟然便想起臺北一位朋友說的話：「古月的散文，不比她的詩差。」沒錯。

讀古月詩者，你不可以不讀她的散文：那裏有她更明麗的文心詩心。

傾聽你那苦澀的旋律

——席慕蓉詩二首細讀

曉鏡

我以為
我已把你藏好了
藏在
那樣深　那樣冷的
昔日的心底
我以為
只要絕口不提只要讓日子繼續地過去
你就終於
終於會變成一個
古老的秘密
可是不眠的夜
仍然太長　而
早生的白髮　又洩露了
我的悲傷

繆斯女神似乎格外地厚愛她：1981 年，三十六歲的席慕蓉推出的第一部詩集《七里香》，竟在一年之內再版了七次。1984 年，她已出的六本書（兩本詩集，四本散文集）全部被排在暢銷書之列，而前十名中，出於席女士手筆的，就占了三本。這位原本專攻美術的畫家，刮起了一股「席」捲臺灣文壇的「旋風」，這一年也因而被稱為「席慕蓉年」。

《曉鏡》一詩，流淌著從心靈深處溢出的愛戀與憂傷。詩人先連用兩個「我以為」分別領起一層情思，築起「我」心潮中兩道理智的堤防。且莫問「你」、「我」是因何分手（外力的阻隔？失之交臂？還是棄「我」而去？），也不管歲月已經流逝，昔日的戀情並不因為藏在心底、絕口不提而稍減。「不思量，自難忘」。一個「可是」，一個「而」形成有力的陡轉，如同順流而下的一道洪峰，一下子便沖決了精心修建的堤岸。不眠的長夜裏有「我」感情的珍藏，絲絲白髮洩露了此中消息：銘心刻骨的思戀一直伴隨著「我」。絲絲白髮又如一條幽徑，導引「我」走近自已心底，看見淒苦的內心。

詩題為《曉鏡》，通篇於「鏡」卻未著一字，到最後才由「早生的白髮」暗示出來。曉起晨妝，見鏡中白髮而頓生自憐自歎之感，勾起對昔日戀情的重溫，構思頗見匠心。詩題亦有「點睛」之妙，是詩中不可或缺的意象。

這首詩長短錯落，也不押韻，讀來卻不失頓挫回環的樂感。「我以為」的間隔反復，構成兩個較長的感情段落，其間又夾以連續或不相連續的反復（藏……藏，那樣……那樣，只要……只要，終於……終於），波起波落，曲盡心中隱情。後四行以音節相近的片語，二組一頓，節奏短促，似乎讓你我都能聽到抒情主人公的哽咽，由此也可見出席慕蓉「以快捷的方法說委婉的感受」（臺灣著名詩人蔣勳語）的詩風之一斑。

蓮的心事

我
是一朵盛開的夏荷
多希望

你能看見現在的我

風霜還不曾來侵蝕
秋雨還未滴落
青澀的季節又已離我遠去
我已亭亭　不憂　亦不懼
現在正是
最美麗的時刻
重門卻已深鎖
在芬芳的笑靨之後
誰人知我蓮的心事

無緣的你啊
不是來得太早　就是
太遲

在這首詩裏，「我」以蓮自喻。荷花娉婷婀娜，長身玉立，如凌波仙子一般姣好，但蓮子卻有一分淡淡的苦澀。詩人在這裏抒寫的正是一物的兩面，荷的清香四溢與蓮的滿腹苦澀，以及時不我與的輕輕哀怨。

開頭直抒胸臆，希望心上人能在「我」最具風華的時節看見，出語率真，稚態可掬。從清水芙蓉中汲取的詩情不偽不飾，寫出了求偶期少男少女的典型心態。

但最美麗的時刻，卻是「重門」「深鎖」(「重」與「深」的連用強調了荷花開不逢時的悲劇命運)，「你」「我」無緣相見，令人徒喚奈何。這種際遇其實在上文已有所暗示，「我已亭亭　不憂　亦不懼」。只見

「亭亭」，不見「玉立」。「憂」「懼」之說，亦似有預感。最後，只能慨歎命定無緣，留下了相逢非時的深深遺憾。

作者席慕蓉畢業於臺灣師範大學藝術系，後又到比利時布魯塞爾皇家藝術學院深造，現在執教於新竹師專和東海大學。這些藝術修養自然也會在她的詩中看出。讀這首詩，你會感到眼前展現的是一幅別具情韻的「夏荷圖」，聽到的是詩人兼畫家的席慕蓉正在傾訴她「蓮的心事」。在愛情詩中揉進自敘傳的色彩，也正是她的一點作詩的秘密呢！

李昂與蘇青

——關於「殺夫者」，一種跨時空的潛對話

李昂的小說，以《殺夫》最為人所知。1999 年，小說集《殺夫》入選「臺灣文學經典」，確立了其在臺灣文學中的重要地位。

《殺夫》以其驚世駭俗的內容，大膽越軌的筆致所產生的巨大震撼，至今仍是人們談論的話題。

看過小說《殺夫》的讀者，一面因其驚人的穿透力而不由不產生審美的認同；另一方面，也不免狐疑：現實生活中，真會發生妻子殺夫的慘烈場景嗎？小說的描寫具有生活的真實性嗎？這樣的血腥事件是怎樣發生的？殺人者是否應得到作家和讀者的同情？李昂寫作的動機何在？——是不是真像有些論者認為的那樣：「她是以聳人聽聞的題材取勝，故意寫些特殊問題，以換取注意」？

這實在是一個必須再作思考的問題。

回答這個問題，必須話說從頭……

陳定山：想像老舊上海

李昂自十七歲作《花季》嶄露頭角後，早期的作品以她的故鄉——鹿港為背景，寫作了一系列的「鹿城故事」，實際上已表現出她探究鄉野傳奇的興趣。包括《辭鄉》、《西蓮》、《水麗》、《初戀》、《舞展》、《假期》、《蔡官》、《色陽》、《歸途》等九篇小說的《鹿城故事》，顯示了她從原鄉熱土上汲取靈感的努力。只是由於求學經歷和視界的擴大，她又一度被校園裏青春男女的故事所吸引，創作出《人間世》系

列作品，雖也有其社會與文學價值並贏得人們的注意，但在一定意義上，卻也延宕了她對鹿港鄉野傳奇的藝術掘進與深耕，事實上形成了她創作的迴旋徘徊期。

1978 年，西渡新大陸專攻戲劇的李昂，在美國的白先勇寓所，偶然間寓目老作家陳定山的一本書《春申舊聞》，為其中所述當年上海的一則社會新聞——「詹周氏殺夫案」所吸引，在冥冥中影響了她藝術探求的指向。

陳定山（1898－1984），又名陳小蝶，是近代著名小說家陳蝶仙（天虛我生）的長子，浙江杭州人，30 年代曾任上海市商會執行委員，還曾被日軍逮捕入過獄，40 年代末去臺灣後，曾任中興、靜宜、淡江等多所大學的教授。陳定山對於詩文、詞曲、書畫、小說無一不通，在臺灣出版過《龍爭虎鬥》、《蝶夢花酣》、《春水江南》、《隋唐閒話》等長篇小說多種，以《春申舊聞》最為著名。「春申」者，上海之舊稱也。《春申舊聞》記述了滬上各種各樣的社會新聞與掌故軼事，是一部有史料價值的近乎紀實性的作品。陳定山晚年僻居臺北，而仍對上海難以忘情，遂有此作。白先勇年輕時也在上海生活過，即使到了美國，他的書架上還收藏著陳定山的這部《春申舊聞》，隱隱間流露了他對老上海的那一份割捨不去的情愫。《春申舊聞》所記的社會新聞林林總總，李昂獨獨被其中的「詹周氏殺夫案」所動，這當是有其深層的心理誘因的。

1945 年 3 月 20 日晨六時許，居住在上海新昌路醬園弄 85 號的普通人家，爆出了一件駭人的驚天大案。這家的主婦名詹周氏，因為其夫詹雲影好逸惡勞，沉迷於賭場舞廳，輸光了家產，生活日益陷於困頓。詹周氏一直以來對丈夫好言相勸，怎奈詹雲影置若罔聞，把妻子的話當耳邊風一般，長久以往，妻子對丈夫棄惡從善也終於失去信心。

那日，妻子在忍無可忍、百般無奈之下，操刀殺死不可救藥的丈夫。事發後，詹周氏被拘役。上海地方法院認定其犯有殺人罪乃判其死刑。

詹周氏殺夫案，在當時的上海社會，引起了強烈轟動。這則當年的社會「新聞」，也變成了若干年後陳定山憶寫的春申「舊聞」之一。李昂二十四歲（1975）到美國留學，二十七歲因得見《春申舊聞》而起意以此一事件為題材，寫作一個命運悲慘的女人的故事，是為《殺夫》。毫無疑問，《殺夫》是有真人實事為基礎的，並非作者的憑空杜撰或幻想。在陳定山的老上海想像啟迪下，李昂迸發出驚人的靈感。但是，這部初擬題為「婦人殺夫」的作品，1978 年開始動手寫作，歷時四年，才最終得以完成。其中主要的一個原因，是當時李昂從未到過中國大陸，自然也沒有到過上海，更遑論親身感受舊上海市民社會的氛圍了。因此，即使有著關注女性命運的強烈使命感和創作衝動，《婦人殺夫》的創作，卻未能順利完成。

老上海的想像，只有與她源自血脈的文化內蘊融合在一起，才能迸發出奇異的文學之花。四年之後，1982 年，李昂重拾未完成的《婦人殺夫》舊作，而將故事的背景移到自己熟稔的老家——臺灣鹿港，終於寫成了中篇小說《殺夫》，次年即獲得臺灣《聯合報》「中篇小說獎」首獎，並立即以強勁的衝擊力引發了臺灣文壇的一場「地震」。

蘇青：二為詹周氏辯

出於對發生在上海的詹周氏殺夫案的關注，李昂寫作了《殺夫》。無獨有偶，在她之前，現代文學史上也曾有一位女作家，關注過這同一案件，真可謂心有靈犀。這位女作家，就是 40 年代在淪陷區的上海與張愛玲同享文名的蘇青（本名馮和儀，《結婚十年》的作者）。

這便有了筆者這篇小文的題目：《李昂與蘇青》。

乍看之下，把李昂與蘇青勾連起來，未免有點突兀。但讀過蘇青有感於「詹案」所發表的兩篇雜感，再看李昂的小說《殺夫》，不難找出其間的內在關係。這是兩份不同的文本，但其所持立場，竟然高度一致。

詹周氏殺夫案在 1946 年 5 月間由上海地方法院審判後，當時住在上海的蘇青隨即作出了強烈而公開的反應：在 6 月號的《雜誌》上，她發表了題為《為殺夫者辯》一文，該文長達七千多字，明確地表達了與法院不同的看法，其基本觀點是「此次殺夫案中，千萬不可忽視詹周氏之精神變態一點」；詹周氏殺夫的動機，應從個人身世、平日生活、家庭環境、精神狀態諸方面，一一觀察研究之，始可推驗；在此基礎上，再討論量刑的重輕。蘇青此文對詹周氏的出身、經歷、日常夫婦關係、殺夫的前因後果等方面都作了詳盡的考察分析，總之是事出有因、情有可原，簡直就是一篇有理有據的辯護書。對於報上所謂詹周氏被判死刑「大快人心」云云，蘇青坦承，「我的心裏卻不快；不惟不快，而且覺得淒慘得很」，直率地表達了她對詹周氏的同情。

此文發表後，滬上輿論一派譁然。有人更不惜施以人身攻擊，說蘇青就「活像詹周氏」，其熱鬧之情景，與四十年後李昂的《殺夫》發表後，社會上的詈罵、圍剿如出一轍：歷史果然有其驚人的相似之處。但蘇青不甘示弱，又寫了一篇《我與詹周氏》，以為回敬。此文值得重視之處，是她透露了一點「意外」的情況，在一片責難、嘲諷聲中，她卻「接到知堂先生的一封來信」，表示對她的《為殺夫者辯》一文「甚感同意」，而「上海小報的論調真不成話也」；信中還引述「胡博士」（即胡適——筆者按）「論學近著」中提到 1920 年前後「四川有十九歲女子殺了她十不全的殘疾丈夫」一事，並認為「其實只要她們知道離婚，則此種悲劇均可免除」，等等。

知堂，即周作人，五四時期與乃兄魯迅一道反對封建禮教、力倡女子解放和獨立人格的啟蒙先驅。其時，抗戰已近尾聲，一度附敵蟄居的周作人，卻從茫茫報海中，發現蘇青這篇文字，馳書聲援，倒真是如蘇青所言「出於意外」。在這一點上，不能不說，知堂還是堅守了「五四」當年的豈明的立場。

蘇青的兩篇文章，在當時沸反盈天的「詹案」中，顯然是一種孤獨的聲音，所幸還有知堂先生引為同調。但她絕對預料不到的是，幾十年後，也有一個女作家對「詹案」的態度與她一樣，可謂同聲相應、同氣相求。儘管「蕭條異代不同時」，心有靈犀一點通的兩位女作家對「詹案」所持立場的驚人一致，倒不失為文學史上的一段佳話。

也許，李昂並沒有看到過蘇青當年就「詹案」所寫的兩篇文章，但時隔三十多年（一在 40 年代，一在七八十年代）、分處異地（一在上海，一在臺北）的兩位女作家，卻對同一樁命案作出了同樣強烈、同樣傾向的反應，恐怕不能解釋為一種巧合。毋寧可以說，蘇青與李昂，正在非知非覺之中，進行著一種跨越時空的潛對話。

先是蘇青與詹周氏的「對話」（《為殺夫者辯》、《我與詹周氏》二文可證），後是李昂通過《春申舊聞》而與詹周氏的「對話」（《殺夫》可證），並進而達致李昂與蘇青二人跨越時空的潛對話。無論是前者還是後者，在詹周氏（案件當事人）與蘇青（以雜感議論者）和李昂（以小說演繹者）的潛在對話中，兩位女作家都關注男權話語霸權下女性的命運、法律和輿論（包括新聞）的公正，是清晰可見的。

李昂：演繹鄉野異聞

對讀蘇青二文與李昂的小說，可加申說者亦略有數端：蘇青身處當時當地，以雜文表達所感所思，快捷、直接，仗義執言，質疑法院、抨擊輿論、同情事主的態度極為鮮明。而李昂身處彼時彼地（1978 年在美國始「聞」此案，1982 年在臺灣完成小說），以非紀實的虛構文體小說演繹歷史事件，表達的思考與感情傾向則含蓄而不直露，但讀過小說的讀者都可準確認知作者的立場，而不會有所誤解。

《為殺夫者辯》一開頭就直接引用了法院判決的「主文」（由上海地方法院刑事庭審判長、推事殷公篤，推事施壽慶、于弼具名），而《殺夫》開頭則是作者虛擬的「幾則新聞」，其中也徵引了法院與報紙兩方面的言辭。兩位作者在思考的指向與行文的理路上，不謀而合，這足以說明，她們援筆為文之際，代表公正的法院與代表輿論的新聞，是二人審視這一案件的聚焦點，可謂異曲同工、各擅勝場。詹周氏殺人，自是犯法行為，但法院不分青紅皂白，不問前因後果，而簡單化地以「殺人償命」的舊則判決詹周氏死刑，其實並不公正。新聞輿論以獵奇的姿態對案件的評說，則近於殘酷。二人批判的立場是一致的。

李昂以虛擬化的構思寫小說，演繹陳林市與其夫陳江水的故事。陳林市的身上有詹周氏的影子，但前者絕不等同於後者，《殺夫》表現出了李昂豐沛的原創意識。

首先，她把故事的背景設定在鹿城郊野那個叫陳厝的小地方，這是一個宗法禮教仍佔據著統治地位的地方，與詹周氏所處的大都會市民社會有很大不同。在那樣的境況中，林市幾乎不可能用「離婚」這樣的辦法來擺脫被丈夫百般虐待的非人境遇。「殺夫」就成了她幾乎別無選擇的手段。這對凸現封建禮教強力壓制下的林市命運的悲劇性，有著積極的意義，也使她的悲苦無告的現實處境更突出、更真實。鹿城陳厝的氛圍在小說中有著精彩的描寫。一個陰森可怖、無所不在的鬼魅遊走在陳厝的角角落落：陳宅（及鄰居阿罔官家）、井臺、屠宰場，乃至「後車路」（鹿城的風化街）……它若隱若現、詭魅無端，有效地表現了李昂為特定人物（林市）的特定行為（殺夫）尋求其事出有因的現實環境與心理異變的藝術苦心。而把林市的命運與其幼年時母親被強姦的往事比照敘述，也增加了敘事的厚度。正像她自己所說的，開始寫《鹿城故事》，「寫鹿港人是用一種很懷鄉、很懷舊的筆調，根本是對消逝東西的一種沒有批判性的反映。我以後再寫鹿港人時，絕對會是一種不同的寫法，那就是把鹿港人擺在一個更具體的時空環境下，更清楚地顯現出來。」

其次，李昂在當事人林市夫婦之外，設置了阿罔官這個鄰居，充實了小說的容量。阿罔官平日裏常常散佈不利於林市的流言，卻又裝出關心的面孔，而最後，去官府告發林市殺夫的也正是這個寡居變態的長舌婦。阿罔官這類人物為「詹案」中所未見。李昂的用心是在這個人物身上表達了她對悲劇成因的又一種解讀：林市的悲劇在一定程度也來自於阿罔官這種「無主名的殺人團」——這令人聯想起魯迅《祝福》中的柳媽式人物。

再次，作者給被殺者陳江水的職業設定是殺豬的屠夫，兇狠、粗魯，以對林市的性虐待為樂（小說以對置結構寫殺豬與性事，有其深意與妙處）。某日，陳江水又強迫林市觀其殺豬，乃至當日林市精神錯亂之下，把他殺豬似地殺了，林市的性反抗、性報復其「情有可原」之處立現。難得的是，作品還寫了陳江水在兇狠之外的平和：在與「後車路」妓女金花的交往中，透示了其人性的另一面，從而使陳江水的形象更為真實可信，也使李昂對人性的解剖更深更準。

《殺夫》挑戰禁忌，深剖人性，富有強勁的爆發力與衝擊力，不僅成為李昂個人創作的高峰，也成了臺灣文學作品中外文譯本最多、因而國際影響也最大的經典之一。

輯三

格局方法論

「20 世紀中國文學」與「世界華文文學」

「世界華文文學」這一學科概念的提出，是九十年代中國進一步改革開放、中外文化交流空前密切頻繁的自然要求，是當代學術研究向縱深發展的必然結果，顯示了中國當代學術研究世界性、國際性視野的最新趨勢。

「20 世紀中國文學」是十多年前由北大學者黃子平、陳平原、錢理群所提出，它揚棄了「中國新文學」（50 年代）、「中國現代文學」、「中國現當代文學」（80 年代）的既有界定，嘗試為本世紀中國文學尋找整體的歷史座標，形成了學科格局的新思路。

「20 世紀中國文學」從時間的向度上，「世界華文文學」從空間的維度上，交叉縱橫地拓展了「中國現代文學」（1917－1949，中國大陸，漢民族文學為基本內容）的既定內涵與外延。二者的結合，將賦於此一特定時空內中國文學新的質素品格，極大地拓寬學術視野，具有鮮明的「跨世紀」的學術氣派，展現了宏偉的學術前景。

「世界華文文學」主要研究世界範圍內，中國大陸以外地區華人文化圈中的文學現象。從某一特定的意義上說，它是「20 世紀中國文學」的特殊延伸。它從多方面為「20 世紀中國文學」提供了新實踐、新經驗：

一、延展了中國文學反映生活的空間。這裏既有對臺灣、香港、澳門地區中國人生活各方面的獨特寫照，也有對散居於世界各國的華人奮鬥史的記述，並同時展示了所在國的異域風貌。

反映臺灣人民的現實生活和文化變遷，自是中國文學的題中應有之義；而在實際上，「五四」以來的大陸作家由於多方面的原因，在他們的創作中不免留下了這方面的空白。臺灣本土作家賴和、楊逵、張我軍、吳濁流、鍾理和、陳映真、黃春明、王禎和等人的大量作品填補了這一空白，給讀者展示了一個他們在過去閱讀範圍內未曾接觸、瞭解過的世界。一些第二代、第三代乃至新生代的作家更是切近地把握了當代臺灣社會的現實律動，其作品亦有大陸作家所無力為之之處。至於海外華文界的先行者如於梨華、聶華苓、趙淑俠等關於歐美社會中華人生活與心態的各種文學創作，深入考察與思索了華夏民族炎黃子孫在不同的文化背景下，在異國他鄉飽嘗辛酸、奮鬥成功、思鄉念國的生活歷程、心路歷程。

所有這類作品在不同的時空維度上，以新鮮的內容充實、豐富了現代中華文學的畫卷，使中華文學以一種更為多彩的面目呈現出歷史的新變。

二、傳達了孤懸海外的中國人的「孤兒」意識，描寫了他們的生存困境，以及各種表現的「中國情意結」，豐富了 20 世紀中國文學的感情色彩與精神結構。

由於歷史的原因，臺灣、香港、澳門都有長短不同的殖民地史，孤懸海外的「孤兒意識」、「漂泊感」以及寓居海外而戀念故國的「中國情意結」，在海外作家筆下表現得特別強烈、明顯，《亞細亞的孤兒》、《紐約客》、《臺北人》、《臺灣人三部曲》等作品可為適例。而像《白玉苦瓜》、《中國人，你為什麼不生氣》這類作品，也從不同的側面和深度上，對中華民族的歷史傳統和生存現狀，展開了自己獨特的思考。

三、以另一種眼光和價值標準，表達對中國本土生活的體認、反思。由於拉開了時空的距離，便使這些作品獲取了獨特的觀照角度和聚焦點。這在陳若曦《尹縣長》、林海音《城南舊事》以及趙淑俠、鄭念、金兆等人的作品中各有不同角度的表現。生活在價值標準、審美趣味及歷史眼光有異於特定的中國某一歷史時期的異地，也就很自然地獲得另一種打量中國本土生活、歷史傳統的眼光、角度、距離，從某些方面可能得到「身在其中」的大陸作家所未曾得到的體認，從而形成有意義的返觀、回顧，甚至有一些更深入獨特的見地，這對準確地、深刻地認知中國大地上發生的一切，無疑是有益的。

四、凸現了中國文化、中國文學在本世紀中外文化空前交匯、衝撞、互滲過程中的時代變貌，追尋中華文化由於華人在各地區多方面的努力，怎樣融於所在國的文化、社會生活，又同時葆有其民族根性的緣由。

在白先勇、陳映真、劉以鬯、林燿德等許多作家的作品中，不管是寫臺灣、香港，還是寫美國、海外，中西文化的交匯、衝撞與互滲的時代變貌，形象地反映了生活於其中的中國人的歷史性感受，賦予文學以強烈的時代特徵；另一方面，也把中國文學置於整個世界文學的大格局中，既承受世界先進文學、前衛文學的薰染，也把中國文學傳統中的基本精神展露出來，以一種獨特的韻味加入世界文學的當代潮流。

五、實驗了當代社會、哲學、文化、文學思潮對華人文化、華文文學影響的文學表現（包括從主題表達、思想內涵、創作方法到語言文字的操作），探索了傳統與現代的多重關係及適宜的調配，為 20、21 世紀的中國文學匯入世界文學的潮流，進行多方面的藝術創作實踐與理論探討。

台港海外作家幾十年來在文學寫作中以敏銳的藝術觸覺、勤奮多產的寫作實踐探索、具有當代意義的創新，在不割斷文化傳統的基礎上，進行了程度不同的嘗試努力。在主題表達上，對一些當代世界的共同問題（如環保問題、青少年犯罪問題、人際關係的隔膜、生態失衡……）開始關注；在思想內涵上，表現了對人類歷史命運的終極關懷，對人性和人的生存困境之類問題的探討；在創作方法上，更是多元並舉，進行了多種多樣的實驗、嘗試、創新、探索，有的已呼應了當代世界文學潮流的新趨向；而在語言文字的處理上，既發揮出漢語獨具的魅力，又廣泛涵容別語種的長處，顯示出新的活力，為華文文學創作的未來展示了美好的前景。

六、中華文化和文學傳統在海外華文文學中的繼承、衍變、發展，怎樣賦予古典傳統以現代生機，提供了在另一種文化背景下，同質異象文化的當代生成的各種經驗教訓。

在海外華文創作中，很多作家的作品或隱或顯地呈示了它們與中華文化（文學）傳統之間的內在傳承聯繫，從中國古典詩歌，從屈原、李杜、王孟、蘇辛……到中國古典小說《紅樓夢》、《儒林外史》，從魯迅、巴金、張愛玲的小說到艾青、馮至、卞之琳的詩，從莊子的天馬行空到何其芳的瑰麗奇美的散文，都可以在他們的作品中看到其影響（當然這種影響有時是並不自覺的），而在表現新的時空中的華人生活時又給予了現代化的處理。在這方面，海外華文文學積聚了正反兩方面的經驗教訓，也是有益於 21 世紀中國文學的健康發展的。

總結本世紀華文文學在中國及境外各地區的生存狀態，尋求某些規律性的東西，在下一世紀真正確立世界一流的語種文學的地位，同時將負載深沉渾厚的中華文化的積累，向世界文學施加更廣泛更有力的影響，這是走向 21 世紀的華文文學的必然發展趨勢，也是 21 世紀華人文化的全球戰略行動的重要組成部分。

現代中華文學大視野

回首百年，二十世紀的中國文學，流派紛呈，名家輩出，繁富多姿，熠熠生輝。它正挾帶著一個世紀的沉重、探索和輝煌，走向未來。

二十世紀即將過去，「二十世紀中國文學」學科格局的建構確立，正面臨著新世紀的呼喚。世紀末的中國學者和跨世紀的新一代學人，無可回避地必須應對這個挑戰。

一、問題的緣起

1985 年，北京大學黃子平、陳平原、錢理群三位學者在「中國現代文學創新座談會」上最早提出了「二十世紀中國文學」[1]的新構想，從而引發了「中國現（當）代文學」學科建設的重大突破。

之後不久，復旦大學陳思和、華東師範大學王曉明兩位學者在《上海文論》主持專欄，[2]建言「重寫文學史」，也激起了學術界的強烈反響。

儘管南北兩地的這些學者，切入問題的思路或有不同，根據新的觀念和構想撰著問世的一批著作論文，在同行中也有褒貶不一的評價，但是，對於「中國現代文學史」既定秩序的消解與重構的籲求，已然呼之欲出。

---

1 黃子平、陳平原、錢理群《論二十世紀中國文學》，載《文學評論》1985 年 5 期，另，人民文學出版社 1988 年出版了《「二十世紀中國文學」三人談》一書。

2 《重寫文學史》專欄始自《上海文論》1988 年第 4 期，止於 1989 年第 6 期。

既往的「現代」與「當代」概念的模糊性與不確定性以及二者之間的人為劃分，依據某種評判標準所進行的對於一些作家作品的價值評判和文學史定位，以及淩駕於其上而附麗於社會政治尺度的文學史觀念，似乎一下子都面臨著新的學術時代的選擇和再認識、再評價。

新構想的啟示意義與貢獻，今天看來，已經是無可置疑的了。當然，隨著十多年來學術研究的展拓與掘深，隨著學科格局的靜悄悄的調整，一些新問題又提了出來。

不能僅僅把新的構想只看成時限的上移（「二十世紀中國文學」可追溯到上一個世紀末來敘述），或者兩個時段（1949 年前、後）的接續、「打通」，但這個構想在「時間觀」上的大幅度刷新，也確實是太引人注目了。

那麼，從「空間觀」上來思考，「二十世紀中國文學」中的「中國」，包容著怎樣的內涵，似乎就語焉不詳了。最直截了當的質疑是：臺灣、香港、澳門（且不談「海外」）地區用中文書寫的文學，該置於何地？

再有，在「二十世紀中國文學」的概念出現之前，人們可以追溯到的它的「前身」，就有：中國現（當）代文學—中國現代文學—中國新文學。其中，「新文學」的特指含義，是行內人都瞭解的：它與「舊文學」相對而言，而「舊文學」則包括了像「鴛鴦蝴蝶派」一類的「通俗文學」在內。「二十世紀中國文學」中的「文學」，是否包容（或準備包容）「通俗文學」在內？在重寫的文學史著作中，「通俗文學」有沒有它的生存空間？

更困難的也更重要的是，倘使台、港、澳地區的中文文學，和大陸及台港澳地區的通俗文學，加入了將被重新寫出的「二十世紀中國文學史」的時空格局，那麼，文學史家們該選擇什麼樣的敘述策略來圓滿地整合分隔已久、看起來各行其是的地域空間與審美空間呢？

這顯然是一個十分棘手、眼下似乎還沒有出現理想答案的苗頭的難題。但歷史從來不會提出沒有答案的問題。

讓我們的探索從這裏出發——「二十世紀中國文學」應當涵蓋下列文學空間：

1. 二十世紀中國大陸「新文學」(或曰嚴肅文學、純文學)。

2. 二十世紀中國大陸「通俗文學」(以及民間文學、俗文學)。

3. 二十世紀臺灣、香港、澳門「新文學」。

4. 二十世紀臺灣、香港、澳門「通俗文學」(或曰「流行文學」)。

5.二十世紀中國少數民族文學。

甚至也不妨容涵一個特殊的、或可稱為文學版圖上「飛地」的部分：

6. 二十世紀海外華人文學。

從這樣的「二十世紀中國文學」的時空觀出發，我們確認，所謂「二十世紀中國文學」，研究的是，自十九世紀末以來到 2000 年前後，在中國（大陸、臺灣、香港、澳門兩岸三地）存在的、包涵「新文學」和「通俗文學」、文人文學和民間文學、漢民族文學和其他少數民族文學這些不同型態文學在內的、用現代中文書寫的中國文學。此一時期中國本土以外的海外華文文學可視為「二十世紀中國文學」的特殊組成部分。[3]

「二十世紀中國文學」就是這樣一種多元共生的現代中華文學。

---

[3] 「本土」是指中國大陸、臺灣、香港、澳門兩岸四地。「海外華文文學」是指生活在海外的華人（及其後裔）以現代中文（華文、漢語、國語）寫作的文學。

二、從對峙到並存：「通俗文學」與「新文學」

以往的「中國現代文學史」，幾乎清一色的都是一部「新文學」（或稱嚴肅文學、高雅文學、純文學）的發展流變史，絲毫沒有「通俗文學」（它曾被認為是「舊文學」之一種）的容身之地：它被打入了「另冊」，甚至是被革出高雅的文學殿堂之外的。這種文學史觀念的核心，是以「新文學」為正統、以「通俗文學」為異端。

如此相沿成習所寫出的「現代文學史」，只是「半壁江山」，未可稱為本世紀中國文學的全璧。因為它從根本上無視「通俗文學」在二十世紀中國文學進程中的客觀存在。

這種反歷史的文學觀導致了一個重大的失誤：恰恰抹掉了「二十世紀中國文學」之所以為「二十世紀」中國文學的歷史性特徵。

文學的「雅」、「俗」之爭，古已有之，而於今為烈。進入二十世紀以來，中國文學中的「雅」與「俗」，形成了此起彼伏、相激相蕩的空前激烈的競爭局面。加之特定的社會環境的要求和一定的文學生態環境的制約，以至形成了互相隔絕、壁壘分明的兩大陣營，並各自建構了判然有異的兩種不同的文學話語系統，形成了二十世紀中國文學對傳統文學的移位，呈現出文學新世紀的現代景觀。

「雅」與「俗」，在二十世紀，劃出了從對峙到並存的歷史軌跡，這是「二十世紀中國文學」的基本特徵之一。

十九、二十世紀之交，一方面是上承明清通俗小說的餘緒，繼續湧現出大量通俗小說，另一方面是因應社會變革的時勢，有梁啟超、章士釗等人的「新小說」、「政治小說」的提倡和問世。後者顯示出有別於傳統觀念（小說出於俚俗的街談巷語，為迎合市民娛悅之需）的對於小說功能的新理解，開始形成小說領域內兩種不同話語系統的對峙。

「五四」文學革命發生，魯迅在「為人生」的觀念指導下創作的《狂人日記》等凸現出崇高使命感的「新文學」小說，進一步強化了小說的改良社會、教化人生的功能；同時，對自晚清民初以來充斥於書肆的「鴛鴦蝴蝶」式的流行小說，新文學陣營展開了不遺餘力的猛烈抨擊，從遊戲的、消遣的、金錢主義的文藝觀到紅男綠女、狐仙俠盜、黑幕秘聞的創作文本，統統給以徹底的否定。「為人生」派以社會使命感相號召，「鴛鴦蝴蝶」派以迎合市民的消費需要為招徠，形成兩軍對壘、互不相讓的局面。

通俗小說陣營缺乏理論家，不能對新文學陣營作理論上的申辯或反攻，但是這卻絲毫也不影響它自有其相當廣闊的讀者市場，從而支持它能維持著與新文學陣營的抗衡，歷三十年之久而不衰。自新文學運動發生到新中國的成立，這幾十年間，「雅」「俗」對峙，成了這一階段中國文學的基本存在方式。

但是，只是滿足於這一觀察，就很可能是膚淺的和皮相的。像世界上任何事物、任何矛盾一樣，互相聯繫、互相依存、互相滲透的情形，所在多有。需要強調的正是「雅」「俗」之間，不僅有對抗、對立，也有彼此時相消長、彼此隱然相通、甚至彼此趨近的跡象和事實。

首先，二十世紀中國文學既是傳統中國文學自身發展的必然結果，也確實受惠於西方文學的刺激、影響。「新文學」的一代元老如魯迅、胡適、周作人、郁達夫、郭沫若等人與外國文學的種種關係，研究多多，茲不贅言。而被他們斥為「封建舊文藝」的通俗小說家們，於外國文學的譯介也不無貢獻。《禮拜六》的台柱周瘦鵑早在 1917 年就翻譯出版了三卷本的《歐美名家短篇小說叢刻》，被魯迅贊為「昏夜之微光，雞群之鳴鶴」，「足為近年譯事之光」。[4]而頗有意味的是，魯

---

[4] 載《教育公報》1917 年 11 月 30 日。

迅當時是以教育部僉事兼「通俗教育研究會」小說股主任的身份褒獎周瘦鵑的。包天笑也譯過《世界末日記》、《寫真帖》、《六號室》、《天方夜談》等不少西洋小說，他早在 1901 年與楊紫麟譯的《迦因小傳》，更是繼林譯《巴黎茶花女遺事》之後最為風行的外國小說。其他不少通俗小說家也或多或少翻譯過外國小說。看過或學步的，恐怕就更多。說通俗小說家也受到過外國文學的洗禮或在譯介外國作品方面與新文學作家取同一方向，是有事實為根據的。

第二，也因此之故，通俗小說家在擢拔小說的文學地位時，既受到過域外文學觀念的影響，也與他們的對手——新文學小說家尊崇小說、乃至視其為正宗的看法不謀而合。通俗文學在相當長的時間裏，其書寫形式主要是敘事文體的小說，是個令人矚目也值得深究的現象。小說因其對情節的注重、講究，語言也較易於以通俗易懂的長處為讀者所樂於接受，又比詩歌、散文更有趣味，成了二十世紀讀者的寵兒。雖然「雅」「俗」兩方面對於小說功能的理解各有傾側，對於小說世界的營造各有規範，但在客觀上卻聯手構築了二十世紀中國小說的建築群落。

第三，通俗小說中有不少表現了反對封建專制、揭露軍閥惡行、堅持反帝抗日、關注國運民瘼的主題和意識的作品，除了武俠、言情小說等類別，也有「問題小說」（如張舍我的某些小說），「諷刺小說」（如程瞻廬的某些小說），「國難小說」（如張恨水的某些小說），觸及到時代和社會的現實；在《八十一夢》（張恨水）和《升官圖》（陳白塵）之間，在《秋海棠》（秦瘦鷗）和《鼓書藝人》（老舍）、《風雪夜歸人》（吳祖光）之間，在《春明外史》（張恨水）和《家》（巴金）之間……，也並不是沒有這樣的或那樣的相通、相近之處。既然置身於同一的時空之中，通俗文學作家與新文學作家有著從民族意識到價值觀念上的趨同傾向，是情理中事，也十分自然。深淺不同，純雜有異，則並不能苛求。

第四，通俗文學家在新文學的批評裏受到沖激，又從讀者的不斷變化的要求中獲得啟發，在創作手法上也越來越多地從外國文學（遠處）或新文學（近處）借鑒、學習一些技巧，一則是豐富了通俗文學的表現方式，二則也是縮短了與新文學乃至與世界文學潮流的差距，雖有「趕時髦」（這本是他們的特長）之嫌，然而「雅」、「俗」趨同的意向和實踐，總是順應潮流與民心的明智之舉。而在新文學那方面，也曾經幾次熱烈地探討過「大眾化」的路徑。在四十年代的解放區更推出了像趙樹理這樣的典範，透露了向民間文學和俗文學汲取新生機的動向，也是為「新文學」（純文學）尋求更多的讀者和市場的明智之舉。「雅」、「俗」文學的接近與趨同，在四十年代一度出現了喜人的態勢。

「雅」、「俗」之間在對峙中的平衡局面和趨同態勢，是在四五十年代之交被徹底打破、中止的。這種情況主要的並非由於某一方的強勢存在或讀者群「一邊倒」的選擇所致（他們是既看魯迅、巴金，也看張恨水、劉雲若、還珠樓主的）。政局的改變，文化秩序的重建，新政權文藝政策的意識形態化，是導致通俗文學一下子「銷聲匿跡」、「純文學」得以一統天下的根本原因。

通俗文學這一回可真的要「浪跡江湖」了。然則「三十年河東，三十年河西」。五十年代以後它在大陸幾無立錐之地，卻賴中國之大（也許是冥冥之中一隻「看不見的手」網開一面），在海峽對岸的臺灣和香港地區找到了繼續存活的「土壤」，以另一種方式維持幾近失衡的文學生態。

從五十年代到七十年代，在大陸，「通俗文學」經歷了另一個三十年的低迷和空白。嚴肅文學則一步步地經由新民主主義的文學到社會主義的文學，甚至還出現了「高」、「大」、「全」的陰謀文藝，走上了一條越走越窄的小路甚至「死胡同」，釀成了自身的危機。

而在臺灣、港澳地區，自二、三十年代起，當年在大陸出產的通俗文學作品就陸續在社會上流布（就規模而言，在香港甚於臺灣），至五、六十年代，臺灣、香港與大陸分隔的政治現實已基本呈現，海峽彼岸的文學生態在中華文化版圖中開始隨之出現一些與大陸本土不同的色彩，其表現之一，就是通俗文學的易地勃興、走紅，恰與大陸的低迷、空白形成強烈的反差和對比。

八十年代的「改革開放」為通俗文學重返大陸文壇提供了契機。對通俗文學的認真、冷靜的閱讀和研究，逐步改變了人們對通俗文學歧視、誤解的心態。台港通俗文學作品打入大陸市場，民國通俗小說「重出江湖」加之新出現的一些當代通俗小說，合力形成了對嚴肅文學的有力衝擊。文藝政策的開明，讀者的多方面需求，傳播管道的多元化，都使通俗文學得以與純文學共用流通空間。對峙被共存所代替。大陸的這種情況與海峽對岸的文學生態出現了越來越大的趨同性，臺灣社會政治上的變動也對文學的多元發展更為有利。香港文學在八十年代也有了純文學更多的空間，一批面向香港現實的作品陸續問世，也呈現出空前的發展。

從兩岸三地的中華文學的當代呈現來說，在二十世紀的總體格局中，還從來沒有過像八十年代這樣，通俗文學與純文學在如此廣大的空間共存共榮，這是經歷了幾十年曲折與艱辛的探索以後，才出現的難得的文學生態的平衡，彌足珍貴。

三、從分流到整合：「台港文學」與「大陸文學」

中華民族是帶著國土分隔的歷史傷痛走進二十世紀的：1895 年一紙《馬關條約》，使臺灣淪為日本的殖民地，直到 1945 年；1949 年以後由於國共戰爭的結局，又延續了台海兩岸隔絕幾十年的局面；而香港、澳門也在上世紀末相繼被割讓給英、葡殖民帝國，疏離於祖國大陸本體。

這樣的歷史與因循而致的現實，當然深刻地規定了二十世紀中國文學的格局和面貌，同一文化母體被生生切割成若干板塊，呈現出同中有異的體相。如何認識臺灣、港澳的文學發展造成的與大陸文學有異的「殊相」，如何確定它們在現代中華文學歷史發展中的價值與地位，便成了確立二十世紀中國文學這一整體觀念必須解決的問題。

一方面是源於同一文化母體，同一歷史傳統；另一方面是半個世紀乃至上百年的分隔、分流，由同源分流而造成同質異相，這正是二十世紀中國文學不同於歷史上中國古代文學的又一特殊之處，也是它的個別性與複雜性所在。

臺灣、港澳地區之有文學，其歷史要比中原短得多，它的萌生是中原文化延伸的自然結果。明朝末年宦遊臺灣的文人徐孚遠、沈光文留下了現今所知臺灣最早的文人創作；港澳地區開埠甚晚，更要到本世紀初才漸有文人文事之出。

「五四」新文學運動在北京、上海等地倡導不久，它的影響就很快越過海峽。二十年代，臺灣、香港相偕出現了對「五四」新文化運動的呼應。

1915 年《青年雜誌》在上海的創刊（後改為《新青年》，遷往北京，標誌著新文化運動的開始）。1916 年胡適在美國醞釀「文學改良」。1917 年，胡適、陳獨秀接踵發表《文學改良芻議》、《文學革命論》，樹起了「新文學」的大旗。

1920 年，林獻堂、蔡惠如等留學日本的青年學生，在東京組織新民會，創辦《臺灣青年》雜誌，提倡新文學。1923－1924 年，胡適、陳獨秀的《文學改良芻議》、《中國五十年來之文學》和《文學革命論》、

《敬告青年》就被介紹到了臺灣。二十年代中期在北京師範大學求學的臺灣青年張我軍親受新文學運動的薰陶，還曾拜訪魯迅並得到勉勵。[5]他在 1926 年出版的《亂都之戀》是臺灣文學史上第一部新詩集，其地位類似胡適的《嘗試集》。至於臺灣報刊上發表的有關鼓吹新文學的文章，更形成了一股熱潮。此後，臺灣新文學雖屢遭日本殖民當局的摧殘、壓制，但終究沒有被消滅。

香港新文學的發動要稍晚一些。1927 年魯迅應邀從廣州去香港，他的《老調子已經唱完》和《無聲的中國》兩篇演講，在沉悶的香港文壇播下了新文學的火種。次年，張稚廬等創辦《伴侶》，被譽為「香港新文壇的第一燕」，帶動了一批新文藝期刊的出土。繼而又有第一個新文學社團《島上社》的成立，黃天石、謝晨光、侶倫等是主要成員。香港新文學的起步由此開始。在當時，香港作家最早接觸並受到一定影響的是創造社同人的創作，如郁達夫的《沉淪》，郭沫若的《漂流三部曲》以及田漢的劇作等。至於民初以來的「鴛鴦蝴蝶」派小說，在當時的香港，也有一些學步者，創作過一批小說，顯示了和大陸文學的另一層聯繫。[6]

人員的交往是文學交流的直接方式之一。在日據時期，大陸到過臺灣的作家只有梁啟超、章太炎、郁達夫和本就在臺灣出生的許地山等少數人，而有大陸經驗的臺灣籍作家則更少（如張我軍、鍾理和、林海音等人）。1945 年日本投降，臺灣回到祖國懷抱，當時以推廣國語為主要目的赴台的有許壽裳、李霽野、臺靜農、李何林、黎烈文、雷石榆等。1949 年國民黨政府遷台後，陸續到臺灣定居而接續了臺灣

[5] 參見劉登翰主編《臺灣文學史》（上卷），海峽文藝出版社 1991 年版。
[6] 參見王劍叢《香港文學史》，百花州文藝出版社 1995 年版。

文學和「五四」新文學血脈的還有胡適、羅家倫、傅斯年、蘇雪林、林語堂、謝冰瑩、胡秋原、鍾鼎文、紀弦、梁實秋等，他們的教學和文學活動，在意識和無意識間，擴大了「五四」新文學的影響。一大批出生於大陸、相繼在大陸和臺灣完成了中高等教育、以後漸有文名的作家如琦君、吳魯芹、余光中、張曉風、張騰蛟等則帶著童、少年時代大陸生活給他們刻下的文化烙印，傳承著中華文學的香火。大陸和臺灣之間作家的交往在五十年代到八十年代中期幾乎完全停止，直到八十年代後期，臺灣當局開放「探親」，這才有了較大的改觀，兩地作家的作品也很快有了在彼岸出版的可能與現實管道。分隔已久的局面正在一步步鬆動。

大陸和香港之間的情況有所不同，半個多世紀以來，大陸作家有過三次「南下潮」，第一次是抗戰開始以後的 1938－1939 年，第二次是國共內戰至新中國成立的四、五十年代之交，第三次是大陸「改革開放」的七、八十年代之交，都是中國社會發生較大變動之際。第一次南下者，「過客」多，定居者少，有茅盾、郭沫若、許地山、巴金、蕭紅、夏衍、戴望舒、端木蕻良、蕭乾、陳殘雲、徐遲、胡風、駱賓基、施蟄存、周而復、楊剛、樓適夷、黃藥眠、葉君健、歐陽予倩、葉靈鳳等。其中有人在香港創作了重要作品，有人在香港走完了人生和文學的長途跋涉。第二次南下者，人數少於第一次而多為定居者，如徐訏、李輝英、曹聚仁、徐速、唐人、司馬長風、高旅、劉以鬯、金庸等。第三次南下者，人數甚多且基本上是定居者，如曾敏之、陶然、陳浩泉、顏純鈎、梅子、璧華、王一桃、白洛、陳娟、張詩劍、楊明顯、傅天虹、周蜜蜜、夏捷、舒非、古劍、漢聞、黃河浪、東瑞、陳少華等（此一時期還有從臺灣或東南亞到香港的，如施叔青、余光中、戴天、鍾玲、犁青等人）。三代南來作家對香港文學促進作用之大，幾乎勝過本土作家。因此，儘管香港處於英國殖民統治之下、中西文化交匯的要衝，但香港文學與中國文學之間卻一直維繫著相當緊密的交流。

然而，臺灣文學和港澳文學畢竟是在不同於大陸的社會空間、政治空間中存在和發展的。在抉發它們與中國（大陸）文學之間不可分割的血緣聯繫的同時，也不能不正視它們獨特的一面：獨特的面貌體相和獨特的發展軌跡。台港文學的這種「異相」在五十年代以後表現得較為突出和明顯。

日據時期的臺灣文學是在反對殖民統治、反對封建專制的軌道上行進的，與中國大陸「五四」新文學反帝反封建的方向正取同一步調；雖然它有自己相當特殊的選材和不同的社會背景，一度還受到過「皇民文化」的干擾。到了五十年代，大批大陸籍作家的流入，相當程度上改變了臺灣文壇作家隊伍的構成。國民黨政府吸取在大陸失敗的教訓（官方認為沒能掌握好文化人是失敗的原因之一），加強了對文藝的控制，大力宣導所謂「戰鬥文藝」、「反共文藝」，使文藝完全臣服於它的政治需要，極大地損害了臺灣文學的整體面貌，但未能持久。從五十年代中期開始，先是在詩歌界，現代詩社、藍星詩社和創世紀詩社相繼舉起現代主義的旗幟，表現出對「戰鬥文藝」的離棄和新方向的求索，接著以台大外文系為大本營，小說家們也轉向內心世界的開掘。《現代文學》同仁的追求，影響了一時風氣。戲劇創作和文藝批評也引入了西方現代派的觀念和方法。現代主義文藝思潮在五十年代中期到六十年代在臺灣文藝界幾乎成了主導的思潮。這有著社會、政治、文藝、心理等多方面的原因。七十年代在臺灣文壇上發生了關於「鄉土文學」的激烈論爭，本土意識抬頭，寫實為主的鄉土文學極一時之盛，與五、六十年代的潮流方向有異。到八十年代，則出現了無主流的多元發展的新局面，這是幾十年來臺灣文學歷經數度變遷，集鄉土、傳統與現代多種文化精神匯於一體的文學新時期。

香港文學在五十年代開始呈現它相對獨立的區域文學風貌，但初時頗受「綠背文化」（美元文化）的滲透，「左」、「右」兩方面的政治影響有短兵相接之勢。五十年代還先於臺灣地區出現了現代派文藝的提倡，但通俗小說的創作也較臺灣地區為先佔領了相當大的讀者市場，並達到較高的水準。六十年代以後，隨著香港經濟的快速發展和在世界經濟版圖上地位的提升，都市化程度越來越快。文學的大眾消費日益成為主導需求，與臺灣相比，似乎更少純文學的空間，以至於有「香港是文化沙漠」的說法。七十年代以後，隨著大量南來作家的崛起，香港文學出現了越來越多的純文學作品，儘管不敵流行文學雄霸市場之勢，卻顯示著香港文學格局的某種調整。到了八、九十年代，「香港無文學」論已不攻自破，在這個世界著名的「自由港」，各種傾向與風格的文學也正在自由地舒展、成長。

很顯然，台港文學近幾十年的發展變遷與大陸同一時期文學的變遷，並不是一種一體迭合的關係。五十年代以後，大陸文學界較少真正的文藝論爭，而充斥著連綿不斷的「大批判」或是政治定性，到「文革」爆發，幾乎切斷了傳統文學的血脈。「物極必反」，八十年代以來，中國大陸的文學進入了歷史上從來沒有過的健康發展的好時代：現代主義贏得了正常的席位，通俗文學摘掉了帽子，外國各流派的文學理論、文學創作被大量介紹，老、中、青三代作家的各種藝術探索並行不悖，台港文學也被客觀、公正地、全面地介紹和認識……全方位地構建健全的現代中華文學大廈正成為中華民族炎黃子孫共同的欲求，整合曾經分流的中華文學作為一種歷史的必然被提上了日程。二十世紀中國文學的歷史性書寫期盼著一個圓滿的句號。

四、敘述視角與策略

二十世紀中國文學的歷史存在是一回事，對這段文學史的敘述與書寫又是一回事。後者的實現固然必須建立在對前者明晰認知的基礎上，也必須採用適宜的敘述策略才能透達歷史的底蘊。簡單地拼合式的架構不可能揭示不同地區各異文學現象之間的內在因緣，也無法解釋源於同一文化母體何以會出現某些不平衡或相互扞格的史實，更難以把握作為中華現代文學的一部分與整體之間的分合聚散的深層脈動。局限於某一局部、或某一些文學現象、某一時期的特殊形態等等，都可能導致對文學史大背景的忽視，而陷於作繭自縛的尷尬境地。

中華文化淵遠流長的傳統與千姿百態的現實呈現，應是考察現代中華文學的基本參照系。從文化與文學關係的視角看來，二十世紀中國兩岸三地的文學從其走上新里程開始，事實上，就是現代文化在其一定歷史過程中的一種美麗的呈示。「五四」文學革命是在新文化運動中萌生的，臺灣文學和香港文學不可能自外於中華文化的歷史沉積而橫空出世。兩岸三地文學的相互關係，其「合」非由某種人為的力量所致，其「分」也不以人的意志為轉移。中華文化歷幾千年雪雨風霜形成的強大凝聚力，不管是否被意識到，其作用力其實從未稍息、稍減，這是超越於政治、社會、意識形態、乃至時間空間的深植於民族心靈的神奇力量。只要是在中國這塊土地上，只要是在中華文化教育下讀書寫字創作，一個黃皮膚黑眼睛的中國作家就根本無法拒絕自己所屬的民族的「集體無意識」。即使是對外國文學的借鑒、引進，他用的也是中國人的眼睛，他的思維方式與選擇方式也是中國式的。他也會很自然地注意到異域奇珍與民族文化歷史上的寶藏之間的某種相似相近。他從共同的文化遺產中吸取滋養，他面對共同的大中國的時空。

在題材的選擇、主題的表達、方法的採用上，不同地區中國作家或有所差異、有所先後、有所衍變，但這正是泱泱大國匯納百川、有容乃大的民族性格的自然表現，也是走向現代化進程的必然路徑。「定於一尊」、「一枝獨秀」、「一統天下」、「從一而終」都是短暫的、不穩固的、不正常的、不符合歷史發展方向的。多元、雜色、眾聲喧嘩、百花齊放，是中國這個有著遼闊疆域、悠久歷史、眾多民族的國度繁榮興盛、文化繁榮興盛、文學繁榮興盛的根本動力。共同的唯一，是有的，那就是中華民族的文化。

除了某些用少數民族文字寫成的現代作品，[7]現代中華文學基本都以方塊漢字（作為白話文的載體）為書寫符號。文學作為一種語言的藝術，它的內在蘊含與外在表現形式有著互相依存的深層關係。把二十世紀中國文學放在世界文學的總體格局中來考察，方塊漢字的「外貌」是它區別於其他語種的各國文學的最明顯的美學特徵。語種文學的視角只有在這樣遼闊深邃的文學大視野中，才會顯出它的獨特意義。兩岸三地的現代中華文學都用現代漢語（白話文）來負載其思想、意念、情感與技巧。如果從中國文學幾千年的自身發展來看，這不過是一種歷史的自然延續（頂多是白話文取代了文言文），然而放在世界各民族森羅萬象的文學之林裏看，卻正是它最醒目、最獨特的體態、膚色和聲音。考察中華文學籍由漢字表意系統的傳達方式，它所引發的意象體系、它所具有的區別於西方語言的音韻之美，甚至它所蘊含的民族文化心理的積澱，以及繁富多彩的方言俗語的特殊魅力，所有這些都深烙著中華民族的特殊印記。對世界而言，這是一種殊相，對

[7] 少數民族文學是現代中華文學的成分之一，有關申述未便展開，有待作專門的研究。

兩岸三地而言，則是一種共相。由此再深探，當能切近中國文學與世界他國文學之異和中華文學自身之同。廣而言之，從語種文學的視角研究散見於世界各地的華文文學，也能既窺其與他國（包括所在國）文學之異，又見其與中華文學之同，對它的歸屬就較易取得共識了。

二十世紀中國文學是二十世紀的——是二十世紀世界文學的一部分；二十世紀中國文學又是中國——的一是幾千年中國文學的一段落。在橫向的世界文學大背景和縱向的中國文學的大格局中，「二十世紀中國文學」佔有確定的座標點，而「現代化」和「民族化」既是其標的，又是其品格。幾千年中國文學在進入二十世紀以後，方開始了現代化的進程。換言之，二十世紀中國文學以「現代性」區別於傳統的中國文學；而在二十世紀的世界文學中，它又以「民族性」區別於其他國家的文學，這種民族性也就是中華神韻。因此，我們也樂意於把「二十世紀中國文學」稱之為「現代中華文學」，以彰顯其特徵。

同時，「現代化」和「民族化」也可以作為評估兩岸三地文學的基本尺度，而二者的完美結合，應是現代中華文學精品的必備品格。魯迅、郁達夫、余光中、白先勇、金庸、劉以鬯等作家可能在政治態度、文學觀念、寫作題材、藝術風格上各有不同，但其作品在「現代化」和「民族化」的結合上都達到了相當高或很高的水準，就應該獲得基本肯定的文學史定位和較高的審美評價。對於一個作家是如此，對於一個社團、一場爭論、一種主張乃至一部作品，也應當如此。必須強調，所謂「現代化」、「民族化」，當然已經包括了內涵與形式、思想與藝術兩個側面。

在眾多的「中國現代文學史」、「臺灣文學史」、「香港文學史」、「通俗文學史」的寫作之後，視野宏闊、立意高遠、評論精當、架構科學的現代中華文學史將會應運而生，對此，我們應抱有樂觀的信念。

兼容雅俗與整合兩岸

中華民族有著豐厚的文化積澱和悠遠的文學傳統。歷經長時期的發展流變，到十九世紀末葉，中華文學開始了自身的現代化歷史進程。這一進程目前尚在延續中。

中華文學史上的這一段時期，不管你是把它稱為「二十世紀中國文學」，還是「現代中華文學」，甚至仍然沿用「中國現代文學」的「舊稱」，其實都並非最本質的差異。對於幾千年的中華文學史來說，對於同一時限的世界文學大格局來說，最重要的是，這一段文學史之所以能自成一段，乃是因其自身的品格、質地的變異所致。因此，確立這樣的概念，同時也就意味著對這一概念內涵的確認。

然而，恰恰是在對「二十世紀中國文學」（或曰「現代中華文學」、「中國現代文學」等）內涵的確認上，至今還缺乏共識。一個文學史寫作者抱持怎樣的文學史觀念，可以不必定於一尊；文學史的書寫和具體操作，更應該不拘一格，也不必非有什麼「欽定」的或「統一」的模式；然而，對於書寫對象的確認，對於「這一段」文學史內涵的確認，卻無論如何需要達成共識。否則，概念的含混、視野的錯位、標準尺度的不一等等，將使有效的對話成為不可能。

「二十世紀中國文學」這一「新概念」，自一九八五年由北京大學的黃子平、陳平原、錢理群三位學者提出至今，已有十二年了。今天，人們對於這種把一個世紀的中國文學作為一個整體來把握的學術思維方式，已經有了普遍的認同。它的價值和意義，業已無庸置疑。不過，如果把「二十世紀中國文學」只是理解為時限的上溯下延，或對既往的「近代」、「現代」、「當代」的「打通」，那就未免閹割了它的獨特創意的學術靈魂。

在我看來，健全的「二十世紀中國文學」時空觀的確立，當是建構新的學科格局（包括新撰文學史）的前提。而到目前為止，某些本屬「二十世紀中國文學」題中應有之義的歷史內涵還被遺落在一些學者的學術視野之外。這主要是，在審美空間上，對於通俗文學的「忽略不計」；在地域空間上，對於臺灣文學、港澳文學的「擱置一邊」。這種「忽視」和「擱置」，直接妨害了對於「二十世紀中國文學」內涵的確認，甚至有可能重蹈過去狹隘的「中國新文學史」、「中國現代文學史」的覆轍。

兼容雅俗、整合兩岸，在二十世紀即將過去、學科新格局面臨著新世紀呼喚的現在，已顯得十分迫切。事實上，通俗文學與嚴肅文學（雅文學、純文學）從對峙到並存，台港文學與中國（大陸）文學從分流到匯合，既是二十世紀中國文學的趨勢與格局，更是中國文學現代化進程的內在動力。二者相激相生、互補共存。

文學的「雅」、「俗」之爭，古已有之。進入二十世紀以來，中國文學中的「雅」與「俗」，形成了此起彼伏、相激相蕩、空前激烈的競爭局面。加之特定的社會環境的要求和一定的文學生態環境的制約，以致結成了互相隔絕、壁壘分明的兩大作家圈，並各自建構了判然有異的兩種文學話語系統，形成了對傳統文學的移位，呈現出文學新世紀的現代景觀。

這種情形，尤以小說界為著。十九、二十世紀之交，一方面是上承明清小說的餘緒，繼續湧現出大量通俗小說，另一方面是因應社會變革的時勢，有梁啟超、章士釗等人的「新小說」、「政治小說」的提倡和問世，顯出小說向兩個不同方向分流的端倪。傳統的中國小說本就姓「俗」的一統天下始被打破。西方小說觀念傳入中國，以林譯小說為代表的大量西方小說的湧入，梁啟超、夏曾佑等有識之士對小說地位、功能的鼓吹，直至「文學革命」興起，胡適介紹西方短篇小說的理論，魯迅為中國小說修史……小說儼然被置於文學中心的位置。

小說成為文學的「正宗」與其「二水分流」的發展趨向，幾乎是同時發生的。以魯迅為代表的新文學陣營推出了《狂人日記》等負載崇高使命感的「新文學」小說，進一步強化了小說的改良社會、教化人生的功能；同時，對自清末民初以來盛行於書肆的「鴛鴦蝴蝶」派小說，展開了不遺餘力的猛烈抨擊，從遊戲的、消遣的、金錢主義的文學觀到紅男綠女、狐仙俠盜、黑幕秘聞的創作文本，統統給以徹底的否定。「新文學」作家以社會使命感相號召，「鴛鴦蝴蝶」派作家以迎合市民的消費需要為招徠，從而凸現兩軍對壘互不相讓的格局。

通俗小說陣營缺少理論家，不能對新文學陣營作理論上的申辯或反攻，但是這卻絲毫也不影響它自有其廣闊的讀者市場，從而支持它能維持著與新文學陣營的抗衡，歷三十年之久而不衰。自新文學運動發生到新中國成立的幾十年間，「雅」「俗」對峙，成了這一階段中國文學的基本存在方式。

不過，所謂「對峙」，雖以雙方的對立為主，但也並非時時處處一味「對立」，二者互相依存、互相滲透、互相影響的情況，所在多有。在對峙、對立、對抗的同時，也不乏彼此時相消長、彼此隱然相通、甚至彼此趨近的跡象事實。正如有的學者所說：「沒有通俗小說刺激的高雅小說和沒有高雅小說影響的通俗小說，都很難成立也很難發展」，「雅俗對峙……是小說發展變化的一個重要動力」（陳平原語）。這種看法是透闢而中肯的。

與新文學小說較多接受西方小說影響不同，通俗小說上承中國白話小說的傳統，這是小說在本世紀初開始「分流」的重要背景；但同時，我們也看到，通俗小說作家對於西方小說的譯介接受也並不比新文學家們滯後。早在 1901 年，包天笑與楊紫麟合譯的《迦因小傳》，繼林譯《巴黎茶花女遺事》之後，風行一時，包還譯過《世紀末日記》、《寫真帖》、《六號室》、《天方夜譚》等不少西洋小說。周瘦鵑也在 1917 年翻譯出版了三卷本的《歐美名家短篇小說叢刻》，魯迅盛讚為「昏夜之微光，雞群之鳴鶴」，「足為近年譯事之光。」而頗有意味的是，魯迅當時是以教育部僉事兼「通俗教育研究會」小說股主任的身份褒獎周瘦鵑的。新文學作家和通俗小說家曾經有過共同的「老師」。前者首肯後者譯介外國文學的實績，表明雙方在接受外國文學洗禮、從事譯介，乃至程度不同的「師法」上，實有趨同傾向。其他一些通俗小說家也或多或少譯介過外國小說，或者讀過、學過，佐證也還有不少。

擢拔小說在文學世界裏的地位，通俗文學作家與新文學作家也可謂不謀而合。這裏既有西方文學觀念的共同影響，也有雙方各自對小說功能重要性的真切體認——即使一者更多強調其教化功能，一者全力張揚其娛樂消遣功能，似乎大相徑庭，實已形成互補。而通俗文學在相當長的時間裏，獨領風騷的書寫形式主要是敘事文體的小說，這本身就是個非常有意味的值得研究的現象。小說因其對情節的注重、講究，語言也較通俗易懂的長處為讀者所樂於接受，又比詩歌、散文更有趣味，成了二十世紀讀者的寵兒。小說的大繁榮，是二十世紀中國文學史上的突出現象，為此前的中國文學史所未見。新文學小說家和通俗小說家對於小說功能的不同理解、對於小說機制的各自營構，並沒有妨礙他們聯手構築了二十世紀中國小說的建築群落。雙方皆「與有榮焉」。

在思想傾向、價值觀念與審美趣味方面，通俗文學家誠然與新文學作家有著較大的差異，可也不是沒有相通、相近之處。忠貞的愛情、誠摯的友誼、堅毅的品格、俠義的精神，都是他們共同讚美和崇揚的，懲惡勸善、伸張正義、反對封建復辟、抗禦外侮侵凌，也都是他們一致主張力行的。中華民族的一些傳統美德，在通俗小說中得以傳揚光大。國運、民瘼、時弊，同樣為通俗作家所關注。除了武俠、言情、偵探、黑幕小說等等，程瞻廬的某些「諷刺小說」、張舍我的某些「問題小說」、張恨水的某些「國難小說」，觸及時代和社會的現實，與新文學作家的作品互為呼應。在《八十一夢》（張恨水）和《升官圖》（陳白塵）之間，在《秋海棠》）（秦瘦鷗）和《鼓書藝人》（老舍）、《風雪夜歸人》（吳祖光）之間，在《春明外史》（張恨水）和《家》（巴金）之間……也都能發現這樣或那樣的共同之處。既然共用「二十世紀中國」的時空，「雅」、「俗」作家表現出某些相同的選擇與認知，應是時勢使然、情理中事。至於深淺不同、純雜有異，則並不能苛求。

通俗文學家曾經遭受新文學家的猛烈批判，這無疑使他們深受刺激。讀者不斷變化的要求又給予他們新的啟發。在創作手法上，他們越來越多地從外國文學（遠處）和新文學（近處）借鑒、取法，在豐富了自身表現方式的同時，也縮短了與新文學與世界文學潮流的差距，自是順應潮流的明智之舉，像張恨水這樣的通俗文學大家幾乎進到了「現實主義的廣闊天地」。與此同時，新文學方面也曾數度探討文藝「大眾化」的路徑，透露了向民間文學和俗文學汲取新生機的動向，到四十年代更推出了趙樹理這樣的典範。《小二黑結婚》、《洋鐵桶的故事》、《新兒女英雄傳》，以及《蝦球傳》（包括五十年代問世的《鐵道游擊隊》、《林海雪原》、《三家巷》等等）一類的小說，剛健清新、引人入勝，為老百姓所喜聞樂見，從另一個方向顯示了新文學作品「通於俗」的姿態，也是為「純文學」尋求更多讀者和市場的明智之舉。「雅」「俗」文學的趨同，在四十年代一度出現了喜人的態勢。

「雅」「俗」之間在對峙中的平衡局面和趨同態勢，是在四五十年代之交被徹底打破、中止的。政局的改變、文化秩序的重建，新政權文藝政策的意識形態化，是導致通俗文學一下子銷聲匿跡、純文學得以一統天下的根本原因。

通俗文學這一回可真的要「浪跡江湖」了。五十年代以後，它在大陸幾無立錐之地，卻賴中國之大，在海峽對岸的臺灣和香港地區找到了繼續存活的土壤。而在大陸，從五十年代到七十年代，通俗文學呈現了三十年的空白。嚴肅文學在放逐了通俗文學的刺激的同時，就必然失去其活力和生機，一步步走上了一條越走越窄的小路甚至「死胡同」(「高」、「大」、「全」、「三突出」的「陰謀文藝」)，它自身也就難免生存之虞。

如果說二三十年代是通俗小說興盛的第一次浪潮，那麼，五六十年代在臺灣、香港的易地勃興、走紅，足可稱為本世紀中國通俗小說的第二次大的浪潮，恰與大陸同時期的空白形成強烈反差和對比——從另一個意義上說，前者與後者也算是構成一種「互補」。而真正步入「雅」「俗」文學並存共榮的新時期，則是在八十年代。從民初的濫觴，到五六十年代在台港的復蘇，再到八九十年代在兩岸三地的同時輝煌，通俗文學迎來了在本世紀的第三次浪潮。「改革開放」的大環境、文藝政策的開明、讀者的多方面需求、傳播管道的多元化，對通俗文學的進人學術層面的認真研究，逐步改變了長期以來對它的歧視和誤解心態。通俗文學真正得以與純文學共用流通空間和審美空間。對峙被並存所代替。在二十世紀中國文學的歷史流程中，還從來沒有過像八九十年代這樣，在兩岸三地，出現文學生態如此廣泛深入的平衡，它展現了中國文學日後發展的宏闊前景，彌足珍貴。

從對峙到並存，「通俗文學」與「新文學」的共生互動，在二十世紀中國文學史上劃出了清晰的軌跡。確認「通俗文學」在二十世紀中國文學史上的存在，實質上正是確認其重要的歷史性特徵。

中華民族是帶著國土分隔的歷史傷痛走進二十世紀的：1895 年一紙《馬關條約》，使臺灣淪為日本的殖民地，直到 1945 年；1949 年以後由於國共戰爭的結局，又延續了海峽兩岸睽隔幾十年的局面；而香港、澳門也在 19 世紀末相繼被割讓給英、葡殖民帝國，疏離於祖國大陸本體。

這樣的歷史與因循而致的現實，當然深刻地規定了二十世紀中國文學的某種「板塊」狀態。一方面是源於同一文化母體、同一歷史傳統，另一方面是半個世紀乃至上百年的分隔、分流，這正是二十世紀中國文學不同於十九世紀以前中國古代文學的特殊之處，也是它的時代特徵與複雜性所在。

臺灣、港澳地區之有文學，其歷史要比中原短得多。許多考證和研究表明，它的萌生是中原文化延伸的自然結果。明末宦遊臺灣的文人徐孚遠、沈光文留下了現今所知臺灣最早的文人創作。港澳地區開埠甚晚，更要到上世紀中葉才開始出現翻譯作品，本土文學作品則遲至本世紀初期方出現。

「五四」新文學運動在北京、上海等地倡導不久，它的影響就很快越過海峽。二十年代，臺灣、香港相偕出現了對「五四」新文化運功的呼應。

1920 年，林獻堂、蔡惠如等留學日本的青年學生，在東京組織新民會，創辦《臺灣青年》雜誌，提倡新文學。1923 年至 1924 年，胡適、陳獨秀的《文學改良芻議》、《五十年來之中國文學》和《文學革命論》、《敬告青年》就被介紹到了臺灣。二十年代中期在北京師範大學求學的臺灣青年張我軍親受新文學運動的熏陶，還曾拜訪魯迅並得到勉勵。他在 1926 年出版的《亂都之戀》是臺灣文學史上第一部新詩集，其地位類似胡適的《嘗試集》。至於臺灣報刊上發表的鼓吹新文學的文章，更形成了一股熱潮。此後，臺灣新文學雖屢遭日本殖民當局的摧殘、壓制，但終究沒有被消滅。

香港新文學的發動要稍晚一些。1927 年魯迅應邀從廣州去香港，他的《老調子已經唱完》和《無聲的中國》兩篇演講，在沉悶的香港文壇播下了新文學的火種。次年，張稚廬等創辦《伴侶》，被譽為「香港新文壇的第一燕」，帶動了一批新文藝期刊的出土，繼而又有第一個新文學社團《島上社》的成立，黃天石、謝晨光、侶倫等是主要成員。香港新文學的起步由此開始。而在此之前，由《大光報》主辦，黃昆侖、黃天石主編的《雙聲》（1921 年創刊），就有上海「鴛蝴派」作家徐枕亞、周瘦鵑、徐天嘯等人的作品與本地青年的學步之作，顯示了和大陸文學的另一層聯繫。二三十年代之交，創造社作家郁達夫、郭沫若、田漢等人的創作在香港也有較大影響。

人員的交往是文學交流的直接方式之一。在日據時期，大陸到過臺灣的作家只有梁啟超、章太炎、郁達夫和本就在臺灣出生的許地山等少數人，而有大陸經驗的臺灣籍作家則更少（如張我軍、鍾理和、林海音等）。1945 年日本投降，臺灣回到祖國懷抱。當時以推廣國語為主要目的赴台的有許壽裳、李霽野、臺靜農、李何林等。1949 年國民黨政府遷台後，陸續到臺灣定居而接續了臺灣文學和「五四」新文學血脈的還有胡適、蘇雪林、臺靜農、林語堂、紀弦、梁實秋等，他們的教學和文學活動，在意識和無意識間，擴大了「五四」新文學的影響；一大批出生於大陸、相繼在大陸和臺灣完成中高等教育，以後漸有文名的作家如琦君、吳魯芹、余光中等則帶著童、少年時代大陸生活給他們刻下的文化烙印，傳承著中華文學的香火。大陸和臺灣之間作家的交往在五十年代到八十年代中期，幾乎完全停止，直到八十年代後期，臺灣當局開放「探親」，這才有了較大的改觀，兩地作家的作品也很快有了在彼岸出版的可能與現實管道。分隔已久的局面正在一步步鬆動。

大陸和香港之間的情況有所不同。半個多世紀以來，大陸作家有過三次「南下潮」，第一次是抗戰開始以後的 1938 年至 1939 年，第二次是國共內戰至新中國成立的四五十年代之交，第三次是大陸「改革開放」的七八十年代之交，都是中國社會發生較大變動之際。第一次南下者，「過客」多定居者少，有茅盾、郭沫若、許地山、蕭紅、戴望舒、葉靈鳳等，其中有人在香港創作了重要作品，有人在香港組織從事了大量文學活動，有人在香港走完了人生和文學的長途跋涉；第二次南下者，人數少於第一次而多為定居者，如徐訏、李輝英、曹聚仁等；第三次南下者，人數甚多且基本上是定居者，如曾敏之、楊明顯、陶然、顏純鈎等（此一時期還有從臺灣或東南亞到香港的，如施叔青、戴天、犁青等）。三代南來作家對香港文學作用貢獻之大，幾乎勝過本土作家。特別是 1949 年以前，香港的文學發展基本上與中國大陸文學的變遷是疊合的。因此，儘管香港處於英國殖民統治之下、中西文化交匯的要衝，但香港文學與中國文學之間卻一直維繫著緊密的交流。

然而，臺灣文學和港澳文學畢竟是在不同於大陸的社會政經空間中存在和變異的。在看到它們與中國（大陸）文學之間不可分割的血緣聯繫的同時，也不能不正視它們獨特的一面，這種獨特之處既見之於其面貌體相，也呈現於其發展軌跡。這種「殊相」、「異軌」在五十年代以後表現得相當明顯、突出。二十世紀的中國文學在後半個世紀，在海峽兩岸三地確實有著「各行其是」的不同軌跡，這是無庸諱言的，困難在於：文學史家如何整合（而不是拼合）它。

日據時期的臺灣文學是在反對殖民統治、反對封建專制的軌道上行進的，與中國大陸「五四」新文學反帝反封建的方向正取同一步調；雖然它有自己相當特殊的不同的社會背景，一度還受到過「皇民化」的干擾。到了五十年代，大批大陸籍作家的流入，相當程度上改變了臺灣文壇上作家隊伍的構成。國民黨政府吸取在大陸失敗的教訓（官方認為沒能掌握好文化人是失敗的原因之一），加強了對文藝的控制，大力宣導所謂「戰鬥文藝」、「反共文藝」，使文藝完全臣服於它的政治需要，極大地損害了臺灣文學的整體面貌。但未能持久。從五十年代中期開始，先是在詩歌界，現代詩社、藍星詩社和創世紀詩社相繼舉起現代主義的旗幟，表現出對「戰鬥文藝」的離棄和新方向的求索，接著以台大外文系為大本營，小說家們也轉向內心世界的開掘，《現代文學》同仁的追求，影響了一時風氣。戲劇創作和文藝批評也引入了西方現代派的觀念和方法。現代主義文藝思潮在五十年代中期到六十年代在臺灣文藝界幾乎成了主導的思潮。與此同時，通俗文學、流行文學佔據了廣大的讀者市場。武俠、言情、科幻等類小說形成一波又一波的衝擊。以武俠小說而言，據估計，當時從事寫作者，有三百多人，而專事出版武俠小說的也有十多家出版社。大有「流行天下」之勢。這有著社會、政治、文藝、心理等多方面的原因。七十年代在臺灣文壇上發生了有關「鄉土文學」的激烈論爭，本土意識抬頭，寫實為主的鄉土文學極一時之盛，與五六十年代的潮流方向有異，到八十年代，則出現了無主流的多元發展的新局面，這是幾十年來臺灣文學歷經數度變遷，集鄉土、傳統與現代多種文化精神於一體的文學新時期。

香港文學在五十年代開始呈現它相對獨立的區域文學風貌，但初時頗受「綠背文化」（美元文化）的滲透，「左」「右」兩方面的政治影響有短兵相接之勢。五十年代還先於臺灣地區出現了現代派文藝的提倡，但通俗小說的創作也較臺灣地區為先佔領了相當大的讀者市場，有些並達到了較高的水準。六十年代以後，隨著香港經濟的快速發展和在世界經濟版圖上地位的提升，都市化進度越來越快，文學的大眾消費日益成為主導需求，與臺灣相比，似乎更少純文學的空間，以至於有「香港是文化沙漠」的說法。七十年代以後，隨著大量南來作家崛起，香港文學出現了越來越多的純文學作品，儘管不敵流行文學雄霸市場之勢，卻顯示著香港文學格局的某種調整。到了八九十年代，「香港無文學」論已不攻自破，在這個世界著名的「自由港」，各種傾向與風格的文學也在自由地舒展、成長。「九七」香港回歸以後，香港文學必將要開啟一個新階段。它與大陸文學間的關係經過二十至四十年代的「疊合」、五十年代到「九七」前的「分流」，將會「匯合」起來而呈現新的面貌。

李歐梵在考察「世紀末」兩岸三地的中國文化時說：「如果從時間轉向空間來看，毋庸否認，近年來地理上的中心地帶已經受到邊緣的挑戰。從臺灣到香港到華南沿海地區，經濟上的活力已經帶動文化上的新形式，而邊緣文化（香港反而成了它的中心），也經由大眾媒介在逐漸影響中原」。而「邊緣」持以向「中原」挑戰的，則是一種「雅俗混雜」的產品（並非全是精英文化），這實在是頗堪深省回味的。「影響」也好，「挑戰」也好，「趨同」也好，都為「整合」準備了足夠的理論和史實的「資料」。台港和大陸文學在八九十年代空前頻密的交匯互通，為「二十世紀中國文學」放出了本世紀最後的也是最燦爛的光華。

二十世紀中國文學的歷史存在是一回事，對這段文學史的科學敘述與書寫又是一回事。既往的《中國現代文學史》或《中國新文學史》欠缺通俗文學與台港文學的內涵，有多方面的歷史的和非學術性的原因，也是學術研究階段的局限性所致，這是不能苛求前人的。當此世紀末之際，回首百年來中國文學的發展，對於「二十世紀中國文學」應當涵蓋通俗文學和臺灣、港澳地區文學的內涵，確認這一段文學史書寫的對象，已成為越來越多的文學史寫作者、研究者的共識。

「寫什麼」固然重要，「怎樣寫」則更為艱難。「二十世紀中國文學史」的書寫，應當立足於兼容、整合，真正把它作為一個整體、一個大的系統來把握，而絕非簡單化的、機械式的拼合或組接。「象徵性」地、或「點綴式」、「1+1」式的書寫在某一時段也許在所難免，但它與「二十世紀中國文學」這一學術思路的距離，真不可以道里計。要求超越，已成為歷史的必然。

建立宏闊的大中國文化視野、學術視野。中華文化淵源流長的傳統與千姿百態的現實呈現，作為「二十世紀中國文學」的背景，無疑有助於文學史寫作者展開更開闊、更深邃的學術觀照。中華文化歷幾千年雪雨風霜形成的強大凝聚力，不管是否被意識到，其潛隱的作用力其實從來未稍息稍減，這是超越於政治、社會、意識形態乃至時間空間的深植於民族心靈的神奇力量。只要是在中華文化教育下讀書寫字創作，每個黃皮膚黑眼睛的中國作家就根本無法拒絕自己所屬的民族的「集體無意識」。源於同一文化母體、負載共同的文化傳統，兩岸三地的中國作家，不管你是講「使命感」，還是「娛樂他人」，都已在渾然不覺間擁有了一份「共同」。「五四」文學革命是在新文化運動中萌生的，臺灣文學和港澳文學也不可能自外於中華文化的歷史沉積而橫空出世。兩岸三地文學的血緣關聯，其「合」非由某種人為的力量所致，其「分」也不以人的意志為轉移，總有其內在的文化動因。「拼合」式的架構不可能揭示出不同地區不同社會形態下各異文學現象之間的因緣互動，也難以把握作為現代中華文學的一部分與整體之間聚散分合的深層脈動。局限於某一局部、某一時期的特殊形態，必然無法洞察其在整體格局中的前後傳承衍變、左右關聯影響的複雜聯繫，都可能導致對文學史大背景的忽視，而陷於作繭自縛的尷尬境地。在文學生產和消費的全過程中，中國不同地區的作家（或為「嚴肅」，或為「通俗」），自然會有不同的選擇、不同的好尚、不同的表現，其實也是一種「常態」，不必非在「異」中求「同」，強求「一律」。於異中見異，於同中見同，正是泱泱大國海納百川、有容乃大的民族氣派、民族性格的體現，也是中國文學走向現代化的必然路徑。「定於一尊」、「一枝獨秀」、「一統天下」、「從一而終」……都是短暫的、不穩固的、不正常的，不符合歷史發展方向的。多元、雜色、眾聲喧嘩、百花齊放，是中國這個有著悠久歷史、遼闊疆域、眾多民族的國度，其文化繁榮興盛、文學繁榮興盛的根本動力，也是它的活力和生機所在。

在整體的、動態的大系統中考察具體的文學現象、作家作品，與單一的《現代文學史》（實為「純文學史」）、《通俗文學史》或《臺灣文學史》、《香港文學史》不同，進入「二十世紀中國文學」學術視野的文學現象、作家作品，不能只放在原先劃定的「雅」、「俗」或大陸、台港文學的框架內（這些框架充其量只是「二十世紀中國文學」這一大系統中的「子系統」)，那樣當然不可能「發現」其在整體大系統中的價值，要準確論定其作用、地位，也就難了。比如，談台港「新派武俠小說」，從五十年代前期梁羽生、金庸在香港的出現，既要上溯至民國通俗文學武俠小說（如「北派五大家」)，又可旁及「武俠熱」渡海去台後，在臺灣引發古龍、臥龍生等「武俠四傑」。而金庸武俠小說豐厚的傳統文化底蘊所顯示的高雅品位，又透示了其雅俗兼美的風範，再聯繫與此同時在海外學術界出現的「新儒家」群體的「背景」，當會顯示出一種新的觀照的眼光。香港文學中的「框框雜文」，不乏怪話、趣談，頗合市民閱讀趣味，有學者將其歸入「通俗文學」，並且認為是最富香港特色的文類。作為一種議論文字，這對歷來通俗文學以敘事體的小說為主的概念，形成怎樣的衝擊，對於通俗文學的界定有怎樣的影響。此外，作為「雜文」，它對原來意義上的「雜文」，是否又有新的突破，這樣的考察就會逸出「雅俗」之分，又兼具發展觀念。現代主義文學思潮在二十世紀中國的移入、傳播、流變，既有從此岸到彼岸的遷移足跡，又有「創造性的轉化」，在小說、詩歌、戲劇乃至批評諸方面也有不同表現。從大陸和台港地區不同的社會、政經、文化生態環境中的不同成因，乃至發現「現代主義這一系統的西方文學符碼，在移植到中國文學傳統後所可能導致的兩個不同的發展方向」，這樣的觀察視角就會真正逼近史實的底裏。而由於整體的動態的觀察，對於台港文學中的「孤兒」、「棄嬰」、「無根的一代」、「漂泊者」意識的認識，對於「鄉土文學」在兩岸內涵的同中之「異」、它與都市文學的不同關係、對於文學與政治相交纏的「利」與「弊」……也都可能抉發出置於原先的框架內所不能發現的有意味的認知，從而在某些方面修正慣性滑行思維派生出的那些「結論」，對論定二十世紀中國文學的整體特徵提供新的質素。

強化「語種文學」的意識，重視對文學消費、傳播、流通過程的研究。把二十世紀中國文學放在世界文學的總體格局中來看，其語言載體——方塊漢字無疑是它區別於其他語種的各國文學的最明顯的「體貌」特徵，其實也是它的「膚色」和「聲音」，甚至「神韻」。現代中華文學借由漢字表意系統的傳達方式及其所引發的語象體系、它所具有的區別於西方語言的音韻之美、它所蘊含的民族文化心理的積澱乃至繁富多采、斑駁陸離的方言俚語的特殊魅力，所有這些都深烙著中華民族的特殊印記。由此深究，更可證兩岸三地「共相」之同，也愈益彰顯其與異域文學「殊相」之異，凸出其「語種文學」的鮮明特徵。中國文學的現代化又是與近代工業文明（印刷、出版、新聞、報刊各業）同步前進的。它的消費、傳播、流通已迥異於古典時代的傳統。理清百年來中國文學生產——消費機制的現代化變遷之脈絡，必然能因此而深化對文學自身諸多方面的認識，並且不失為一種書寫、敘述的策略；從這個視角切入，或許能對文學現代化由何肇始、新文學如何崛起、通俗文學怎樣由濫觴到消匿再到復蘇更至於勃興，社團流派緣何蜂起、變異，海峽兩岸文學如何互動，雅俗文學怎樣爭奪讀者市場，又如何調整自己……諸如此類貫穿一個世紀的基本課題達成新的認知（當然也包括在現代化進程中的中國文學怎樣從單一的文字媒體進到全方位的、多媒體的立體行銷網路之中，對於文學自身生存方式、品格質素產生怎樣的巨大影響），為二十世紀中國文學作出新穎深入的詮釋。

在眾多的「中國現代文學史」、「臺灣文學史」、「香港文學史」、「通俗文學史」及各種文體史、斷代史、區域文學史的寫作之後，視野宏闊、架構科學的《二十世紀中國文學史》必將應運而生，以回應即將到來的新世紀的呼喚。

整體視野與比較研究

早在 80 年代中期，一些中青年學者就注意到了中國近百年文學史寫作中人為地「分而治之」（分屬近代、現代、當代）的狀況，提出了「20 世紀中國文學」、「重寫文學史」等新的學術構想；而另一些學者，對於這一段文學史內涵和外延的探討，也陸續貢獻了很多實際的成果，其中包括對長久以來被打入「另冊」的通俗文學史的寫作和長期以來被擱置的台港文學史的寫作。台港文學和通俗文學研究自此也就成了「中國現當代文學」學科的最新的兩個學術生長點，具有學科發展的前沿意義。

據不完全統計，自 1987 年遼寧大學出版社率先推出《現代臺灣文學史》以來，大陸出版的「臺灣文學史」超過了十五種，「香港文學史」也已有了六、七種，連過去人們十分陌生的澳門文學，也有了一本准文學史性質的《澳門文學概觀》和《澳門戲劇史稿》；晚近出版的幾種《20 世紀中國文學史》（如山東文藝版、中山大學版）或面向 21 世紀的新版《中國現代文學史》（如高等教育版）等，都添置了臺灣文學、香港文學的專章。這些努力對於改變百年文學史寫作中台港文學「缺席」的不正常狀況，無疑是必要的。

然而，如果只是停留於或滿足於就台港文學研究台港文學的這種寫作方式，將很有可能重蹈「分而治之」（分成大陸、臺灣、港澳幾個地域）的覆轍，而有違「20 世紀中國文學」構想整體觀照的初衷。這就需要從「自足」的台港文學研究的既有局面拓出新境，強化文學史寫作的空間意識，改拼合、拼接的寫作模式為整合、融合的新模式，以展示現代中華文學整體的大視野。

進入 20 世紀之後的中華文學，呈現出了明顯的板塊分隔狀態，這是本世紀中華文學不同於古代中華文學的極富時代特徵並高揚地域風彩的新形象。50 年代以降，臺灣文學、香港文學和澳門文學在幾代作家的合力墾拓下，逐漸營構起有別於中國內地的地方性文學語境，形成了自己獨立的地域性文學形象。這是在中國大陸文學和臺灣文學、香港文學、澳門文學互相聯繫而共生、互相激蕩而競存、互相比較而發展的分合過程中完成的，是文學史內在發展的自然結果。

台港澳文學都在中華文學的大格局中，承載著中華文化的傳統，共同塑造著中華民族的心靈形象。中華文學是一個大系統。在中華文學的系統結構中，不同文學空間的各個板塊，既有各自獨特之處，互相之間又有密切的血緣聯繫，從而形成多元一體、互動共生的整體構架。

從這個意義上說，20 世紀中國文學，也可以稱之為多元共生的現代中華文學。

多元一體的現代中華文學，要求整合一體的書寫方式。從「分而治之」到統而觀之，並不是操作方法層面上的改變。從本質上說，更應當是一種新的文學史時空觀的建構與外現。這種整合一體的敘述方式和敘述策略，表現為多個層次，既是空間一體的，也是語種一體的，更是文化一體的。兩岸三地的中華文學大空間，只有置於這樣宏闊、深邃的學術大視野中，才能凸顯其歷史真貌和美學底蘊。

進行歷史和審美層面上的整合，並不是無視中華文學在各地區由於種種原因而產生、呈現的諸多差異。從某種意義上看來，這些差異正體現了繽紛繁富、有容乃大的中華文化、中華文學的本相和氣度。成功的整合，就要在繽紛繁雜、似乎各行其道的各種文學現象之間找到潛隱於深層的脈動和聯繫，既於異中見同，也能在同中之異裏發現「話題」，從而充實或更新對現代中華文學史的認識。

比較研究，作為整合兩岸三地中華文學的一種思維方式與研究方法，有著廣闊的研究空間。祖國內地文學與台港澳各地區文學從文學空間的角度自然可以展開比較，從中可以得到很多有意味、有意義、有價值的新知。為了推進整合性研究的開展，去年 5 月，我們在蘇州主辦了一次「兩岸四地文學比較學術研討會」。很多學者提交了角度新穎、極富新鮮感的論文，也充分肯定了這一思路的獨創性與生命力。1999 年我和陳遼先生主編的《1898－1999 百年中華文學史論》也可以說是這一思路的具體學術實踐。這項課題原來還有一個副標題，就是「兩岸三地中華文學整體觀與比較研究」，力圖把整體觀照借助於比較研究來具體化。

當然，在整體觀的學術大視野中，比較研究可以有很豐富、更深入的切入角度：

從文學現象、文學思潮流變的角度，對現實主義、現代主義、鄉土文學、女性寫作、都市文學、通俗文學、作家群體、文學期刊和文學副刊、文學結社……都可以做出很有新意、很漂亮的文章，深化對現代中華文學的研究。

試以現代主義在兩岸三地的傳入和流播為例。現代主義是從西方傳入的「舶來品」，它進入中國文壇，應是本世紀一、二十年代。早在一十年代，有關現代主義的理論介紹，在《東方雜誌》、《新青年》上就初露端倪，首先是在中國大陸登陸的，彼時台港文學還談不上對現代主義的吸取。但與大陸文壇相繼出現象徵派、現代派詩歌似有呼應，現代主義在台港的出現也先是在詩歌方面：30 年代有「銀鈴會」的組織，雖則曇花一現，卻也不能不提一筆，而香港文壇引入現代主義則要晚至 50 年代前期，也先是有一些理論的介紹和詩歌的創作，幾乎與此同時，臺灣文壇形成現代派文學思潮的興盛，也是首先在詩歌界（現代詩社、藍星詩社、創世紀詩社）；再看大陸文壇，經過 50－70 年代長達二十年對現代主義的「封殺」，到 80 年代初又重新展示現代主義文學風采的，則是朦朧詩——也是由詩歌領了先機……由此再追尋、研索下去，該可以得到一些認識，看出現代主義在兩岸三地的傳播有甚麼共同之處。若把這一切融合在一起，追尋現代主義在大中國範圍內的流播軌跡，就會很自然地導致對所謂「現代主義一度在中國斷流」這類判斷的修正。

對於通俗文學的認識，也與此十分接近。雅俗關係的調適，怎樣成為百年以來中華文學發展的原動力？內地和台港澳地區從各自的側面提供了既相近、又不同、展示為一條發展曲線的豐富史實。而其中一些饒有意味的話題也頗有研究的價值，比如，新武俠小說與民國舊派武俠小說在時代色彩及與現實的關係上，有何異同之處？何以民國言情小說的作者皆為男作家，而 50 年代以後，台港言情小說幾乎又都成了女作家的天下？在所謂「嚴肅作家」的歷史小說與被視為通俗作家的歷史小說之間，究竟區別何在（比如在魯迅、鄭振鐸與高陽、董千里之間）？等等問題，在整體觀照的學術視野裏，都可能引發文學史上一些重要的基本話題，乃至導致理論上的發現，或令人不得不「改寫」某些相沿成習的「判斷」或「定論」，具有十分誘人的學術前景。

即使在文本解讀的層面上，整體視野觀照下的比較研究，同樣、甚至更多「用武之地」。最近我在研究李昂《殺夫》這一名作時，旁涉眾多作家作品，很得一種研究的快感。李昂曾述及創作《殺夫》，是因在白先勇家中看到舊時上海報紙的一則新聞（四十年代後期在上海發生的真人真事：詹周氏殺夫案）而引發創作衝動，又經幾年構思寫成的。由李昂的《殺夫》，聯想到張系國的《殺妻》、孟瑤的《殺妻》，乃至大陸新時期女作家池莉的《雲破處》，在題材、題旨上有其相似之處，而朱西寧的《破曉時分》也不無可比之處，甚至還可聯繫到話本小說《錯斬崔寧》，這些作品出現在不同的時代、不同的地區，有不同的歷史和社會背景，卻又都涉及對婦女命運、男女性關係和法律等問題的思考，有著很豐富的內涵。從詹周氏殺夫案，我又找到當年蘇青為此案所寫的兩篇文章（《為殺夫者辯》、《我與詹周氏》），由蘇青的文章又發現豈明（即周作人）當時對詹周氏殺夫案及蘇青文章的看法，由周作人四十年代的這些言論再追溯到二十年代他有關婦女與性的相關文章；此外，由《殺夫》中的寡婦阿罔官聯想到魯迅《祝福》中的柳媽，由陳林市想到祥林嫂，聯想到魯迅一系列關於婦女問題的論述……這就以《殺夫》為起點，串起了一連串史料與作品，由此可以展開對一系列話題的深入探討。其學術空間之開闊，自不是僅讀《殺夫》一部作品所可比擬的。

又如，張愛玲的《傾城之戀》與黃碧雲的《盛世戀》、《雙城月》、董啟章的《阿廣》、王安憶的《香港的情與愛》、《長恨歌》、施叔青的《香港三部曲》、《維多利亞俱樂部》都涉及到「城」與「人」、牽涉到香港（由此思路，也不妨聯繫到西西的《我城》），再擴而大之，也不見得不可以與沈從文的《邊城》、蕭紅的《呼蘭河傳》、師陀的《果園城記》這些作品展開比較研究，或者可以對於一種創作主題形成某種深層次的認識。而李歐梵的《范柳原情緣》作為一部學者寫的小說，在它與張愛玲的《傾城之戀》之間，又增添了一些什麼新東西，敘述視角有什麼變化，也很有探討的價值。

在眾多的「臺灣文學史」、「香港文學史」和「通俗文學史」的寫作之後，跨越地域空間和審美空間、整合大中華文學史現代景觀的歷史性書寫，正期待著跨世紀一代學人的努力。

地緣詩學與華文文學研究

一、在文學史和華文文學研究中引進「地緣詩學」的必要性

我們所熟悉的文學史著作，幾乎都無一例外地延展開一條時間的線索：寫古代文學史從上古到春秋戰國、先秦兩漢再到魏晉南北朝、唐宋元明清；寫現當代文學史則從「五四」到三十年代、四十年代，再到「十七年」、「文革」，到新時期，50、60、70、80、90 年代逐一展開：寫「臺灣文學史」、「香港文學史」也是異曲同工：20 年代新文學的發生，再依時序，從 30－40 年代直講到 80－90 年代、世紀末。文學史的書寫以時間為線索，自然無可厚非，而「空間」考察的缺席，卻已是習焉不察。文學發展進程中空間因素長期地被遮蔽，使我們的文學史書寫清一色地都去「列家譜」、「編年表」，而忽略了「畫地圖」、「搭房子」。這種時空觀上的偏枯、缺失，致使文學史的書寫遺漏了不少豐富多彩的內容，也使文學史的敘述失去了顯示其繁複繽紛歷史面目的另一些可能。文學史的寫作極有必要引入凸顯空間因素的地緣詩學的方式，這對於完整描繪出世界華文文學的版圖尤為切要。

著名文化學者金克木 1986 年在《讀書》月刊上發表過一篇文章（《文藝的地域學研究設想》），他在論及文學史研究時，認為需在「編年表」之外，更重視「畫地圖」。令人遺憾的是，15 年前金先生的這一金針度人之言，其實至今並未引起學界足夠熱情的應有的回應。

在總結 20 世紀世界華文文學研究、展望新世紀華文文學研究的未來時，筆者深感金克木先生的呼籲，對於觀察遠播全球各大洲、各地區的華文文學而言，實在不失為一方指南的羅盤，針對性極強。

從根本上來說，世界華文文學的結構，更是一種板塊狀的、地域文學的組合。它不象國別文學那樣，其發展演變是在較為確定的國家疆域的範圍中，延展為較長時間的歷史進程。從遠古到 19 世紀，以方塊字為表達工具的中文寫作，在母語本土——中國的疆域內自成氣象，而在中國本土以外的世界各地，除了零星的早期華工的某類文字記載外，華文寫作尚未形成一種世界性的文學現象。

而進入 20 世紀以後，情況發生了極大的變化，一種新的文學現象隨著華人陸續地、多向地移民海外，悄然在世界範圍內生成。而到該世紀末，華文文學已然覆蓋了地球上各個地區、各大洲，成為世界語種文學中，作者與讀者眾多、流播地最為廣延的現象。「世界華文文學」在各種不同文化、不同地域、不同語言、不同人種、不同風俗、不同政治制度、不同生活方式……的「背景」、「環境」和「語境」中，既表現出華夏民族、中華文化的統一性，又呈現出鮮明地域性的狀態，無疑是存在著學術探討的巨大空間的。在華文文學研究和華文文學史寫作中引入文學地理學、或曰地緣詩學的理念，不僅是必要的、可行的，也將是大有作為的。

二、「地緣詩學」界定略說

所謂地緣詩學（geopoetics），也有稱文學地理學、文學地域學者。這種理論及研究方法，派生於人文地理學及其子學科文化地理學，又與文藝社會學交叉。它以探討各種文學現象的生成、分佈、變遷、流播和人類文學活動的空間結構為主要內容，而以「人」與「地」關係的研究為其核心內容。丹納、勃蘭兌斯乃至西方新批評派中人的理論都含有地緣詩學的成分。中國古來更有「南北文學」之辨，及至民國時期，王國維、劉師培等人於此也都有精彩的理論闡述或批評實踐。即使今天，有些學者在研究中國古代文學時，還都頗為重視從文學地域學的視角來考察古代的文學現象。袁行霈教授 90 年代初出版的《中國文學概論》中「總論篇」的第三章，就專論「中國文學的地域性與文學家的地理分佈」，章培恒教授發表在《中國文化》創刊號上的《從〈詩經〉〈楚辭〉看我國南北文學的差別》，均可稱代表作。

作為地緣詩學理論的核心，人地關係的研究有若干層面的內涵。「人」者：既指文學創作的生產者——作家，亦指作家創作出的作品中的人物，也指文學創作的消費者——讀者；「地」者，既指作者的出生地及其文學活動地域，亦指其作品內容的地域背景和作品中虛擬的地域場景，還包括作品流傳播遷的地域範圍。

三、地緣詩學的外向視野

以上這種多重的「人」、「地」內涵，自然會演繹出繁複多元的「人」、「地」關係。但我們可以把這種對「人地」關係的考察，大體分為外向視野與內向視角的兩個層面來將其具體化，以便於開展研究的運作。

對於世界華文文學研究來說，外向視野的考察，不外以下三個主要方面：

（一）中國大陸文學與臺灣、香港、澳門地區華文文學的整合研究及比較研究

從史緣的角度來說，大陸與台港澳都屬於中國本土的版圖。只是由於由 19 世紀延伸而致的 20 世紀特定的政治、歷史原因，海峽兩岸三地之間曾持續了相當長時間的地緣上的分隔。這種地域上的特殊的

分隔形態對20世紀中華文學的流變、遷衍產生了深刻影響。生活在不同地區的中國人（包括作家）的身份在不同的程度和廣度上發生了微妙的變異：就20世紀上半葉而言，或為中華民國的公民，或為日本殖民帝國的皇民，或為英葡帝國的臣民。社會的性質、民眾的身份、通行的語言等等都有相異之處。而在深層上，又無法棄絕民族的文化傳統，其間的「人」、「地」關係所呈現的複雜變貌，需細心論析。這裏牽涉到中原與邊陲、大陸與島嶼、南方與北方、宗主與殖民等各種關係與連接，多有可深研細探者。

（二）20世紀中國文學與世界華文文學關係的研究

包括台、港、澳在內的中國20世紀文學與世界華文文學，世界華文文學與世界其他語種文學的關係，是把中國文學放在世界文學大格局中考察而衍生出來的必然思路。一面是中國本土的華文文學，一面是隨著華人的播遷而生成的世界華文文學，可以把前者看成是後者的一部分，但二者之間有迭合，有分流，它們是部分與整體的關係？還是「源」與「流」的關係？抑或「一個中心」、「多個中心」的狀態？華人、華僑、華裔、外籍華人、外籍外人的華文文學的區別與聯繫？這些問題曾在好幾次研討會上涉及而並未能深入，有待重拾話題再出發。

（三）歐洲、美洲、澳洲地區華文文學與亞洲地區華文文學關係的研究

生成於西方社會的歐洲、美洲、澳洲華文文學，直接與西方文化相面對，不可避免地帶著東西方異質文化之間衝突、衝撞的印痕，與同處東方文化圈中且深受儒家文化影響的亞洲各國華文文學，二者從生

成機制到內在質地，都有相當大的不同。其間涉及東方文明與西方文明、儒家文化、佛教文化與基督教文化、農業文明與科技文明等等話題，也涉及東方文學、中國文學與西方文學、歐洲美洲文學的關係。當然，東方人、西方人、華人與非華人（無論是作者、讀者還是作品中人）仍處在考察的中心位置。而「人地」關係也仍然是其題中應有之義。

在以上宏觀考察的基礎上，必然構成板塊狀的乃至立體的世界華文文學版圖，同時梳理百年間華文文學從本土向異域遷衍流播的歷史線索，如此結撰起《世界華文文學史》的理論框架，就比較能切近華文文學一個多世紀以來繁衍生長的既存事實。

四、地緣詩學的內向視角

內向視角的地緣研究，具有十分豐富的內涵和學術思考的空間。在此略舉較為重要之數端：

（一）文學創作與地域背景；

（二）創作主體與地域；

（三）創作文體與地域空間；

（四）創作風格與地域文化；

（五）創作文本中虛擬場域的空間考察；

（六）文學傳播與地域空間。

以下稍作具體的展開：

（一）文學創作與地域背景

文學創作是作家心靈活動與外部世界以各種方式交接、融通、互滲互動而生成的結晶體，這外部世界的一個基本構成要素便是地理背景。創作意念、創作靈感或作品的具體內容都無法排除空間因素、地理背景對它的規定性，或者是潛隱地存在於創作者的意識深層，使他們在創作中時時「得江山之助」。魯迅寫阿 Q、祥林嫂、七斤、孔乙己、魏連殳……把他們安置在魯鎮、未莊、S 城，都不脫作者的故鄉——中國江南、浙東鄉鎮這一具有鮮明地域色彩的背景。沈從文寫湘西邊城、老舍寫故都北平、蕭紅寫呼蘭河都有特定的地理背景。黃春明創作自有其臺灣宜蘭的背景，西西小說的香港都市背景、白先勇小說的大陸——臺灣——新大陸的背景、夢莉散文的湄南河背景、王潤華詩歌的熱帶雨林、橡膠林背景、黃東平創作的千島之國——印尼背景……散居於世界各地、呈現不同地域特徵與風土質性的華文作家們的創作歷程，無一不和特定的地域息息相關。他們創作中那不同「地貌」下的奇光異彩的「礦藏」，正有待「心靈探險者」悉心地勘探。

（二）創作主體與地域

作家的出生地、籍貫和文學活動的區域，歷來為文學研究者所注目，有人還為此做過有關的統計，得出了諸多頗有意味的結論。袁行霈教授還由此推演出一些新的看法，如文學家的分佈以何地為集中？他認為，唐代的長安、洛陽、南陽一線、宋代的贛江流域、明清的江浙兩省、近代的廣東……都是文人群集、文學發達的「中心」地帶。這些地方大多經濟比較繁榮、社會比較安定、文化教育比較先進，或是政治中心，或是交通樞紐，常得風氣之先，比較開放，是其共同點。

反觀 20 世紀，二、三十年代的上海、北京，五、六十年代的臺北、香港，也曾儼然成為獨領文學一時風騷的「中心」或重鎮。東南亞華文作家中頗多沿海閩、粵兩省的作家，與此二省早年外出闖蕩的華僑眾多有關。作家的創作與其出生地及後來的經歷、遷移的蹤跡也有多重瓜葛：施叔青小說與她的出生地鹿港、長期居住地香港，余光中詩文與他的出生地「江南」、與他執教多年的香港，鄭愁予、許世旭的詩歌與他們漂泊的經歷，北美、澳洲、歐洲、夏威夷的華文作家定居某地以後所受當地文化的影響……凡此種種，皆可從創作主體與地域的交接來展開研探。

（三）創作文體與地域

鄉土小說、都市詩歌之於鄉村、都市的關係自不待言，所謂的山林文學、田園散文、海洋文學、自然寫作無不與特定的地域甚至地貌有某些深層的、內在的契合關係。這和古代文學中詞盛於南方、雜劇興於大都（北京）、南戲出於東南，其理相通。

（四）創作風格與地域文化

作者的創作和他的生地、故土，和他長期居住的地域所構成的深層的精神血緣的聯繫，會賦予他的作品以特定地區的風土質性和地域特徵，包括語言層面的地域表徵（如方言、謠諺等），都是影響其創作風格形成的基本因素。歷來有所謂的「京派」、「海派」、「港味」、「熱帶風情」、「島國情調」等等說法，無不顯示了創作風格的地緣內涵。中國古代有所謂「南貴清綺，北重氣質」、「南重義理，北重考述」、「南人約簡，北學深蕪」，到禪宗講「北方重乎漸修，南方貴乎頓悟」、「南崇虛無，北崇實際」、「南人入世，北人遁世」……之類的南北之別，也能啟發我們去觀察諸如中原與邊疆、中心與邊緣、本土與海外、此岸與彼岸、大陸與島嶼、陸地與海洋、西方與東方等等差異對於世界各地區華文文學風格、質地的異同有何影響。

（五）創作文本中虛擬場域的空間考察

在創作文本（特別是敘事性文類）中，作家創作、虛擬的場域作為文本的基本構成要素之一，也不妨從地緣詩學的角度來認知考察。西西的「肥土鎮」、「浮城」，李昂的「菡園」、「鹿城」，七等生的「沙河」，王幼華的「健康公寓」，宋澤萊的「廢墟臺灣」，朱天心的「古都」，李永平的「吉陵古鎮」，吳煦斌的「叢林」等場域都是富含意蘊的空間構設，不僅是人物活動的場所，也是作者整體構思中「有意味的形式」。即使是一些實際存在的地域，一旦進入作家虛構的文本之後，也便具有了超越實際地域原有的意涵。張愛玲、施叔青、劉以鬯筆下的「香港」，白先勇的「新公園」，洛夫的「石室」，趙淑俠的「塞納河」乃至金庸等人筆下的「江湖」都可作如是觀。空間元素作為敘事性作品中有獨立生命、獨立存在價值的部分，有時甚至就不再只是作為「背景」出現而成了作品中人物之外的另一類「角色」（甚至主角），足可把文本研究引入新天地。

（六）文學傳播與地域空間

文學傳播作為文學消費的先導環節，越來越被研究者所青睞。傳播需要空間，而且是不同的空間，此空間與彼空間的連接，借助於傳播的中介，這裏既有共時態的空間，亦有歷時態的空間。就華文文學而言，在 20 世紀中國本土的華文寫作經過了怎樣的過程，借助於何種方式與途徑，開始了跨地域的傳播？從原生地到接受地，其間由於哪些因素的影響，導致了傳播的或逼真或走樣的結果？傳播過程中施體與受體的選擇與被選擇、變形與維護之間的角力，其內在機制的狀態又如何？不同文學空間在文學風尚、文學消費、文學批評諸方面有無互動？互動是如何發生、如何演變、如何調節的？此種介於傳播與文學之間的研究話題，更不能離開地域空間這一考察角度。

五、建構華文文學新的時空觀

引入地緣詩學、文學地理學的理論及批評方法，相信對於世界華文文學研究具有其應有的學術意義，同時，它也是頗具操作性、實用性的。它的適度展開，將能拓寬華文文學的研究視野、研究空間，有效地提升華文文學研究水準。事實上，它與諸如跨文化研究、後殖民批評、第三世界文學論、比較文學研究都有密切的聯繫。在實際批評中，可以互為補充、互相發明，不僅豐富了研究手段，也會豐富研究成果。

對於相沿成習的以縱向的、線性的、時間觀為基石的文學史書寫，橫向的、立體的、空間觀的考察角度，在當下的學術研究，特別是世界華文文學研究中具有特別迫切的意義。在史緣與地緣相結合的層面上，我們期待著對世界華文文學的詩緣、文緣達致一種新的認知。只有加強文學觀念的空間意識，文學史觀的構建才可能是健全的。新的文學史時空觀、世界華文文學的時空觀，正呼喚著新一代學人。

新的世界華文文學史的理論建構與實際操作，必將展示闊大的、兼容的文學新視野，從而迎來 21 世紀華文文學研究的新生面。對此，我充滿信心，並樂觀其成。

「空間離合」與「時間先後」

陳寅恪先生在《元白詩箋證稿》中曾這樣表述他的文學史理念:「茍今世之編著文學史者，能盡取當時諸文人之作品，考定時間先後，空間離合，而總匯於一書，如史家長編之所為，則其間必有啟發。」很清楚，他理想中的文學史編著應當做到：第一，「史的」構成，以「文人之作品」為主體，努力「盡取」，以求其全；第二，「史」的敘述，兼顧「時間先後」與「空間離合」兩個向度，以達成「總匯」之形態。在我看來，這個理念，其科學，其透闢，應無可置疑。

然而，反觀自有中國文學史書寫的近一百多年來，若合符節者，鮮見。在多達數百部的各種類別的中國文學史中，人們見到的，基本上都是以「時間先後」為撰史的主軸，而普遍忽略了「空間離合」這另一維。古代中國是個經歷了無數次封建王朝更迭的社會，因此，文學史的書寫，似乎很自然地依循著「時間先後」，作縱向的、線性的展開，以至成為一種近乎恒定的、甚至凝固的模式。其例不勝枚舉。史家們似乎並不慮及，與王朝的更迭一樣，歷史上同樣也曾經存在過的「中國」版圖的無數次變異以及幅員遼闊的中國，北、南、西、東不同區域的文學狀態的多樣，這就在不經意間，簡化了豐富、錯綜的文學史實，從而給文學史的書寫帶來了後天性的嚴重缺失。

考察 20 世紀中國文學史（或稱「中國現當代文學史」）的書寫，情形亦如出一轍。「時間先後」的模式，幾乎千人一面，而「空間離合」的架構，卻杳無影蹤。

是歷史的事實沒有「空間的離合」這一維嗎？不是。也許可以說，在 20 世紀的中國，由於特定的社會、政治、歷史與國際因素，中國文學史的存在形態，在「空間離合」這一個角度來說，其實是有相當明顯和突出的呈現的。

臺灣自 1895 年被割讓給日本，成為日本的殖民地，經歷了 50 年的時間，直到 1945 年二戰結束，日本投降，才回歸中國的版圖，但此後長期在國民黨主導的中華民國政府統治下，而隔海與共產黨領導的中華人民共和國政府相對峙。香港、澳門也是分別在 19 世紀先後淪為英國與葡萄牙的殖民地，直到 1997 年、1999 年才回歸中國；即以中國大陸地區而言，1930－1940 年代，也相當清晰地呈現為國統區、解放區、淪陷區分割的局面……文學史自然也有相應的存在形態。凡此種種，都可以說是「空間離合」的史實呈現。但卻很少能在文學史中獲得相對應的敘述、書寫。

1970 年代末，兩岸交流重啟。海峽兩岸的讀者、史家重新「發現」了對方。由對臺灣、香港作家作品的傳播、閱讀、評論、研究，臺灣、香港文學一步步走入「20 世紀中國文學史」。

在當下，再沒有一個文學史家、一個中國文學研究者會無視臺灣、香港文學是 20 世紀中國文學組成部分的史實。

問題在於，在當下中國現當代文學史的撰寫中，「台港文學」的加入（或者「中國現當代文學史」的擴容），還基本上停留於「附驥式」（在文學史著的最後添加「臺灣文學」、「香港文學」章節）或「拼貼式」（在史著中的相關時期插入「臺灣文學」、「香港文學」內容）的層面（雖然在某種情形下、某個時段內，這也不失為一種過渡之法）——並沒有進行「空間離合」意義上的梳理，達到真正的融合，形成「總匯」。

對於20世紀中國文學史的書寫來說，既要依循時間的先後，也要呈現「空間的離合」。非如此，文學史不能得到完整的敘述、其內在的文學發展衍變規律不能得到科學的揭示。文學史家們固然必須解釋，在「時間的先後」上，一些不同時期的文學現象之間存在著怎樣的前後承傳的因緣與衍變的軌跡，其來龍怎樣？其去脈為何？文學史家們也必須解釋，在「空間的離合」上，一些在不同地域（空間）出現的文學現象之間，又有怎樣橫向的左右聯繫，其內因怎樣？其外緣為何？「離」，因何而離？在怎樣的意義、層面上離？其表現怎樣？合，緣何機遇而合？合的狀態又有哪些表現？離合之間，有無規律可尋？所謂「分久必合、合久必分」之「必」——必然性為何？所有這些，都不是簡單的拼合、拼接、拼貼，而能窺其堂奧的。而「附驥式」的做法，則不是偷懶之策，便是權宜之計，均不足為法。

在不同空間形成的「離合」固有多種原因，但就基本面而言，無非是因多元性而離，因同一性而合。對於中國文學而言，追尋其同一性，說到底是中華文化這同一的根所決定，而研討其多元性，則是彰顯其在不同地域與某一時間背景上的獨特性、多元性。

臺灣文學、香港澳門文學在某些「時間」段所呈現的「離」，正呈現了其獨特性與多元性。而這，也就是臺灣文學、香港澳門文學在大中華文學版圖中所無法替代的歷史真價所在。

僅以臺灣文學為例。日據時期（1895－1945）的臺灣新文學，雖然在區域的存在狀態上，是「離」，而就其內涵來考察，臺灣文學的反殖主流與同時期大陸文學反帝反殖的傾向是一致的，又是「合」，然而，它所呈現的作為「亞細亞的孤兒」（吳濁流長篇小說名）的臺灣人的悲情，卻有其特殊的豐富的文化、歷史、心理內涵，並因此成為臺灣新文學的重要母題之一。這種「孤兒意識」是臺灣文學所獨具的，它無疑豐富了 20 世紀文學對中國人心態的書寫，是中國其他地區的文學所未曾提供的。

日據時期，有一些作家曾迫於日本殖民當局的「皇民化」運動或出於策略的考慮，用日文寫作了一批作品，其內容卻是具有鮮明反殖反日傾向的。這就提供了中國文學內由中國（臺灣）作家所創作的非母語（日語）書寫，表達了強烈民族感情意識的作品，提供了一種獨特的文本。從某種角度上來說，這些作品也有呈現其「離」（異於母語）的一面。其間也有不少值得深入探究的課題。

再如，20 世紀下半葉，海峽兩岸的分隔（「離」），造成兩岸文學發展軌跡儼然各行其是，甚至在同一時期，文學的發展大相徑庭。50－70 年代，現代主義在大陸斷流，而在臺灣卻波瀾迭起，在詩歌、小說、戲劇、理論諸方面都有值得重視的表現。因此，從中國文學整體視野（「合」）來觀察，此時期臺灣文學的貢獻又是不可低估的。

鄉土文學在兩岸都有不俗的表現，固是中華民族安土重遷觀念在文學上的表現，又是文化鄉愁的詩意傳達。鄉土文學在臺灣新文學的發展過程中，傳承不輟，代有大師。從賴和、楊逵、吳濁流、鍾理和等到陳映真、黃春明、王禎和等，都在不同的歷史時期，留下了鄉土臺灣的動人面影。尤其是 1960－1970 年代鄉土文學大論戰前後，以陳、黃、王為代表的新一代鄉土文學作家把都市引入鄉土文學，把現代派技巧引入鄉土文學，把國際背景引入鄉土文學，都為 20 世紀中國鄉土文學的書寫提供了新鮮、成功的經驗，豐富了鄉土文學的內涵。至於近二十年來，在臺灣方興未艾的原住民漢語文學、眷村文學、自然寫作與生態文學、海洋文學、山林散文、飲食詩文、旅行文學……實質上，其實也都可以視為由鄉土文學思潮而派生。

即以原住民文學而言，它的出現打破了鄉土文學以漢民族為思維本位的定勢，彰顯了其作為原住民鄉土文學並進而作為臺灣鄉土文學一支的不可或缺的必要性。從排灣、泰雅、達悟等族的作家莫那能、田雅各，夏曼・藍波安、瓦歷斯・諾幹、利格拉樂・阿鳩（女）等人頗具水準的作品中，掙扎求存於山海之間的他們，正向人們呈現了漢原溶融的可行願景。

自然寫作雖由環保文學催生，而此後的發展，卻與其漸行漸遠，乃至顯露出顛覆之勢，儼然形成一種新生的次文類。它不再把人作為寫作的中心，也淡化了所謂的社會背景與社會批評色彩，而改以自然為書寫的主軸，以正面袒陳自然萬物的美好，喚起人類善待大自然的人文關懷，成為 80 年代後工業社會臺灣的閱讀新寵。劉克襄的「鳥文學」、吳明益的蝴蝶、沈振中的老鷹、王家祥的荒野、徐仁修的探險、廖鴻基的海洋……在在都給人以別開生面之感。

原住民文學、自然寫作與生態文學、眷村文學、飲食文學、旅行文學、山林散文、海洋文學……，在臺灣都已形成相當的規模，這些都彌補了大陸文學或一方面的空白或不足。「空間」之離，也未嘗不可以為文學創造的多元發展提供新的可能。空間（地理）某種意義上的「離」，並非絕對只有負面效應。總結其創作經驗及其與同時期不同地域相關文學現象之間的「離合」因緣，必將大大改變中國文學史書寫的格局。

空間離合的視野還可更大，如果說對臺灣、香港、澳門地區文學的研究，算是一種「越界」的話，那麼對於由此延展而產生的東南亞華文文學、日韓華文文學、澳洲大洋洲華文文學、歐洲華文文學、北美華文文學的觀察，當是一種「跨國」了。無論是「越界」還是「跨國」，漢語寫作都是一種基本的存在形態。而近來頗引發學界諸多話題的「海外華人文學」就不僅是「越界」與「跨國」，還是「跨語種」、「跨文化」的。謂其跨語種、跨文化，主要是存在著華人、華裔那些非母語寫作的情況（如湯婷婷、譚恩美、哈金、高行健、山颯等），在他們的作品中既有華族文化的傳承，又浸潤著所在國異族文化的因素。

有論者以為，海外華人華文文學是「中國當代文學在海外的延伸」，此見似可商榷。從政治地理學的界定上看，所謂海外，本就不屬於中國的版圖，而且是以中國本土（海內）為言說的基點，潛存著海內、海外之別。但如果從空間離合的角度立論，則相對於海內（中國本土）而言，海外確是突顯了漢語寫作從一個傳統的內部空間走向異域的外部空間的文化僑居的動態過程，有其命名的合理性。當然，海外這一外部空間的開拓，接踵帶給寫作者身份認同上的困惑，也是無可違言的實情。

某種「空間」的開拓，因其與本土、本族群的離合關係，進而衍生出很多課題，它無疑突破了既有的中國文學的框架。這也許是建構一門新的學科——華人文學的學科其必要性和歷史合法性所在。

觸摸歷史的「細部」

近五、六年來，大陸的臺灣文學研究界崛起了一支引人矚目的年輕團隊，他們的年齡大體在 30－45 歲之間，都在碩博階段專注於臺灣文學的研究。其學位論文也都是選取臺灣文學的。近兩三年開始，他們中一些人的博士論文接踵面世。他們的研究呈現出與前行代（年齡大體在 65 歲以上）學者很不一樣的面目。

如果說前行代學者較多地放眼臺灣文學的整體，相當關注兩岸文學的關係及比較，並有較強的文學史書寫的慾望（姑且不說前行代學者在 80、90 年代出版的多部臺灣文學史和其他專著，即以他們近三年出版的新著來看，也基本上是「仍其舊貫」——從研究理路上言，而並非認定前行代的新成果有陳「舊」之意，如劉登翰的《中華文化與閩台文化關係論綱》、古遠清的《當今臺灣文學風貌》、古繼堂的《臺灣文學的母體依戀》、趙遐秋等主編《臺灣新文學思潮史綱》、楊匡漢主編《中國文化中的臺灣文學》等，選取的還都是相當宏觀的角度。）那麼，這些新生代學者則更多地關注臺灣文學本身的豐富現象，他們更注目於「細部」，具體的文學現象、文學流派與作家、作品、刊物等，加以客觀真實地呈現與並非先入為主的言說。這就呈現出近年來大陸臺灣文學研究走向縱深的良好趨勢。

「注目細部」與「放眼整體」，不僅構成了大陸臺灣文學研究界兩代人的必要互補，也為兩岸臺灣文學研究的良好互動與激發，形成了正面的推助。

新生代博士的臺灣文學研究選題，大體上有兩種不同的選擇角度，一種是關於某一流派、某一文體或某一時期文學現象的研究，一種是關於某一重要作家（或某一文類）的創作研究。後者屬於微觀的細部考察，前者角度稍大，但也都不是那種宏觀、整體的考察，最多就算是種「中觀」的研究吧！

這裡有朱立立（導師為福建師大、福建社科院劉登翰）關於臺灣現代派小說、趙小琪（導師為武漢大學龍泉明）關於臺灣現代派詩歌、蕭成（導師為南京大學丁帆）關於日據時期小說、楊學民（導師為復旦大學朱文華）關於《現代文學》雜誌的小說、張黎黎（導師為蘇州大學曹惠民）關於余光中散文、李娜（導師為復旦大學陳思和）關於舞鶴小說、梁笑梅（導師為蘇州大學、西南師大呂進）關於余光中詩歌、錢建軍（導師為福建師大、社科院劉登翰）關於洛夫詩歌、王守雪（導師為華東師大胡曉明）關於徐複觀與中國文化思想的博士論文等。這些博士分別畢業於復旦大學、蘇州大學、武漢大學、華東師大，福建師大（福建省社科院）等院校，呈現出一種整體崛起的態勢，在大陸臺灣文學研究界正在形成一支新的力量。

新生代學者的這種研究理路與他們的學長（大陸最早以臺灣文學研究而在 90 年代前期獲得博士學位的黎湘萍、劉俊）相比，其間又顯示出高度的一致性，都不約而同地有異於前行代學者那種宏觀考察宏大論述的路徑，而更注目於「細部」。

以朱立立為例

筆者在此以朱立立 2002 年的博士學位論文《知識人的精神私史——臺灣現代派小說的一種解讀》（上海三聯書店，2004 年 9 月）為例，觀察一下新生代學者是以怎樣的姿態在面對臺灣文學。

朱立立的這篇博士論文選取臺灣 1960 年代崛起的現代派小說為考察對象，在對海內外臺灣現代派文學（小說）研究歷史與研究理路的梳理、分析以後，分三章從臺灣知識人的認同危機、現代派小說的浪漫性與精神私史的美學表述與文學呈現三個方面展開了她對臺灣現代派小說的「一種解讀」。所涉及的作家包括王文興、白先勇、歐陽子、七等生、馬森、李永平、王尚義等人。

知識人的「精神私史」，是朱立立對於臺灣現代派小說內質的一個「發現」。她通過對王、白、歐、七、馬、李、王等人代表作的細讀細析，抽象出（或說拈出）這一個現代派小說精神意涵的核心，這一精煉而精當的概括，給人以極其鮮明和深刻的印象。臺灣現代派文學（小說）的出現有其社會、歷史、思想、文化、心理及文學等內外多面的原因，現代派多位作家的諸多作品也有相當繁複的呈現，而朱立立以敏銳的學術眼光，抓住並凸顯了這一核心，看似平易實艱辛。沒有深透的閱讀與思考，是不可能做到這一點的。論者對臺灣現代派小說的諸多文本這個「現象」，進行了客觀真實的呈現，而不是先入為主地戴著「有色眼鏡」觀察，或聽命於宏大論述、宏大構架的外在要求。尊重歷史真實，尊重既存現象，同時勉力客觀地呈現這真實，這現象，於是才會有切中肌理的言說——這言說就不會是脫離了史實的主觀，也不會是抽離了細部的客觀，而一定的有諸多「細部」、諸多「現象」支撐的牢靠堅實的認知。這正是在朱立立身上表現出來的新生代學者的可貴學術素質。

以她對七等生的「解讀」來說，朱立立認為「七等生從存在主義的自我證明走向佛禪基督的宗教探問或者超越世俗情感的靈性沉溺，後期作品雖有回抱土地的現實關懷傾向，也無改於存在主義式的孤獨自省氣質。」（《知識人的精神私史》第 66 頁）。「言說」是顯得如此的透闢、精到與中肯，正是建基於論者對七等生不同時期作品（如《我愛黑眼珠》、《削瘦的靈魂》、《來到小鎮的亞茲別》、《AB 夫婦》等）這些「細部」的撫摸，而獲得的真實具體的質感，從而得以準確地表述。

當然，說關注「細部」、呈現「現象」，絕不意味著新生代學者停留於歷史事實的地表之上，缺乏探究現象背後的「本質」、「規律」的意識，恰恰相反。正如朱立立在論文中所述：「對我而言，重要的不僅是指出存在主義影響臺灣現代派小說這樣一個事實，更重要的是辨析存在主義如何具體地進入小說修辭，如何轉化成一種敘述視角，如何演變成一種戲劇氛圍，如何滲透進人物的精神結構，如何刺激或制約了作家的想像空間，如何參與了人們的自我認同建構。」（《知識人的精神私史》第 67 頁），一口氣連續六個追問，凸顯了她強烈的問題意識，這種「追問意識」與她關注「現象」、關注「細部」的學術理路正互成表裡，清晰地表明了新一代學者共同具有的不懈求深求透的學術努力。

遭遇王尚義

遭遇王尚義，這或許也稱得上是《知識人的精神私史》的一個小小亮點。已逝的時光其實離當下也並不怎麼久遠，這個當年在臺灣青年人中「影響巨大」的早夭的王尚義似乎就被人們忘卻了，這是怎樣嚴酷的事情。大陸臺灣文學研究界更是幾乎無人寫過關於王尚義的研究論文。然而作為當年風靡一時的《從異鄉人到失落的一代》、《野鴿子的黃昏》的作者，王尚義實在是雖已成歷史卻不應被忘卻、不應被輕忽的文學「現象」呵！朱立立既然尊重歷史的真實，她就不可能在談論臺灣現代派文學時不遭遇王尚義，不面對王尚義「當年」的「巨大影響」。這是朱立立觸摸歷史「細部」的一個頗有象徵意味的情景。當歷史的「細部」在此定格的時候，作為時間之流中的人（包括只享有 26 歲年華的王尚義）也就獲得了永恆。還能有什麼比這更能佐證文學歷史研究者的價值的呢？

王尚義的存在，是一個曾經的「現象」，是一個在歷史的霧靄中很容易被遮蔽的「細部」。倘若只是醉心於掃描現代派文學在臺灣的基本脈絡與宏大格局，王尚義就註定會被歷史大河所淹沒——而這是不公正的，這也正是文學史離開歷史真實的致命傷所在。朱立立的遭遇王尚義，應該給所有研究臺灣文學的人們一個啟示——歷史的所有現象都不能輕忽。文學發展的「細部」需要精心地觸摸。捨此，不能接近本質，捨此，無法構建整體。

求深務新，銳意精進

——大陸的臺灣文學博碩士論文寫作漫議

一個學科得以成立的「合法性」，需要很多條件或曰指標，能否培養高品質、高學位（碩士、博士及博士後等）的人材，當是重要標誌之一，自是其中不可或缺的必要條件。

在建構獨立學科的過程中，臺灣文學研究（以下的某些論述可能常和香港文學、海外華文／華人文學研究互相交集，特此說明，下文不贅）自然會從在本科階段開設相關課程之後，順理成章地提出培養更高層次的人材這個問題。臺灣文學方向碩士、博士的招生和培養遂在 1980－1990 年代之交，在幾個著名的大學（如復旦大學、南京大學）和中國社會科學院這樣的國家最高研究中樞得以先行，是極具影響力、說服力的。復旦、南大和中國社科院在中國大陸學界具有的舉足輕重的地位和影響，是學界中人公認的，因此，他們登高一呼，自然會有風影雲從之效。老一代的現代文學學科奠基人（如唐弢）和當時正受到各方關注的學科「中生代」著名學者（如葉子銘）的這種開明和開放態度，這種高瞻遠矚、敢為天下先之舉，實具某種示範的意義。自此，大陸的臺灣文學學科的高學歷教育正式登上了神聖的學術殿堂，佔有了一席之地。回望來時路，後來者什麼時候都不應忘記這些開荒拓路者的名字。

臺灣文學的研究納入大陸學人的視野，最早是在 1979－1980 年之交。1982 年起，以台港文學（後又加入澳門、乃至海外華文文學，並易名為「世界華文文學」）的名義召開的學術會議，隔年舉行，以至於今。每年，數以十計的論著、數以百計的論文會從大江南北各種刊物和出版社，走到人們面前。

幾乎與此同時，從1979年前後開始，復旦大學、北京大學、廈門大學、中山大學等南北中幾所名牌大學中文系率先在本校開設臺灣文學的選修課，全國很多大學隨之紛紛效仿。這門選修課大多由原屬中文系現代或當代文學教研室的老師（陸士清、汪景壽、莊鍾慶、王晉民等）擔任主講，選課的學生數，動輒就是一二百人，常常是教室爆滿，座無虛席。接受了本科專業基礎訓練的學子，如有機會繼續在他們自己感興趣的專業方向上得到進一步的深造，就會形成一種良性的回饋。這些選修了相關課程的學生，就成了最早報考各校臺灣文學方向碩士學位的考生，獲得碩士學位者中的少數佼佼者，後來又在客觀條件（一些重點高校具有博士學位授予權的專業——大陸稱「博士點」，開始招收相關方向的博士生）具備時，再接再厲，又向該方向的博士生隊列進發。應該說，從本科階段開始，這些對臺灣文學有興趣、有些後來還樹立了研究志向的學生，是有較好的臺灣文學專業基礎和較系統的學術訓練的。

從高等學府產生的研究臺灣文學的學位論文，直至1990年代才姍姍來遲。1990年，復旦大學、南京大學分別舉行了兩位碩士生的學位論文答辯（復旦——碩士生林青，導師陸士清；南大——碩士生毛宗剛，導師黃政樞），他們二位的學位論文大約是大陸各高校中最早以臺灣文學為方向的研究生論文。此後，便一發而不可收。緊接著，第二年就有了這一方向的博士學位論文獲得通過。

20年來全國數十所高校培養出了以臺灣文學作為研究方向的數以百計的碩士和數以十計的博士。據不完全統計，自1990年至2009年，全國以臺灣文學為選題獲得碩士學位者已有近200人；自1991年到

2009 年，全國以臺灣文學為選題獲得博士學位者也已近 50 人。這個數字相當可觀。

在博士的培養方面，據不完全統計，自 1991 年黎湘萍（中國社科院，導師唐弢、林非）、劉俊（南京大學，導師葉子銘、鄒恬）最早以臺灣文學研究獲得文學博士學位以來，到 2009 年的 19 年間，全國有 14 所大學及中國社會科學院共 15 個機構的 45 篇以臺灣文學為題的博士論文通過了答辯，45 位作者被授予了博士學位（校均授予 3 人），參與指導的導師有 34 位（人均指導 1.3 篇）。各校培養數量的具體情況是：復旦大學 7 人、蘇州大學 7 人、山東大學 6 人、福建師範大學 5 人、南京大學 4 人、華東師範大學 4 人、中國社會科學院研究生院 3 人、北京師範大學 2 人、北京大學 1 人、中央民族大學 1 人、暨南大學 1 人、武漢大學 1 人、華中師範大學 1 人、四川大學 1 人、吉林大學 1 人。其中 1990 年代獲博士學位者僅 5 人，新世紀的第一個 10 年，卻猛增到前一個 10 年的 8 倍，達 40 人。僅此一個方面就不難看出，臺灣文學的研究在大陸學界已呈現了怎樣熱烈的情形！

再來看碩士方面，更是令人吃驚。從 1990 年最早的臺灣文學碩士生畢業到行文前一年的 2009 年，正好 20 年。有研究生選擇臺灣文學為碩士論文的大學達 40 多所（不含中國社會科學院研究生院），遍佈全國 21 個省、市、自治區（北京、上海、重慶、黑龍江、吉林、內蒙古、河北、河南、山東、安徽、江蘇、浙江、福建、江西、湖北、湖南、廣東、廣西、四川、陝西、甘肅）。從論文作者分佈的地域來觀察，早期是上海、江蘇、福建、廣東等東南沿海地區的大學先行一步，接踵而至的是山東、北京等稍北的其他發達省市的大學，再後則有東北、西南、西北的一些名校急起直追，終形成澤被東－南、涵蓋西－北的局面。近年來也有臺灣同學來大陸一些名校攻讀文學碩士、博士學位的，他們往往會以臺灣文學的研究作為學位論文題目的首選，他們的大陸導師也總會以地利人和之便的考量，同意和支持他們的選擇。這也不失為兩岸學子和學界互動雙贏的一個途徑，無疑是值得鼓勵和推展的。

筆者有一個不完全的統計數字：20 年中，全國各大學以臺灣文學為題的碩士論文總計有 192 篇，年均 9.1 篇。從走勢上看，學位論文數量呈逐年穩定增加之勢：1990 年代的 10 年，總計僅 8 篇，年均不到 1 篇；新世紀的前 10 年就猛增到 184 篇，年均達到 18.4 篇。後 10 年比前 10 年的出品量翻了 23 倍，最多的 2007 年一年就達 37 篇之數，是此階段年均數的 2 倍，更是 20 年年均數的 4 倍多。這種情形幾乎得用「井噴」來形容！（附帶說一句，選作香港文學和海外華文文學學位論文的情況也差不多類似，後者的展開則是 2000 年後的新動向；近年還出現了選作澳門文學的學位論文，碩士博士都有。）

社會人文氛圍的生態、知識結構的新變、觀念的開放、視野的開闊、參與有關的（兩岸間的、全國性的、國際性的）學術交流的機遇和親身的體驗見聞，乃至前輩們的治學經驗或教訓，都成為了這些青年學人的資源、資本和財富。他們能夠也應當在一些方面超越前輩，這是歷史的必然要求和必然走向。

根據國家有關研究生培養的文件與各校配套對應的方案，人文科學、社會科學學科的博士研究生的學位論文不得少於 10 萬字（理工科的 8 萬字就可以了），而碩士學位論文並無明確字數要求，一般寫個 2－3 萬字就算達標。事實上，多數的博士研究生的論文字數總在十二三萬到十六七萬左右（也有極少的文科博士生把論文寫到 30 來萬字的），這固然和「論述充分」的需要有關，此外，有些畢業後擬進入高校或研究機構就業的學生還有一個現實的考慮：論文通過、拿到博士學位後再修改修改，二三十萬字出本書就蠻像樣的了，接下來評職稱（臺灣謂之「升等」）用得著。

通常博士生第一學年的主要事情是聽課拿學分，接下來在第三或第四學期，就要「開題」了，開題之前，其實已和導師有了幾個回合的溝通，導師同意了選題，才會安排開題。如果讀書不夠多或不太認真，是會在選題上卡住的。選題非常重要。有的學校，在招收博士生面試時就要求考生對（如果）錄取後的研究課題作出說明（甚至是書面的說明或打算）。開題時博士生要把選題的動機、閱讀和查閱資料的情況作出比較詳細的陳述，還應對論題的學術意義作必要的論證，並對選題提出初步的設想（乃至未來論文的構架）。「開題報告」也是博士論文寫作中一個必經的環節，一般是由系裏或學科組織幾位相近專業的教授（不要求都是博士生導師）出席開題報告會，審議開題報告，實際上是出主意、提建議，雖帶有某種儀式的味道，但和答辯的陣勢不一樣，氣氛更不可同日而語。

現在大陸高校的博士生的學習年限一般是三年，一些學校則明文規定，凡在職攻博的，則必須至少四年，最長不得超過六年。碩士一般也是三年，有些學校還有兩年制的碩士。實際用於博士論文寫作的時間，一般要用上一年半甚至兩年的。在這個過程中，博士生會勤跑圖書館（現在還加上勤上網，包括一些臺灣的網站），苦心孤詣地閱讀思考、埋頭寫作，不時會請教導師或和同門學友討論切磋，是能真正有所收益的，其獲益的多少未見得小於聽老師上課。不認真的也不是沒有，但絕對是極少數或個別人。（至於所謂「錢學交易」或「權學交易」的，那又得另當別論。）

選題是碩博士學位論文寫作的基礎環節，也是一篇論文能否成功的關鍵和前提。選題既如此重要，一個好選題的確定自然就要花掉好幾個月的功夫（還不包括廣泛的專業與非專業閱讀這種所謂「前期積累」所需花的時間）。從筆者蒐集的臺灣文學研究方向的碩博士論文的選題來看，可以非常清楚地發現，新一代的學人不會再以平面淺表的紹介或羅列式的展開形式來撰寫論文。他們都力求在前行代學者研究的基礎上，或孜孜以求發現新的角度，或尋找新的切入點，或運用新的理論或方法，有些同學也會注意把選題和自身具有的主客觀條件結合起來考慮做何題目。如山東大學王雲芳的博論是研究「境外魯籍作家」的，中央民族大學周翔的博論是研究臺灣原住民文學的，選作臺灣小劇場研究的彭耀春，他的導師董健教授是專門研究戲劇的學者，黑龍江大學的安菲比較林海音與蕭紅、遲子建，是因為蕭、遲都是黑龍江人，福建師範大學的陳茗研究金門文學，因為金門本就隸屬於福建省，又或者本人是外省第二代或第三代，就選做外省第二代作家或眷村小說，等等。

總之，求深務新，是他們和導師的一個共識。至於最後能做到什麼程度，那就要看個人的造化和努力了。

從論文研究的對象來看，作品和作家的研究還是大宗。從日據時期作家龍瑛宗、呂赫若、吳濁流等到 1950 年代以後在臺灣文學史上佔有重要地位的蘇雪林、臺靜農、梁實秋、錢穆、林語堂、鍾理和、張秀亞、琦君、林海音、羅蘭、聶華苓、洛夫、余光中、王鼎均、楊青矗、於梨華、白先勇、黃春明、陳映真、王禎和、鄭愁予、瘂弦、陳若曦、歐陽子、葉維廉、柏楊、李敖、張系國、張曉風、施叔青、龍應台、李昂、朱天文、朱天心、舞鶴、賴聲川、侯孝賢、楊德昌、簡媜、林清玄等、通俗文學作家高陽、司馬翎、瓊瑤、席慕蓉、三毛等直至新世代的張大春、林燿德、邱妙津、駱以軍、鍾怡雯、郝譽翔、陳玉慧等都有人關注研究。其中以白先勇、陳映真、余光中等最受青睞。46 篇博論中就有 4 篇是寫余光中的，碩論中也有 13 篇余光中研究，幾乎涉及其文學活動的各個側面：不僅有對其詩歌、散文創作的研究，還關注到他的文學翻譯。作品方面，除了一些人所熟知的名篇名作之外，也有些大陸讀者未必熟悉而又代表了近年來臺灣文學新變或新取向的作品進入研究生的視野，給大陸的相關研究注入了生機。朱雲霞（廈門大學）的碩論研討陳玉慧的《海神家族》就是一例。也有的題目似乎相對冷僻，不過也還是有研究必要和價值的。如近代愛國詩人許南英、乃至硫球近代詩人林世功、日據時期皇民文學作家西川滿就有人涉足。

文學現象、文學思潮、文學流派、文學雜誌、文藝政策、不同歷史階段的文學（接近文學斷代史的研究）、乃至一個歷史時期的「文學史」，這些題目都有人做。有些相當富有新意或原創意識，有些則是前行代學者沒有做過的，如彭耀春（南京大學）的《臺灣當代小劇場論》、方忠（蘇州大學）的《臺灣通俗小說論》、黃乃江（福建師範大學）的《臺灣詩鐘研究》、周翔（中央民族大學）的《現代臺灣原住民文學與文化認同》、孫燕華（復旦大學）的《當代臺灣自然寫作初探》、李娜（復旦大學）的《舞鶴創作與現代臺灣》、王金城（北京師範大學）的《臺灣新世代詩歌研究》等博士論文，都是創意十足、大陸學界過去無人研究或極少人研究且確實具有明顯研究價值和很大研究空間的選題。就筆者曾參與評審的幾篇論文而言，可謂多是資料詳實豐贍、見解獨到新穎、論述充分周密，能給人頗多啟迪的好論文。這類論文不僅擴展了大陸學者的視野，深化了大陸學界的研究，而且也為兩岸學術界的更深層面的學術對話和互動提供了更好的基礎和平臺，其正面意義不可低估。

有些選題從兩岸或數地文學比較的角度，提出某些涉及文學基本理論或創作心理或社會歷史背景、且值得探討和重視的話題，也很有意思。博士論文中，羅顯勇（復旦大學）的《論二十世紀大陸與臺灣鄉土小說的母題及其文化淵源關係》、章妮（山東大學）的《三城文學「都市鄉土」的想像空間》、張向輝（蘇州大學）的《守望・逃離・追尋——王安憶朱氏姐妹創作之比較》、樊燕（蘇州大學）的《烈日與冰河——高陽二月河歷史小說之比較》、解孝娟（山東大學）的《二十世紀五、六十年代旅外作家與八、九十年代新移民作家小說比較》、張琴鳳（山東大學）的《中國大陸、臺灣、馬來西亞華人新生代作家歷史敘事研究》。也有的論文是從某種特定的角度進行比較，如劉宇（蘇州大學）的博論《李昂施叔青分合論》、謝晨燕（福建師範大學）的碩論《萬象之都的魔幻遊戲：朱天文朱天心創作之「互文性」研究》是對臺灣著名的施氏、朱氏文學姐妹的創作作比較，拓展深化了現代文學中的文學家族研究。文學家族研究在古代文學研究中很受重視，相對而言，現代文學（包括臺灣現代文學）中則相當少見。李國磊（蘇州大學）的碩士論文《死亡的聚會與狂歡——白先勇陳映真的死亡書寫之比較》，將臺灣現代派和鄉土派兩個重量級的作家的代表性文本中關於死亡的書寫，作了多向度的比照解讀，從人性探幽這個重要面向，為白先勇研究和陳映真研究提供了一些新的思考成果。張體（暨南大學）的碩論《在敞開與遮蔽之間：試論 20 世紀 80 年代以來臺灣及大陸同性戀小說的情慾言說策略》對兩個不同的地區的同一社會現象的不同書寫方式和策略作了相當深入的比照，由此見出互相之間的異同及其背後的深層社會文化心理原因。向萍（山東師範大學）的碩論《臺灣香港女性小說創作比較論》脫開兩岸比較的思路，對臺灣和香港兩地的女性文學作比較思考，得到了兩岸比較不能得到的某些啟示。夏冬蘭（南京師範大學）的碩論《傳承與變異：五六十年代兩岸陰柔風格文學創作比較論》雖仍在兩岸比較的大框架下取材，卻能翻出新意，可謂蹊徑別辟，這種思路不僅對如何選題有啟迪，事實上也觸動了相沿成習的研究套路，對文學創作的某些基本原理（比如風格學）的豐富和發展也是一種實際的推助。蔣義娜、徐玲（鄭州大學）、劉小佳（西北大學）、安菲（黑龍江大學）的碩論分別對施蟄存與白先勇、殘雪與施叔青、汪曾祺與蕭麗紅、蕭紅、遲子建與林海音的比較研究也都有其別開生面處。運用比較的方法展開的選題，論文的論述多能從比較中發現不採用此種視角就不太能彰顯的意涵，是非常有意味的研究路徑。

地域文化（不僅是閩粵文化）與臺灣文學有著至深的關係，此一面向已引發學者們的高度興趣。陳美霞（廈門大學）勾畫當代臺灣文學中的「東北地域文化影像」，讓人眼前一亮，陳茗（福建師範大學）的《近 15 年金門原鄉文學略論》帶有拓荒的意義，應都不是虛譽。有的論文從文學作品的基本元素入手，凸顯審美視角，如司方維（蘇州大學）的碩論《臺灣鄉土文學意象論》擇取牛車、火車、番薯、甘蔗、秤、枷、魯冰花、「壓不扁的玫瑰花」等物象來深探其所蘊蓄的豐富文化、歷史、心理、民俗等多重內涵，從而對象繁意深的臺灣鄉土文學作出新的解讀，為鄉土文學的研究展拓了思路。王娜（武漢大學）的碩論對遷台「五四」元老蘇雪林「民國二十三年日記」的研究，似乎是鑽了個一般人都容易忽視的「冷門」，但卻啟開了 1930 年代特殊的時代氛圍和文人寫作、研究、交遊、日常生活的文化密碼，為我們達致對歷史的真切理解找到一條新通道。

文學媒體近年來幾乎成為學界關注的寵兒了。臺灣文學史上曾出現過不少重要的獨具個性的雜誌和文學副刊。楊學民（復旦大學）的《現代性與臺灣〈現代文學〉雜誌小說》、廖斌（福建師範大學）的《〈文訊〉雜誌與臺灣當代文學互動關係研究》是為數不多關注臺灣文學雜誌的博論。做這種論文的必要前提是擁有該雜誌從創刊到當下（或終刊）的全部「文本」，否則絕不可輕易涉足。其實臺灣有研究價值、值得做學位論文的文學雜誌不少，但對於大陸研究者來說，即便有心去做，如沒有起碼的條件（至少是掌握全部「文本」），就只能慨歎一句「巧婦難為無米之炊」而不得不放棄了。楊學民和廖斌的選題雖都涉及文學雜誌，但文章的做法各異，廖斌更多地是從雜誌作為媒體本身入手，而楊學民則更側重於從雜誌上的作品解析進入對雜誌的解讀。其實，早在 1993 年，期刊、媒體研究還處於文學研究邊緣的時候，楊幼力（復旦大學）的碩士論文《臺灣報紙副刊與文學的關係（1949－1989）》就以很大的氣魄，縱覽 40 年間的臺灣文學副刊，該文申論紮實，觸角縱深，不啻從一個重要方面建構了一種個人化的臺灣期刊史乃至文學史。近年另有一篇余晶（福建師範大學）的碩論，《從〈明道文藝〉看新媒介時代的青年與文學》，不拘囿於媒體本身的觀察，而能由此拓開去，談論更廣視域中的社會人文建設問題。《明道文藝》是台中縣一所私立中學——明道中學主辦的，看似「規格」不高，但在陳憲仁先生的長期精心經營下，一直保持著相當高的品位和質素，在臺灣青少年和文學新人中很有影響力。作者選擇這個刊物、從這個角度作碩士論文，顯示了不俗的識力，很是難得。

至於眷村文學、家族小說、生態文學、女同志小說、新世代都市小說、新世代詩歌、新世代散文、佛教散文、現代後現代寫作、外省第二代、鄉愁詩、底層敘事、家國書寫、性別論述乃至當代臺灣文藝美學、「張腔」、余韻、大眾文化生產體制等等……林林總總，臺灣文學中的很多次文類與現象，都有關注，視野之開闊，是應該予以肯定的，但欠缺也是明顯的，如臺灣戲劇和文學批評的選題就很少見，日據時代文學研究還缺乏必要的投入，各個歷史時期、各種文體的關注度還有些不平衡。

學位論文不同於一般的期刊論文，學術規範有更嚴格的要求，不得抄襲是最起碼的了，引用他人的論述一定得注明出處（「注釋」），包括著作的書名、作者名、何出版社（冠以所在城市名）、何年何月出版，引用部分見於該書的第幾頁到第幾頁；如是雜誌，則要注明是哪一年的第幾期或出版的年月；若是報紙，還要具體到到日期。此外，「參考文獻」也是論文正文之外的必要部分，碩士論文列出個三四十種就可以，十萬字的博士論文，一般總要列到一百種上下的文獻（要求按一定的次序排列），其中最好還應該有些是外文的。做臺灣文學的論文，台版的文獻書目自然是不可缺少的，不然難免會落個隔靴騷癢之譏。有些研究生還會挖空心思上臺灣的網站搜索到不少臺灣同學的學位論文或期刊論文，常會因此得到老師和答辯委員的首肯，得一句學風扎實、資料豐贍的讚語。論文要求前有「緒論」後有「結語」，正文前面附有「內容摘要」、「關健詞」（中、英雙語），碩士論文的摘要千把字就可以，而博士論文除這 1000 字上下的摘要外，還要求有 6000－7000 字的「詳細摘要」，以活頁形式提交。內容摘要應能以高度精煉的語言概括全文的精華，凸顯論文的獨創性，使人能由此把握論文的主要內容和學術價值。「關健詞」5－7 個即可，對於全文來說，它們應是最具有核心意涵的詞語，最需要選擇精準。

一篇學位論文選題固然重要，學術規範也不能馬虎，但最要緊的應該是它的學術水準，特別是論文的學術見解、觀點，是否新穎，是否能發他人所未發見他人所未見，是否有作者個人的獨到之見，總之一句話，是否有原創性。有原創性就是有學術價值，否則就是白做，就是重複勞動、無用功。但原創不是件容易事。西哲早有所謂「月光之下無新事」之歎，要說出兩三句前人沒有說過的話，別人心中有而筆下無的話，談何容易！「兩句三年得，一吟雙淚流」，用在此時此處，倒也不算誇張。真正投身於學術之旅的青年學人，很快就認知，沒有人能不花心血就手到擒來地摘得學術的碩果。學術之路無坦途。新手永遠需要憑開創性的工作開始自己的事業。

學術見解的創新意識來源於問題意識。臺灣文學研究中老的新的問題不少。新世代作家的評價就是棘手的一個。臺灣新世代詩人群自1980年代在文壇嶄露頭角以來，褒貶不一，但他們的研究價值應無可置疑，真正面對那種另類的創作，就是選擇了勇於面對挑戰甚或就是冒險，必須有足夠的勇氣和底氣。大而無當的肯定或不著邊際的貶斥，都是不得要領的。王金城（北京師範大學）在他的博士學位論文《臺灣新世代詩歌研究》中認為，新世代詩歌「取得了超越前行代的突破性成就」：新型「都市觀」孕生的「都市詩」以及後現代詩歌的理論宣導和具體實踐，他們以大眾感性消費文化的變形面目出現，其創作表現為庸常的生活美學和身體的慾望修辭，具體的呈現則是「生活詩」和「身體詩」的盛行。這種見解固然建基於對大量此類詩歌文本的深入解讀，更立足於對臺灣幾十年新詩發展流變的宏觀把握，是切中肯綮、言之成理的。論文對顏艾琳、江文瑜、夏宇等女詩人詩作的分析尤見功力和識見。

臺灣現代派文學的研究在大陸本也已有不少的成果，但楊學民（復旦大學）、趙小琪（武漢大學）、朱立立（福建師範大學）的博論在這一領域中的研究都展示出新的進路與個人的獨到見解。對於朱立立博論的觀感，請參閱本書中的《觸摸歷史的細部》一文，此處不贅。楊學民在借由對《現代文學》小說的分析而勘探臺灣現代文學思潮的內涵和衍變時認為：《現代文學》與戰後臺灣五種現代性文學潮流有莫大的關係。在與它們的對話中或取或舍、或認同或超越，而成就了自己的獨特性。就主要傾向而言，《現代文學》小說對現代主義和自由主義文學思潮的認同多於拒斥，而對左翼現代性和右翼現代性文學潮流以及通俗文學潮流則拒斥多於認同。正是在與五種文學潮流的對抗和認同過程中，它在文學思潮的層面上確立了自身思想藝術特徵和存在的價值。與中外敘事傳統的對話性交流是《現代文學》小說生成的更直接依據之一。它們與中外敘事傳統對話性關係是整體的、多層面的。最常見的互文性方式有引用、仿擬、轉換和改造等四種基本類型。楊學民通過《現代文學》雜誌上的作品對臺灣文學的五種思潮及其與中外敘事傳統的對話性關係所呈現的四種互文性方式的分析，使長期以來籠而統之的現代主義論述走進了更清晰更具學理性的境地，是他的一種個人貢獻。趙小琪（武漢大學）的博士學位論文《臺灣現代詩與西方現代主義》，對臺灣現代詩主要是現代、藍星、創世紀三大詩社的研究，集中在其與西方現代主義文學思潮的關係上。臺灣新文學的各時期、各流派社團乃至不少作家與西方文學其實有著相當深的關聯，但兩岸學界在這方面的研究卻還顯得相當滯後，並沒有展開，更無深入。趙小琪的專業是比較文學，他的研究帶入了比較文學學者的專業眼光，對於一些詩人的文學觀念和創作與西方文學思潮與西方作家創作的深層因緣有著具體細膩的申論。我以為這個面向（臺灣文學與外國文學）還大有用武之地，值得有志者去探寶。

艾尤（蘇州大學）的《在慾望與審美之間——論 20 世紀 80 年代以降臺灣女性小說的慾望書寫》同樣面對著一種挑戰。1980 年代以來，臺灣女性文學創作的走向發生了巨大的異變。慾望書寫成了一種潮流甚至時尚，這些作品對於閱讀市場和學術研究所形成的沖激，幾乎是同時而至的。艾尤的博士論文，梳理了 20 多年間臺灣女性作家（包括李昂、蘇偉貞、朱天文、平路、邱妙津、陳雪、洪凌等）慾望書寫的不少文本，從慾望追尋、慾望解構、慾望越界三個層面，對女性生存中的「物化」與「反物化」的身體悖論、女性身體慾望的困厄與反叛、女性服飾變換中的身體哲學作出了富有理論思辯色彩的解讀，從而勾勒出女性慾望書寫從「私我」、「公我」到「去我」的女性主體性的建構走勢，論述顯得順理成章，具有很強的說服力。作者並沒有一味地讚賞肯定慾望書寫的文化審美價值，也對某些作品過於耽溺於女性慾望的展示所帶來的審美偏執、陷入身體快感的審美誤區、並有可能使女性慾望書寫在某種程度上淪為迎合消費社會閱讀趣味的「媚俗式」寫作提出了警示。

趙園在評論黎湘萍的博士論文《臺灣的憂鬱》時，曾肯定他「於此證明了他的良好的形式感覺，細膩的審美體驗，和將文學方法的演進始終展示為臺灣知識者的精神歷史的能力。這部著作也由此達到了渾厚與凝重。」並且認為「臺灣文學研究，是要經由這樣的成果，才有可能充分『學術化』，獲得尊重的。」(《一個「知識人」對另一個「知識人」的讀解》) 當下的新世代學人們也正在向著這樣的目標努力和奮進。

綜觀這些博碩士學位論文，可以說，問題意識、原創意識、精品意識已成為絕大部分研究生（特別是博士生）的自覺追求，他們正在努力形塑這個學術群體求深務新、銳意精進的鮮明學術品格和人文影像，同時也以自己的「學術化」成果為臺灣文學研究獲得了更多的尊重。毋庸諱言，這些新世代學人在治學之途上畢竟還剛剛起步，他們還需要接受更多的挑戰和更嚴峻的考驗，需要養成更堅執的治學立場、更沉潛的治學風範。

我深信，假以時日，積之既久，新世代學人對於臺灣文學研究的貢獻將會越來越多，份量也會越來越重。前輩學者對他們寄於的厚望當不會落空。

卻顧所來徑　蒼蒼橫翠微

緣：偶然邂逅了必然？

1979 年，研究生招生制度剛剛恢復不久，我在工作 10 年以後，拜師於華東師範大學許傑教授、錢谷融教授門下，攻讀中國現代文學研究生，走上了學術研究的不歸路。在兩位先生的指導下，我們幾位同學選擇的學位論文題目都是現代作家創作研究（比如王曉明寫沙汀，許子東寫郁達夫，戴翊寫巴金，戴光中寫趙樹理，而我寫的是葉聖陶）。當時滿心以為，這輩子大概也就吃定了「現代文學」這碗飯了吧，但世事還真是有其不可逆料處。

記得那時上海有一位名記者（谷葦）採訪復出後的許先生，說到許先生不僅是「五四」老人，也是 20 年代在吉隆坡主編《益群日報》及其文藝副刊《枯島》、在東南亞最早播下華文文學種子的先行者之一；還說如果許先生幾個研究生中，有一個人研究海外華文文學，那多好！這話，大家聽過也就罷了，並沒往心裏去——雖然平日向許師請益時，也不時聽他回憶起當年在南洋時的經歷……

想不到若干年後，這話竟一語成真。許先生的學生中，竟真「有一個人」做起華文文學研究來了。這人不是別人，居然就是在下鄙人。

或許這真是要歸結為一個「緣」字了。我與華文文學結緣，最早大約應該追溯到這份師生情緣。所謂「緣」者，我想，大概就是偶然與必然邂逅而生的寧馨兒吧！

說「必然」，那是說，從中國現代文學研究的必然趨勢中生發出來的自覺選擇。80 年代前期，曾經淪為「四害」重災區的中國現代文學研究，出現了頗為熱鬧、興旺的景象，撥亂反正，重評舊作，發掘被遺忘的邊緣作家，引進西方學說，倡揚新方法論……等等，蔚為一時大觀。現代文學研究界出現了三代同堂的喜人局面：王瑤等先生是奠基人、第一代；建國後培養出來的嚴家炎先生等是堪稱中堅的第二代；接下來便是 80 年代初最早畢業的一批研究生，被稱為第三代，可謂濟濟一堂。還記得我的同學許子東當時寫過一篇題為《現代文學：擁擠的學科？》的文章，發表在《中國現代文學研究叢刊》上，在同行中引起不小的震動。據他粗略統計，全國以現代文學的 30 年（1917－1949）為研究對象的研究人員、高校教師有 4000 多人（還不包括在讀的研究生），30：4000！這是一個何等懸殊的比例！還不夠「擁擠」麼？果然，那幾年從現代文學研究陣地「轉向」、「分流」的同行似乎不在少數。有的去研究 1949 年後的當代文學了；有的去搞當前文學新作的評論了；也有的抬起一隻腳跨進了近代文學研究的門檻；也有的兼治文論研究或是比較文學研究了；還有的，就把視線轉移到了海峽那一邊——台港地區的文學，搞起台港文學的研究來了……現在回過頭去看，其實這正是現代文學研究界同仁尋求突破的一種努力，也是學科發展的大勢所趨吧？由此造成的研究隊伍的調整與研究局面的開拓，正是一種歷史的必然。

也差不多是同時，北京大學的黃子平、錢理群、陳平原三位同行朋友，連袂在首屆「現代文學研究創新座談會」上作了個發言，提出了「20 世紀中國文學」的概念，這個發言後來發表在《文學評論》上，題為《論「二十世紀中國文學」》，過後，他們三位又做了個對話，也交人民文學出版社出了本小冊子《二十世紀文學三人談》，系統闡述了「20 世紀中國文學」這個新概念的內涵，在全國同行中引起了強烈的反響。

中國現代文學研究的格局自此步入了新的發展階段。

當時，我已經到蘇州大學教起了「中國現代文學史」。像全國很多同行一樣，我在某種迷惘中也在思考現代文學研究的前途或者說是「前景」問題。30 年？20 世紀？現代？當代？現當代？中國？大陸？台港？學科格局？擁擠？分流？突破？……那幾年這些字眼大約是在腦海中出現頻率最高的「中心詞」了。「20 世紀中國文學」這一概念有其無可置疑的創意和啟發性，它啟動了人們的思維，是一個充滿學術想像力和豐實的學術內質的概念——儘管當時對它的闡釋還沒有那麼全面、嚴謹、到位，但隱隱中，我似乎越來越明確和堅定地認清了這門學科（叫「20 世紀中國文學」也罷，叫「中國現當代文學」也罷，或者如我自己後來杜撰的一個概念稱「現代中華文學」也罷）的前景。

一切豐富它、充實它、觸動它，賦予它以新的學術生命的學術構想都是合理的。

4000 人研究 30 年，「擁擠」嗎？那就由此宕開去，從時間上，從空間上，從內涵上，從外延上，從切入角度上，從研究方法上……正所謂天高任鳥飛，海闊憑魚躍，研究天地還是很闊大的。

正是歷史的必然，把我引領到了後來被稱為「華文文學」研究的這一方天地，領略了萬千勝景，找到了最佳的學術位置，也鮮明了自我的學術形象。

再說「偶然」。80 年代後期的某一天，我突然接到一封來自香港的南方來鴻，拆開一看，原來是闊別十五、六年的大學同窗涂乃賢的來信。他在信中簡告了畢業分手後的一番經歷。說他如今已在香港定居，業餘寫點東西，以「陶然」為筆名，「也就是一個作家了」吧。寫此信之前，曾幾經周折，才打聽到我在「深造」（讀研）之後，已然定居於「江南佳麗地」，在蘇大執教鞭，便來信投石問路，希望能恢復聯絡云云。我一讀之下，不禁感慨萬千！乃賢兄當年考入北京師範大學時，是我們班上唯一的華僑（印尼）子弟，我與他曾在北京共度過八年的崢嶸歲月，結下了兄弟般的深情厚誼。這是一個重感情、講義氣、很夠朋友的朋友。難得他一片真情，多年來一直尋覓我的蹤跡，乃當即修書作複。之後，便頻頻接到他的來信和贈書。大概人都有這種體驗吧？讀自己熟悉的親朋好友用「鉛字」寫成的文字，都會有一種親切的、乃至異樣的感覺。讀著陶然的一部部作品，我不禁深深為他坎坷的經歷遭遇唏噓不已，於是提筆寫下了《他依然在星光下憧憬——我看陶然散文》一文，當作老朋友的「讀後感」，寄往香港，不久即在犁青先生主編的香港《文學世界》上刊出了。

這是我公開發表的有關香港文學的第一篇評論文章。從此「一發而不可收」，一篇篇評論香港、臺灣、東南亞華文作家的論文在香港、臺灣、泰國、菲律賓、新加坡、韓國等地陸續發表。在別人看來，我已經成了一位華文文學的研究者了。回首來時路，這段學術經歷，由老同學陶然而起，是不是有一點偶然呢？

接著，正逢江蘇省社科院的陳遼、湯淑敏先生聯絡全省有志於華文文學研究者，組建江蘇的學術隊伍，我有幸恭逢其盛。大約是 1989 年的事兒吧，我到南京第一次參加了省裏這樣的會議。此後又參加了好多次在內地和港、台召開的有關學術會議和雙邊交流，結識了很多海內外的同道。整整一個 90 年代，一路行來，在這個學術和精神家園裏愉快地和同道朋友們交流切磋，獲益良多，這是後話了。

當然，80 年代那幾年對於學科前途的思考和內心尋求學科新格局的意念，我想更是一個潛在的因素。「必然」與「偶然」就這樣不著痕跡地遇合了、結晶了。

這不叫「緣」，還有什麼能叫「緣」呢？

學術理念？學術「野心」？

當然，談到「我與台港華文文學」這個話題，不能不說說自己這種選擇的「學術理念」為何。

記得有一年，江蘇省學會在無錫開年會，在賓館的房間裏，陳遼會長問我：「你為什麼要研究台港華文文學？有些什麼想法呢？」我坦言相告說：我原來是攻現代文學的，我希望在這麼多年熟悉了現代文學（30 年）之後，再來瞭解、研究台港華文文學，相信應該有助於深化對現代文學的認識，找到現代文學（當時指大陸地區的文學）與台港文學的內在聯繫，然後力圖去作一種整體的把握。我甚至說：我其實不能算「正宗」的、「標準」的台港、華文文學研究者，因為我的學術著眼點是在 20 世紀整個這一百年的中華（包括大陸和台港澳地區）文學上。陳先生對此深表理解。

正如大家所瞭解的那樣，從 80 年代初到 90 年代，大陸的有關學術會議的冠名曾數度更易。由「台港文學」到「台港澳文學」，再到「台港澳暨海外華文文學」，再到「世界華文文學」，相當明晰地畫出了這門學科發展的衍變軌跡。而「世界華文文學」，作為一門據說是獨立的學科，在內涵上，我認為，其實是與「20 世紀中國文學」（或稱中國現當代文學）有交叉的。

1995 年，我在一篇題為《世界華文文學與「二十世紀中國文學」》的論文（亦曾提交第八屆世界華文文學國際研討會）中這樣寫道：「世界華文文學」這一學科概念的提出，是九十年代中國進一步改革開放、中外文化交流空前密切頻繁的自然要求，是當代學術研究向縱深發展的必然結果，顯示了中國當代學術研究世界性、國際性視野的最新趨勢。這表達了我對「世界華文文學」學科存在合理性的肯定；同時，我又認為：「二十世紀中國文學』從時間的向度上，『世界華文文學』從空間的維度上，交叉縱橫地拓展了『中國現代文學』（1917－1949，中國大陸，漢民族文學為基本內容）的既定內涵。二者的結合，將賦予此一特定時空內中國文學新的質素品格。」並分陳「世界華文文學」的六條新經驗。

有同行學者在總結二十年的世界華文文學研究歷史時，說「從其間嚴謹的總體架構中，明顯可以看出作者近期調整學術思維的努力方向」（吳奕錡《近 20 年來台港澳及海外華文文學研究述評》，見《人大複印資料》2001 年第 7 期）。這種「學術思維」的「方向」，我在其後出版的專著《多元共生的現代中華文學》（中國華僑出版社，1997）中作了進一步的闡述：「在我看來，在二十世紀，通俗文學與純文學從對峙到並存，台港文學與大陸文學由分流到整合，既是一種趨勢和格局，也凸現了其多元共生共存的突出特徵。」或者這也只是我對二十世紀中國文學時空觀的一種個人理解。我希望一部健全、新穎的《二十世紀中國文學史》能容涵多維的審美空間與地域空間，以為如此才能對應已然存在的歷史真實。

在該書的序言「寫在前面」中，我說：「這本小書，我最想表達的就是整合和重構這段文學史的意願」，其中一以貫之、念念不忘的學術理念和研究視角，我用 8 個字加以概括，這就是：「兼容雅俗，整合兩岸」。

1999 年完成並出版的《1898－1999 百年中華文學史論》（陳遼、曹惠民主編，華東師範大學出版社）則較為全面、也較為從容地展開了「兼容雅俗，整合兩岸」的學術理念，初步構建了根據這一學術思路生成的現代中華文學的基本框架，凸顯人文精神、世間情懷、現代化轉型、中國情結、雅俗調適、女性寫作、作家族群、傳播與消費等

8 個「基本話題」，也顯示了我對 20 世紀華文文學的一種基本理解。這個項目結項時，專家組成員許志英、陳思和、王曉明、林建法等同行充分肯定了這一學術思路的創造性，認為「這樣的構思和文學史框架，是一種創新，在以後的學術研究中將是有生命力的」(陳思和)，「開創了文學史論述（整合兩岸三地的文學論述）的一個新的類型」（王曉明），「在近年來總結百年文學的學術思考中獨樹一幟」（林建法），「是一部有厚重學術品質的專著」(許志英)。《文藝報》、《當代作家評論》、《香港作家》、《澳門日報》、《蘇州大學學報》、《世界華文文學論壇》等海內外報刊也發表了 10 多篇書評，肯定《多元》、《史論》二書所張揚的這一學術理念。還有學者則認為，《史論》這「一種整合性的研究……開拓了兩岸三地文學研究的新空間，為包括香港文學在內的中華文學的學術思考注入了新靈感」(古遠清《香港文學研究二十年》,《香港文學》2001 年第 10 期)。

專家們肯定性的評論，對我堅持自己的學術探求方向，是一種有力的支持。我自認非屬捷才一類，所謂「新靈感」，並非一時空穴來風、或靈機一動，其實是多年冥思苦想的一得之見罷了，所謂卑之無甚高論矣！

這些年來，對文學史的整合式書寫，一直是我心心念念關注的焦點。我近年寫的一些論文，如《整合兩岸，兼容雅俗》(《世界華文文學論壇》1998.3)、《三度空間中的中華文學》(《世界華文文學論壇》1999.2)、《香港文學與兩岸文學一體觀——空間角度的一種考察》（1999 年 4 月提交香港中文大學「香港文學國際研討會」論文)、《整體視野與比較研究》(《華文文學》2000.1)、《整合與比較》(《香港作家》2000.5)、《90 年代大陸的香港文學研究》(2000 年 6 月提交香港大學「90 年代兩岸三地文學現象國際研討會」論文）以及《出走的夏娃——試論臺灣女性寫作敘述主體之建立》(2000 年 9 月提交臺灣中央大學「兩岸文學發展研討會」論文)、《地緣詩學與華文文學研究》(2002 年 4 月提交東京大學和新加坡國立大學合辦的「第一屆中國現代文學亞洲學者國際學術會議」論文)和我主編的《台港澳文學教程》(漢語大詞典出版社 2000 年 10 月),都貫徹著同一的學術理念;1999 年 5 月,江蘇省學會假蘇州大學召開年會,我也提議以「兩岸四地文學比較研究」為會議主題,得到了陳遼先生的贊同和與會各地學者的一致首肯。會後,《台港文學選刊》載文評價,此次會議的思路,「在本學科領域堪稱獨樹一幟」。

或許我最大的學術「野心」,就是要使「整合兩岸,兼容雅俗」的理念為更多的朋友所認同,並通過大家的共同努力,使之成為整合式文學史書寫的成功實踐。對此,我充滿信心並樂觀其成。

一路行來,情歸何處?

有人說,學術研究(或曰「做學問」)是我們這種人的存在方式。其實,這話恐怕也只是說了一半。是學術人,也是自然人、社會人。從事一種學術研究(華文文學研究也不例外)應該是高品質的,這「高品質」,不僅是指研究的成果(論文、著作等)應該是高品質的,也是指其研究的過程、研究進行的方式(非指具體方法)應該是高品質的。中國的先賢們講究「道德文章」,作文先要作人,人品、文品要一致。吾師錢谷融先生力倡「文學是人學」。目前學術界正大講學術規範、學術道德,堪稱切中時弊。一向以來,我總覺得,一個以人文學術研究者面目示人的人,不能不具有最基本的三方面的素質:(1)學術操守。在學術問題上,只要是經過自己頭腦思考而認定的東西,不能輕言放棄，不能見風使舵，東風東倒，西風西倒。謹小慎微大可不必，嘩眾取寵更不可取。有所為，有所不為，務必要有自己的堅持、堅守、恪守。（2）人格修養。學問不僅是知識也是修養。比如說，為學不可無友，但與友交，不應從功利出發。研究世界華文文學，免不了要廣交四海文友，如以各種各樣的功利動機處事，則離「不卑不亢」遠甚。對於學問的敬畏，對於友朋的摯誠，乃自然出之於本人的人格修養、人格魅力。所謂人格魅力，是在學養之外，還有言談、舉止、氣質、情趣，都無法以一時得之，需要長期的化育，此所謂學者風範也。（3）人文精神。「經師易遇，人師難遭」。象我這樣既為研究者，又為人師者，「言教」、「身教」之外，尤需「心教」——以一種博大的人文精神投入學術研究和教書育人之中。每年，我在與新一屆的碩士生、博士生首次見面時，也都必講這幾點，以為師生共勉之辭。明於此，學術有望，新一代學人有望。心之所托，情之所寄，也就恬然安適了。人生若此，夫復何求？

世界華文文學研究進入新的世紀，正呈現出前所未見的喜人態勢，一批年輕的擁有碩士、博士頭銜的後起之秀，正醞釀著研究的重大突破。希望在他們身上。我身處其間，為此而感奮、而快慰。

附錄

一個美好的學術設想
——評曹惠民著《多元共生的現代中華文學》與《百年中華文學史論》

吳義勤

二十世紀即將過去，但二十世紀學術界所遺留下來的許多懸而未決的學術問題似乎並沒有得到根本性的解決。比如，文學史的問題就一直困擾著我們的文學史家們。從 1985 年在北京「中國現代文學研究創新座談會」上黃子平、錢理群、陳平原的「二十世紀中國文學」概念的提出，到 1989 年陳思和、王曉明在《上海文論》上「重寫文學史」主張的宣導，文學史家們一直在進行著對既有的文學史觀念和模式的批判，以及對新文學史觀的重建工作，中國現當代文學的學科建設和文學史面貌確實也已發生了巨大的變化。但是，我們應該承認理論的設想是一回事，文學史的實踐又是另一回事，在理論設想和文學史實踐之間還有漫長的路要走。拿「二十世紀中國文學」的概念來說，雖然表面上它體現的僅是一個文學史「時間」的「上伸下延」的問題，但實際上它是針對從前文學史「近代」、「現代」、「當代」等斷代劃分的機械性、政治性和不科學性而提出的，黃子平等人希望以此來完成對於二十世紀中國文學的「整體的」、「有機的」而不是「割裂的」、「機械的」理解，其學術意義可謂不言自明。然而，在實際操作中，我們卻發現「二十世紀中國文學」這個概念並沒有在具體的文學實踐中被有效地建構起來。即使北京大學雄心勃勃的「二十世紀中國小說史」構想，在陳平原完成「第一卷」後，餘下的各卷似乎也成了「難產兒」。這不能不說是一個遺憾。而「重寫文學史」的主張也好不到哪裡，學術界沸沸揚揚了這麼長時間，但我們並沒有看到真正改變了文學史性質的「重寫之作」。直到 1999 年陳思和親自「操刀」，我們才看到了《中國當代文學史教程》這樣的「重寫文學史」的「示範」著作。可惜的是陳思和也僅僅完成了對中國文學「當代」部分的「重寫」，我們還不知道他什麼時候能重寫整個「二十世紀」。

當然，「二十世紀中國文學」也好，「重寫文學史」也好，它們都表達的是一種重新理解和闡釋中國文學的願望，因而它們面臨的學術難題也是共同的。比如港澳臺文學進入文學史的問題、雅俗文學的對峙問題、意識形態話語與文學話語的衝突問題，等等。我們從前之所以講我們的文學史是「半部文學史」或「殘缺的文學史」，實際上也就是針對這幾個問題而言的。亦即：「近代」、「現代」、「當代」的「斷代」隔絕造成了文學史時段上的「殘缺」；大陸文學與港澳臺文學的「對峙」造成的是文學史「地域上」的「殘缺」；雅文學與俗文學的對立造成的是文學史「性質」上的「殘缺」。應該說，「二十世紀中國文學」和「重寫文學史」的主張雖為我們提供了解決這些難題的機遇，但卻沒有提供水到渠成的解決這些問題的具體方法。這方面，新近讀到的曹惠民的《多元共生的現代中華文學》（中國華僑出版社，1997 年 11 月版）以及他與陳遼主編的《百年中華文學史論》（華東師範大學出版社，1999 年 9 月版）為我們具體解決「台港澳文學」以及「雅俗文學」問題又提供了一個新的學術設想。某種意義上，我覺得他們的「百年中華文學」的構想正是對於「二十世紀中國文學」和「重寫文學史」理論的實踐性注解，其學術價值有待我們重新加以認識。在這兩部著作中，我們看到，曹惠民的「百年中華文學」對於「二十世紀中國文學」這一命題是基本認同的，但同時他又灌注進了新內涵。他認為，「二十世紀中國文學」從外延上講既是一個時間概念，更是一個空間概念。從「時間觀」上看，不能僅僅看作時限的上移（上世紀末）或者兩個時段（1949 年前後）的接續、「打通」，而是有著更引人注目的內涵；從「空間觀」上來看，「中國」的內涵似乎語焉不詳，比如臺灣、香港、澳門等地區中文書寫的文學如何處置？「通俗文學」有無其審美空間和地域空間？（《多元共生的現代中華文學》第 3 頁）正是從對時空觀的重新思考出發，作者試圖更為科學地對「二十世紀中國文學」這一命題作出界定，他指出：所謂「二十世紀中國文學」是自十九世紀末到 2000 年前後，在中國（大陸、臺灣、香港、澳門兩岸三地）存在的，包涵「新文學」和「通俗文學」、文人文學和民間文學、漢民族文學和其他少數民族文學這些不同形態文學在內的、用現代中文書寫的中國文學（同上，第 3 頁）。從這個界定，我們也可以看出曹惠民對於「二十世紀中國文學」的理解已經落實到了具體的實踐層面上。

一般說來，我們的文學史要科學地解決「港澳臺文學」和「雅俗文學」問題，除了文學史觀念的解放之外，還要在具體的文學史操作方式上完成兩個超越：一是對於意識形態壁壘的超越。一是對於文學史判斷雙重標準的超越。沒有前一個「超越」，我們無法完成文學史寫作由國家話語向個人話語以及意識形態話語向文學或美學話語的真正轉化，這方面，陳思和的《中國當代文學史教程》是一個成功的範例。沒有後一個「超越」，文學史的性質就不會真正改變。說實話，對於「港澳臺文學」和「通俗文學」的應該進入文學史在學術界已經不成為問題，成問題的是它們如何進入文學史，以及以什麼樣的方式進入文學史。通常的做法是在我們的文學史中增加一兩個「港澳臺文學」或「通俗文學」的章節與附錄。比如，八十年代修訂的唐弢的三卷本《中國現代文學史》約請范伯群補寫了張恨水和鴛鴦蝴蝶派的內容，那是正統文學史第一次正式接納通俗文學。九十年代孔範今主編的《二十世紀中國文學史》也增加了大量的「港臺文學」的章節。在這些文學史中，文學史的面貌確實有了巨大的不同，但文學史的性質並未有絲毫的改變，「港澳臺文學」和「通俗文學」還是文學史中的一個「歧視性的存在」，它們並沒有獲得文學史的「主體」身份。正是從這個意義上，我特別重視曹惠民等在《多元共生的現代中華文學》和《百年中華文學史論》中所做的學術嘗試。其「兼容嚴肅文學和通俗文學，整合祖國內地和臺灣、港澳地區的文學為一體」的「百年中華文學」的設想對於解決「港澳臺文學」和「通俗文學」在文學史中的「主體」地位問題，確實有獨到之處。

先看「港澳臺文學」問題。長期以來，我一直希望港澳臺文學以「自然」的而不是「生硬的」方式進入我們的文學史。所謂「自然的」方式，就是超越政治的、地域的、意識形態的限制，把港、澳、台文學納入我們的整體文學視野。在政治和主權意義上，我們從來也不曾把港、澳、台劃出中國的版圖，那麼我們有什麼理由在文學版圖上把它們視為異類排除出去呢？我覺得，在我們今天的文學史上，港、澳、台文學就應是我們中華文學的一個有機的部分，而不是一個需要特別對待的地區文學。正如在我們的文學史中不會特別地從江蘇、山東、北京……等地域視角來談中國文學一樣，我們也不應在整體的中國文學視界之外另辟一個「港澳臺」的視角。也就是說，我們在寫文學史時每一個文本、每一個作家都只對中國文學整體有意義，而不因他的地域身份而有意義。比如，在寫五十－七十年代的中國文學史時，同時期的港、台作家的創作就應成為我們整個文學史的主體，而不僅是港臺文學的主體。再比如，我們講建國後文學時常講到五四傳統的斷裂問題以及作家創作「斷層」問題。但當我們把港臺文學納入我們視野時，我們就會發現五四以來的文學傳統並沒有完全斷裂，而徐訏等流亡海外的作家的創作也並沒有出現「斷層」。王一川在搞《二十世紀文學大師文庫》「小說卷」時讓茅盾出局，金庸排名第四。為此，學界大嘩，我也並不認同他具體排定的「座次」，但我覺得他審視中國文學的視角和方式無疑是正確的，也就是說金庸的地位不在於他是一個香港作家或通俗文學作家，而在於他是一個「中國作家」，一個「文學家」。而也正是基於這樣的考慮，我覺得有必要取消「港澳臺文學」這樣的概念，文學史更不應設這樣的章節，而應把它完全融入我們的文學史血液中去。因為，我們需要的不是在文學史上「禮節」性地拼貼式地給港、澳、台文學以版面，我們需要的是給它以真正的「主人」地位，並由此整體性地揭示「中華文學」的血脈因緣。正如曹惠民在《多元共生的現代中華文學》中所指出的，「現代中華文學」是一種群落性生存的時空格局，「簡單地拼合式的架構不可能揭示不同地區各異文學現象之間的內在因緣，也無法解釋源於同一文化母體何以會出現某些不平衡或相互扞格的事實，更難以把握作為中華現代文學的一部分與整體之間的分合聚散的深層脈動。」

再看雅俗文學問題。所謂雅俗文學的對峙實際上是一個完全人為的思維誤區。什麼是雅？什麼是俗？什麼是雅文學？又什麼是俗文學？一切都是相對的，甚至是約定俗成的。但是這種約定俗成本身其實就已包含著價值判斷。我們憑什麼說雅文學的價值就高於俗文學？我們有令人信服的理由嗎？沒有。這裏其實就涉及到了文學問題上的雙重標準問題，通俗文學是一個標準，雅文學又是一個標準。而我們文學史長期以來的混亂狀態，可能根本上就根源於這種標準的混亂。

我們缺乏進行文學判斷的統一的、貫穿的標準，政治的、意識形態的、美學的、思想史的……十八般兵器輪番登場，而各種標準之間又相距十萬八千里，不僅不同的文學史的評判標準不一，甚至同一部文學史的評價標準也是前後遊移，我們怎能奢望這樣的文學史具有科學性與學術性呢？也正是在這個意義上，我們贊同王一川對「美學標準」的堅持。而即使以「美學」的標準來看待文學史，我覺得所謂雅文學與俗文學也並不是水火不相容的，它們完全可以在同一個標準下獲得在文學史中的地位。而在《多元共生的現代中華文學》和《百年中華文學史論》中，作者也試圖以一種「一元」的標準來整合「兩岸三地」文學，其學術努力的方向無疑是正確且有啟示意義的。不能說，「現代中華文學」的大廈已經構建成功，但至少我們從中看到了些許端倪。

我們正身處一個急劇變動的時代，在這個時代裏各種各樣的思想都在瘋狂地生長著。我們需要這些思想，但同時我們更需要腳踏實地的工作。在學術領域，我們為各種各樣的學術設想喝彩，但我們更希望美好的學術設想，轉化成實實在在的學術建設。「二十紀中國文學」如此，「重寫文學史」如此，「百年中華文學」同樣如此。

原載《當代作家評論》2000 年第 1 期

（吳義勤，男，江蘇海安人，博士，教授，博士研究生導師，現任中國現代文學館副館長、中國作協理論批評委員會委員、山東作協副主席等職。著有《都市里的漂泊之魂——徐訏傳》、《新時期長篇小說論》、《長篇小說與藝術問題》等，曾獲「魯迅文學獎」文學批評獎等國家級和省部級多項獎勵。）

中華文學之海中的方舟
——評曹惠民教授的學術理念

趙慶慶

《莊子》中的河伯見「秋水時至，百川灌河」，「以天下之美為盡在己」，及至無邊無際的北海，不禁望洋興嘆而「大天地」。如果順著中華文學的大河，流出中國大陸的邊界，瞻望台港澳和海外華文文學的遼闊天地，我們是不是也會湧起「大哉，中華文學」的感喟呢？是不是也希望駕舟一葉，尋找最佳視角，跨越時空和人為的地界乃至國界，盡賞中華文學之大觀呢？在中國若干文學研究者中，茲有一人，自青年起即與文學研究結緣，並在台港與世界華文文學研究領域耕耘多年，以自己「整合兩岸，兼容雅俗」的學術理念和實踐，縱其一葦之所如，遨遊於中華文學的壯美空間。

他就是曹惠民教授。

曹惠民早年畢業於北京師範大學中文系，執教鞭 10 年後於 1979 年考進華東師範大學攻讀研究生，師從錢谷融教授和「五四」老人、東南亞華文文學先驅許傑教授，以中國現代文學為研究重點。現為蘇州大學文學院教授、中國現當代文學博士生導師、世界華文文學研究中心主任，先後兼任江蘇省台港暨海外華文文學研究會副會長、會長，中國世界華文文學學會學術委員會主任委員、中國世界華文文學學會副會長、中國現代文學館特約研究員等職。他曾三度赴韓國、臺灣擔任客座教授，多次赴港、澳、台、新、馬、泰、汶萊、美國參訪、講學、出席學術會議。1988 年，正值學術盛年的曹惠民在犁青主編的香港《文學世界》發表了有關香港文學的第一篇評論——《他依然在星光下憧憬——我看陶然散文》。自那以後，他不僅多有台港澳與海外華文文學的評論見諸海內外報刊（在中國大陸、台港澳和新、馬、泰、菲、韓、英、美等地發表論文 160 多篇），而且出版了多種帶有開放視野、令人耳目一新的論著、編著和教材，如《他者的聲音——曹惠民台港華文文學論集》（江蘇人民出版社，2005）、《台港澳文學教程》（上海漢語大詞典出版社，2000）、《閱讀陶然》（北京師範大學出版社，2000）、《1898－1999 百年中華文學史論》（華東師範大學出版社，1999）、《多元共生的現代中華文學》（中國華僑出版社，1997）等，在海內外學界引起了廣泛的反響和好評。

當曹惠民教授從中國現代文學領域邁向台港文學研究時，大陸文壇和學界正沐浴著改革開放之風，處在反思布新、雅俗互動的活躍期。文壇上，白先勇《永遠的尹雪豔》和李黎《譚教授的一天》開啟了台港文學湧入大陸的閘門，挾嚴肅文學（以白先勇、陳映真、余光中、黃谷柳、西西、陶然等為代表）和通俗文學（以瓊瑤、三毛、梁羽生、金庸、亦舒、梁鳳儀等為代表）兩股潮流滾滾而至，和大陸的文學作品交相輝映。大陸學界也漸覺禁開，陸續出現了台港作家作品論，從現代文學領域分流出臺港文學研究的一群開路人。而在留守現代文學陣營的數千研究人員中，以北京大學錢理群、陳平原和黃子平為代表的學者宣導「20 世紀中國文學」這一新觀念，希望推翻近、現、當代文學的壁障，上溯下延，將中國文學史作整體觀。上海陳思和、王曉明等教授則提出「重寫文學史」的主張。於是，20 世紀 80 年代的中國文學評論界回盪著「台港文學」和「20 世紀中國文學」這兩個關鍵字，而曹惠民恰是在中國的文學消費、流通和研究面臨重大調整時，廣讀深思，確立了將台港文學納入中國文學版圖、整合中國文學史的學術理想，並義無反顧地投身於他所命名的「現代中華文學」事業中，填補學術空白，評介台港澳作家，探討世界華文文學，成為中國文學研究的創新者和世界華文文學研究的中堅力量。

「卻顧所來徑，蒼蒼橫翠微。」回首研究歷程，曹惠民自雲「其中一以貫之、念念不忘的學術理念和研究視角，我用八個字加以概括，這就是：『整合兩岸，兼容雅俗』。」曹惠民進一步將其解釋為「兼容嚴肅文學和通俗文學，整合祖國內地和臺灣、港澳地區的文學為一體。」結合這幾十年的華人文壇、評論界和學界的多元化氣象，「整合兩岸，兼容雅俗」的「八字真言」細解來，至少包括如下三層涵義：

一、「兩岸」拓寬了中國文學的研究空間，將一度因政治、歷史原因而遭擱置的台港澳文學（後推及中國以外的華文文學）重新納入中華文學的大譜系，顯示了先立足大陸，放眼台港澳；繼而立足中國，放眼世界的開闊視野。

著名文化學者金克木說過，文學史多重「編年史」，而忽視「畫地圖」。19 世紀末 20 世紀初，西學東漸，中國借鑒西方編纂自己的文學史，出現了梁啟超《中國之美文及其歷史》、王國維《宋元戲曲史》、胡適《白話文學史》、魯迅《中國小說史略》等文學史性質的開山之作，此後百年來，中國文學史多被書寫成漢民族文學史，漢語文學史，而且限於大陸板塊。因此，從空間向度上講，位於中國地圖上的台港澳地區近乎被完全摒棄在中國文學史的書寫之外。雖不合情理，但因牽涉材料、學識、方法，甚至政治等非文學因素，似也不應苛責於先前的文學史家。

曹惠民則指出：「在地域空間上，對於臺灣文學、港澳文學的『擱置一邊』……直接妨害了對於『20 世紀中國文學』內涵的確認，甚至有可能重蹈過去狹隘的『中國新文學史』、『中國現代文學史』的覆轍。」因此，曹惠民特別強調中國文學研究中的空間意識和地緣詩學（geopoetics），不僅補寫了台港澳文學史，而且讓兩岸三地的文學在恢宏的歷史和時代背景上進行對話，闡發它們之間的「連——隔——通」與「同——異——合」。

而曹惠民注重的「空間」實具有文學評論的多層面可能。其「空間」可以指文本外的「空間」，比如在大陸、臺灣和香港這三個空間，分三個時間段（20－40 年代、50－70 年代、80 年代後）並置討論其文學各自的發展和聯繫，辨析其「作家族群」的成因、往來和創作特點，從而得出令人信服的結論：「內地和台港澳文學空間從相連經疏隔終於相通，劃出了現代中華文學的流變遷衍的一種獨特軌跡。」另外，曹惠民還善釋文本內的「空間」，即作品中的「鄉村」、「都會」、「市井」等文化地理場域在兩岸三地的各自表現，從魯迅的未莊、魯鎮，沈從文的湘西小城到臺灣黃春明的鄉鎮和李昂的「鹿港」，從茅盾、周而復、張愛玲、蘇青、王安億、程乃珊筆下的大上海到黃谷柳、侶倫、劉以鬯、西西、施叔青、陶然、董啟章等人筆下的香港。鄉土文學和城市文學在兩岸三地作家的妙筆下幻化出無數風姿萬千的佳作，構成了巨大的互可參照的文本闡釋空間。

更妙的是，在文本外的「空間」和文本內的「空間」之間，還存在一個聯繫二者、值得探究的第三空間，即文本的傳播、流通和消費空間，具體表現為媒體新變與文學衍變、官方傳播與民間傳播、翻譯與文學、文化和商品化等多重疊合的關係。曹惠民對於兩岸三地、中國與世界之間文學流通空間的獨到分析，解釋了「文學輻射源」、「瓊瑤熱」、「席慕蓉熱」、「金庸現象」、「框框雜文」等諸多文學和超文學問題。

二、在「兩岸三地」的空間框架內，「雅俗」的統觀比照豐富了中國文學的研究對象，反映了大陸和台港澳雅文學和俗文學並存、對峙，此消彼長，復又共榮互動的歷史面目，緊扣時代脈搏，在研究領域恢復了文學的「半壁江山」。

曹惠民認為，文學的「雅」「俗」之爭，古已有之。20 世紀以來，中國文學中的「雅」「俗」呈現出既對峙、對立又互相依存、滲透的格局，尤以小說界為盛，以魯迅為代表的新文學和「鴛鴦蝴蝶派」小說的三十年對壘共存即為著例。而 1949 年後，大陸在新政權的統攝下，嚴肅文學長期一統天下、通俗文學銷聲匿跡，但同時期的台港通俗小說大熾，並在八九十年代連帶同類影視產品長驅直入大陸。隨後，中國兩岸三地同時步入「雅」「俗」共存影響的活躍期，萬人空巷觀《射雕》，婦孺皆哼《婉君》曲，成為大陸「20 年前之怪現狀」。北京大學開設「金庸小說研究」、金庸經典化等等都說明了俗、雅界限的人為因素和時代性。

因此，在全面梳理兩岸三地通俗文學的基礎上，曹惠民總結道：20 世紀通俗小說在中國的創作和傳播，有過三次大的浪潮：第一次是二三十年代在大陸的濫殤、崛起，第二次是五六十年代在臺灣、香港的重新復甦，第三次則是 80 年代在兩岸三地的同時輝煌。第一、二次都出現了一批有影響的作家、作品，是謂「創作」之高潮，第三次則並未見新的大家名家的產生，基本上是第一、二次創作高潮時出現的名家名品的重印、再讀，是謂「傳播」之熱潮。此為詮釋中國 20 世紀文學的又一宏觀的論。

雅俗之未裂和雅俗之分野到底怎樣同時進行呢？

且不談《詩三百》「國風」的民歌被編入《詩經》，民間的樂府為曹氏父子、李白、白居易所倚重，且不談一度被貶作「詩餘」的詞後為士大夫激賞，瓦舍勾欄間被稱作「詞餘」的曲亦成為中國戲劇的看家經典，且不談早年流傳坊間的《紅樓夢》孕育了「紅學」，也且不談佛經中的經變故事，禪宗和道家的語錄……單是 20－21 世紀的中國小說也體現了「正宗化」和「雅俗分中有合」的文學規律。曹惠民舉證：通俗小說大家包天笑、周瘦鵑積極翻譯西方小說，而被魯迅盛讚為「昏夜之微光，雞群之鳴鶴」；通俗文學家和新文學家都崇揚反對封建復辟、抗禦外侮侵凌；通俗小說借鑒外國文學和新文學的表現手法，新文學則探討「大眾化」，出現趙樹理等典範。而當台港襲來的武俠熱、言情熱在大陸如火如荼時，一些「純文學」作家馮驥才、賈平凹、王朔、蘇童等開始嘗試走雅俗並舉的創作之路。有「報屁股文字」之稱的「框框雜文」，被黃維樑譽為「香港通俗文學的重鎮」，因三蘇、曾敏之、胡菊人、黃霑、李碧華等高人的加盟，平添豐韻，而老舍、張愛玲、金庸更是雅俗共賞的「攖人心者」。如果我們繼續聯繫，以韓少功、阿城為代表的大陸作家掀起了回歸民間的「尋根熱」，高行健獨行長江流域 13 省行程三萬餘里創作了吸納民俗、儺戲、巫文化的諾貝爾獲獎小說《靈山》……，荷馬史詩源自民間行吟詩人的集體創作，但丁寫下《光輝的俗語》，《聖經》微言大義，莎士比亞曾受古典主義戲劇家嘲弄，彭斯、華茲華斯、柯勒律治、拜倫等利用「歌謠」和大眾語言創作出浪漫主義傑作，雨果的《歐那尼》曾經引發劇院武鬥，格林童話為民間故事結集後而躋身經典，狄更斯的報載小說被尊為批判現實主義的力作，差點被攆出圖書館收藏的馬克・吐溫後來卻被視作第一個真正的美國作家……，如果我們承認這些事實，便不難同意雅俗之分絕對是相對的，會隨著接受語境而可以互相包容，乃至互相滲透。

有學者指出：「沒有通俗小說刺激的高雅小說和沒有高雅小說發展的通俗小說，都很難成立也很難發展」，「雅俗對峙……是小說發展變化的一個重要動力。」著名作家兼學者朱自清統觀中國文學，也指出唐以後，隨著平民讀書、入仕的增多，加之印刷術的發達，雅俗共賞、以俗為雅、俗不傷雅越來越有可能。「雅士不得不理會甚至遷就著他們（指俗士——筆者注）的趣味……他們也在蛻變，這樣漸漸適應那雅化的傳統，於是乎新舊打成一片，傳統多多少少變了質繼續下去。」

審美、教化、娛樂、怡情、增知，乃至謀生、揚名——文學自古負載多重功能，因此雅、俗都有存在的合理性，也都在聲氣相通的演變進程中。正如曹惠民所言：

嚴肅文學的大眾化（通俗化），通俗文學的高雅化（精品化），二者正互為影響。調整自我又兼容「對手」，從而消解雅俗對峙、抗衡的矛盾，致力於建立雅俗互滲、雅俗並存、雅俗共賞的新局面，應當是適應時代、順應大眾、也符合文藝自身發展規律的正確選擇——其實也是唯一的選擇。

雖然「以雅俗共賞、順應大眾為文藝的正確或唯一選擇」之提法值得商榷，但古今中外，雅者自雅、俗者自俗的同時，雅俗亦能互滲，卻是事實。在後工業化時代，精英文化和草根文化的界線日漸漫漶，文學身不由己地走進「世界工廠」，被亞當．斯密「看不見的手」撥弄著，鑒於此，曹惠民的「兼容雅俗」既是對文學研究對象的包舉整合，也可以說是一種理性的文化和生存態度。

三、「整合、兼容」提供了明晰有效、切中腠理的研究方法，在傳統的知人論世和審美的文學批評手法上，跨越地域分界，圍繞基本話題，採取宏觀和微觀雙重視角，比較得出大陸和台港澳文學的同中有異，異中有同，從而揭示了中華文學的嬗變規律。

從宏觀上講，曹惠民的《多元共生的現代中華文學》和其主編的《1898－1999 百年中華文學史論》搭起了兩岸三地的空間大構架，包容了雅、俗文學的兩大陣營，較充分實現了 20 世紀中華文學的史學和文學梳理。「中華文學」和傳統的「中國文學」雖只一字之差，視野卻大為拓寬，有王國維所說「堂廡特大」之感，讓原本拘於中國漢語文學的讀者和研究者得以超越國界，同時領略海內外華文文學的「宗廟之美，百官之富」。

《1898－1999 百年中華文學史論》凸顯人文精神、世間情懷、現代化轉型、中國情結、雅俗調適、女性寫作、作家族群、傳播和消費等八個基本話題，將兩岸三地的文學整合成一個互通、多向、有機的對話實體，創建了中華大文學史的模式。上文論及曹著中的「空間」（含地緣、文本、流通多義）和「雅俗」跨界整合，即是顯例。除此，對西方現代主義、鄉土文學、都市文學、文學與政治關係等在大陸、台港發展的比較，也堪稱醍醐灌頂之新論。作為江蘇省哲學社會科學「九五」規劃項目，該書獲得了項目鑒定組許志英、陳思和、王曉明、林建法等同行教授的一致讚揚，認為其「建構了體系新穎且較為完整的理論構架」、「開創了文學史論述的新類型」，「是一部具有厚重學術品質的學術專著」。海內外報刊也有多篇書評，肯定了這種整合路數新見迭出，不僅拓展了兩岸三地文學和文學史的研究空間，而且提供了可讓他人師法的實踐方法。該書問世後，一批思路類似的文章、論著層出不窮。

就微觀而言，「整合、兼容」首先要求論者熟稔中國大陸的文學作品和現象。曹惠民早年師從名家，以中國（大陸）現代文學為術業之專攻。作為主要作者，他曾在八、九十年代參與多種全國通用的《中國現代文學史》的編撰，因而具有先期紮實的積累和感悟。

其次，「整合、兼容」要求論者對台港澳文學瞭若指掌，對文學文本進行全方位研讀，包括「新批評」式的細讀。曹惠民博收台港澳報刊、書籍、影像等一手資料，寫下不少相關的作家作品論，如鄭愁予的詩歌、張曉風的散文、李昂的小說、粟耘的山林散文、葉靈鳳的「香港隨筆」、劉以鬯的「實驗小說」、劉紹銘、梁錫華的學者散文、司馬長風的文學史著、曾敏之雜文的人文魅力、董橋散文的「學、識、情、趣」、黃國彬的「大散文」、王璞的私語散文……這類的個體評讀，不勝枚舉。另外，對於一些突出的或新起的文學現象和流派，曹惠民亦能及時勾勒群像，歸納總結，比如《出走的夏娃》論述臺灣女性寫作敘述主體的建立，《記憶在山海間還原》、《臺灣自然寫作的流脈》、《臺灣「同志書寫」的性別想像》、《顛覆之美》等文分析臺灣興起的原住民寫作、自然寫作和酷兒寫作，《紫荊香遠》是對「香港文學選集系列」的總評，《走向前沿》是對大陸香港文學博士論文的綜論等等。再者，曹惠民亦瞭望華夏之外，筆涉日、韓、新、馬、泰、菲、印尼、北美等地的華文寫作。由此見樹見林，切中肯綮，生動反映了海內外華文文學的大千氣象。

在個案分析中，曹惠民尤以陶然研究擅長。他和陶然的同窗之誼、患難之交令彼此都懷知音之感。他不僅追蹤點評陶然，為其自視甚重的長篇小說《與你同行》作序，而且搜集了海內外關於陶然的數百篇評介，從中遴選出 40 多位作者的 60 多篇評論，編成《閱讀陶然：陶然創作研究論集》，寫下《走近陶然：陶然創作研究二十年（1979－1999）》的兩萬言長文，評述了陶然研究中創作和批評的良性互動，為這位香港文壇的多面手留下了歷史和文學的見證。

最後，「整合、兼容」要求論者對於兩岸三地的文學，既能浸沉其中，又能超拔其上，從紛繁複雜的文學殊相中，將其內在聯繫抽絲剝繭一樣地分離出來，從而達到整合兼容、推陳出新的學術旨歸。曹惠民教授的著作和最為漂亮的篇什多屬此類。除前文所提之外，《整體視野與比較研究》、《整合和比較》、《地緣詩學與華文文學研究》、《香港文學與兩岸文學一體觀——空間角度的一種考察》、《三度空間中的中華文學》、《李昂與蘇青——關於「殺夫者」，一種跨時空的潛對話》、《「金庸現象」更值得探討——我觀「嚴袁之爭」》、《文學史家筆下的陶然》、《「空間離合」和「時間先後」》、《道德批評與審美批評》等等，皆蘊含縱橫時空、層層深入的特質，而其誠懇中正的學術態度、靈犀熠熠的文筆也頗值稱道。

「整合、兼容」的佳構，必須一提的，還有曹惠民主編的《台港澳文學教程》，它集大成地傳遞了海內外華文文學的資訊和研究成果，是中國首本既簡明扼要，又包羅全面，既突出名家，又推介新人的大學教材，包括「總論篇」、「臺灣篇」、「香港篇」、「澳門篇」和「海外篇」，以及極具參考價值的「台港澳文學大事年表」、「中國內地出版台港澳海外文學作品書目舉隅」和「中國內地出版台港澳海外文學研究著作書目舉隅」三個附錄。此書不僅乃該領域的津樑之作，也可令現當代文學、文藝學、比較文學、乃至外國文學等諸多研究者獲益。其精彩內容限於篇幅，茲不贅述了。

曾幾何時，風傳「一流學者不搞台港海外華文文學」的說法，華文文學的學科地位尚未確立。一種身份的焦慮，便在華文寫作人和研究者心中油然而生。對此，曹惠民教授似乎不以為意。他的台港華文文學論集以《他者的聲音》為書名，就大有深意。對比認為大陸為華文文學中心的作家來說，台港澳作家似乎是處在邊緣的「他者」（other），而海外華文作家處在中華文化圈外，又未完全融入所居國的主流文化圈，無論對於中國，還是對於所居國，都是「他者」。因此，台港澳和海外華文文學作家在大陸作家和研究者看來，不免有別於己，甚或藝不如己。此「他者」意一。對比中國古典文學、現代文學或外國文學的研究大軍來說，台港澳和海外華文文學研究者人數較少，從起步至今不過三十來年，可謂學界的一支新旅，有時還橫遭誤解。此「他者」意二。所以，「他者的聲音」既來自華文寫作的「他者」，也是文學研究「他者」曹惠民教授發自肺腑的夫子自道：他不憚於身處邊緣。

然而，「他者」並不淺薄，更非沒有思想，華文文學批評家和學者同樣可以一流，而其面臨的挑戰可能更新、更多、更巨，需要將批評大家韋勒克所說的「外部研究」和「內部研究」完美結合，誠如曹惠民教授所言：「需要有比一般的學者更廣闊的知識面、更敏銳的美學觸角、更勤奮的瀏覽閱讀、更豐富的閱歷經歷。舉凡文化人類學、心理學、比較文學、歷史地理學、民俗學、華僑史、中外交通史乃至文字和各語種的知識等等，都理應具備。」可以說，選擇華文文學或非華文的華人創作作為研究方向，意味著學術的底氣、銳氣和大氣，結晶出獨樹一幟的學術理論，實非易事。

行文之際，收到臺灣商務印書館寄來的新書《漂鳥——加拿大華文女作家選集》(2009)，瘂弦教授作一長序《從歷史發展條件看華文文壇成為世界最大文壇之可能性》，健筆描述了世界（包括中國）華文寫作的現狀和璀璨前景。華文文學及其研究，真仿若「灩灩隨波千萬里」的汪洋大海。面向大海，曹惠民教授也曾如此感慨：世界華文文學研究進入新的世紀，正呈現出前所未有的喜人態勢，一批年輕的擁有碩士、博士頭銜的後起之秀，正醞釀著研究的重大突破。希望在他們身上。我身處其間，為此而感奮、而快慰。

曹惠民教授欲以「整合兩岸，兼容雅俗」為方舟，會同作家、讀者、學子和同仁，一道探尋中華文學的驪珠之采，確實令人心嚮往之。

（原載《華文文學》2010 年第 3 期）

（趙慶慶，女，南京大學副教授、英美文學碩士，加拿大阿爾伯達大學（University of Alberta）比較文學碩士，比較文學和世界文學專業博士生，曾獲獎多項。）

在「互動」中提升
——導師與研究生的對話

司方維

對 談 人：曹惠民、司方維
對談時間：2006 年 11 月 28 日

司：曹老師，今天耽誤您一點時間，想請您談談關於研究生教學改革的問題。上學期，您給現當代文學研究生開了《中國現代文學研究基礎》這門課，採用「互動」教學方式，同學們普遍持肯定態度。信息量大、涉及的知識面廣、教學模式的突破最為同學們稱道，此外，在獨立科研能力、評估能力和口頭表達能力的訓練上也多有收穫，都認為是一門讓自己「受益匪淺」的課程，還有同學說這是「針對目前研究生不斷擴招人數趨增的一種行之有效的方法」、是「研究生階段興趣最濃厚的課程」、「到蘇大以來上的最有意義的一門課」。老師能否先談談您開這門課之初的構想。

曹：研究生擴招以後，引發了一些新問題，不少老師覺得，研究生會寫學術論文的越來越少，進入狀態也比較慢。因此，怎樣幫助研究生打好基礎，讓他們儘快地「入門」，就成了當務之急。有鑒於此，也源於我一貫的教育理念，兩三年前，學校研究生部部署制定新的研究生培養計畫時，我就決定開一門新課——《中國現代文學研究基礎》。其實，近幾年來，北大、復旦、南大等校也已相繼開設了類似課程，可見同行們對此是有共識的。

《中國現代文學研究基礎》這門課，總共 17 周 34 個課時。我的做法是主要分成兩個板塊：教師講授 8 周，學生討論 8 周，穿插互動。教師講授 16 個課時，包括課程說明、問卷調查、現當代文學學科史概要、傑出學人、海外研究現狀、論文的選題、論文的寫作與修改、人文精神與學術規範及學生評教等內容。學生討論，也是 16 個課時，每週安排一個小組發言，大致上是同一導師的學生組成小組，每組 5 人左右，由研究生個人自選講題，報給我，我會對選題大小、角度的調正或資料線索提出意見，選題獲准後，學生自己查找資料，擬定提綱（部分提綱我看過），寫出論文初稿，最後在全班討論會上發言。規定每人發言 8－10 分鐘，剩下 25－30 分鐘全班同學討論，最後老師點評，形成師生互動、生生互動。

最後一周課舉行一場「模擬研討會」，師生協商從全班遴選出 4 位發言人和 4 位講評人，主持人也由學生擔任，基本上比照正規學術研討會的模式進行，以類似研討會的形式在「課堂」與「學術界」之間架起一座橋樑。

總之，以這樣的方式來開這門課的目的是，在互動中促進研究生知識、能力、素質的協調發展。

謝謝同學們對這門課的肯定。

司：同學們的發言（課程論文）中，有哪些話題，老師覺得是有意思有價值的？

曹：問題意識，是一個合格的研究者必備的基本素質之一。不少同學在討論中都提出了很有學術含量的問題。對於學科邊界的思考，是我們這門學科自 1985 年北大學者提出「20 世紀中國文學」新概念以來，一直受到高度關注的話題，我個人也曾以「兼容雅俗，整合兩岸」為中軸，提出過「百年中華文學」的文學史書寫概念。在討論中，同學們對於舊體詩詞、少數民族文學、網路文學乃至於 80 後創作、文學暢銷書如何評價對待、能否進入現代文學史等問題，有些新的探討。台港海外華文文學、通俗文學、女性主義文學是近十多年來本學科新的學術生長點，大家對其如何進入文學史，發表了各自的見解，也給我以啟迪。此外，比較宏觀的如大眾傳媒與文學、現代性與啟蒙的關係等，微觀的如鴛蝴派刊物《禮拜六》的編輯理念、文學史對魯迅《野草》的敘述、《野草》中的意象等話題，都可以見出大家的「學科情懷」、跨學科的視野業已初具，對研究選題的角度、大小也能注意適當的掌控，日後深入下去，自會有所「發現」，進入更有意味的學術研究空間，這是很可喜的學術起步。

司：老師，您一再提到「互動」，而且把這種教學方式稱為「互動」教學法，您能不能再詳細談談您對「互動」的理解？

曹：講「互動」，就是要切實改變以前那種老師講、學生聽的單向授課方式。那種方式對學生能力和素質的培養很不利，對研究生更不適合。我不是常常講，「研究生姓嚴（研）」麼，意思是說，研究生的本份就是要會研究。這門課整個教學過程分為兩個板塊，構成內外互動，一塊是老師教授，一塊是學生討論，老師講課講 8 周，「動」了，學生準備發言參加討論，也「動」了，但「互動」不是說老師學生各自都「動」了就行了，還要有交流、有切磋乃至於碰撞。教師還可以講述自己在研究中的經驗教訓得失見聞，老師和學生之間有交流，學生通過討論也相互交流。比如說我們的分組討論環節，發言人發表自己的觀點後，同學們參與討論，老師就沒事了嗎？不是，老師作講評也是參加討論，這才能教學相長。

最重要的還是為學生提供一個平臺，從論文的選題、找資料、寫作到發言、討論、模擬研討會，最終把發言稿再修改成課程論文（老師將擇優推薦正式發表），差不多是一個比較完整的學術研究的流程，學生既有聽講，也有查、說、寫的鍛煉，老師在各個環節都起作用。互動是多向度的，是貫穿於整個過程的。在我的心目中，它不僅是一種方式，更是一種觀念。

司：在眾多的「互動」環節中，老師以什麼樣的考量來確定講授和互動內容？比如說，您講授中為什麼會選「學人」這樣的題目？

曹：本科的時候大家接觸的多是文本研讀，我們這門課，方法論的意味相當濃，希望能涉及文學研究基礎的方方面面，以得到多方面的訓煉——雖然並不想面面俱到，但老師提供的信息量大，就能讓同學們打開視野。我特地安排怎樣選題、怎樣修改論文那個環節，是有針對性的，除了講些基本原則和方法，也精心選擇合式的「案例」，加以具體分析解讀。如介紹分析了上年在我校舉辦的「國際青年學者漢學會議」上哈佛、牛津、哥倫比亞、北大、台大等名校博士候選人的 30 篇論文的題目，也分析了本院本專業 04 級碩士生開題報告的 20 多個選題；還解讀香港某大學一位博士生發表在《叢刊》上的《香港文學的「現代」之探尋》一文，我既肯定其選題的獨到、見解的鮮明和敏銳、論證的邏輯性，也指出了論文架構上的失調、某些觀點的偏頗以及史料的錯訛等「硬傷」。這樣的個案剖析，應該比從理論到理論、從概念到術語的方式更見效。

你剛才提到的對於學人的考察，實質上可以說是一種研究之研究。研究一個學人，既要考察他的研究實績，也要認識他的學術個性。討論的時候，也有一個小組談的是海外學人，談夏志清、李歐梵、王德威、王潤華等人的學思歷程。由於背景、理路、方法等等的不同，海外學人研究現當代文學和國內的研究相比，自有其獨到之處（當然也有其局限），研究這些學人的治學路徑，對開拓研究思路很有啟迪意義。我想，不管哪一門學科的研究，都應當有國際視野和前沿意識。

我們講學人，考察其學術成就是一個方面，還要看他的治學理念治學態度、他們體現出來的人文精神。那些學術大師不僅學問造詣精深，做人也堪稱楷模，我們不僅要向他們學做學問，更要學習他們怎麼做人（包括在逆境中怎樣堅持操守）。有個研究生在評教時說得好：「講述前輩學人的人文精神對我啟發很大，可以使我們認識到做學問是一種很嚴肅很高尚的事情，裏面不能摻雜遊戲的虛偽的態度，這對一個人在學術上可以走多遠起著極其重要的作用。」事實確是如此，細心研索前輩學者的成才成功之道，是後人成就自己並超越前輩的必由之路。

司：講到人文精神，讓我聯想到學術規範的問題。這些年，有不少學術醜聞被曝光，引發了很多爭論，學生中也會出現抄襲之類的現象，老師能否就此談談您的看法？

曹：學生能體會注意到這一點就是這門課的成功。學術規範問題，是研究生進行研究入門最重要的基礎，是基礎的基礎，我有一堂課專門講這個問題。規範不是要限制做學問的自由，而是必要的約束。最起碼的的一條就是不能抄襲，如果引用了別人的觀點乃至材料，就得加上注釋。還有文本規範等，看起來是技術性的問題，也要認真對待。上課期間（6月初），正巧我接到日本著名的郁達夫研究專家鈴木正夫教授給我寫來的一封信，原來他看到我在香港發表的一篇研討郁達夫的論文，肯定了他二十多年間多次實地調查、探訪當事人和倖存者，終於還「郁達夫是被日本憲兵殺害」的歷史真相。來信還強烈質疑我國某省某研究所一副研究員學術墮落的情形，並附有日本華文報紙的有關大幅報導，可見其影響之惡劣。我向同學們做了簡要介紹，不能不引以為戒。

做學問是件苦差事，是一個慢慢磨練的過程，一定不能投機取巧，基礎打好了，方向正了，才能越走越遠，越走越好，做學問的樂趣就會油然而生。

司：《中國現代文學研究基礎》這門課已經結束了，同學們的反應很好。作為第一次嘗試，老師覺得是否達到了您預期的效果？您以後將怎樣延續這種教學方式？

曹：這門課大體上是按照當初的設想進行下來的，同學們參與的積極性與認真程度尤其使我感到滿意，相信這對他們以後的學習和工作能有幫助。其實，九十年代我給本科生上基礎課時，也曾實施過類似的模式。在研究生教學中作第一次的嘗試，難免有一些不周全。我個人積累了一些經驗，同學們評教中提出的建議，也讓我作進一步的思考改進。比如說分組的問題，這一次的分組是按導師分的，這樣的好處是兼顧不同的專業方向，比較集中，但也不一定同一個導師的學生要在一個組，也可以自由組合，這樣發揮的空間更大。還有，每次討論前如能發一份書面提綱給大家，可以使聽者事先瞭解別人的發言內容，並做適當的準備，這樣就不至於因為對話題不熟悉而減損討論的有效性。討論時間不夠是同學們反應最大的問題，往往討論正酣時下課了。鑒於課時的限制，我們不可能無限制地自由討論，要增加討論時間就需要適當控制發言的時間，這就對發言人提出了更高的要求，你怎麼樣在短短幾分鐘內闡明你的觀點？這就要能抓住論文的核心，並把它講清楚。現在的學術研討會，無論是國際性的還是全國性的，發表者的發言時間都有限定，因此我們要形成好的習慣，更要看重討論和互相駁詰乃至論辯。

以後的教學，我還是會延續這種方式，在不斷磨合中力求取得最佳效果。沒人敢說哪一門課就能全面塑造出一個傑出的研究者，只要同學們能在哪怕一個小小的方面有所提高，對他以後的治學生涯和人生有所助益，我就很高興了。

司：謝謝老師接受我的訪問。祝願您的互動式教學在日後的實踐中，會更成功更完善。

原載《蘇州大學報》2006 年 12 月

（司方維：女，山東青島人，蘇州大學文學院 2008 級博士研究生，在大陸和香港多家刊物發表論文 10 多篇，獲 2009 年「全國博士生論壇」優秀論文獎，曾赴台訪學。）

大陸臺灣文學研究
博碩士學位論文目錄（1990-2009）

博士學位論文

姓名	學校或機構	論文題目	導師
1991 年			
黎湘萍	中國社會科學院	敘述與自由：論陳映真的寫作與臺灣的文學精神	唐弢林非
劉俊	南京大學	論白先勇及其小說創作	葉子銘 鄒恬
1997 年			
劉開明	南京大學	悲情時代的文學抗議——臺灣新文學的「異端」話語	許志英
1998 年			
方忠	蘇州大學	臺灣通俗文學論	范伯群
彭耀春	南京大學	臺灣當代小劇場論	董健
2001 年			
劉鵬	暨南大學	葉維廉比較詩學學科理論研究	饒芃子
趙小琪	武漢大學	臺灣現代詩與西方現代主義	龍泉明
2002 年			
計璧瑞	北京大學	日據時期臺灣新文學問題研究	曹文軒
朱立立	福建師範大學	論臺灣現代派小說的精神世界：戰後臺灣知識份子的認同建構與自我追尋	劉登翰

2003 年			
羅顯勇	復旦大學	論二十世紀大陸與臺灣鄉土小說的母題及其文化淵源關係	唐金海
蕭成	南京大學	日常生活批判：日據時期（1920－1945）的臺灣鄉土小說	丁帆
2004 年			
李娜	復旦大學	舞鶴創作與現代臺灣	陳思和
楊學民	復旦大學	現代性與臺灣《現代文學》雜誌小說	朱文華
芮宏明	華東師範大學	錢穆文學研究述略	胡曉明
施萍	華東師範大學	林語堂：文化轉型的人格符號	夏中義
梁笑梅	蘇州大學	壯麗的歌者：余光中詩論	呂進
黃海晴	華中師範大學	余光中新古典主義詩學論	張永鍵
王兆勝	中國社科院	感應天啓省悟人間——林語堂的文化選擇	林非
2005 年			
張黎黎	蘇州大學	在永恆中結晶——余光中的散文創作與理論	曹惠民
馬麗玲	吉林大學	教育政策與臺灣 1950－60 年代文學	張福貴
孫燕華	復旦大學	當代臺灣自然寫作初探	陳思和
2006 年			
章妮	山東大學	三城文學：「都市鄉土」的空間想像	黃萬華
艾尤	蘇州大學	在慾望與審美之間——80 年代以降臺灣女作家的慾望書寫	曹惠民
王剛	復旦大學	試論中國臺灣自由主義譜系中的李敖	姜義華
李詮林	福建師範大學	臺灣現代文學史稿（1923－1949）	汪毅夫
2007 年			
王金城	北京師範大學	臺灣新世代詩歌研究	張健
王文豔	北京師範大學	大陸的臺灣文學研究（1979－2003）	王富仁

黃乃江	福建師範大學	臺灣詩鐘研究	汪毅夫
張寧	福建師範大學	許南英評傳	汪毅夫
王小平	復旦大學	跨海知識份子個案研究——以許壽裳、黎烈文、臺靜農為中心的考察	陳思和
孫曉虹	復旦大學	歷史與女性的抒寫——二十世紀八十年代以來華語電影女編劇創作論	周斌
劉宇	蘇州大學	李昂施叔青分合論	曹惠民
楊明	四川大學	1949 大陸遷台作家的懷鄉書寫	曹順慶
馮曉豔	山東大學	跨越時空的文學唱和——二十世紀末香港與臺灣女性作家小說與張愛玲	張華
張琴鳳	山東大學	中國大陸、臺灣、馬來西亞華人新生代作家歷史敘事研究	黃萬華
周翔	中央民族大學	現代臺灣原住民文學與文化認同	曾思奇
2008 年			
王勳鴻	山東大學	君臨之側，閨怨之外——五六十年代臺灣女性文學研究	黃萬華
王雲芳	山東大學	遷徙流變中的文化傳統：境外魯籍作家創作研究	黃萬華
解孝娟	山東大學	二十世紀五、六十年代旅外作家與八、九十年代新移民作家小說比較	黃萬華
江藝	華東師範大學	對話與融洽：余光中詩歌翻譯藝術研究	張春柏
李晨	中國社科院	臺灣記實電影研究	黎湘萍
2009 年			
張向輝	蘇州大學	守望・逃離・追尋——王安憶朱氏姐妹創作之比較	曹惠民
樊燕	蘇州大學	烈日與冰河——高陽二月河歷史小說之比較	曹惠民
楊志強	華東師範大學	知性探求者：龍瑛宗文學思想研究	馬以鑫
廖斌	福建師範大學	《文訊》雜誌與臺灣當代文學互動關係研究	袁勇麟

碩士學位論文

姓名	學校或機構	論文題目	導師
1990 年			
林青	復旦大學	論高陽的歷史小說	陸士清
毛宗剛	南京大學	論當代臺灣鄉土文學的文化精神	黃政樞
1991 年			
秦昕強	復旦大學	一個理想主義者的心路歷程——試論陳映真的小說創作	陸士清
1993 年			
孫永超	復旦大學	放逐的諸種形態——臺灣放逐文學尋跡：以小說為例	陸士清
楊幼力	復旦大學	臺灣報紙副刊與文學的關係（1949－1989）	陸士清
1997 年			
賈夢瑋	南京大學	論余光中的散文	丁帆
何湛然	復旦大學	臺灣原住民文學初論	鄂基瑞
1999 年			
杜心源	南京大學	創世紀——解讀臺灣現代詩對超現實主義的移植	錢林森
2000 年			
施萍	華東師範大學	林語堂：從人學到文學	夏中義
2001 年			
屈雅利	西北大學	走向生命的大美：林清玄散文述評	祝菊賢

朱豔	華中師範大學	救贖的困惑與理性的探尋——論李昂女性主義文學的嬗變	江少川
馮白羽	南京大學	論余光中詩作中自我意識的投射	劉俊
林麗雲	南京大學	「情滿人間」——論三毛散文的情感世界	汪應果
王向陽	湖南師範大學	陳映真小說論	田中陽
2002 年			
張湘雲	華東師範大學	月光長河——論臺灣女性散文的創作	方克強
向憶秋	廣西師範大學	焦慮及反抗——洛夫詩新解	雷銳
王傳滿	安徽大學	二十世紀中國女性文學的崛起與發展	王文彬
叢坤赤	山東師範大學	把心靈的痛楚變成文字：論白先勇的悲劇意識	王萬森
劉小華	南京師範大學	永恆的地之子——臺靜農文學創作總論	賀仲明
黃書田	南京大學	瘂弦詩歌意象論	劉俊
許小平	南京大學	現實反映與社會批判——楊青矗小說論	劉俊
2003 年			
潘華虹	中國社會科學院研究生院	朱天心小說研究	黎湘萍
丁伊莎	湘潭大學	海峽兩岸女性主義文學批評之比較	羅婷
陳家洋	蘇州大學	林語堂後期創作的文化選擇	曹惠民
何紀芳	蘇州大學	論陳映真的「人間」關懷	曹惠民
陳進華	蘇州大學	白先勇短篇小說的敘事藝術	曹惠民
楊菲	廣西師範大學	論陳若曦的佛教小說	姚代亮
韓彩虹	四川大學	翻譯家余光中研究	朱徽
吳惠蘭	福建師範大學	飛翔並且穿越：臺灣新女性主義小說文本特徵論	袁勇麟
章妮	福建師範大學	鏤空夜色的飛鳥：論「新生代散文」的特質	袁勇麟
李靜	河北師範大學	論白先勇的宗教意識	崔志遠

李詮林	華僑大學	臺灣日據時期殖民作家西川滿之文學考察及批判——從其臺灣題材創作出發	倪金華
韋春鶯	華僑大學	「女性」視角，「男性」世界：透視白先勇同性戀小說《孽子》	阮溫淩
裴爭	山東師範大學	孤獨的風中之旗——論臺灣當代作家陳映真	姜振昌
王林軍	南京大學	賴聲川的相聲劇研究	陸煒
段振東	南京大學	楊德昌電影論稿	周安華
李岩	南京大學	論張曉風的散文創作	劉俊
白雁	南京大學	吳濁流小說論	劉俊
陳蔚	南京大學	朱天文小說論	劉俊
2004 年			
楊娟	華中科技大學	論余光中散文的中國文化情結	何錫章
李濤	山東師範大學	理智的尋夢者：論張系國的小說創作	呂周聚
錢江	安徽大學	論余光中詩藝成熟的軌跡	王宗法
金斌	蘇州大學	司馬翎武俠小說的情感世界：兼論武俠小說的俠情傳統及其發展方向	劉祥安
王靜	南京師範大學	陳若曦小說研究	李志
李琪	廣西師範大學	三毛作品及三毛形象分析	尤家仲
黃鐘軍	河北大學	一代臺灣人的心境塑像：論臺灣新電影	姜敏
王燁	華東師範大學	施叔青小說綜論	錢虹
鄭劭清	華僑大學	失卻與複歸：余光中三地二十年（1964－1985）	李建東
王虹	華中師範大學	論梁實秋的散文創作	吳建波
陳曦	福建師範大學	區域語境中的「女性」及其意識：論當代臺灣女作家小說創作	席揚
張秋蘋	福建師範大學	歷史與小說的完美融合：論高陽《胡雪岩全傳》	姚春樹
周建華	華僑大學	孤獨的白楊：論陳映真小說創作思想	倪金華

趙東	西南師範大學	「比較」與「匯通」：葉維廉比較詩學理論初探	陳本益
李白楊	南京大學	論張大春及其小說創作	劉俊
梁瑋	南京大學	論唐宋八大家散文對余光中散文的影響	劉俊
永光	南京大學	論白先勇創作中的佛教思想	劉俊
夏瑩瑩	復旦大學	港臺當代文學與大陸的同源性	張新
2005 年			
李琴	蘇州大學	以生命印證世間——簡媜散文論	曹惠民
徐迎	蘇州大學	論於梨華小說的文化內涵	曹惠民
宋寶梅	延邊大學	漂泊者心靈病楚的書寫：試論白先勇短篇小說的悲劇性	馬金科
夏冬蘭	南京師範大學	傳承與變異：五六十年代兩岸陰柔風格文學創作比較論	王文勝
丁芳芳	南京師範大學	邊緣人的痛楚：白先勇後期小說主題研究	李志
張源	山東大學	文化互動與邊際寫作：林海音論	黃發有
張體	暨南大學	在敞開與遮蔽之間：試論 20 世紀 80 年代以來臺灣及大陸同性戀小說的情慾言說策略	費勇
童八生	暨南大學	時代的靈魂之鏡：陳映真政治小說論	王列耀
謝春紅	鄭州大學	傳統與現代之間：白先勇小說論	樊洛平
孫擁軍	鄭州大學	國民性的百年尋探：魯迅與陳映真	樊洛平
梁華珍	西南師範大學	一條河流的夢：論席慕蓉詩歌的特色	陳本益
劉建華	汕頭大學	攜痛飛翔：臺灣當代女作家小說創作的「女性」建構	劉俊峰
向萍	山東師範大學	臺灣香港女性小說創作比較論	李掖平
金永亮	華僑大學	簡媜散文研究	倪金華
張永東	華僑大學	羅蘭文學研究	倪金華
張志國	南京大學	葉維廉：在隔絕與匯通之間——以詩歌與詩學為中心	劉俊

張薇	上海外國語大學	中西文化交匯下的鳳凰涅槃——論白先勇小說創作	宋炳輝
李晨	中國社科院	生命書寫的實踐——朱天文作品及其文學經驗研究	黎湘萍
2006 年			
葉德誠	福建師範大學	消費文化浪潮下的「李敖現象」	袁勇麟
陳茗	福建師範大學	近 15 年來金門原鄉文學略論	朱立立
李瑞芳	廈門大學	臺灣生態文學研究	朱雙一
錢果長	安徽師範大學	論白先勇小說創作中的人道主義	吳尚華
楊志強	內蒙古師範大學	論臺灣作家鍾理和「鄉土小說」的意識內蘊與審美價值	傅中丁
江春平	福建師範大學	余光中散文二律背反現象論	袁勇麟
李薇	福建師範大學	迷魅的吟唱：臺灣當代女作家的「鬼話」	袁勇麟
徐紀陽	汕頭大學	穿越歷史的後街：論陳映真文學寫作中的政治敘事	劉俊峰
施洪玲	山東大學	生命諦視・宇宙境界與詩學理想：洛夫「天涯美學」論綱	孫基林
呂保軍	山東大學	余光中詩歌烏托邦論	孫基林
王士瓊	汕頭大學	論黃春明小說的鄉土世界	劉俊峰
趙友龍	南京師範大學	白先勇小說的沉淪意識	駱冬青
張楊	鄭州大學	臺灣女性文學場域中的「家園情結」書寫	樊洛平
王育洪	華僑大學	詩意的棲居：生態批評視閾中的當代臺灣散文	倪金華
張紹英	河北大學	獨特的世界，獨特的呈現：王禎和小說研究	田建民
田莎	西南大學	白先勇小說創作的女性視角	向天淵
田敏	山東師範大學	孤獨者的悲劇化生存：論白先勇小說的創作母題	呂周聚
朱智偉	湖南師範大學	感性與知性的相融及其藝術表現：論余光中詩歌	吳培顯

李如	安徽大學	神州劍氣升海上，武林群雄逐港臺——論港臺武俠小說流變	王宗法
江岱莉	福建師範大學	琉球愛國詩人林世功研究	謝必震
關詠梅	鄭州大學	文化臺北的「上海」情結	張鴻聲
張豔華	吉林大學	異曲同工蒼涼悲歌——張愛玲與白先勇小說悲劇意識比較	白楊
張曉凝	吉林大學	百年香港的歷史寓言——施叔青小說「香港三部曲」的後殖民書寫	閻桂生
杜若松	東北師範大學	論當下港臺言情小說的大衆文化生產體制	張文東
劉喜廣	吉林大學	以人性為本重建精神家園——論白先勇小說《孽子》中的同性戀描寫	白楊
尹利萍	東北師範大學	幽默的力量——柏楊雜文幽默特色的比較研究	逄增玉、黃凡中

2007 年

熊小菊	廈門大學	王鼎均散文家國抒寫初探	徐學
陳美霞	廈門大學	當代臺灣文學中的東北地域文化影像	朱雙一
邱巧如	福建師範大學	論臺灣作家駱以軍的後現代主義寫作	朱立立
潘亞茹	福建師範大學	對歐陽子作品的解讀	朱立立
田華	四川大學	臺灣文學中的鄉愁詩	張方
毛林	湘潭大學	西方女性主義理論影響下的龍應台創作	羅婷
劉思寧	蘇州大學	新世紀的溯源之旅－外省第二代作家研究	曹惠民
唐甜甜	蘇州大學	宿命的漂泊者：論簡媜的生命基調與創作基調	王堯
李斌	蘇州大學	黃春明創作的文化透視	曹惠民
汪涓	安徽大學	落葉歸根：論白先勇小說從現代到傳統的回歸之路	王宗法
吳豔	陝西師範大學	女性的成長：論李昂的小說創作	程國君
謝晨燕	福建師範大學	萬象之都的魔幻遊戲：朱天文、朱天心創作之「互文性」研究	朱立立

陳磊	安徽大學	突圍與超越中臻於成熟之境：施叔青小說論	王宗法
劉書慧	延邊大學	論白先勇小說的感傷意蘊	張景忠
傅麗芳	河南大學	從旁觀到認同：從《臺北人》《孽子》看白先勇與臺北的關係	田銳生
蘭嵐	河南大學	余光中現代散文理論研究	魏春吉
蕭寶鳳	汕頭大學	漫遊者的權力：朱天心小說研究	劉俊峰
唐冰炎	汕頭大學	論龍應台的思想世界	彭志恒
朱才華	華僑大學	尋找心靈的故鄉：林清玄佛教散文研究	倪金華
常建婷	華僑大學	李昂《迷園》研究	倪金華
劉小佳	西北大學	兩岸鄉土小說的世俗精神範本：汪曾祺與蕭麗紅創作比較論	周燕芬
蔣義娜	鄭州大學	現代派小說中的傳統守望者：施蟄存與白先勇小說的比較研究	張鴻聲
張書群	鄭州大學	根植故土情系家園：論黃春明小說中的憂患意識與鄉戀情結	樊洛平
尹詩	鄭州大學	追尋與想像：臺灣留學生文學的文化身份訴求	樊洛平
徐志翔	鄭州大學	時空坐標系的漫遊者：朱天心小說研究	樊洛平
徐玲	鄭州大學	夢魘世界的追尋與突圍：論殘雪與施叔青創作的精神對話	姚小亭
趙煒	鄭州大學	席慕蓉詩歌創作及其現象再解讀	樊洛平
陳鴻雁	蘭州大學	論林清玄鄉土文化散文及審美風格	常文昌
田一穎	華中師範大學	論蘇雪林的文化品格	田彤
黃麗	南京師範大學	傳統與現代的契合：論余光中詩歌創作道路	高永年
李蘋蘋	吉林大學	臺灣新世代都市小說的文化語境與創作意識	白楊
張豔姝	吉林大學	梁實秋《雅舍談吃》的思鄉情結	張福貴
王稷頻	浙江大學	為病了的中文把脈開方：從「名家求疵」看余光中的文學語言觀	陳強

蔣煒瑋	山東大學	為了不被忘卻：論蘇雪林的文學批評與文學創作	葉誠生
孫秋英	揚州大學	論白先勇小說的時間主題	徐家昌
吳豔	陝西師範大學	女性的成長——論李昂的小說創作	程國君
安菲	黑龍江大學	尋找精神與生命的家園——論蕭紅、林海音、遲子建創作的文化精神	馬偉業
文平	四川大學	閱讀瓊瑤及其作品有感	霍大同
陳豔濃	暨南大學	簡媜散文論	姚新勇
司雯	華中科技大學	東西方之間的遊走：白先勇小說中的性別論述與精神懷鄉	何錫章

2008 年

余晶	福建師範大學	新媒介時代文學的失望與希望——從《明道文藝》看新媒介時代的青年與文學	辜也平
葛敏懷	浙江大學	三毛作品的審美品格	李力
李娟	陝西師範大學	底層寫作的兩種類型——論臺灣作家黃春明的小說創作	程國君
顏吶	陝西師範大學	論白先勇對中國傳統悲憫精神的傳承和發展	李震
郝超	東北師範大學	用愛點燃往事——論林海音多維視角下的人文關懷	張文東
鍾海燕	湘潭大學	女性主義視野下的瓊瑤小說研究	羅婷
周星林	復旦大學	論林語堂對性靈文學傳統的弘揚	章培恒 黃仁生
何艾瓊	福建師範大學	臺灣的良心：論陳映真的左翼意識與文學創作	朱立立
閻秀菊	山東大學	台港當代文藝美學研究簡述	曾繁仁
方方	山東大學	王鼎均創作心理及寫作理論探析	章亞昕
沈曉燕	福建師範大學	張系國小說研究	朱立立
林丹芸	福建師範大學	論黃春明的底層敘事	朱立立
許正	福建師範大學	解嚴後眷村小說書寫策略研究	袁勇麟

李克華	福建師範大學	九〇年代臺灣女同志小說中的女同志主體研究	袁勇麟
袁秀萍	福建師範大學	鍾怡雯散文研究	袁勇麟
林盈	華東師範大學	「邊緣人」的書寫——白先勇小說論	涤瑗
司方維	蘇州大學	臺灣鄉土文學意象論	曹惠民
沈燕	蘇州大學	論白先勇短篇小說創作中的生命意識	曹惠民
李秋麗	蘇州大學	尋求者的精神秘史——於梨華小說論	曹惠民
陳春梅	蘇州大學	歷久彌新的舊夢——琦君散文與中華傳統文化	曹惠民
張實	東北師範大學	論林海音小說中的女性形象	張文東
林有生	廣西師範大學	尋找心靈歸宿的「人間菩提」——論林清玄佛理散文	李江
李秋芳	河南大學	青春之傷——臺灣青少年成長文學研究	田銳生
牟洪建	山東師範大學	余光中、余秋雨散文比較論	王景科
王娜	武漢大學	蘇雪林民國二十三年日記研究	張潔
張立新	山東大學	白先勇小說藝術特徵論	張力慶
孟長濤	內蒙古師範大學	論白先勇的小說創作	陶長坤
李鳳蓮	吉林大學	被言說的「婦人殺夫」	白楊
蓋冕	華東師範大學	身份的焦慮與認同的書寫——王安憶與朱天心的小說研究	羅崗
2009 年			
王卉卉	華僑大學	無法超越的精神藩籬——論朱天文小說中的人物生存困境	倪金華
湯振龍	華僑大學	臺灣當代幽默散文的現代性書寫	倪金華
薛芳芳	福建師範大學	記憶・空間・身體——郭松棻、李渝小說創作比較研究	朱立立
於加彩	福建師範大學	夢裏花落知多少——朱西寧小說中的原鄉書寫	朱立立
林燁	福建師範大學	張秀亞散文創作研究	袁勇麟

王銳	廣西民族大學	多元文化圓融整合下的「一個中國」的身份認同——林海音創作論	陸卓寧
王欣	山東大學	余光中詩歌的回歸意識	孫基林
李銀	華僑大學	論二十世紀八十年代臺灣小說中的都市書寫	倪金華
戴勇	華僑大學	琦君散文創作論	倪金華
范昕	復旦大學	互文視野下的「張腔」語言風格研究	祝克懿
陳冬梅	廈門大學	試論 20 世紀五六十年代臺灣小說敘述模式的轉變——以《文學雜誌》《現代文學》為中心	朱雙一
朱雲霞	廈門大學	從《海神家族》看臺灣家族小說的女性視角	徐學
吳玉永	湖南師範大學	20 世紀中後期海峽兩岸現代派小說比較論	趙樹勤
梁磊	西南大學	默數念珠對坐千古——論鄭愁予詩歌的佛理禪趣	呂進
李孟舜	鄭州大學	局內的局外人——眷村文學的雙重離散經驗與文化身份認同	樊洛平
胡春暉	湖南師範大學	邊緣化「失根」的焦慮與邊緣處「植根」的洞觀——於梨華、嚴歌苓小說比較論	吳培顯
馬力	西北大學	從《傳奇》到《臺北人》——張愛玲與白先勇的比較研究	劉應徵
陳利軍	蘇州大學	聶華苓創作的文化心態研究	曹惠民
張小燕	蘇州大學	張曉風散文的多重意蘊	曹惠民
李國磊	蘇州大學	死亡的聚會與狂歡——白先勇、陳映真的死亡書寫之比較	曹惠民
馬力	西北大學	從《傳奇》到《臺北人》——張愛玲與白先勇的比較研究	劉應徵

說明：

1. 本目錄收錄的論文限於以臺灣文學為主要研究內容者，統論「台港澳」或「台港澳暨海外華文文學」者，一般不錄入。

2. 本目錄主要從期刊網上收集，當有遺珠之憾，實際數字應超過本目錄之數。
3. 有些學校，歷屆畢業的研究生之論文目錄（遑論全文）至今未在網上發佈，本目錄無法包含，實屬無奈。
4. 本目錄僅供研究參考，敬請方家指正。

（曹惠民、趙叢娜整理）

後記

這本書的出版，最初是 2008 年 6 月我在東吳大學客座即將結束的時候，政治大學的張堂錡教授提議的。堂錡兄是我結識的臺灣學人中，學術造詣深湛、又最重朋友情義的一位。在我兩度客座臺北期間，就承蒙他多方關照。他知道我有在臺灣出本學術著作的心結，就很認真地幫助我物色出版社。

今年春節剛過，他發來電郵，告訴我，已和臺北的秀威資訊科技公司接洽過，秀威樂意出版。堂錡還特別介紹說，秀威是臺灣數位出版的先行者，還出版過相當多大陸學者的著作。我在臺北時看過秀威版的書，版式的精美、封面設計的大氣，我都有很好很深的印象，對於它超卓的專業眼光和敢為天下先的前瞻氣魄，更是十分欽佩，自然當即就表示同意。

能在我喜歡的臺北這座充滿人文氣息的城市，出這樣一本繁體漢字的書，是我最開心的事。我很珍惜這個機緣。現在書稿交奉，充溢心中的，是對堂錡兄的謝忱以及與秀威結緣的榮幸。

本書成書過程中還得到了老朋友、大陸研究臺灣文學的資深教授、武漢中南財經政法大學的古遠清先生和我指導的博士生司方維、碩士生趙叢娜的幫助，謹此致謝。還應感謝兩岸很多一直關心、支持我研究臺灣文學的師長、朋友和學生。

秀威的蔡登山總編和責編林千惠小姐，為此書的出版費心費力，幫助良多，衷心銘感；也謝謝秀威的朋友們的辛苦作業。謝謝閱讀此書的朋友。

曹惠民

農曆庚寅年 4 月 16 日於姑蘇

語言文學類　PG0446

出走的夏娃

——一位大陸學人的臺灣文學觀

作　　者 / 曹惠民
主　　編 / 蔡登山
責任編輯 / 林千惠
圖文排版 / 陳宛鈴
封面設計 / 陳佩蓉

發 行 人 / 宋政坤
法律顧問 / 毛國樑　律師
出版發行 / 秀威資訊科技股份有限公司
114 台北市內湖區瑞光路 76 巷 65 號 1 樓
電話：+886-2-2796-3638　傳真：+886-2-2796-1377
http://www.showwe.com.tw
劃撥帳號 / 19563868　戶名：秀威資訊科技股份有限公司
讀者服務信箱：service@showwe.com.tw
展售門市 / 國家書店（松江門市）
104 台北市中山區松江路 209 號 1 樓
電話：+886-2-2518-0207　傳真：+886-2-2518-0778
網路訂購 / 秀威網路書店：http://www.bodbooks.tw
國家網路書店：http://www.govbooks.com.tw

2010 年 10 月 BOD 一版
定價：420 元

國家圖書館出版品預行編目

出走的夏娃——一位大陸學人的臺灣文學觀 /
曹惠民著. -- 一版. -- 臺北市 : 秀威資訊
科技, 2010.10
面 ; 公分. -- (語言文學類 ; PG0446)
BOD 版
ISBN 978-986-221-587-6(平裝)

1. 臺灣文學 2. 文學評論

863.2 99016326

讀者回函卡

感謝您購買本書，為提升服務品質，請填妥以下資料，將讀者回函卡直接寄回或傳真本公司，收到您的寶貴意見後，我們會收藏記錄及檢討，謝謝！如您需要了解本公司最新出版書目、購書優惠或企劃活動，歡迎您上網查詢或下載相關資料：http:// www.showwe.com.tw

您購買的書名：________________________________

出生日期：________年________月________日

學歷：□高中（含）以下　□大專　□研究所（含）以上

職業：□製造業　□金融業　□資訊業　□軍警　□傳播業　□自由業　□服務業　□公務員　□教職　□學生　□家管　□其它_____

購書地點：□網路書店　□實體書店　□書展　□郵購　□贈閱　□其他

您從何得知本書的消息？

□網路書店　□實體書店　□網路搜尋　□電子報　□書訊　□雜誌　□傳播媒體　□親友推薦　□網站推薦　□部落格　□其他__________

您對本書的評價：（請填代號　1.非常滿意　2.滿意　3.尚可　4.再改進）

封面設計____　版面編排____　內容____　文／譯筆____　價格____

讀完書後您覺得：

□很有收穫　□有收穫　□收穫不多　□沒收穫

對我們的建議：________________________________

____

____

____

請貼
郵票

11466
台北市內湖區瑞光路 76 巷 65 號 1 樓
秀威資訊科技股份有限公司 收
BOD 數位出版事業部

（請沿線對折寄回，謝謝！）

姓　　名：________________　年齡：________　性別：□女　□男

郵遞區號：□□□□□

地　　址：________________________________

聯絡電話：(日) ________________ (夜) ________________

E-mail：________________________________